Daughter of Darkness

Lea Böttcher
Band II

Lea Böttcher

DAUGHTER *of* DARKNESS

Das Erwachen des Bündnisses

Fantasy

Bibliografische Information der Deutschen Nationalbibliothek:
Die Deutsche Nationalbibliothek verzeichnet diese Publikation in der Deutschen Nationalbibliografie; detaillierte bibliografische Daten sind im Internet über http://dnb.dnb.de abrufbar.

Lektorat: Manuela Brandt
Buchdesign und Buchsatz: LAB Buchdesign

Verlag: BoD • Books on Demand GmbH, In de Tarpen 42, 22848 Norderstedt
Druck: Libri Plureos GmbH, Friedensallee 273, 22763 Hamburg
ISBN: 978-3-7597-5850-7

„Allein können wir so wenig tun; zusammen können wir so viel tun."

- Hellen Keller -

KAPITEL 1

Die Welt um mich herum war in eine undurchdringliche Finsternis getaucht. Ein schwarzer Schleier, der alles Leben zu verschlucken schien. Als Vampir verfügte ich über eine Gabe, die mir in dieser Schwärze einen Vorteil verschaffte. Meine Augen waren an die Nacht angepasst, fähig, das Unsichtbare zu erkennen. Doch während ich spürte, wie mein Körper sich langsam seiner ursprünglichen vampirischen Natur erinnerte und sich zurückverwandelte, blieb meine Sicht trügerisch leer. Selbst mit meinen scharfen Augen, die normalerweise durch Dunkelheit hindurchsahen, als wäre sie bloß ein dünner Nebelschleier, konnte ich nichts wahrnehmen. Ein beklemmendes Gefühl breitete sich in mir aus. War es möglich, dass ich erblindet war? Nein, das durfte nicht sein. Mit einem Hauch von Angst und einer vorsichtigen Neugier streckte ich meine Arme aus und tastete die Umgebung ab. Meine Finger stießen auf eine kalte, raue Oberfläche. Eine Mauer, feucht vom Tau der Nacht oder vielleicht von etwas Unheilvollerem. Ich erhob mich langsam von dem kalten Boden und ließ meine Hände behutsam über den Stein gleiten. Die Mauer fühlte sich alt an. Als würde sie Geschichten vergangener Zeiten flüstern. Plötzlich endete die Mauer abrupt und offenbarte einen weiteren Abschnitt des Raumes vor mir. Wieder ließ ich meine Hände über die neue

Wand wandern und bewegte mich nach rechts. Ich befand mich offensichtlich in einem Raum. In diesem Moment zerriss ein gleißender Lichtstrahl die Dunkelheit. Eine Tür wurde geöffnet und für einen kurzen Augenblick war ich geblendet. Doch schnell passten sich meine Augen an das helle Licht an und enthüllten eine Szene, die mein Herz schwer werden ließ. An der Mauer entlanggekauert sah ich eine Gestalt – Lucian. Seine einst strahlend blonden Haare waren nun verdreckt und wirkten fast schwarz vor Schmutz. Er sah erbärmlich aus. Sein Körper war gezeichnet von den Spuren brutaler Gewalt. Zahlreiche tiefe Schnitte zierten sein Gesicht und seinen Hals. Als hätte jede Wunde ihre eigene grausame Geschichte zu erzählen. Die Luft im Raum war erfüllt von einer schweren Stille, die nur durch das Geräusch des Wassers unterbrochen wurde, das in eine Schüssel gegossen wurde.

«Hier hast du Wasser,» sagte die Gestalt mit einer Stimme, die so kalt und emotionslos war wie der Stein unter unseren Füßen. «Du sollst das Blut und den Dreck wegwaschen, ehe du vor die Anführerin trittst.»

Lucian wurde eine Schüssel mit klarem Wasser hingestreckt, als wäre es ein Almosen für einen Bettler. Der Mann, dessen Gesicht im Halbschatten verborgen blieb, ließ einen Stapel trockener Tücher auf den Boden fallen.

«Beeil dich besser,» fuhr der Mann fort, sein Grinsen breitete sich aus wie ein Riss in einer alten Wand. «Wenn du dreckig bist, wird sie dich doch noch umbringen.» Sein Lachen hallte höhnisch wider, während er auf den Boden spuckte. Eine Verachtung zeigende Geste, die Lucians ohnehin schon gedemütigte Lage nur noch verschlimmerte. Er stellte eine Gaslampe auf den Boden. Das flackernde Licht warf unheimliche Schatten an die Wände. Dann verließ er den Raum und schloss hinter sich die Tür ab. Ich trat aus dem Dunkel hervor und ging langsam auf Lucian zu. Als ich mich vor ihm niederließ, betrachtete ich sein Gesicht eingehend. Das flackernde Licht der Lampe enthüllte jede Linie des Leidens darauf. Zum ersten Mal wurde mir bewusst, wie jung Lucian tatsächlich war. Kaum älter als ich selbst. Seine Züge waren von einer kindlichen Unschuld gezeichnet, die durch die Narben und den Schmutz fast ausgelöscht worden waren. Warum hegte eine so junge Seele solch eine Wut gegen mich? Warum hatten sie ihn hier eingesperrt und wofür sollte er getötet werden? Die Fragen wirbelten in meinem Kopf herum wie Blätter im Wind. Es ergab keinen Sinn. Wenn es darum ging, dass er seinen Auftrag nicht erfüllt hatte. Dieser Auftrag lag bereits Monate zurück. Hätten sie nach dieser Logik handeln wollen, hätten sie ihn schon längst töten müssen.

«Lucian?» Meine Stimme brach die Stille, ein zögerliches Flüstern in der Dunkelheit. Es fühlte sich an, als würde sie von den kalten Mauern um uns herum verschluckt. «Hörst du mich?» Ich legte eine Spur von Dringlichkeit in meine Worte, doch er schien verloren in einer Welt, die nur ihm gehörte. Seine Augen waren auf die Schüssel gerichtet, in der das Wasser durch seine starre Haltung leichte Wellen schlug. Vorsichtig streckte ich meine Hand aus und berührte seine Schulter. Er zuckte zusammen, als hätte ihn eine unsichtbare Flamme berührt, und rutschte erschrocken

9

weiter an die Wand zurück. Ich erhob mich schnell und trat einige Schritte zurück. Mein Herz pochte vor Verwirrung. Er konnte meine Worte nicht hören, aber meine Anwesenheit spürte er deutlich. Sein Gesicht verzog sich zu einer Grimasse der Wut und des Schmerzes.

«Du kannst schön in deinem Bett liegen, ruhig schlafen und mich beobachten, während ich hier eingehe wegen dir,» zischte er mit einer Stimme voller Bitterkeit und kauerte sich in die Ecke des Raumes. Die Erkenntnis traf mich wie ein Schlag. Er wusste von meinen Träumen, von den Visionen, die mich Nacht für Nacht heimsuchten und mir Bilder seines Leidens zeigten. Mit einem quälenden Stöhnen richtete Lucian sich auf. Seine Bewegungen waren gezeichnet von Schmerz und Entschlossenheit. Er griff nach den Tüchern und humpelte zur Wasserschüssel. Unter dem flackernden Schein der Gaslampe entledigte er sich seines dreckigen T-Shirts und offenbarte einen Rücken voller Zeugnisse grausamer Misshandlungen. Striemen und Narben überzogen seine Haut wie eine Landkarte. Er kniete sich hin, sein Gesicht verzerrt vor Schmerz bei jeder Bewegung. Mit zitternden Händen begann er sich zu waschen. Das Wasser färbte sich langsam rot vom Blut seiner frischen Wunden. Jedes Mal, wenn das Tuch über seine Haut strich, war es ein Kampf gegen die Qualen der Vergangenheit. Ich stand da, unfähig wegzusehen oder zu helfen. Die Narbe, die sich wie ein dunkler Fluss von Lucians Nacken über seine gesamte Wirbelsäule zog, war ein brutaler Kontrast zu seiner sonst so blassen Haut. Sie war breit und wulstig. Ein stummes Zeugnis der Gewalt, die ihm angetan worden war. Der Anblick ließ mich unwillkürlich an meine eigene Narbe denken. Eine ähnlich hässliche Verzierung auf der Haut, hinterlassen von seinem Schwert, das mit einem tödlichen Gift getränkt gewesen war.

«Hast du Spaß dabei, mich zu beobachten?»

Seine Stimme schnitt durch die Stille, trocken und ohne jegliche Wärme. Ich zuckte zusammen. In seinen eisblauen Augen lag ein Ausdruck des Misstrauens und der Herausforderung. Obwohl er mich nicht sehen kann, musste er mich spüren. Seine Augen wanderten suchend durch den Raum, als könne er meinen Geist spüren, aber nicht fassen. Warum konnte er meine Nähe fühlen und doch nicht sehen? Ich lag doch weit entfernt in meinem Bett im Schloss. Oder etwa nicht? War mein Bewusstsein auf irgendeine unerklärliche Weise hierher transportiert worden? Getrieben von einer plötzlichen Eingebung hob ich zögernd eines der Handtücher vom Boden auf. Es bewegte sich wie von Geisterhand und Lucians Blick heftete sich auf das schwebende Tuch. Ein Ausdruck des Staunens mischte sich unter seine Schmerzenszüge. Vielleicht war es mehr als nur eine geisterhafte Verbindung durch Träume oder Visionen. Vielleicht hatte ich tatsächlich einen Weg gefunden, physisch in diesen Raum einzugreifen. Lucian starrte weiterhin auf das Handtuch, sein Gesichtsausdruck schwankend zwischen Furcht und Faszination. Für einen Moment schien die harte Realität seines Gefängnisses durchbrochen zu sein. Ich wusste nicht, wie lange diese Verbindung halten würde oder was sie bedeutete, aber ich erkannte die Dringlichkeit des Moments. Hier bot sich mir vielleicht die einzige Chance, Antworten auf die Fragen zu finden, die mich quälten.

«Spielst du jetzt das Schlossgespenst?»

Seine Worte waren trocken, doch in ihnen schwang ein Hauch von Spott mit. Lucian schien das schwebende Handtuch nun zu ignorieren, als wäre es nichts weiter als ein unbedeutender Trick. Trotz der tiefen Abneigung, die ich gegen ihn hegte, konnte ich mir ein Grinsen nicht verkneifen. Er hatte Humor. Das musste man ihm lassen.

«Vermutlich weißt du nicht mal, warum wir uns sehen können, wenn wir schlafen,» fuhr er fort und sein Blick glitt zurück zu dem Tuch in meiner Hand. Uns? Hatte er wirklich ‹uns› gesagt? Konnte es sein, dass auch er mich in seinen Träumen sah? Die Möglichkeit ließ mich erschaudern. Wenn das stimmte, dann hatte er vielleicht Einblick in alles, was im Schloss vor sich ging. Jede meiner Bewegungen, jede Unterredung mit Razvan und meinem Onkel. Die Gedanken rasten durch meinen Kopf wie wilde Pferde. Wenn Lucian tatsächlich Zeuge unserer Pläne geworden war, dann wusste sein Anführer möglicherweise bereits von unserer bevorstehenden Suche nach den Vermissten. Sie könnten unsere Absichten kennen und einen Hinterhalt planen. Eine Gruppe junger Vampire auf einer Rettungsmission würde zum perfekten Ziel werden. Wir wären wie Lämmer, die sich ahnungslos dem Schlachter nähern. Die Vorstellung, dass eine Armee aus Vampyris oder Hexen nur darauf wartete, uns anzugreifen, ließ mein Blut kalt werden. Ich ließ das Handtuch sinken und fixierte Lucian mit einem durchdringenden Blick.

«Was weißt du?», fragte ich scharf. «Was hast du gesehen?» Es war entscheidend zu verstehen, wie viel er über unsere Pläne wusste und ob es noch Zeit gab, sie zu ändern. Lucian antwortete nicht. Das bedeutete, er konnte mich nicht hören. Das Spiel der Schatten auf seinem Gesicht machte es unmöglich, seine Gedanken zu lesen. Doch eines war klar. Zwischen uns bestand eine Verbindung. Sie war ein Rätsel, das gelöst werden musste. Denn von seiner Lösung hing möglicherweise das Überleben vieler ab. Die Dringlichkeit der Situation ließ mein Herz schneller schlagen. Ich musste Razvan finden und mit ihm sprechen, sobald ich aus diesem traumhaften Zustand erwachte. Die Fragen häuften sich in meinem Kopf wie Schneeflocken in einem Sturm. Wie konnte es sein, dass ich Gegenstände in einem Raum bewegte, während mein Körper ruhig in meinem Bett im Schloss lag? Was für eine seltsame Magie oder unerklärliche Kraft war hier am Werk? In meinem ersten Traum hatte Lucian mich gejagt und verletzt. Es war eine schreckliche Vision gewesen, die sich wie eine Warnung anfühlte. Ein Omen von Ereignissen, die noch geschehen sollten. Doch nun hatte sich alles verändert. Meine Träume waren zu einer Art Brücke zwischen meiner Realität und der seinen geworden. Der Gedanke, dass Samuel vielleicht ebenfalls an diesem Ort gefangen gehalten wurde, durchzuckte meinen Geist wie ein Blitz. Wenn das wahr war, dann musste ich jede Chance nutzen. Getrieben von einer plötzlichen Eingebung sprang ich auf und suchte im schwachen Schein der Öllampe nach einem Stein. Meine Finger fanden einen kantigen Brocken, kalt und fest in meiner Hand liegend. Ich kniete mich neben Lucian nieder. Mit dem Stein in der Hand begann ich etwas in den dreckigen Steinboden zu ritzen. Jeder Strich war ein Wagnis. Der Stein kratzte laut über den Boden und jedes Geräusch hallte in dem stillen Raum wider. Lucian beobachtete jeden Buchstaben, den ich in den Boden ritzte. Er beugte sich über mein geschriebenes und versuchte, in dem schwachen Licht zu erkennen, was ich geschrieben hatte.

«Du fragst, wo ich bin?», fragte er und starrte weiter auf den Boden. «Das weiß ich selber nicht. Sie haben mich hier einfach eingesperrt, weil ich nicht das getan habe, was sie verlangten», erklärte er.

«Was meinst du?», kritzelte ich mühsam auf den Steinboden.

«Lass das sein mit dem schreiben. Wenn das jemand findet, wird es sehr böse für mich enden», sagte er wütend und versuchte das Gekritzel, auf den Boden zu verwischen. «Ich bin noch in Rumänien, soviel ich weiß», fügte er hinzu und starrte auf den Boden vor sich. Plötzlich verschwamm meine Sicht.

Kapitel 2

Mit einem Ruck riss ich die Augen auf, als wäre ich aus einem tiefen Abgrund emporgezogen worden. Über mir spannte sich die Zimmerdecke, ein vertrautes Mosaik aus Schatten und Licht, das sich in den frühen Morgenstunden zu formen begann. Doch mein Geist war nicht hier; er war bei Lucian. Ich kniff die Augen zusammen, geblendet von der Intensität des Tageslichts, und zog instinktiv die Bettdecke über mein Gesicht, um mich vor der Invasion der Helligkeit zu schützen. In meinem Kopf drehte sich alles um die Möglichkeit der Kommunikation mit Lucian. Diese neue Fähigkeit könnte uns voranbringen. Vielleicht würde er bereit sein, mir zu offenbaren, wo Samuel und die anderen sich verbargen und welches Schicksal sie ereilt hatte. Die Hoffnung darauf ließ mein Herz schneller schlagen. Doch mein Körper wollte nicht so recht mitspielen. Mit steifen Gliedern und einer Schwere, die jeden meiner Muskeln zu lähmen schien, zwang ich mich aus dem Bett. Es war jedes Mal dasselbe Gefühl. Als hätte ich in meinen Träumen einen Marathon absolviert statt friedlich in meinem Bett geruht. Vielleicht schlief ich ja wirklich nicht. Das würde zumindest meine anhaltende Erschöpfung erklären. Ich schüttelte den Kopf in einem Versuch, die Müdigkeit abzuschütteln und meine Gedanken zu ordnen. Zeit war ein Luxus, den wir uns nicht leisten konnten. Mit hastigen Bewegungen kleidete ich mich an und versuchte dabei, jede Sekunde zu nutzen. Schließlich verließ ich mein Zimmer mit festem Schritt und machte mich auf den Weg zu Razvan. Ich musste ihn finden, und ihm von meinem Traum zu erzählen. Mein Herzschlag beschleunigte sich, als ich Razvan und Ciprian gegenüberstand. Die Worte kamen zögerlich über meine Lippen, während ich ihnen von meinen nächtlichen Visionen berichtete. Ich hatte das Gefühl, dass sich in meinem Schlaf eine Tür geöffnet hatte.

«Du sagst, du konntest dich mehr oder weniger mit Lucian unterhalten?»

Razvans Stimme war aufgebracht, seine Augen funkelten vor Sorge.

«Das solltest du nicht tun. Lucian ist gefährlich und könnte dich benutzen für seine Zwecke.» Seine Worte hallten in meinem Kopf wider und ließen einen kalten Schauer meinen Rücken hinunterlaufen. Ich spürte die Schwere seiner Warnung, doch zugleich war da diese unerklärliche Verbindung zu Lucian, die mich nicht losließ. Es war, als hätte ich einen Blick hinter einen Vorhang geworfen, der mir sowohl Furcht als auch Faszination einflößte. In diesem Moment trat Arsenie zu uns ins Zimmer. Ihre Anwesenheit brachte eine Aura der Ruhe mit sich, die den Raum erfüllte. Wir hatten uns direkt in Ciprians Arbeitszimmer eingefunden, einem Ort voller Bücher und Geheimnisse. Kurz erklärte ich das Erlebte auch Arsenie.

«Das ist nicht ungewöhnlich unter Nerul», sagte sie nachdenklich und ihr Blick wanderte zum Fenster hinaus. Sie schien in Gedanken versunken zu sein, als würde sie in den Weiten des Himmels nach Antworten suchen. Ihre Worte ließen mich innehalten. War es möglich, dass diese Träume mehr waren als nur flüchtige Schatten? Dass sie ein Teil eines größeren Musters waren, das sich mir noch nicht ganz erschloss? Razvans Unruhe war greifbar. Er ging im Raum auf und ab wie ein eingesperrtes Tier. Ciprian stand still da, sein Gesichtsausdruck nachdenklich, während er jedes Wort abwog. Die Luft im Zimmer schien dichter zu werden mit jedem Atemzug. Wir standen an einem Scheideweg, das spürte ich deutlich. Jede Entscheidung konnte uns entweder näher an die Wahrheit oder tiefer in die Dunkelheit führen.

«Liana ist aber kein Nerul. Sie ist ein Vampir. Das Ganze macht überhaupt keinen Sinn,» stieß Razvan frustriert aus. Er ließ seinen Kopf in seine Hände sinken, als könnte er so die Realität ausblenden, die sich vor ihm entfaltete. Seine Worte hallten in meinem Kopf wider und hinterließen

17

ein Echo von Zweifel und Unsicherheit. Ich spürte den Druck seiner Verzweiflung, der sich wie eine schwere Decke über den Raum legte.

«Natürlich macht es keinen Sinn,» pflichtete Ciprian bei, seine Stimme ruhig und doch durchdrungen von einer gewissen Schärfe. «Ich denke, es sind irgendwelche Nebenwirkungen von dem Zeug, was dir deine Entführer gegeben haben. Möglicherweise haben sie mit Nerul zusammengearbeitet, so wie es unter Jägern und Nerul häufig ist.»

Seine Theorie klang logisch, doch sie kratzte an einer alten Wunde.

«Ich habe dir schon mal gesagt, du sollst nicht so über meine Zieheltern reden,» entgegnete ich eisern. Meine Stimme zitterte vor unterdrückter Wut und Trauer zugleich. «Sie haben mich großgezogen und waren immer für mich da.»

Ich hielt dem zornigen Blick stand, entschlossen, meine Zieheltern zu verteidigen.

«Sie haben dich entführt,» sagte er ebenso eisern zurück. Seine Augen bohrten sich in meine, als wollte er mir die Wahrheit einbrennen. Ein Stich ging durch mein Herz bei diesen Worten. Es war eine unumstößliche Tatsache. Eine Tatsache, die ich nicht leugnen konnte und doch nicht akzeptieren wollte. Die Atmosphäre im Raum war zum Zerreißen gespannt, als Arsenie mit einer

Autorität, die keinen Widerspruch duldete, das Wort ergriff.

«Genug,» sagte sie bestimmt und schnitt damit Ciprians aufgebrachte Argumentation abrupt ab. Mein Onkel warf ihr einen herablassenden Blick zu, der jedoch an ihrer entschlossenen Haltung abprallte wie Regentropfen an einem Fenster.

«Liana, du sagtest, dass Lucian verletzt sei und festhalten wird. Wie sehr ist er verletzt?»

Ihre Stimme war sanft, doch hinter ihrer besorgten Miene konnte ich eine Spur von Furcht erkennen. Es war klar, dass sie mehr als nur oberflächliches Interesse an Lucians Zustand hatte. Ich schluckte schwer und versuchte, mich zu konzentrieren, um jedes Detail meiner Vision zu rekonstruieren.

«Er humpelt ein wenig und in seinem Gesicht und am Hals hat er unzählige Schnitte,» erklärte ich und spürte dabei die Schwere jedes einzelnen Wortes.

«Was haben sie ihm nur angetan,» flüsterte Arsenie mit zitternder Stimme. Sie drehte sich ab und wandte sich wieder dem Fenster zu, als könnte sie dort Trost in der endlosen Weite des Himmels finden. Ihre Reaktion löste eine Welle der Empörung bei Ciprian aus.

«Meine Liebe, du vergisst, was er meiner Nichte angetan hat. Er hatte sie fast getötet. Man sollte kein Mitleid mit so einem Monster haben,» entgegnete er schnippisch und seine Worte waren scharf wie Messerstiche. Arsenie schwieg daraufhin, doch ihre Stille war geladen mit unausgesprochenen Worten. Ich beobachtete, wie sie kurz ihre schmalen Hände zu Fäusten ballte.

Die Worte hingen schwer in der Luft, als Razvan mit einer Sanftheit sprach, die den Raum zu erweichen schien.

«Er ist immer noch ihr Sohn. Natürlich macht sie sich Gedanken um ihn.»

Seine Stimme war kaum mehr als ein Flüstern. Ciprian reagierte darauf mit einem Ausdruck blanken Unverständnisses. Er verschränkte die Arme vor seiner Brust und schüttelte leicht den Kopf, als könne er die Sorge um einen verlorenen Sohn nicht nachvollziehen.

«Wenn du meinst. Ich wäre nicht stolz auf meinen Sohn, wenn er andere jagt und abschlachtet,» antwortete er trocken.

Ich spürte eine Mischung aus Empörung und Traurigkeit in mir aufsteigen.

«Niemals habe ich gesagt, dass ich stolz auf das wäre, was er tut,» sprach Arsenie mit einer eisernen Stimme, die keinen Zweifel an ihrer Entschlossenheit ließ. Sie drehte sich langsam zu uns um, und ihre Augen funkelten vor unterdrücktem Schmerz. «Mir ist bewusst, dass Lucian gefährlich ist, aber ich kann mir beim besten Willen nicht vorstellen, wie er so werden konnte. Vielleicht wurde er gezwungen und hatte gar keine andere Wahl,» fügte sie niedergeschlagen hinzu.

Ihre Worte hallten in mir wider und weckten eine seltsame Gewissheit.

«Schlechter Einfluss,» antwortete ich spontan. Aus irgendeinem Grund war ich mir sicher, dass Lucian nicht von Natur aus ein Monster war. Auch jemand wie Lucian besaß einen weichen Kern. Sein Äußeres schien nur eine Maske zu sein, hinter der sich etwas Zerbrechliches verbarg.

«Nein, kein schlechter Einfluss. Nerul sind einfach immer bösartige Wesen, die nur töten,» zischte Ciprian wütend zurück. Seine Worte waren wie Gift und ließen mich innerlich zusammenzucken. Arsenie jedoch ließ sich nicht einschüchtern.

«Und Vampire sind die frommen Lämmer, die niemanden etwas zu Leide tun?», fragte sie sarkastisch und wandte sich mit wütender Miene zu ihm um.

Ciprian lehnte sich mit einer Selbstsicherheit, die fast an Arroganz grenzte, in seinem Sessel zurück und fixierte Arsenie mit einem durchdringenden Blick.

«Unsere Art tötet nicht wahllos. Wir haben immer einen Grund,» antwortete er, seine Stimme ruhig und doch unerbittlich. Arsenie hob eine Augenbraue, ihre Skepsis war so deutlich wie das Zittern ihrer Stimme.

«Ach ja? Was ist mit der Ionesco Familie, die seit Jahrzehnten Nerul hinrichten? Oder den Adelsfamilien im Norden von Rumänien, die in den 50ern weibliche Nerul als Sklaven hielten und vergewaltigten?»

Ihre Worte waren scharf wie Klingen und schnitten durch die schwere Luft des Raumes.

«Das sind Ausnahmen,» winkte Ciprian ab, doch seine Geste konnte die aufgewühlten Emotionen nicht verbergen. Er wandte sich ab, als könnte er damit auch die dunklen Kapitel unserer Geschichte ausblenden.

«Hört auf. So kommen wir nicht weiter,» sagte Razvan laut und unterbrach damit den eskalierenden Wortwechsel.

«Razvan hat Recht. Wir müssen uns auf Wichtigeres konzentrieren,» stimmte ich zu, meine eigene Stimme bemüht fest zu klingen, während mein Herz gegen die Angst ankämpfte, die mich umklammerte.

«Wie deine Prüfung in zwei Wochen,» sagte Ciprian plötzlich und lächelte mich an. Doch dieses Lächeln erreichte seine Augen nicht. Es wirkte kalt und berechnend.

«Ich bin gut vorbereitet,» log ich hastig und senkte meinen Blick, unfähig ihm direkt ins Gesicht zu sehen. Die Lüge brannte auf meiner Zunge wie bitterer Nachgeschmack. Bis auf die täglichen Unterrichtseinheiten sprachen wir nicht viel miteinander. Er ließ mich meistens in Ruhe. Nervte mich nicht damit, auf irgendwelche Veranstaltungen des Adels zu gehen, oder mich generell an dem Leben zu beteiligen, dass die Fürstenfamilien führten. Wir hatten auch nicht mehr über den Angriff auf Razvan im Wald geredet und über seinen Ausbruch und seine Aussage, er würde mich vor meinem Vater beschützen. Er wich meinen Fragen aus. So kam ich zu dem Entschluss, dass es nur wieder eine weitere Masche von ihm gewesen sein musste, um mich emotional zu erpressen.

«Die Bücher dort kannst du mitnehmen. Sie sind werden sicherlich ein Prüfungsthema sein,» erwiderte Ciprian gelassen und deutete auf einen Stapel alter Bücher am anderen Ende des Raumes.

Sein Angebot klang hilfreich, aber ich spürte den Hohn dahinter. Er wusste genau, dass ich nicht gut vorbereitet war. Dass ich mehr Zeit brauchte, um mich auf die Herausforderungen vorzubereiten, die vor mir lagen. Zeit jedoch war ein Luxus, den ich nicht hatte.

«Danke», antwortete ich, ohne auch nur einen flüchtigen Blick auf die Bücher zu werfen, die auf dem großen Eichentisch in der Mitte des Arbeitszimmers meines Onkels ausgebreitet lagen. Mit diesen Worten schien die Diskussion vorläufig beendet zu sein. Eine Welle der Erleichterung durchflutete mich bei dem Gedanken, diesen Raum voller angespannter Luft und schwer wiegender Blicke endlich verlassen zu können. Als ich die Tür langsam hinter mir schloss wandte ich mich an Razvan.

«Können wir kurz reden?»

Ich erhaschte noch den neugierigen Blick meines Onkels, der uns bis zur Tür gefolgt war. Um sicherzustellen, dass er unsere Worte nicht durch die geschlossene Tür belauschen konnte, zog ich Razvan hastig in Richtung der Aufzüge.

«Was gibt es?», fragte er mich mit einer Mischung aus Neugier und Besorgnis in seiner Stimme, sobald sich die Aufzugtüren hinter uns geschlossen hatten und uns von der Welt außerhalb abschirmten.

«Wie geht es dir?», erkundigte ich mich und ließ meinen Blick sorgenvoll über seine Verletzungen schweifen. Die Spuren des Kampfes im Wald waren noch deutlich sichtbar. Razvan hatte sich gemeinsam mit Beatrice für die Zeit ihrer beider Genesungen zurückgezogen. Sie hatten sich für einige Wochen in das Haus von Beatrice Eltern zurückgezogen. Obwohl bereits einige Zeit verging, konnte man noch die dunklen Flecken und verheilende Schnitte auf seiner Haut sehen.

«Erstaunlicherweise gut. Darja auf der Krankenstation hat mich gut zusammengeflickt und Beatrice hat sich gut um mich gekümmert. Der Urlaub war erholsam», antwortete er und ein schiefes Grinsen umspielte seine Lippen. Es war ein Versuch, Leichtigkeit in das Gespräch zu bringen, doch ich konnte den Schmerz erkennen, der sich hinter seiner Fassade verbarg.

«Kannst du dich an alles erinnern, was passiert war?», fragte ich mit einer Mischung aus Sorge und Neugier in meiner Stimme. Er schüttelte den Kopf, seine Miene trug Spuren von Verwirrung und Kummer.

«Nicht so richtig. Ich weiß noch, dass wir uns unterhalten haben, du hast trainiert... und dann, im nächsten Moment, fand ich mich in diesem Wald wieder, umgeben von Hexen.»

Seine Stimme zitterte leicht bei der Erinnerung. «Dann waren da auch schon du und die Ionesco-Geschwister,» fügte er betrübt hinzu.

«War das ein Zauber der Hexen?», hakte ich nach. Aus dem Augenwinkel beobachtete ich die Stockwerksanzeige des Aufzugs. Mit einem sanften Ruck hielt die Kabine an und wir stiegen aus. Kaum hatten sich die Türen geöffnet, traten einige Vampire eilig zur Seite, um uns Platz zu machen. Ihre Blicke waren flüchtig, doch ich spürte ihre Neugierde wie eine greifbare Kraft.

«Wahrscheinlich,» antwortete er nachdenklich. «Sie sind in meinem Kopf gewesen und haben mich irgendwie dazu gebracht, den Wald zu betreten.»

Während wir uns durch die Gänge bewegten, verlor seine Stimme an Kraft.

«Soweit ich allerdings weiß, muss die Hexe in der Nähe sein, um diesen Zauber auszuführen. Das bedeutet, dass sie sehr nah an uns dran war.» Wir schlängelten uns durch die Korridore. Seine Worte ließen mich frösteln. Die Vorstellung einer Hexe in unserer unmittelbaren Nähe war beunruhigend. «Es ist mir nur ein Rätsel,» fuhr er fort, während wir einen weiteren Gang entlanggingen, dessen Wände von Fackeln erhellt wurden und Schatten an die Decke warfen. «Warum sie es auf mich abgesehen haben, wenn sie doch dich wollen.»

Seine letzten Worte hallten in meinem Kopf wider, als wir den Speisesaal erreichten. Die Frage war berechtigt, aber ich hatte auch keine Antwort darauf.

«Stimmt. Wenn sie so nah dran gewesen sind, dass sie dich gesehen haben, dann müssen sie auch mich gesehen haben», erwiderte ich verwirrt.

«Genau», gab Razvan schulterzuckend zurück.

«Oder sie haben doch ein ganz anderes Ziel?», warf ich ein und warf einen Seitenblick auf Razvan. Die Möglichkeit, dass ich nur eine Ablenkung sein könnte, um uns zu täuschen, ließ mich nicht los.

«Wie meinst du das?», fragte er und blieb abrupt stehen. Seine Augen suchten meine, als ob er in ihnen die Antwort auf das Rätsel finden könnte.

Wenige Schritte später blieb ich ebenfalls stehen und drehte mich zu ihm herum.

«Wenn sie dich wollen und nicht mich?», fragte ich und kaute nachdenklich auf meiner Unterlippe herum.

«Aus welchem Grund? An mir ist nichts besonders», gab er zurück und lief weiter, seine Schritte hallten entschlossen durch den Korridor.

«An mir auch nicht», erwiderte ich und folgte ihm nach kurzem Zögern. Doch tief in mir wusste ich, dass das nicht stimmte.

«Doch. Du bist eine Prinzessin und obendrein die Erbin von Dimitrios. Du bist für Rumänien eine wichtige Person. Deine Familie ist sehr angesehen und deine Rückkehr hat sich verbreitet wie ein Lauffeuer.» Razvans Stimme war fest und trug eine Gewissheit in sich, die keinen Widerspruch duldete. «Du hast sehr viele Feinde. Außerdem haben sie explizit gesagt, dass sie hinter dir her sind», fuhr er fort, während wir durch die schwere Tür des Speisesaals traten.

«Warum habe ich viele Feinde? Ich habe doch niemanden etwas getan», gab ich zurück, meine Stimme zitterte leicht vor Unverständnis und Furcht. Razvan sah mich direkt an, seine Augen waren ernst.

«In unserer Welt reicht es manchmal schon aus, zu existieren, um Feinde zu haben. Du hast niemanden etwas getan, aber Familien mit Macht haben immer Feinde. Frag einfach mal deinen Onkel nach Feinden der Familie. Er kann dir eine ganze Reihe auflisten, die euch tot sehen wollen. Damals als deine Eltern starben und du verschwunden bist, haben diese Leute Feste gefeiert, weil sie sich tierisch gefreut haben, dass die Familie Dimitrios untergeht», erklärte er.

«Habe ich hier an diesem Ort Feinde?», fragte ich vorsichtig, während ich innehielt und die schwere Luft des Korridors zu spüren schien. Die Frage lag mir schwer auf der Zunge, als ob sie selbst ein Vorbote unheilvoller Antworten sein könnte. Razvan drehte sich langsam zu mir um, seine Augen suchten die meinen, als er mit einem tiefen Seufzer antwortete.

«Ja. Sicherlich keine, die deinen Tod wollen, aber du hast Neider», erklärte er nach kurzem Zögern. Seine Worte waren bedacht gewählt, doch sie trugen das Gewicht einer unangenehmen Wahrheit.

«Dann sollte ich meine Feinde besser kennen.» Meine Stimme war fester, als ich mich fühlte.

«Solltest du», gab er nach kurzem Nachdenken zu und nickte langsam. Wissen war Macht, besonders in den Schatten der Adelshäuser.

«Wer sind diese Feinde?», fragte ich und sah mich unauffällig um. Die prunkvollen Wandteppiche und das flackernde Kerzenlicht konnten kaum die Gänsehaut verbergen, die sich auf meinen Armen bildete.

«Alle jungen Frauen im Adel und der Fürstenfamilien», antwortete er gerade heraus. Seine Direktheit traf mich wie ein Schlag. Erschrocken riss ich die Augen auf.

«Was? Warum denn alle jungen Frauen?», stammelte ich und spürte, wie mir die Hitze in die Wangen stieg. Die Vorstellung, dass mein bloßes Dasein solche Wellen schlagen konnte, war beunruhigend. Verlegen kratzte sich Razvan am Hinterkopf und vermied für einen Moment meinen Blick.

«Du bist hübsch, klug und die Mittelschicht mag dich und akzeptiert dich.»

Er machte eine kurze Pause und sein schiefes Grinsen kehrte zurück, als ob er versuchte, die Schwere des Gesprächs zu mildern. «Alle jungen Männer aus dem Adel und der obersten Schicht stehen auf dich», fügte er hinzu. Seine Worte ließen mich sprachlos zurück. Ich hatte nie beabsichtigt, solche Gefühle des Neids oder gar der Rivalität zu wecken.

«Die anderen Frauen sind doch ebenfalls hübsch. Noch keine einzige habe ich gesehen, die nicht atemberaubend aussieht», stammelte ich und spürte noch immer die Hitze in meinen Wangen. Es war ein seltsames Gefühl, im Mittelpunkt, solcher Aufmerksamkeit zu stehen, besonders wenn sie von Neid durchtränkt war.

«Sie sind in der Tat ansehnlich», räumte Razvan ein, seine Stimme trug einen Hauch von Nachsicht. «Aber die Damen reden oft über dich und wie schön du seist mit deinen honigfarbenen Haaren und den großen Augen.» Er machte eine kurze Pause und verdrehte die Augen, während er versuchte, die Stimmen der adligen Frau nachzuahmen. «Sie beneiden dich in vieler Hinsicht. Außerdem bist du neu hier und die Männer, sowohl jung als auch alt, interessieren sich für dich. An diesen Ort kommt normalerweise niemand Neues.»

Er grinste mich an, als er bemerkte, dass ich immer dunkler im Gesicht wurde. Sein Grinsen war schelmisch, fast als würde er sich über die Absurdität der Situation amüsieren. «Lass uns zum Essen gehen und denk nicht länger an die Frauen aus der höheren Schicht», sagte er lachend. Sein Lachen klang hell in den steinernen Gängen des Schlosses. Was fand er daran so witzig? Ich fand es nicht so witzig, dass sie mich alle beneiden für mein Aussehen. All die Jahre habe ich mein Aussehen gehasst, weil ich immer wie eine Leiche aussah. Blass und mit einem Hauch von Dunkelheit unter den Augen. An diesem Ort galt das Aussehen einer Leiche offensichtlich als schön. Die Ironie dieser Tatsache entging mir nicht. Was anderswo als Zeichen von Krankheit oder Schwäche galt, war hier ein Symbol der Schönheit und des Adels.

KAPITEL 3

Das ungestüme Hämmern an meiner Wohnungstür riss mich aus einem tiefen Schlaf. Mein Herz klopfte heftig gegen die Brust, als ich hastig zur Tür stolperte und sie öffnete. Bee stand dort.

«Was ist los? Ist etwas passiert?», fragte ich sie, meine Stimme überschlug sich fast vor Sorge.

«Entspann dich mal», sagte Bee mit einer beruhigenden Geste, doch ihre Augen blitzten vorwurfsvoll. «Nein, es ist nichts passiert. Razvan hat mich beauftragt, gemeinsam mit dir die Prüfungsthemen durchzugehen.»

Sie schob sich an mir vorbei in die Wohnung und fuhr fort. «Mir ist zu Ohren gekommen, dass du noch gar nichts gelernt hast und auch das meiste überhaupt nicht kannst.»

Ich folgte ihr ins Wohnzimmer, wo sie ihre schwere Tasche abstellte und sich mit einem Seufzer auf mein Sofa fallen ließ. Die Morgendämmerung warf ein blasses Licht durch die Fenster und verlieh dem Raum eine gespenstische Stille.

«Wieso muss das um halb fünf morgens sein?», fragte ich ungläubig und setzte mich neben sie, während ich einen kurzen Blick auf die Uhr warf.

Die Zeit schien zu dieser frühen Stunde stillzustehen.

«Weil wir nach dem Frühstück draußen mit einem älteren Soldaten im Ruhestand trainieren werden», erklärte Bee mit einer Begeisterung in ihrer Stimme, die ich kaum teilen konnte. «Er hat mich beim Abendessen angesprochen, dass er uns gerne helfen möchte. Das Angebot habe ich natürlich angenommen.» Sie lächelte breit. «Er wird uns einige Dinge beibringen, wie wir da draußen in der Wildnis überleben.»

Schweigend sah ich zu, wie sie einige dicke Bücher aus der Tasche zog und auf meinen überfüllten Wohnzimmertisch klatschte. Ein Staubwölkchen tanzte im Sonnenlicht, das nun den Raum erfüllte.

«Du bist doch hoffentlich jetzt nicht noch müde zum Lernen», fügte sie mit einem Grinsen hinzu. Kopfschüttelnd verdrehte ich die Augen.

«Nein, selbstverständlich ist man um diese Uhrzeit nicht mehr müde», erwiderte ich lachend und versuchte, meine Erschöpfung hinter Sarkasmus zu verbergen. Träge erhob ich mich und ging zügig ins Badezimmer, um mich anzuziehen und zu waschen. Ich hörte das Klirren von Geschirr und das Plätschern von Wasser, als sich Bee in der Küche etwas zu trinken nahm. Bee war eine echte Freundin. Eine Freundin mit der Art von Hartnäckigkeit und Fürsorge, die man nur selten findet.

«Beeil dich mal», hallte Bees Stimme ungeduldig durch die Tür, und ich zuckte zusammen, als wäre ein Blitz direkt neben mir eingeschlagen.

«Ich komm ja schon», rief ich schmunzelnd zurück, während ich hastig mein Shirt über den Kopf zog und das Badezimmer verließ. Bee hatte es sich bereits auf dem Sofa bequem gemacht, umgeben von einem Arsenal an Lernmaterialien. Ein Block und ein Stift lagen griffbereit neben ihr, während sie ein dickes ledergebundenes Buch auf ihrem Schoß balancierte. Als sie mich erblickte, klopfte sie demonstrativ auf den freien Platz neben sich. Ohne zu zögern, ließ ich mich in die weiche Decke fallen, die sie mir hingehalten hatte, schnappte mir ebenfalls einen Stift und einen Block und machte es mir gemütlich.

«Was ist das für ein Buch?», fragte ich neugierig und versuchte, einen Blick auf den Titel zu erhaschen.

«Sitte und Gebräuche in Rumänien», erklärte sie und schlug das Inhaltsverzeichnis auf. Mein Interesse verwandelte sich augenblicklich in Frustration.

«Warum dieses Thema?», fragte ich mit einem Seufzer der Resignation.

«Weil mir klar ist, dass es das Thema ist, was du am wenigsten kannst», entgegnete sie mit einem zwinkernden Auge.

«Da hast du Recht», gab ich kleinlaut zu. In meinem Inneren wünschte ich mir nichts sehnlicher, als diesen Prüfungen entfliehen zu können. Die nächsten Stunden waren eine Tortur des Geistes. Wir vertieften uns in die Sitten und Gebräuche der Vampire in Rumänien. Einige davon so veraltet und unnötig, dass sie eher ins Museum als in unseren Lehrplan gehörten. Doch die Schule bestand darauf, dass wir diese Traditionen kannten. Egal wie altmodisch oder irrelevant sie auch sein mochten. Als Bee gähnend vorschlug, zum Frühstück zu gehen, war ich erleichtert. «Na klar», erwiderte ich sofort.

Die Aussicht auf eine Pause von diesem trockenen Stoff war wie eine Oase in einer Wüste aus staubigen Seiten und vergessenen Ritualen. Wir standen beide auf und streckten unsere steifen Glieder.

«Ich lasse die Bücher hier. Heute Abend können wir weiterlernen», erklärte Bee, während sie einen Stapel staubiger Bücher auf dem Tisch zurückließ. Ich nickte seufzend, mein Geist noch immer ermüdet von der Anstrengung des Morgens, und folgte ihr hinaus in den Flur. Während wir durch die langen Korridore zu unserem Lieblingsspeisesaal liefen, konnte ich nicht umhin, meine Neugierde zu äußern.

«Was ist denn mit den anderen? Sind die alle bereit für die Prüfungen?», fragte ich, während ich versuchte, mir vorzustellen, wie sie all das Wissen bewältigten.

«Die meisten schon», antwortete Bee mit einem Schulterzucken. «Jeder hat so seine Schwierigkeiten. Wir konzentrieren uns auf die Themen, die sicher in den Prüfungen drankommen werden.» Sie warf mir einen vielsagenden Blick zu. «Aus Erfahrung sind es jedes Jahr die gleichen Themen. Das haben uns so die Lehrer mitgeteilt und von Eltern oder älteren Geschwistern wissen wir das.»

Ich runzelte die Stirn bei dem Gedanken an ein solch seltsames Schulsystem, das sich darauf verließ, immer nur dieselben Themen zu prüfen. Nachdem wir uns beim Frühstück gestärkt hatten, sammelten wir uns alle draußen auf der Lichtung. Hier hatte ich in den letzten Monaten trainiert und geschwitzt. Der Boden war mir vertraut geworden wie ein alter Freund. Die Luft war erfüllt von einer Mischung aus Aufregung und Anspannung, als wir auf den Soldaten warteten, der unser Training leiten sollte. Einige spekulierten über die Art des Trainings und wer der Trainer wohl sein sollte. Niemand außer Bee wusste, wer dieser Soldat im Ruhestand war. Aus irgendeinem Grund machte Bee daraus ein Riesen Geheimnis.

«Oh mein Gott», entfuhr es Ferenc Smidt, einem hochgewachsenen Jungen mit blondem Haar, als er den Soldaten erblickte. Ferenc war ein äußerst zurückhaltender Junge, der meist für sich allein blieb und dessen Welt durch den tragischen Verlust seines älteren Bruders bei dem Angriff auf die Party erschüttert worden war. Sein Bruder hatte die Verantwortung für den Schutz der Feiernden getragen und war dabei ums Leben gekommen. Getrieben von dem Wunsch nach Rache, trainierte Ferenc mit einer Intensität, die seine stille Natur Lügen strafte. Bee hatte mir anvertraut, dass er trotz seines Eifers einer der schwächeren Schüler war.

«Was ist los?», fragte Samantha neugierig und drehte sich in die Richtung, in die Ferenc deutete. Unsere Blicke folgten seinem Finger und fanden einen Mann, der mit entschlossenen Schritten vom Schloss her auf uns zukam. Plötzlich verstummten alle Gespräche. Er war eine beeindruckende Erscheinung. Breitschultrig und mit einer Ausstrahlung von Autorität und Erfahrung.

«Der ist ja mal richtig alt. Und der soll uns trainieren?», zweifelte Samantha lautstark und stemmte dabei ihre Hände in die Hüften. Sie warf ihre langen Haare theatralisch nach hinten und musterte den sich nähernden Mann kritisch.

«Hör auf Sam. Der Mann ist eine Legende», widersprach Awrey ehrfürchtig und erntete dafür einen giftigen Blick von Samantha. Awrey gehörte ebenfalls zu unserer Gruppe und hatte sich als Erster Bee und mir angeschlossen. Er galt als der Stärkste unter uns. Seine bevorzugte Waffe war das Langschwert, das er jetzt mit Stolz in einer Scheide auf seinem Rücken trug.

«Was denn für ne Legende. Ich sehe nur einen alten Mann», erwiderte Samantha mit äußert zickiger Stimme. So sehr ich Samantha auch für ihre Schnelligkeit und Geschick im Umgang mit Messern bewunderte, sie war die oberflächlichste und eingebildetste Person, die ich je kennengelernt hatte.

«Du bist so blöd. Typisch Blondine», erwiderte Awrey abwesend. Ich verzog mein Gesicht und dachte an meine eigenen blonden Haare. Samantha rümpfte daraufhin die Nase. Von Neuem fragte ich mich, was Samantha in dieser Gruppe wollte. Keiner von uns konnte so richtig sagen, weshalb sie überhaupt bei uns war. Sie schien kein besonderes Interesse zu haben, auf die Suche zu gehen. War es tatsächlich nur, weil sie Awrey anhimmelte, oder steckte mehr dahinter?

«Das ist Florim. Einer der krassesten Soldaten der Geschichte», erklärte Jerzy anerkennend.

«Genau. Er sprach mich gestern an, ob er uns helfen kann», erklärte Bee stolz, sichtlich zufrieden mit der Reaktion der Anwesenden. Mir sagte dieser Name nichts und ich konnte mir nicht vorstellen, warum er eine Legende ist.

«Noch nie von dem gehört», erwiderte Samantha gelangweilt und sah sich ihre Fingernägel prüfend an.

«Du erkennst ja nicht mal ein Toast, wenn er vor dir liegt», gab Bee schnippisch zurück und verschränkte die Arme vor der Brust.

«Mir sagt er leider auch nichts», gab ich kleinlaut zurück und machte ein schuldbewusstes Gesicht.

«Das ist in Ordnung. Du bist noch neu», antwortete Bee mit engelsgleicher Stimme. Mit jedem seiner Schritte schien er Geschichten von vergangenen Schlachten und unermesslicher Erfahrung zu erzählen. Als er schließlich die Lichtung erreichte, auf der wir versammelt waren, fiel Stille über die Gruppe. Seine Augen glitten über jedes Gesicht.

«Guten Morgen», begrüßte uns Florim freundlich.

«Guten Morgen», grüßten wir ebenso höflich zurück.

«Mein Name ist Florim Toth und ich bin Soldat im Ruhestand, wie euch Bee bereits gesagt haben sollte», stellte sich der Soldat vor.

«Es ist mir eine große Ehre, vor Euch zu stehen Offizier Toth. Ich habe all eure Einsätze und Erfolge studiert und Ihr seid mein großes Vorbild», schwärmte Awrey, was Florim Toth leicht zum Schmunzeln brachte.

«Das freut mich zu hören Junge. Sprecht mich einfach mit Florim an. Ich bin schon lange Offizier im Ruhestand. Außerdem sind wir alle von der Mittelschicht und wir sollten uns mit gleichermaßen Respekt begegnen», erklärte der Soldat, wobei er mir kurz zuzwinkerte. «Heute bin ich nur noch Ausbilder und ich behandle all meine Schüler gleich, dabei ist mir ihr Stand egal», erklärte er weiter.

«Das ist super», antwortet Awrey hibbelig und warf dabei einen Seitenblick auf mich.

«Nun gut. Bitte stellt euch einmal kurz vor, damit ich weiß, mit wem ich zu tun habe», erwiderte der Offizier. «Fangen wir mit dir an», fügte er hinzu und nickte mir aufmunternd zu. Nachdem wir uns alle vorgestellt hatten und Florim immer wieder Fragen stellte, forderte er uns auf, ein paar Runden zu laufen, um uns aufzuwärmen.

«Wie soll Runden laufen uns helfen, uns zu verteidigen?», konnte ich Stefan Bee fragen hören. Er war ein schmächtiger junger Mann, bei dem man sich immer fragte, ob er sich sicher war, dass er mit uns kommen wollte. Stefan wurde jedoch von allen unterschätzt. Schon jetzt war er ein Meisterschütze und traf in allen Fällen sein Ziel. Unter anderem kam er mit, weil er vermutlich etwas für Bee empfand und er sie nicht alleine gehen lassen möchte.

«Vielleicht möchte er erst sehen wie lange wir durchhalten können», antwortete Bee schwer atmend.

«Im richtigen Kampf können wir uns auch nicht erst aufwärmen», ertönte die genervte Stimme von Samantha, woraufhin ich nur die Augen verdrehte.

«Wartete es doch einfach mal ab. Vielleicht wird das Training ja richtig cool und wir werden heute einiges lernen», versuchte Bee die beiden zu beruhigen. Bee hatte Recht. Wir sollten nicht vorschnell urteilen über die Trainingsmethode. Florim Toth bildet seit Jahren Soldaten aus. Er wird schon wissen, was zutun ist. Auch das Laufen um die Lichtung wird schon seinen Grund haben.

«Das sieht sehr gut aus. Ich habe, nicht damit gerechnet das ihr so lange durchhalten könnt, auch wenn ich einige bissige Kommentare gehört habe», lobte uns Florim, als wir nach einer Stunde nur Laufen hechelnd vor ihm standen. Samantha fächerte sich theatralisch Luft mit der Hand zu und stütze sich auf Awrey, dem ihr Verhalten mehr als unangenehm war.

«Wofür war das Ganze gut? Jetzt sind wir völlig fertig und jedes weitere Training wird sinnlos», sagte Samantha und nahm große Schlucke aus seiner Wasserflasche.

«Nein. Ich gönne euch nur eine kleine Pause. Es geht gleich weiter. Ich wollte wissen, wie lange ihr laufen könnt. Wenn ihr euch auf die Suche nach entführten Kindern begebt, dürft ihr nicht spazieren, sondern ihr müsst ein schnelles Tempo drauf haben. Vor allem wenn ihr vor irgendwas davon laufen müsst. Wenn euch eine Horde Vampyris

41

folgt, seid ihr glücklich, dass ihr schnell und lange laufen könnt und wenig Pausen machen müsst. Die Biester sind schneller als die meisten Vampire und euch haushoch überlegen. Merk euch das», vermittelte uns Florim. Stumm nickten wir alle und sahen uns verstohlen an.

«Gut, das ihr verstanden habt, dass ihr eine Mahlzeit seid», fügte Florim hinzu, worauf wir uns wieder verstohlen ansahen. «Seid bereit zu lernen», sagte er mit einer Stimme, die so tief und fest war wie das Erdreich unter unseren Füßen. «Und seid bereit zu kämpfen.»

Der Soldat gab uns hilfreiche Tipps im Nahkampf. Er forderte Awrey auf, seine Waffe zu ziehen und zu zeigen, wie er angriff. Awrey tat, was der Soldat verlangte. Die Klinge war aus einem schwarzen schimmernden Metall und der Griff, der herausragte, war schimmernd grün. Eine ungewöhnliche Waffe für einen angehenden Soldaten aus der Mittelschicht. Im vergangenen Jahr wurde er von der Polizei des Schlosses eingehend untersucht, weil vermutet worden war, dass er das Schwert gestohlen hatte. Es war eine teure Waffe, die im Normalfall nur ein Vampir aus dem Adel oder ein Mitglied der Fürstenfamilie trug. Awreys Familie gehörte im Mittelalter noch zum Adel in Ungarn. Ein Familienmitglied jedoch heiratete jemanden aus Rumänien und so wurde die Familie vom rumänischen Orden aufgenommen. Daher stammte das Schwert. Die Vampirpolitik in Ungarn war schwierig. Viele waren damals geflohen.

Nach einer schier endlosen, drei Stunden währenden Trainingssession, die unsere Körper bis an ihre Grenzen forderte, ließen wir uns erschöpft. Die Sonne stand tief am Horizont und tauchte die Welt in ein goldenes Licht, während wir versuchten, unsere zitternden Muskeln zu beruhigen und unseren Atem zu normalisieren. Jeder von uns war in Gedanken versunken, als wir die Strapazen des Tages Revue passieren ließen. Samantha, deren sonst so akkurat gestyltes Haar nun wild um ihr Gesicht wehte, kämpfte mit den Strähnen, um sie wieder zu bändigen. Ihr Make-up, das sie vor dem Training mit sorgfältiger Hand aufgetragen hatte, war durch Schweiß und Anstrengung verlaufen. Sie sah aus wie eine Kriegerin nach einer Schlacht im Regen.

«Er ist echt ein guter Kämpfer», sagte sie anerkennend und wischte sich eine Locke aus der Stirn. Awrey nickte zustimmend und folgte mit einem fast sehnsüchtigen Blick unserem Lehrer, der sich langsam entfernte und seinen Weg zurück zum Schloss antrat. «Ja, er ist wirklich gut», gab Awrey zu. Ich konnte nicht anders, als zuzustimmen.

«Awrey, es ist peinlich, wie du ihn anhimmelst», schnaubte Samantha plötzlich spöttisch. Auch ich hatte bemerkt, dass er Florim immer noch hinterher starrte. Awrey drehte sich zu ihr um und entgegnete mit einem Hauch von Bedauern in seiner Stimme.

«Ich bewundere ihn einfach nur. Er ist wirklich gut in dem, was er tut. Es ist nur schade, dass er seine Hilfe nicht schon viel früher angeboten hat. Nicht erst kurz vor den Prüfungen.»

«Das stimmt», pflichtete ich ihm bei und nickte nachdenklich. «Seine dauerhafte Unterstützung von Anfang an hätte uns sicherlich enorm weitergebracht.»

Samantha lachte höhnisch und fixierte mich mit einem herausfordernden Blick.

«Du hattest doch auch dein gutes Training mit dem ‹Hübschen›», sagte sie überheblich.

Ihre Worte trafen mich unvorbereitet und ich starrte sie verdutzt an.

«Was?», fragte ich verwirrt und spürte dabei eine Mischung aus Verlegenheit und Neugierde darüber, was sie wohl damit meinte.

«Narcis Ionesco. Der Typ mit den beeindruckend muskulösen Oberarmen», erklärte mir Samantha, während ein kicherndes Lachen ihre Lippen umspielte.

«Der ist doch nicht hübsch. Er ist manchmal echt furchtbar», entgegnete ich schnell.

«Der Charakter ist nicht wichtig. Das Aussehen zählt», behauptete sie und warf ihr dreckiges, wirres Haar mit einer Geste zurück, die ebenso überheblich wie selbstsicher war. Sie fixierte mich mit einem Blick, der keine Widerrede duldete.

«Dir also ist das Aussehen wichtiger als der Charakter?», fragte Awrey ungläubig und zog dabei seine Stirn in tiefe Falten.

«Natürlich. Warum sollte ich mit einer hässlichen Person etwas zu tun haben wollen oder gar mit so einer Person befreundet sein?», erklärte sie und blinzelte dabei auffällig mit ihren falschen Wimpern in Awreys Richtung. Er verzog das Gesicht, als hätte er in eine saure Zitrone gebissen, und erhob sich abrupt von seinem Platz im Gras.

«Was ist los?», fragte sie mit einem erneut überheblichen Ausdruck auf ihrem Gesicht.

«Du bist so oberflächlich», entfuhr es Awrey schließlich, seine Stimme durchtränkt von Enttäuschung und Unverständnis. «Ich habe Hunger und werde jetzt hochgehen.»

Ohne ein weiteres Wort drehte er sich um und verschwand in Richtung des Schlosses.

«Was hat er denn?», fragte Samantha verwundert in die Runde. Ihre Augen suchten nach Antworten, doch es schien ihr völlig fremd zu sein, wie ihre Worte auf andere wirkten. Vielleicht sollte ihr jemand die Augen öffnen? Doch ich wusste genau, dass ich mir ihren Zorn nicht auf mich ziehen wollte. Denn eines stand fest. Kritik an ihrer

Person würde Samantha niemals akzeptieren können.

«Vergiss es einfach», sagte Bee schließlich und
schüttelte resigniert den Kopf. Auch sie schien
ratlos angesichts Samanthas Persönlichkeit.

KAPITEL 4

Mit zitternden Knien und einem Herzen, das gegen meine Brust hämmerte, stand ich vor dem imposanten Schulgebäude, in dessen Innerem die erste Prüfung stattfinden sollte. Die Luft war erfüllt von einer Mischung aus Angst und Erwartung. Bee, die jahrelang Zeit gehabt hatte, sich auf diesen Moment vorzubereiten, stand neben mir. Trotz ihrer intensiven Vorbereitung war sie blass und ihre Augen flackerten nervös. Es schien, als würde sie jeden Moment unter der Last ihrer Nervosität zusammenbrechen. Um uns herum wimmelte es von anderen Prüflingen, deren Gesichter ebenso angespannt waren wie das unsere. Der schriftliche Teil der Prüfung stand bevor. Der Teil, den ich bei meinem Onkel gelernt hatte. In den letzten Wochen hatte ich mit Bee täglich mehrere Stunden lang gepaukt und mich sicher gefühlt. Doch jetzt, konfrontiert mit all den besorgten Mienen um mich herum, begann mein Selbstvertrauen zu bröckeln. Plötzlich war ich mir nicht mehr so sicher. Was würde mich erwarten? Hatte ich wirklich genug gelernt? Als endlich die Türen des Gebäudes aufschwangen und sich weit öffneten, strömten alle hastig hinein. Ein Meer aus Ehrgeiz und Hoffnung. Ein zierliches blondes Mädchen stolperte in dem Gedränge und wäre beinahe unter den Füßen der anderen Prüflinge zertrampelt worden, hätte nicht ein größerer Junge schnell reagiert und sie wieder auf die Beine gezogen. Mit einem dankbaren Lächeln bedankte sie sich bei ihrem Retter und ließ sich dann wieder von der Menge mitreißen. Drinnen sammelten sich die Prüflinge vor einem großen Brett, auf dem Namen neben Zimmernummern aufgelistet waren. Ich suchte fieberhaft nach meinem Namen. Doch er war nirgends zu finden. Hatte Ciprian sein Versprechen gebrochen und mich nicht angemeldet? Panik kroch in mir hoch wie eine dunkle Flut. Hastig überflog ich noch einmal die lange Liste der Namen, aber meiner stand definitiv nicht darauf.

«Du wirst deinen Namen hier wahrscheinlich nicht finden», sagte Bee ruhig neben mir und deutete auf eine andere Liste am anderen Ende des Raumes. Dort sammelte sich eine kleinere Gruppe von Jugendlichen. Die Kinder aus Fürstenfamilien. Ich schluckte schwer. Diese Trennung hatte ich nicht erwartet. Die Kinder von Fürstenfamilien wurden separat geprüft. In einem eigenen Raum, abgeschirmt von den anderen Prüflingen. Mit gemischten Gefühlen bahnte ich mir einen

Weg durch die Menge hinüber zur Liste der fürstlichen Prüflinge. Dort angekommen fand ich meinen Namen schnell. Elegant geschrieben und mit einer Zimmernummer versehen, die mich von den anderen trennte. Während ich meinen Blick über die Namen gleiten ließ, spürte ich eine seltsame Mischung aus Privileg und Isolation. Ich war einer von ihnen, ja – aber wollte ich das auch sein? Ich drehte mich um und ging zurück zu Bee, die einige Meter entfernt stand. Ihr Blick war fest auf mich gerichtet, doch ich konnte nicht übersehen, wie sie von den Kindern der Fürstenfamilien mit einem abschätzigen Blick gemustert wurde.

«Danke», murmelte ich niedergeschlagen, als ich neben ihr zum Stehen kam. Tief in mir hatte ich gehofft, dass Bee und ich Seite an Seite in einem Raum die Prüfung schreiben würden.

«Nichts zu danken», fügte sie lächelnd hinzu und ignorierte die anderen Fürstenkinder.

«Bis nachher», fügte ich hinzu und versuchte, ihr ein Lächeln zu schenken.

«Viel Glück. Das schaffst du schon», erwiderte sie mit einer Wärme in ihrer Stimme, die mir einen kleinen Schub an Zuversicht gab. Sie nahm mich in den Arm, eine Geste der Unterstützung und des Trostes.

«Dir auch viel Glück. Wir sehen uns danach», antwortete ich und erwiderte ihre Umarmung fest. Dann trennten sich unsere Wege. Bee folgte zwei

Mädchen in einen Raum für die allgemeinen Prüflinge, während ich mich zu der kleinen Gruppe gesellte, die aus den Kindern der Fürstenfamilien bestand.

«Hallo Liana», begrüßten sie mich mit einer Mischung aus Höflichkeit und Distanz. Ich lächelte ihnen zu, bemerkte jedoch sofort ihre gelassene Haltung. Sie wirkten entspannt und unbeschwert.

«Bist du aufgeregt?», fragte mich ein rothaariges Mädchen.

«Ja, ein wenig», gestand ich und verschränkte meine Hände nervös ineinander.

«Brauchst du nicht», entgegnete sie arrogant und ihr Lächeln breitete sich siegessicher aus. «Wir haben einen VIP-Status. Fürstenfamilien kommen immer durch die Prüfung. Egal wie schlecht wir sind. Kein Prüfer wagt es, einen von uns durchfallen zu lassen. Wir haben nicht mal gelernt.»

Ihre Worte ließen mich innerlich zusammenzucken. Auf der einen Seite bedeutete dieser VIP-Status für mich eine gewisse Sicherheit. Die Angst vor dem Versagen wurde gemildert. Doch auf der anderen Seite empfand ich es als zutiefst ungerecht gegenüber den anderen Prüflingen wie Bee, die hart lernen mussten, um diese Hürde zu meistern. Die Fürstenkinder wirkten so gelassen genau aus diesem Grund. Sie wurden ohne große Anstrengung durch das Leben geschleust. Vermutlich mussten sie dank ihres Reichtums nie wirklich arbeiten gehen. In diesem Moment kamen mir Samuels Worte in den Sinn. Er hatte behauptet, dass die Fürstenfamilien hochnäsig seien. Und jetzt sah ich selbst, dass er Recht hatte. Diese Jugendlichen würden nie erfahren müssen, was es heißt, sich etwas im Leben hart zu erarbeiten. Ich beschloss jedoch, nicht auf ihre prahlerische Aussage einzugehen, und lächelte stattdessen nur dümmlich zurück. Es war nicht der richtige Zeitpunkt für eine Auseinandersetzung. Stattdessen nahm ich mir vor, mein Bestes zu geben. Die Tür zum Prüfungsraum schwang mit einem lauten Knarren auf, und eine hochgewachsene schwarzhaarige Frau trat heraus. Ihr fremdartiger Akzent verlieh ihren Worten eine exotische Note.

«Kommt bitte herein und setzt euch auf die Plätze, wo ihr euren Namen finden könnt. Die Namen sind in alphabetischer Reihenfolge angeordnet.»

Ihre Stimme war bestimmt und ließ keinen Raum für Widerrede. Neben ihr stand eine kleine, stämmige Frau, deren ebenfalls schwarze Haare streng nach hinten gebunden waren. Ihr Gesichtsausdruck war so ernst und durchdringend, dass man sofort ahnen konnte, wie streng sie sein musste. Die beiden Frauen strahlten eine Aura der Autorität aus, doch zugleich schien es, als ob sie es bedauerten, gerade für die Aufsicht der Fürstenkinder eingeteilt worden zu sein. Ich scannte den

Raum schnell nach meinem Namen ab und fand ihn zügig in der zweiten Reihe. Der Raum war mit einzelnen Tischen bestückt, die in Dreiergruppen angeordnet waren. Ich nahm meinen Platz ein und bemerkte aus dem Augenwinkel, dass sich das Mädchen von eben neben mich setzte. Sanje Gaboran musste es sein, die Thronerbin der Fürstenfamilie Gaboran. Neugierig riskierte ich einen Blick auf ihr Namensschildchen und meine Vermutung bestätigte sich. Ciprian hatte mir erzählt, dass man es sich mit den Gaborans nicht verscherzen sollte. Sie galten als die einflussreichste Familie in Rumänien und waren bekannt für ihren immensen Reichtum. Die meisten Mitglieder der Familie lebten nicht im Schloss, sondern bevorzugten ihren prachtvollen Landsitz außerhalb der Stadtgrenzen. Gerüchte über ihre wahre Anzahl machten die Runde. Niemand wusste genau, wie groß ihre Sippe wirklich war. Über die Gaborans wurde viel gemunkelt. Insbesondere darüber, dass sie sich nie mit dem Gedanken anfreunden konnten, künstliches Blut zu trinken. Vielleicht war dies auch der Grund für ihre Zurückgezogenheit auf ihrem Landsitz. Fernab neugieriger Blicke konnte niemand überprüfen, welchen Traditionen sie tatsächlich nachgingen.

«Ist irgendwas?», fragte mich Sanje Gaboran mit hochgezogenen Augenbrauen. Ihre Stimme war kühl, durchdrungen von einer aristokratischen Distanziertheit, die mich unvermittelt aus meinen Gedanken riss. Mir wurde bewusst, dass ich sie die ganze Zeit angestarrt hatte, während ich über ihre Familie sinnierte.

«Nein, alles in Ordnung», erwiderte ich hastig und wandte meinen Blick ab, um meine Verlegenheit zu verbergen. Ich richtete meine Aufmerksamkeit wieder nach vorne, wo die beiden Lehrerinnen standen, und begannen, uns die Prüfungsmodalitäten zu erklären.

«Es ist besonders wichtig, dass ihr euch Zeit nehmt und jede Aufgabe wirklich gut durchlest», begann die streng aussehende Frau. «Wenn ihr bei einer Aufgabe nicht weiterkommt, dann bearbeitet bitte die Nächste und kommt am Ende darauf zurück. Behaltet die Zeit im Auge und bearbeitet die Aufgaben sorgfältig.»

Vor jedem von uns lag ein dicker Stoß Papiere. Die Aufgabenblätter und die unbeschriebenen Blätter für die Antworten. Ich spürte eine Mischung aus Anspannung und Entschlossenheit in mir aufsteigen. Ein kurzer Blick über die Schultern meiner Mitschüler zeigte mir jedoch, dass viele der Fürstenkinder immer noch eine Aura der Gelassenheit ausstrahlten.

«Gibt es noch Fragen?», fragte die kleinere der beiden Frauen mit einem freundlichen Lächeln, das einen seltsamen Kontrast zu ihrer ansonsten strengen Erscheinung bildete.

Ein Junge aus der letzten Reihe hob lässig seine Hand.

«Um welches Thema handelt es sich heute überhaupt?», fragte er mit einem Grinsen im Gesicht.

Die größere Frau schien für einen Moment aus der Fassung gebracht. Ihre Gesichtszüge entglitten ihr in einem Anflug von Ungläubigkeit. Ein allgemeines Gelächter brach unter den Fürstenkindern aus. Ein Zeichen ihrer Überheblichkeit und ihres Desinteresses an den akademischen Herausforderungen, denen wir gegenüberstanden. Ich presste meine Lippen zusammen und versuchte, mich nicht von dem Spott ablenken zu lassen. Stattdessen konzentrierte ich mich darauf, mein Bestes zu geben. Unabhängig davon, wie sehr andere ihre Privilegien missbrauchen mochten. In diesem Raum wollte ich beweisen, dass Wissen und harte Arbeit mehr zählen sollten als ein Name oder Titel.

«Das solltet ihr normalerweise wissen. Es geht heute um Geschichte», entgegnete die größere Frau mit einer Strenge in ihrer Stimme, die keinen Widerspruch duldete. Sie ließ sich auf die Kante des Lehrerpultes nieder. Die kleinere Frau neben ihr schüttelte nur stumm den Kopf, als ob sie das Verhalten der Fürstenkinder bedauerte.

«Ihr habt sechzig Minuten Zeit, die Aufgaben zu bearbeiten», verkündete sie und nahm auf einem Stuhl in der letzten Reihe Platz. Von dort aus hatte sie einen perfekten Überblick über alle Prüfungsteilnehmer. Ohne einen weiteren Moment zu verlieren, drehte ich mein Aufgabenblatt um und begann sofort, mich auf die erste Frage zu konzentrieren. Ich spürte den Druck, beweisen zu müssen, dass ich es ernst meinte. Neben mir bemerkte ich, wie Sanje Gaboran mit einer beinahe lässigen Geste ihr Blatt umdrehte. Ihr Gesichtsausdruck verriet keine Eile oder Sorge. Während ich mich durch die Fragen arbeitete, stieß ich auf einige Schwierigkeiten. Ich konnte die meisten Aufgaben bearbeiten, aber es gab Momente des Zweifels. Gab es Themenbereiche, die ich mit meinem Onkel gar nicht durchgegangen war? Oder hatte der Stress der Prüfungssituation meine Erinnerungen verschleiert? Ich biss mir auf die Lippe und versuchte mich zu konzentrieren. Jede Frage fühlte sich an wie ein Schritt durch ein Minenfeld des Wissens. Ich musste tief in meinem Gedächtnis graben und alles abrufen, was ich gelernt hatte. Die Zeit schien im Flug zu vergehen und jeder Blick zur Uhr ließ meinen Puls schneller schlagen.

«Die Zeit ist um. Bitte legt eure Stifte auf die Seite und dreht eure Lösungen um», verkündete die kleinere der beiden Lehrerinnen mit einer Stimme, die durch den Raum schnitt wie ein scharfes Messer. Währenddessen begann ihre

Kollegin, die größere Frau mit dem strengen Blick, behutsam und systematisch die Lösungsblätter einzusammeln.

«Ihr habt jetzt eine halbe Stunde Pause, und danach beginnt die zweite Prüfung. Seid bitte pünktlich zurück», fuhr sie fort. «Für diejenigen unter euch, die es noch nicht wissen sollten. Die nächste Prüfung befasst sich mit Etikette.»

Sie ließ ihren Blick über uns schweifen, als wolle sie jeden Einzelnen von uns daran erinnern, dass Disziplin und Anstand ebenso geprüft werden würden wie unser Wissen. Kaum hatten die Lehrerinnen alle Blätter eingesammelt, sprang ich von meinem Platz auf und verließ hastig den Prüfungsraum. Draußen fragte ich mich, ob Bee und die anderen auch schon fertig waren. Mein Blick fiel auf Samantha, die auf einer Bank saß und ein grimmiges Gesicht machte. Trotz ihrer offensichtlichen Verärgerung beschloss ich, zu ihr hinüberzugehen.

«Hey. Wie lief deine Prüfung?», fragte ich vorsichtig und bot ihr ein freundliches Lächeln an. Samantha warf mir einen vernichtenden Blick zu und schleuderte ihr blondes Haar theatralisch zurück.

«Das fragst ausgerechnet du?», entgegnete sie spitz. Ihre Reaktion traf mich unvorbereitet.

«Was ist denn los?», erkundigte ich mich perplex. Warum musste sie immer so gemein sein?

Ihr Verhalten war wie ein Dornenbusch. Jeder Versuch der Annäherung schien nur weitere Stiche hervorzurufen. Doch trotz ihrer abweisenden Art konnte ich eine Spur von Verletzlichkeit in ihren Augen erkennen, als ob hinter ihrer Fassade mehr steckte als nur der Wunsch, unangenehm zu sein.

«Tu nicht so ahnungslos. Wahrscheinlich hast du noch Spaß daran, wenn andere durch die Prüfung fallen, weil du die Prüfungen ja sowieso schaffst», warf sie mir vor, ihre Stimme zitterte vor unterdrückter Wut und Enttäuschung. Mit einem stolzen, aber wackeligen Gang stand sie auf und ging davon. Ihre Haltung wirkte gekünstelt selbstbewusst, doch als sie Awrey erreichte, brach ihre Fassade zusammen. Sie warf sich ihm an den Hals und begann zu schluchzen. Awrey, sichtlich überrascht von dieser emotionalen Überschwemmung, löste sich sanft von ihr und machte ein besorgtes Gesicht. Seine Augen suchten nach einer Erklärung für ihren Ausbruch, doch fanden keine. Samanthas Schluchzen steigerte sich nur noch mehr.

«Warum heult sie?», fragte mich plötzlich Bee, die mit einem energischen Schwung neben mich auf die Bank plumpste.

«Die Frage kann ich dir leider auch nicht beantworten», erwiderte ich kopfschüttelnd. «Sie saß hier auf dieser Bank und ich hatte sie gefragt, wie die Prüfung lief. Dann hat sie mich angezickt und ist zu Awrey rübergegangen.»

«Sehr komisch», murmelte Bee. «Samantha war einmal eine meiner engsten Freundinnen, als wir noch Kinder waren», begann Bee, ihre Stimme trug einen Hauch von Nostalgie. «Sie war nicht immer so arrogant.» Ihr Blick ruhte nachdenklich auf Samantha, die in einiger Entfernung stand.

Verwirrt zog ich die Stirn in Falten.

«Was ist passiert?», fragte ich, meine Neugier geweckt durch Bees ungewöhnlich offene Worte.

Bee seufzte tief und drehte sich zu mir um. In ihren Augen lag ein Schimmer von Traurigkeit, der mir bisher verborgen geblieben war.

«Es liegt an ihrer Familie», sagte sie leise und begann nervös ihre Hände zu kneten. Ich erwiderte ihren Blick stumm und wartete darauf, dass sie fortfuhr. «In Vampirgesellschaften ist es unüblich, dass sich ein Paar scheiden lässt. Man mag getrennte Wege gehen, aber eine Scheidung gilt als letzter Ausweg.» Sie machte eine kurze Pause, als müsste sie die richtigen Worte finden. «Aber Samanthas Eltern ließen sich rechtlich scheiden. Ihr Vater hat darauf bestanden. Er hatte sich in eine deutlich jüngere Frau verliebt, die nur kurzzeitig zu Besuch im Schloss weilte.»

Bee schüttelte den Kopf, als könne sie selbst kaum glauben, was sie erzählte. «Kurz nach der Scheidung heiratete er diese andere Frau, doch auch diese Ehe hielt nicht lange. Samanthas Vater war ein angesehener Arzt hier im Schloss. Seine Fähigkeiten und sein tadelloses Ansehen hatten der Familie fast einen Adelsstatus verliehen. Einige der Adelsfamilien und sogar eine Fürstenfamilie wollten Samantha schon als Kind besser kennenlernen und sie spielte mit einigen Fürstenkindern».

Ihre Stimme wurde leiser und bitterer mit jedem Wort. «Die erste Scheidung kratzte bereits an seinem Ruf. Die zweite Scheidung zerstörte ihn vollends. Seine erste Frau nahm Samantha mit sich und entzog ihr damit den Namen ihres Vaters. Sie war kein Teil dieser ehemals angesehenen Familie mehr.»

Ich konnte sehen, wie schwer diese Geschichte auf Bee lastete. «Samanthas Vater verfiel in Depressionen, verlor seinen Job und schließlich auch seinen Willen hierzubleiben.» Bee blickte auf ihre Hände hinab, als könnte sie dort Antworten finden.

«Und Samantha? Ihre Mutter wurde strenger mit ihr. Das Leben bestand nur noch aus Verboten und Regeln.» Bee sah wieder auf und ihr Blick traf den meinen. «Mit dem makellosen Aussehen von Samantha versucht ihre Mutter nun verzweifelt, einen Adligen für sie zu finden. Um das Ansehen der Familie wiederherzustellen. Samantha ist älter als wir. Es kratzt an ihrem Stolz, dass sie damals ein Schuljahr wiederholen musste. Sie konnte dem Unterrichtsinhalt nicht folgen und die Lehrer fanden es besser, dass sie das Jahr aussetzt, als sich ihre Eltern so im Krieg befanden. Samantha wird in wenigen Wochen achtzehn. Wäre alles anders gelaufen, hätte sie letztes Jahr bereits ihre Prüfung absolviert.»

Ich folgte Bees Blick zu Samantha hinüber, die gerade Lachte. Ein Lachen, das nun so hohl klang in meinen Ohren.

«Das klingt furchtbar», sagte ich leise. «Ihre Mutter benutzt sie für ihr eigenes Wohlergehen.»

«Ja», stimmte Bee zu und ihre Augen wurden feucht vor Trauer. «Es ist widerlich. Samantha war früher abenteuerlustig; wir haben uns mit den Jungs geprügelt und waren unzertrennlich.» Ein Lächeln huschte über ihr Gesicht bei der Erinnerung an vergangene Tage.

«Wir kannten jeden Winkel dieses Schlosses», fuhr sie fort. «Wir haben Geheimgänge hinter Gemälden entdeckt und sind bis in die Kanalisation vorgedrungen. Haben uns sogar mit Kindern aus den untersten Schichten angefreundet.»

Ich legte tröstend meine Hand auf ihren Rücken. «Was ist mit ihrem Vater geschehen?»

Bee zuckte mit den Schultern. «Er zog ins Dorf und arbeitete dort als Arzt, aber nur für kurze Zeit.» Ihre Stimme sank zu einem Flüstern herab. «Dann verschwand er eines Nachts ohne ein

Wort. Man munkelt, er habe Selbstmord begangen.»

Die Schwere dieser Enthüllung hing zwischen uns wie ein dunkler Schleier. Eine Tragödie, die weit über das hinausging, was man einem Kind zumuten sollte. In diesem Moment verstand ich Samantha besser. Hinter ihrer Fassade verbarg sich, ein gebrochenes Herz und eine zerrissene Seele.

Bee wandte sich mir wieder zu und wechselte das Thema.

«Erzähl mal, wie war die Prüfung für dich?»

«Soweit ganz gut», antwortete ich langsam und ließ meinen Kopf hängen. «Aber ich hatte einige Schwierigkeiten.»

«Ganz normal für jemanden, der noch nicht so lange hier ist», tröstete Bee mich mit einem aufmunternden Lächeln.

«Und bei dir? Wie lief es?», fragte ich zurück.

«Oh, sehr gut!», verkündete Bee mit einem breiten Grinsen im Gesicht. «Ich habe genau richtig gelernt und konnte jede Frage beantworten.»

Ihre Begeisterung war ansteckend und trotz meiner eigenen Unsicherheiten spürte ich ein warmes Gefühl der Freude für meine Freundin. In diesem Moment wurde mir klar, dass unabhängig von den Herausforderungen des Tages echte Freundschaft eine Quelle der Stärke sein kann. Nach der kurzen Pause stand das nächste Fach auf dem Programm. Etikette. Ein Thema, das mir persönlich widerstrebte und dessen Nutzen ich für das wahre Leben anzweifelte. War es nicht offensichtlich, wie man sich zu benehmen hatte? Zumindest sollte dies für die meisten Bewohner dieses Schlosses gelten.

«Wie ihr wisst, geht es jetzt mit Etikette weiter», verkündete die größere der beiden Lehrerinnen mit einer Stimme, die Ruhe und Autorität ausstrahlte. «In diesem Fach habt ihr alle einen Vorteil, da ihr entsprechend eurer Herkunft erzogen wurdet.»

Ein belustigtes Schnauben hallte durch die Reihen der Schüler. Die Lehrerin jedoch behielt ihr freundliches Lächeln bei. In Wahrheit war wohl niemandem hier wirklich klar, was wahre Etikette bedeutete. Das einzige, was viele Mitglieder dieser Fürstenfamilien zu beherrschen schienen, war Arroganz und Eitelkeit.

«Ihr werdet einzeln geprüft», fuhr sie fort und deutete mit einer Handbewegung an, dass wir den Raum verlassen sollten. «Bitte wartet draußen, bis ihr aufgerufen werdet.»

Die Prüfung verging rasend schnell. Jeder Teilnehmer war nur wenige Minuten im Raum. Die Lehrerinnen machten sich keinerlei Mühe, uns überhaupt richtige Aufgaben zustellen. Draußen nach der Prüfung traf ich auf Bee, deren Gesichtsausdruck so düster war wie ein Himmel kurz vor einem Gewitter. Schulterzuckend ließ ich mich neben ihr auf eine Bank fallen.

«Ein unnötiges Fach», murmelte ich mehr zu mir selbst als zu ihr.

Sie nickte zustimmend. «Da hast du Recht.»

Anfangs hatte ich angenommen, dass Etikette das leichteste aller Fächer sein würde, schließlich ging es doch nur um gutes Benehmen. Aber ich sollte eines Besseren belehrt werden. Dieses Fach forderte weit mehr als bloße Höflichkeit. Es ging um subtile Regeln des gesellschaftlichen Umgangs, um diplomatisches Geschick und die Kunst der Konversation. Fähigkeiten, die in den höheren Kreisen über Erfolg oder Misserfolg entscheiden konnten.

«Wusstest du, dass man als Fürstenfamilienmitglied tanzen muss?», fragte ich entgeistert.

«Ja. Sowas habe ich mal gehört. Bei dir und bei mir sind es auch zwei völlig verschiedene Prüfungen», erwiderte Bee niedergeschlagen.

«Bei dir lief die Prüfung auch nicht gut oder?», fragte ich sie vorsichtig.

«Leider nicht wirklich», gab sie zurück.

Die nächsten Prüfungen waren allgemeine Themen wie Mathe und Sprachen. Meinen Kopf in die Hände gestemmt, versuchte ich alle Aufgaben sorgfältig und schnell zu bearbeiten, was mir auch gut gelang. Die Matheaufgaben löste ich erstaunlich gut, für das, dass es eigentlich ein Unterrichtsfach war, mit dem ich in meinem früheren Leben so gar nicht zurechtkam. Sprachen, bereitete mir dann doch etwas mehr Schwierigkeiten, weil ich die rumänische Sprache noch nicht so perfekt konnte und ich in der kurzen Zeit nicht die Möglichkeit hatte, mehr zu lernen. Mir war schleierhaft, weshalb alle Prüfungen an einem einzigen Tag gelegt wurden. Gegen Mittag hatten wir eine zweistündige Pause und im Anschluss waren die letzten Prüfungen in Geometrie und Biologie dran. Diese Themen hatte ich mit Ciprian nicht weiter vertieft, nachdem er gesehen hatte, dass der Schulstoff in der rumänischen Vampirschule dem in der menschlichen Schule sehr ähnlich war. In meinen früheren menschlichen Leben hätte ich dieses Jahr ebenfalls meinen Abschluss gemacht. In mir brandete das Gefühl von Verlust auf. Meine Kehle wurde eng. Ich dachte an meine Freundinnen, die ich in München bis zu meinen Umzug nach Frankfurt hatte. Sie hatten bereits ihre Prüfungen und somit ihren Schulabschluss in der Tasche. Sie würden eine Ausbildung beginnen oder auf weiterführende Schulen gehen, während ich in einem Schloss mit Vampiren saß. Als junges Mädchen hatte ich viele Bücher gelesen. Ein Leben bei Vampiren war für viele ein Traum. Das war es auch für mich, als ich eine Vampirgeschichte gelesen hatte, die in einer Stadt mit dem Namen Forks spielte. Wie hätte ich vermuten sollen, dass es irgendwann einmal meine Realität sein wird? Auch wenn die Vampire in meiner Welt nicht glitzerten.

KAPITEL 5

Noch bevor die ersten Strahlen der Morgensonne den Horizont küssten, war ich bereits wach und voller Unruhe. In meiner kleinen Wohnung schritt ich auf und ab, mein Herz pochte wie ein Trommelwirbel gegen meine Brust. Heute stand sie an. Die Prüfung in Angriff und Verteidigung. Es war nicht nur ein Test meiner kämpferischen Fähigkeiten, nein, es ging auch darum, strategisches Geschick und geistige Wendigkeit zu beweisen. Ich nahm mir die bereitgelegte Kleidung. Sie bestand aus einer schwarzen Trainingshose und einem schwarzen eng anliegenden Top. Auf dem Rücken stand, mein Name und eine Prüfungsnummer. Dazu trug ich eine dunkle Jacke, auf der ebenfalls auf dem Rücken mein Name, und eine Nummer gedruckt war. Die Zeit schlich dahin, bis endlich der Moment kam, an dem ich mich zum Frühstück begeben konnte. Mit hastigen Schritten eilte ich in den Speisesaal, der bereits zum Bersten voll war mit jungen Kriegern und Kriegerinnen, deren Gesichter von derselben gespannten Erwartung gezeichnet waren wie meines. Sie alle würden heute ihre letzte Prüfung ablegen.

Der erste Teil der Prüfung würde theoretisch sein. Eine volle Stunde lang würden wir unser Wissen über Waffenarten demonstrieren müssen und zeigen, dass wir verstanden hatten, worauf es im Umgang mit diesen tödlichen Werkzeugen ankam. Ich schnappte mir hastig etwas zu essen und ließ mich an einem freien Tisch nieder, da ich keinen meiner Freunde ausmachen konnte. Seltsam, dachte ich mir, sie müssten doch auch hier sein. Meine Frühstücksflocken verschlang ich in Windeseile. Kaum hatte ich den letzten Bissen hinuntergewürgt, sprang ich auf und stürmte aus dem Speisesaal direkt zur Sporthalle. Vor der Halle herrschte ein reges Treiben; Schülerinnen und Schüler drängten sich zwischen Lehrkräften und anderen Erwachsenen, unter denen sich auch einige Soldaten befanden. Offiziere in glänzenden Uniformen. Plötzlich durchbrach eine vertraute Stimme das Stimmengewirr.

«Liana, hier sind wir!»

Ich drehte mich ruckartig um und suchte nach der Quelle des Rufes. Da entdeckte ich den feurigen roten Haarschopf von Bee, die wild mit ihren Händen winkte.

«Ihr seid ja schon alle hier!», rief ich erleichtert aus und lief auf sie zu. Wir fielen uns in die Arme.

«Wir konnten vor Aufregung kaum schlafen und sind gleich zum Speisesaal gegangen», erklärte Bee mit zittriger Stimme, während sie mich noch immer festhielt. «Ich habe vor Nervosität kaum einen Bissen herunterbekommen.»

Sanft löste ich mich aus ihrer Umarmung und lächelte ihr Mut machend zu.

«Ich habe dafür eine riesige Schüssel Frühstücksflocken verschlungen», sagte ich und versuchte, mit einem Lachen die aufkommende Nervosität zu überspielen.

«Dann hast du ja für Bee gleich mitgefrühstückt», entgegnete Awrey, sein Grinsen breitete sich über das ganze Gesicht aus. Seine Worte brachten ein paar schmunzelnde Zustimmungen von den anderen.

«Bist du aufgeregt?», wandte er sich dann an mich, seine Augen funkelten vor Vorfreude und einem Hauch von Anspannung.

«Ja», gab ich zu und spürte, wie meine Hände hinter meinem Rücken begannen, sich nervös zu verkrampfen. «Und ihr?», fragte ich und ließ meinen Blick über die Gesichter meiner Freunde schweifen.

«Sehr», antwortete Ferenc mit einer Stimme, die kaum mehr als ein Flüstern war. Er war das schwächste Mitglied unserer Gruppe, nicht körperlich, sondern in seinem Selbstvertrauen. Die Prüfung würde für ihn zur Zerreißprobe werden.

«Der Vorteil ist, dass die Fürstenkinder nicht von uns getrennt sind. Sie werfen uns alle zusammen in den Topf», erklärte Awrey und sein Grinsen wurde noch breiter.

«Warum soll das ein Vorteil sein?», fragte Bee skeptisch und zog dabei eine Augenbraue hoch. Ihre Frage hing in der Luft wie ein ungelöstes Rätsel. Awrey lehnte sich zurück und verschränkte die Arme hinter dem Kopf.

«Weil sie unter ihrem Hochmut und ihrer Arroganz begraben sind», sagte er selbstsicher. «Sie haben vielleicht das Blut der Adligen in ihren Adern, aber wenn es hart auf hart kommt, fehlt es ihnen an echter Erfahrung. Sie verlassen sich auf ihren Status statt auf ihre Fähigkeiten.»

Bee lächelte schließlich ein entschlossenes Lächeln eines Kriegers kurz vor der Schlacht. «Dann lasst uns diesen Adligen zeigen, was wir draufhaben.»

«Wir haben die Möglichkeit, alles mit anzusehen. Die Galerie oben ist offen für Zuschauer, und ich würde wirklich zu gerne beobachten, wie sich einige dieser hochnäsigen Kids eine Blamage einfangen», sagte Awrey mit einem verschmitzten Funkeln in den Augen. «Die Prüfer sind gestandene Offiziere, und sie werden von einigen Soldaten unterstützt, die als Sparringspartner fungieren. Bei den schriftlichen Tests mögen diese Adelssprösslinge ja noch durchkommen aber im Kampf haben sie keine Chance».

«Das könnte tatsächlich interessant werden», stimmte Bee mit einem anerkennenden Nicken zu.

«Ich dachte immer, die gleiten durch jede Prüfung wie durch Butter», warf Samantha ein wenig skeptisch ein und blickte Awrey direkt an.

«Ja, weil die meisten Lehrer vor ihrem Adelstitel kuschen», erwiderte Awrey und sein Grinsen wurde breiter. «Aber die Soldaten? Die scheren sich einen Dreck um deren hochtrabende Herkunft. Ich hatte mal das Vergnügen, bei einer Trainingseinheit zuzusehen. Glaub mir, die Kids wurden von ihrem Ausbilder ordentlich rangenommen.»

Man konnte es ihm ansehen, es bereitete ihm eine heimliche Freude, wenn die Adelskinder einmal nicht mit Samthandschuhen angefasst wurden.

«Lass uns reingehen und nachschauen, wann wir dran sind», unterbrach Ferenc das Gespräch mit einer nervösen Stimme. Er wirkte sichtlich angespannter als der Rest von uns. Gemeinsam betraten wir das imposante Gebäude, in dem unsere Prüfung stattfinden sollte. Im Inneren herrschte ein geschäftiges Treiben. Überall eilten Prüflinge und Erwachsene umher. Einige riefen Anweisungen über den Lärm hinweg, andere waren vertieft in ihre Unterlagen oder gingen letzte Strategien im Kopf durch.

«Wir müssen uns dort drüben anstellen», erklärte uns Awrey mit einem ernsten Blick, während er auf einen langen Tresen deutete, hinter dem bereits eine Schlange von Prüflingen wartete. «Dort erhalten wir unsere Zimmernummer für die schriftliche Prüfung.»

Während wir uns in der Reihe einreihten, konnte ich meine Neugier nicht zügeln.

«Ich habe im Schloss noch nie so viele Vampirkinder gesehen. Wo verstecken die sich denn?», fragte ich Bee, während ich mich umsah.

«Nicht alle wohnen im Schloss, nicht einmal annähernd die Hälfte von denen, die du hier siehst», antwortete Bee leise und ihr Blick wurde nachdenklich. «Du musst verstehen, dass nicht jeder das Glück hat wie wir, eine richtige Schule mit qualifizierten Lehrern zu besuchen.»

«Was meinst du damit?», hakte ich ebenso leise nach.

«Viele Kinder kommen aus entlegenen Gebieten Rumäniens. Für diese Prüfungen müssen sie weite Wege zurücklegen und währenddessen hier unterkommen», erklärte sie weiter und ihre Stimme trug einen Hauch von Melancholie.

«Aber wer unterrichtet sie dann normalerweise?»

«Ihre Eltern oder andere Familienmitglieder. Manchmal gibt es in einer Gemeinschaft jemanden, der sich der Ausbildung der Kinder annimmt.

Aber oft fehlt es diesen Lehrern an den Kenntnissen und Fertigkeiten, die uns hier im Schloss vermittelt werden.»

Bee seufzte leise.

«Die Kinder von außerhalb haben es wirklich schwer bei den Prüfungen. Viele scheitern und bekommen dann keine Chance auf eine bessere Position in unserer Gesellschaft. Sie enden in seltsamen Berufen».

«Aber das ist doch ungerecht! Jeder sollte das Recht auf eine ordentliche Bildung haben», entfuhr es mir empört.

Bee zuckte nur bedauernd mit den Schultern, als ob sie sagen wollte: So ist die Welt – nicht fair, aber real. In diesem Moment fühlte ich eine Mischung aus Wut und Entschlossenheit in mir aufsteigen.

«Du bist Prinzessin. Ändere etwas, wenn du auf dem Thron sitzt», flüsterte Awrey mir zu, ohne meinen Blick zu erwidern. Seine Worte hallten in meinem Kopf wider und ließen mich kurz innehalten. Er hatte Recht. Vielleicht lag es tatsächlich in meiner Macht, Veränderungen herbeizuführen, sobald ich die Nachfolge antreten würde. Diese Aussicht auf meine Zukunft schien plötzlich nicht mehr nur eine Bürde zu sein. Die Fürstenfamilien hatten es bisher versäumt, sich für die Bildung der Kinder außerhalb des Schlosses einzusetzen. Das war meine Chance, etwas zu bewirken. Doch wie sollte ich das anstellen? Der Gedanke daran war überwältigend und zugleich beflügelnd. Als ich an der Reihe war, meine Unterlagen entgegenzunehmen und einem Raum zugewiesen zu werden, konnte ich ein genervtes Stöhnen nicht unterdrücken. Natürlich wurde niemand anderes als Samantha mir zur Seite gestellt. Mit einem breiten Grinsen verabschiedete sie sich von den anderen und wir machten uns auf den Weg zum zugewiesenen Raum. Ich hatte nur einen flüchtigen Blick auf die Unterlagen geworfen. Sie enthielten Anweisungen zum Ablauf der schriftlichen Prüfung und wiesen uns an, danach direkt zur großen Sporthalle zu gehen. Dort würden wir erneut eingeteilt werden. Die praktische Prüfung würde alphabetisch abgehalten werden und jeder Teilnehmer durfte zusehen. Geprüft wurden wir von Offizieren und ranghohen Soldaten.

«Warum grinst du so?», fragte ich Samantha, deren Selbstsicherheit mich verunsicherte.

Mit einem Schulterzucken ließ sie ihr Haar über die Schulter fallen. «Ich bin einfach neugierig, wie du dich schlagen wirst», zwitscherte sie vergnügt und ihr Grinsen wurde noch überheblicher. «Alle reden davon, dass du dich in den letzten Monaten so gut entwickelt hast.»

«Aha», entgegnete ich knapp. Was hätte ich auch sagen sollen? Es war offensichtlich, dass sie darauf hoffte, mich heute scheitern zu sehen. Besonders nachdem ich die vorherigen Prüfungen Recht erfolgreich gemeistert hatte. Doch das wollte ich ihr nicht gönnen. Keinesfalls wollte ich ihr meine Unsicherheit offenbaren, die mit jedem ihrer Worte stärker wurde. Mit festem Schritt ging ich neben ihr her, entschlossen meine Fassade der Zuversicht aufrechtzuerhalten. Heute würde ich beweisen müssen, dass ich mehr als nur eine Prinzessin war.

«Dann viel Glück», sagte Samantha mit einem spöttischen Lächeln, das mehr Herausforderung als Freundlichkeit verhieß, als wir vor dem Raum standen, der für die schriftliche Prüfung vorgesehen war.

«Dir auch», erwiderte ich leise, meine Stimme kaum mehr als ein Hauch von Nervosität. Mit zögernden Schritten betrat ich den riesigen Raum, der bereits von einer gespannten Stille erfüllt war. Ich suchte mir schnell einen Platz und ließ mich auf den harten Stuhl nieder. Einige bekannte und unbekannte Gesichter streiften meinen Tisch und wünschten mir Glück. Plötzlich durchschnitt das donnernde Kommando eines älteren Offiziers die Stille.

«Ruhe!»

Seine Stimme hallte durch den Raum wie ein Peitschenschlag. Alle Gespräche verstummten augenblicklich.

«Jetzt findet eure schriftliche Abschlussprüfung im Fach Angriff und Verteidigung statt», begann er mit einer Stimme, die so scharf war wie die Klinge eines Schwertes. «Ich hoffe, jeder von euch hat ausreichend gelernt und ist bestens vorbereitet. Wenn nicht, seid ihr selbst schuld.»

Er machte eine dramatische Pause und sein Blick wanderte drohend über uns alle hinweg. «Ich will niemanden von euch im neuen Schuljahr wiedersehen müssen. Sollte das doch der Fall sein, wird es das härteste Jahr eures Lebens werden. Ihr werdet leiden.»

Sein letztes Wort hing bedrohlich in der Luft.

«Habt ihr das verstanden?» Sein Brüllen ließ uns zusammenzucken. Erschrockenes Nicken breitete sich wie eine Welle durch die Reihen aus.

«Gut», zischte er nun etwas leiser, aber nicht weniger einschüchternd. «Während ich euch eure Aufgaben austeile, lasst ihr sie unberührt liegen. Ihr beginnt gemeinsam und beendet sie gemeinsam.»

Der Offizier ging langsam zwischen den Tischen umher und legte jedem Schüler einen Stapel Papier hin. «Wer es wagt, das Papier vorher zu berühren, fliegt raus.» Seine Augen funkelten gefährlich bei diesen Worten. «Solltet ihr vor Ende fertig sein, dreht das Blatt um und legt es an den Rand des Tisches.» Er hielt inne und sein Blick bohrte sich in jeden Einzelnen von uns. «Achtung… einmal umgedreht gibt es kein Zurück mehr. Wer dann nochmals nach seinem Papier greift, fliegt ebenso raus.»

Die Spannung im Raum war fast greifbar. Man konnte die kollektive Anspannung förmlich spüren.

«Hat das jeder verstanden?» Seine Frage klang wie ein Ultimatum.

Wieder ging ein eifriges Nicken durch die Reihen, als ob die Köpfe der Prüflinge von unsichtbaren Fäden gezogen würden. Ich atmete tief durch, versuchte meine Gedanken zu ordnen und mich auf das zu konzentrieren, was vor mir lag. Der Soldat schien zufrieden mit der Disziplin, die er in den Raum gebracht hatte, und verteilte mit einer gewissen Strenge die Stapel aus Papier an jeden Schüler. Plötzlich erhob sich eine zarte Stimme aus der Stille. Ein zierlicher blonder Junge, nur eine Reihe vor mir, wagte es, den Offizier anzusprechen.

«Was willst du?», fragte der Soldat barsch und ließ sich schwer auf seinen Tisch nieder.

«Wie lange haben wir Zeit für die Prüfung?», erkundigte sich der Junge mit einer Stimme, die so fein war wie das Zwitschern eines Vogels. Der Soldat hob spöttisch eine Augenbraue und sein Blick schien den Jungen zu durchbohren.

«Das System gibt 90 Minuten vor», antwortete er herablassend. «Ich bin mir aber sicher, dass ihr das auch schneller schafft.» Sein Lächeln war alles andere als freundlich.

«Weitere Fragen?» Er blickte kurz auf seine Armbanduhr, als würde er jede Sekunde zählen.

Niemand meldete sich mehr. Alle waren zu sehr damit beschäftigt, ihre eigene Anspannung zu beherrschen.

«Dann fangt endlich an», sagte er leise – so leise, dass man ihn kaum verstehen konnte. Doch das Rascheln von umgedrehten Papieren und das vereinzelte Seufzen verrieten, dass seine Worte angekommen waren. Ich überflog rasch die erste Seite. Allgemeine Fragen zum Umgang mit Waffen. Ein Kinderspiel für jeden, der auch nur im Entferntesten etwas davon verstand. Die nächsten vier Seiten jedoch stellten mich vor eine Herausforderung. Pflege und Instandhaltung von Waffen. Innerlich fluchte ich über meine Nachlässigkeit in diesem Bereich. Viele Punkte standen auf dem Spiel und ich konnte oft nur dürftige Antworten geben. Die folgenden Seiten widmeten sich Kampf- und Verteidigungstechniken. Mein Herzschlag beschleunigte sich bei jedem Wort, das ich las. Und dann kamen die letzten Seiten. Überleben und medizinische Versorgung. Überrascht stellte ich fest, dass dieses Thema Teil der Prüfung war. Doch glücklicherweise fiel es mir leichter als gedacht. Als ich zur letzten Seite kam, ließ ich meinen Blick kurz durch den Raum schweifen. Die meisten meiner Mitschüler waren noch tief in ihre Aufgaben versunken. Die Uhr am anderen Ende des Raumes mahnte mich daran, dass nicht mehr viel Zeit blieb. Der Soldat fixierte mich einen Moment lang mit einem durchdringenden Blick. Seine Augen wurden zu Schlitzen. Schnell senkte ich meinen Kopf wieder und konzentrierte mich auf meine letzte Aufgabe. Ich warf einen flüchtigen Blick zu Samantha und konnte Ehrgeiz und Entschlossenheit in ihren Augen blitzen sehen. Sie war tief über ihre Arbeit gebeugt. Mit neuer Entschlossenheit bearbeitete ich die letzten medizinischen Fragen und nutzte die verbleibenden Minuten dazu, meine Antworten noch einmal zu überprüfen. Oft offenbarte ein zweiter Blick Details oder Zusammenhänge, die einem beim ersten Durchgang entgangen waren. Die Zeit verrann wie Sand zwischen den Fingern und jeder Moment wurde kostbarer als Gold. Mit einem letzten prüfenden Blick legte ich meinen Stift nieder.

«Die Zeit ist um. Dreht bitte eure Aufgabenblätter um und legt sie auf den Tisch. Ich sammle sie dann anschließend ein», kommandierte der Soldat mit einer Stimme, die durch den Raum schnitt wie ein kalter Windstoß. Einige meiner Mitschüler zuckten zusammen, ihre Stifte klirrten auf das Holz der Tische. Reflexartig folgte ich der Anweisung, drehte mein Blatt mit einer präzisen

Bewegung um und platzierte es exakt an den oberen Rand des Tisches.

«Wenn ihr die Unterlagen, die ihr am Gebäudeeingang erhalten habt, sorgfältig durchgelesen habt, wisst ihr ja, wo ihr jetzt hingehen müsst», fuhr der Soldat fort und begann mit militärischer Effizienz, die Papierstapel in einen Koffer zu packen, dessen Schloss mit einem befriedigenden Klicken einrastete. Die Schüler strömten aus dem Prüfungsraum.

«Konntest du überhaupt eine Frage beantworten?», fragte mich Samantha mit einem spöttischen Lächeln auf den Lippen.

«Die meisten waren einfach und ich konnte sie problemlos beantworten. Aber einige Fragen waren tatsächlich sehr kompliziert», entgegnete ich gelassen und zuckte dabei mit den Schultern.

«Ahja. Bei mir lief es sehr gut. Ich konnte jede einzelne Frage mit Leichtigkeit beantworten», prahlte sie und warf dabei grinsend ihr Haar zurück. Innerlich verdrehte ich die Augen.

«Liana!», rief plötzlich eine vertraute Stimme meinen Namen. Ich drehte mich um und erblickte Bee allein an einem Kiosk stehen. Ihre Umarmung war stürmisch und voller Energie.

«Die Prüfung lief wirklich perfekt für mich. Wie war es bei euch?», fragte Bee enthusiastisch.

«Bei mir war es auch perfekt», erwiderte Samantha kühl und ließ ihren Blick über die Menge schweifen, als suche sie nach jemandem oder etwas Bestimmtem.

«Awrey hatte seine Prüfung in einem anderen Gebäudetrakt und ist bestimmt schon zur praktischen Prüfung in die Halle gegangen, falls du ihn suchen solltest», erklärte Bee mit einem Augenrollen. Ohne ein weiteres Wort oder einen Blick zurück verschwand Samantha in Richtung Halle.

«Sie kann so anstrengend sein», seufzte ich genervt und verfolgte Samanthas Rückzug noch einen Moment lang.

Bee nickte nachdenklich und sah ihr ebenfalls hinterher. «Manchmal frage ich mich…», begann sie, brach aber ab und schüttelte leicht den Kopf.

«Gehen wir auch zu der nächsten Prüfung», sagte sie dann entschlossen und blickte mich direkt an. Ihre Augen funkelten vor Vorfreude auf die Herausforderungen, die noch vor uns lagen. Gemeinsam machten wir uns auf den Weg zur Halle für die praktische Prüfung. Unsere Schritte hallten synchron durch die Gänge des Gebäudes. Die Luft war elektrisiert von Erwartungen und leisen Gesprächen. Mit Bees fester Hand an meinem Arm fühlte ich mich bereit für das Kommende.

KAPITEL 6

Am Eingang zur Halle, die als Arena für unsere Prüfung diente, herrschte ein geschäftiges Treiben. Die gesamte Halle war mit Monitoren ausgestattet, auf denen die Nummern aufleuchteten, sobald ihre Träger zur Prüfung antreten sollten. Die Nummern trugen wir auf dem Oberteil und an einem Band am Handgelenk. Das Innere des Prüfungsortes glich einem Ameisenhaufen. Schüler, Lehrer und Soldaten samt ihrer Assistenten wuselten umher, jeder in seiner eigenen Welt aus Nervosität und Konzentration. Trotz des Andrangs gelang es uns, einen Platz auf der Tribüne zu ergattern. Von dort aus hatte ich einen guten Blick auf das Geschehen und auf die gegenüberliegende Seite, wo Adels- und Fürstenfamilien saßen. Sie waren gekommen, um Zeugen der letzten Prüfung zu sein, ein Spektakel von Bedeutung und Tradition. Zwischen ihnen saßen auch einige Prüflinge, die entweder bei ihren Freunden oder Familien Unterschlupf gefunden hatten. Die ersten Nummern wurden aufgerufen. In jeder Runde traten vier Schüler an, jeder unter den wachsamen Augen eines Soldaten und eines Helfers. Ein Offizier stand bereit, um die Leistungen zu bewerten. Ein kurzes akustisches Signal ertönte und markierte den Beginn der Prüfung. Als knapp zwei Stunden vergangen waren und ich mehrere Gruppen bei den Prüfungen beobachten konnte, blitzte meine Nummer auf einem der Displays auf. Mein Herz setzte einen Schlag aus. Hastig erhob ich mich von meinem Platz und stieg mit zitternden Knien die Treppe hinab. Die Reihenfolge war zufällig. Am Sammelplatz angekommen, stellte ich fest, dass ich meine Prüfung zusammen mit drei anderen Jungen ablegen würde. Gesichter ohne Namen für mich bis zu diesem Moment. Wir warfen uns gegenseitige Blicke zu. Manche voller Entschlossenheit, andere maskierten ihre Angst hinter einer Fassade von Gleichgültigkeit. Wir wurden in die Mitte der Halle geführt, wo alles bereitstand für das, was kommen sollte. Hindernisse für Geschicklichkeitstests, Waffen für Kampfübungen und Erste-Hilfe-Ausrüstung für medizinische Simulationen. Der Offizier gab uns ein knappes Nicken. Mit jedem Schritt spürte ich das Gewicht der Blicke auf mir lasten. Von den Tribünen herab beobachteten uns neugierige Augenpaare aus allen Gesellschaftsschichten. Ich atmete tief durch und versuchte, mich zu sammeln.

«Hallo», begrüßte ich sie höflich.

«Hey. Bist du vorbereitet?», fragte mich der kleinste von den dreien.

«Ich habe viel trainiert», gab ich freundlich zurück.

«Viel Glück», wünschte er uns, woraufhin ich freundlich zurück nickte. Auf dem Prüfungsplatz standen noch die vier Mädchen und hatten noch ein paar Minuten Zeit. Der Schweiß stand mir auf der Stirn und ich konnte fühlen, wie er mir am Rücken hinunterlief. Trotz der kühlen Luft in der Halle und meines luftigen Trainingsanzugs war mir plötzlich viel zu heiß. Zwanghaft versuchte ich, mir mit der Hand Luft zuzufächeln, was aber nicht viel half.

«Alles ok?», fragte mich mein Kamerad und warf mir einen besorgten Blick zu.

«Ich bin nur nervös», antwortete ich und zwang mich zu einem knappen Lächeln.

«Du siehst so aus, als würdest du jeden Moment umfallen. Setz dich doch einfach noch kurz hin und trink ein Schluck», schlug er vor und zeigte auf einen Stuhl, der ganz in unserer Nähe stand.

«Es geht schon. Danke», erwiderte ich freundlich und der Junge wandte sich wieder nach vorne.

«Vielen Dank an diese wirklich hervorragenden Damen. Das beste Beispiel für hartes und langes Training», verkündete eine Lautsprecherstimme und die vier Mädchen verließen den Platz auf der gegenüberliegenden Seite. Dort mussten alle bereits geprüften Schüler durch. Man sah auch niemanden von den bereits Geprüften wieder, weshalb sich die Halle merklich geleert hatte.

«Jetzt wird es ernst», murmelte einer von den dreien Jungs.

«Die nächsten Teilnehmer sind Gustaw Michalek, Jacenty Nowitzki, Lew Rogalski und Liana Dimitrios. Herzlich willkommen zu eurer letzten Prüfung», verkündete die Lautsprecherstimme und wir gingen nacheinander auf den Platz. Der Junge direkt vor mir drehte sich halb um und warf mir einen argwöhnischen Blick zu, als mein Namen aufgerufen wurde. Als wir uns auf dem Platz vor den Soldaten einfanden, verstummte der Beifall. Freundlich blickte ich den Soldaten und den Offizier an, die mir zugeteilt waren. Dem Soldaten vor mir stand der Schweiß auf der Stirn und sein Shirt sah auch nicht mehr so frisch aus. Der Soldat nickte mir freundlich zu, während der Offizier mich mit steinernem Gesicht musterte. Bei seiner Musterung wurde mich ganz anders und die Nervosität schlug erneut zu. Langsam ließ ich meinen Blick über die Tribüne schweifen und sah, dass Bee zwei gedrückte Daumen hochhielt. Unweigerlich musste ich grinsen. Schade das ich sie nachher nicht so unterstützen konnte. Auf der Tribüne für die Adelsfamilien und Fürstenfamilien konnte ich Ciprian sehen, der mir nur einen raschen Blick zuwarf und sich dann wieder mit dem Mann neben ihm unterhielt. So viel zu Familie.

Tief durchatmend konzentrierte ich mich wieder auf meine Prüfer.

«Sind die Prüflinge bereit?», fragte die Lautsprecherstimme und wir vier nickten einstimmig.

«Hervorragend. Dann kann es losgehen», dröhnte die Stimme aus den Lautsprechern, die mich unweigerlich an die Ankündigung eines Boxkampfes erinnerte. Noch war ich in meinen Gedanken gefangen, als der Soldat mich plötzlich mit einer Wucht angriff, die mich fast zu Boden riss. Mit letzter Kraft und schnellen Reflexen wehrte ich seine Schläge mit meinem Unterarm ab. Der Frontalangriff hatte mich kalt erwischt. Ich war darauf nicht vorbereitet gewesen. Was ist meine Aufgabe hier? Ein hastiger Blick zur Seite verriet mir, dass auch die anderen Jungs von dem Angriff überrascht waren, doch einer von ihnen fand schnell ins Geschehen und startete einen Gegenangriff. Der Soldat zog sich für einen Moment zurück, und ich nutzte die Atempause, um mich neu zu positionieren. Ich scannte sein Profil, suchte nach einer Schwachstelle in seiner Verteidigung. Doch das war leichter gesagt als getan. Der Soldat bewegte sich mit einer Geschwindigkeit, die kaum Raum für Gegenaktionen ließ. Unbeeindruckt setzte er seine Attacke fort. Eine Salve aus Händen und Füßen prasselte auf mich nieder. Inmitten des Chaos versuchte ich verzweifelt, mich an jede einzelne Lektion zu erinnern, die Narcis und

Razvan mir beigebracht hatten. Ich wartete auf den perfekten Moment zum Kontern. Aber wann würde dieser Moment kommen? Dann ließ der Soldat kurz seinen rechten Arm sinken. Eine winzige Öffnung in seiner Deckung. Ohne zu zögern ließ ich meinen Fuß vorschnellen, traf jedoch nur seine Handfläche, da er blitzartig seinen Arm hob und meinen Tritt blockierte. Verdammt! Ich musste schnell handeln und analysierte sein Angriffsmuster. Welcher Arm führte? Als er wieder zum Schlag ausholte, griff ich zu. Packte seinen Arm und vollführte eine geschmeidige Drehung unter ihm hindurch. Sein Arm wurde hinter seinem Rücken fixiert und gab mir die Gelegenheit, ihn zu Boden zu werfen. Mit einem Sprung landete ich auf seinem Brustkorb und presste meine Hände gegen seine Kehle. Ein triumphierendes Grinsen breitete sich auf meinem Gesicht aus. Doch dann spürte ich einen Griff von hinten. Der Soldatenschüler hatte mich überrumpelt. Narcis Worte hallten in meinem Kopf wider.

«Vergiss niemals deine Umgebung. Du weißt nie, wie viele Gegner es wirklich sind.»

Mit aller Kraft rang ich darum, mich aus den Fängen des Schülers zu befreien. Der Soldat war bereits wieder aufgestanden und legte nun seine Hände an meine Kehle. In diesem kritischen Augenblick ertönte das Signal. Die fünfzehn Minuten waren vorüber. Sofort löste sich der Griff des

Schülers und er trat zurück an seine Position neben dem Soldaten und dem Offizier. Mein Herz sank. Hatte ich versagt? Hatte mein kurzer Triumph über den Soldaten dazu geführt, dass ich das Wesentliche aus den Augen verloren hatte?

«Deine Verteidigung und dein Angriff waren okay», begann der Offizier mit strenger Stimme. «Ausbaufähig aber das kann man lernen. Für jemanden, der noch nicht lange hier ist, war es wirklich sehr gut.»

Er machte eine Pause und sein Blick bohrte sich in meinen.

«Dein Fehler war jedoch gravierend. Du hast dich über deinen kleinen Sieg gefreut und dabei deine Umgebung vollkommen vergessen. Du darfst dich erst freuen, wenn deine Gegner besiegt sind. Tot oder handlungsunfähig. Nicht vorher.»

Die Worte trafen mich wie ein Schlag.

«Bin ich durchgefallen?», fragte ich mit einem Hauch von Enttäuschung in meiner Stimme.

«Das wird erst am Ende entschieden», erwiderte der Offizier mit einer Stimme, die keine Widerrede duldete. «Du musst noch andere Aufgaben absolvieren, wie den Geschicklichkeitstest und die Simulation für medizinische Versorgung», fügte er hinzu, während sein Blick mich taxierend musterte. Natürlich, das hätte mir klar sein müssen. Schließlich hatte ich stundenlang anderen Prüflingen dabei zugesehen, wie sie sich durch die verschiedenen Herausforderungen kämpften. Ich folgte dem Offizier und seinen Begleitern zu den nächsten Tests, mein Herzschlag noch immer unregelmäßig. Der Geschicklichkeitstest begann mit einer Aufgabe, die meine Fähigkeiten im Umgang mit Schusswaffen auf die Probe stellte. Wir betraten einen großen Kasten. Einen Raum aus bruchsicherem und schalldichtem Glas. Innen war eine Reihe von Zielen aufgestellt, jedes darauf wartend, von meiner Hand getroffen zu werden. Die Waffe fühlte sich vertraut in meiner Hand an. Ich atmete tief durch und ließ meine Instinkte übernehmen. Nachdem das Echo der Schüsse verklungen war, ging es weiter zur Feinmotorik und Montage. Vor mir lagen Teile von Waffen und Zelten, zerlegt in ihre Einzelteile. Meine Hände zitterten leicht. Stück für Stück setzte ich die Komponenten zusammen. Die Belastbarkeitstests waren eine Tortur für Körper und Geist, doch es war der Navigationstest, der mir Sorgen bereitete. GPS-Signale konnte ich deuten, doch bei den alten Papierkarten fühlte ich mich wie ein Seemann ohne Kompass auf offener See. Ich rang darum, mich an die Schulungen zu erinnern. Linien zu deuten, Wege zu erkennen. Schließlich kam die medizinische Simulation. Vor mir lag eine Soldatin. Bewusstlos nach einer simulierten Explosion gegen eine Wand geschleudert. Die Szenerie wirkte erschreckend realistisch. Mein Puls beschleunigte sich wieder beim Anblick ihres reglosen Körpers. Ich schluckte schwer und rief mir Darjas Lehren ins Gedächtnis zurück. Jede Lektion über Erste Hilfe und Notfallversorgung. Mit zitternden Händen begann ich die Behandlung. Als ich endlich fertig war und aufsah, stand der Offizier da. Seine Augen hatten jede meiner Bewegungen verfolgt. Ein kurzes Nicken seinerseits war alles, was ich bekam.

«Da vorne geht es raus», sagte er und verwies mich in die Richtung, in der die anderen drei Jungs bereits gingen. Eilig holte ich auf.

«Bei dir sah es nicht so gut aus», sagte der kleinere der drei Jungs, während er mich mit einem Blick voller Mitleid bedachte. Ich konnte nur stumm mit den Schultern zucken, unfähig, Worte für meine Enttäuschung zu finden. Als wir den Ausgang erreichten, wurde uns die Tür von einer unsichtbaren Hand geöffnet. Wir traten hindurch und fanden uns in einer Dunkelheit wieder, die von einem modrigen Geruch durchzogen war.

«Wieso ist es hier dunkel?», erklang die verunsicherte Stimme eines der Jungs. Bevor ich antworten konnte, zerriss das Zischen von Schüssen die Stille und Kugeln prallten knapp hinter uns an der Wand ab. Der Kleinere – Lew – reagierte blitzschnell, machte einen Hechtsprung hinter einen Container und riss mich mit sich. Gustaw, ein weiterer Junge unserer Gruppe, ging ächzend zu Boden, seine Brust zierte nun einen riesigen blauen Farbfleck – Paintball. Wir waren immer noch inmitten einer Prüfung.

«Das ist eine Prüfung», zischte ich Lew zu, während mein Puls gegen meine Schläfen hämmerte. Er nickte grimmig und spähte vorsichtig hinter dem Container hervor. Jacenty, der dritte im Bunde, hatte sich hinter einer halbhohen Mauer verschanzt.

«Komm hier rüber», flüsterte Lew ihm zu. Doch Jacenty schüttelte nur stumm den Kopf.

«Dann werde ich auch getroffen», protestierte er leise.

Gustaw lag indes benommen am Boden. Sein Stöhnen zeugte von Schmerz oder Schock.

«Wir müssen ihm helfen», flüsterte ich entschlossen.

«Es ist nur Farbe», entgegnete Lew kurz angebunden und beobachtete weiterhin die Dunkelheit.

«Wäre es nur Farbe, wäre er nicht so benommen», insistierte ich wütend.

Lew gab nach. «Du hast Recht. Aber wie sollen wir ihm helfen?»

Ich warf einen Blick zu Jacenty, der immer noch regungslos in Deckung kauerte.

«Jacenty, du bist näher dran. Kannst du ihn zu dir ziehen?», fragte ich leise.

Doch Jacenty schüttelte sofort den Kopf. Angst stand ihm ins Gesicht geschrieben.

«Hey du Idiot! Das ist eine verdammte Prüfung und wir müssen zusammenarbeiten!», fuhr Lew ihn an. «Man lässt niemanden zurück. Das lernt man schon in der Grundschule!»

Jacenty rollte mit den Augen: «Ich habe aber keine Lust auf diesen Kampf. Ich will bei meinem Dad im Büro arbeiten.»

«Das ist kein Kampf! Es ist eine Prüfung! Und wenn du sie nicht bestehst, kannst du nirgends einen Beruf erlenen», sagte Lew.

Die Zeit schien stillzustehen. Jeder Moment dehnte sich endlos aus.

«Ich mach das», sagte Lew schließlich entschlossen. Er spähte noch einmal vorsichtig um die Ecke des Containers und sprintete dann los. Mit einer Mischung aus Mut und Verzweiflung zog er Gustaw zu uns herüber. Gerade rechtzeitig, um einem weiteren Schuss auszuweichen.

«Alles ok?», fragte ich Lew und kontrollierte, ob er was abbekommen hatte.

«Ich bin okay», erwiderte er atemlos. «Dort vorne gibt es Waffen, habe ich gesehen», erklärte er.

«Welche Waffen?», fragte ich.

«Pistolen», antwortete er knapp. Gustaw kam gerade wieder zu sich.

«Leute. Passt bloß auf. Das Zeug haut euch von den Füßen. Das ist Betäubung. Von sowas hat mir meine Schwester erzählt. Eigentlich wird das nur beim Soldatentraining verwendet und nicht bei der Abschlussprüfung. Je nachdem wo ihr getroffen werdet, ist die Betäubung stärker. Kopfschuss seid ihr komplett ausgenockt. Da seid ihr wie tot», erklärte er.

«Gut zu wissen», sagte Lew.

«Wir müssen an die Waffen kommen. Hier muss es irgendwo einen Ausgang geben», sagte ich leise.

«Die Prüfung muss ja auch enden also müssen wir den Ausgang finden», sagte Gustaw und spähte zu den Waffen. «Die sind echt weit weg», staunte er.

«Ja aber das schaffen wir. Wir müssen uns aufteilen. Nicht auf einen Haufen laufen», sagte Lew.

«Liana und ich laufen als Erstes und gleich danach kommen du und Jacenty», sagte Lew an Gustaw gewandt.

«Vergiss es. Ich bleibe hier», sagte Jacenty schnell und hielt sich schützend die Hände über den Kopf.

«Dann fällst du durch die Prüfung Junge», sagte Gustaw mit erhobenen Augenbrauen.

«Mir egal», antwortete er.

«Feigling», flüsterte Gustaw, was ihm einen bösen Blick von Lew einfing.

«Wir sollten nicht streiten Leute. Wir müssen die Prüfung bestehen», sagte ich schnell, weil ich das Gefühl bekam, dass sie sich gleich in die Haare bekamen.

«Dann gehen wir ohne Jacenty weiter. Ich habe keine Lust, wegen ihm die Prüfung nicht zu bestehen», erklärte Gustaw mit einer trotzig herausfordernden Stimme. Seine Entschlossenheit war ansteckend und ich fand mich nickend wieder.

«Er hat Recht», stimmte ich zu, während ein Gefühl der Dringlichkeit in mir aufstieg. Jacenty könnte tatsächlich das Zünglein an der Waage sein, das über unser aller Schicksal entschied.

«Wenn du es dir anders überlegst, kannst du uns immer noch folgen. Vielleicht lenken wir die Angreifer auf uns», bot Lew an, während er einige Waffen zurückließ. Eine stumme Einladung für Jacenty, sich uns anzuschließen, sollte er seine Furcht überwinden. Jacenty jedoch blieb stumm und regungslos, was Lew sichtlich frustrierte. Er ließ resigniert die Schultern sinken.

«Los jetzt. Heute Abend kommt Fußball im Fernsehen und das will ich nicht verpassen», sagte Gustaw plötzlich, als wäre dies ein ganz normaler Nachmittag.

«Das ist jetzt nicht dein Ernst», entgegnete Lew ungläubig und ich konnte nur kopfschüttelnd meinen Blick abwenden. Gustaws Gleichgültigkeit war fast schon komisch in dieser angespannten Situation.

«Ich laufe zuerst», verkündete Lew dann entschlossen und sprintete los. Zu unserer Überraschung fielen keine Schüsse und er erreichte sicher den nächsten Container, wo er zwei Waffen griff und verschwand.

«Du bist als Nächstes dran», wies Gustaw mich an. Mit einem tiefen Atemzug rannte ich los, meine Sinne aufs Äußerste geschärft. Glücklicherweise erreichte auch ich den Container unversehrt und fand dort Lew wartend vor. Kurz darauf gesellte sich auch Gustaw zu uns, bewaffnet und bereit. Jacenty hockte noch immer hinter seiner Mauer.

«Lass uns weitermachen. Da vorne geht es weiter», instruierte Lew mit ruhiger Autorität. «Passt auf eure Umgebung auf und bleibt zusammen.»

Ich warf einen letzten Blick zurück zu Jacenty, mein Herz schwer von Mitleid für den Jungen, der sich selbst im Stich ließ.

«Der Kerl ist etwas dumm», murmelte Gustaw hinter mir.

«Sei leise», zischte Lew warnend von vorn.

An einer roten Mauer angekommen, nutzten wir die Deckung für eine kurze Verschnaufpause.

«Wir brauchen einen Plan», flüsterte ich, während meine Augen unablässig die Umgebung absuchten.

«Die Prüfung ist eigentlich simpel. Wir müssen hier herauskommen, ohne Farbe abzubekommen», sagte Lew nachdenklich und prüfte dabei seine Waffe. «Gustaw, aus welcher Gesellschaftsschicht kommst du?»

«Warum willst du das wissen?», fragte er. Gustaws Augen verengten sich misstrauisch bei der Frage.

«Weil unsere Gruppe eine Thronerbin beinhaltet», offenbarte Lew überraschend. «Ich komme aus der unteren Mittelschicht eines Dorfes in der Nähe. Fernab vom Schlossunterricht. Also woher kommst du?»

«Aus der untersten Schicht. Ich bin ein Waise und arbeite und lebe auf einer Farm etwas weiter weg von hier», gestand Gustaw mit gesenktem Blick.

«Dann ist unsere Prüfung klar. Liana ist das wichtigste Mitglied in unserer Gruppe. Da Jacenty raus ist, ist seine Stellung nicht mehr wichtig», erklärte Lew mit einer Ernsthaftigkeit, die keinen Raum für Zweifel ließ. «Man hat uns jahrelang eingebläut, dass der Schutz der Fürstenfamilien das höchste Gebot ist. Und genau darum geht es in dieser Prüfung: Liana um jeden Preis zu beschützen, selbst wenn wir dabei draufgehen.»

«Das kann nicht deren Ernst sein», protestierte ich hitzig. Die Vorstellung, dass ihr Leben weniger wert sein sollte, als das einer Thronerbin, war mir zutiefst zuwider.

«Leider hat er Recht», entgegnete Gustaw bitter und sein Blick traf mich mit einer Intensität, die mich erschaudern ließ.

«Ich finde es grausam, dass die Prüfung für euch bedeutet zu sterben, nur weil ihr aus keiner hohen Schicht kommt», sagte ich leise, meine Stimme zitternd vor Empörung.

«Es geht nicht direkt ums Sterben. Die Prüfung testet unser logisches und schnelles Denken. Darauf zu kommen, was wirklich zählt», korrigierte Lew mich schnell. «Sie prüft unsere Loyalität und Vernunft anzuerkennen, dass die Thronerbin in unserem Team nun mal die wichtigste Person ist. Zudem wird unser kämpferisches Können auf die Probe gestellt. Ich bin mir sicher, dass sogar Jacenty Teil der Prüfung ist. Ein Test unserer Teamfähigkeit.»

«Aber Jacenty hat sich dagegen entschieden», fügte Gustaw hinzu. «Und noch wichtiger in unserer Gesellschaft ist es, niemals das ganze Team oder die Thronerbin in Gefahr zu bringen. Nur wegen einer Person, die sich nicht beherrschen kann.»

«Klingt logisch», musste ich widerwillig zugeben, obwohl mir bei dem Gedanken Unbehagen durchfuhr.

Wir setzten unseren Weg fort. Gustaw an der Spitze, ich in der Mitte und Lew direkt hinter mir. Unsere Blicke huschten nervös nach oben. Jederzeit konnte von dort ein Angriff erfolgen. Selbst für Vampiraugen war es hier zu dunkel. Nur das Echo unserer schnellen Schritte hallte von den Containern zurück. Plötzlich bog Gustaw um eine Ecke, viel zu hastig. Ein Hinterhalt! Schüsse krachten durch die Dunkelheit und ein greller grüner Fleck explodierte auf seinem Oberschenkel. Gustaws Aufschrei gellte durch den Raum und im nächsten Moment waren wir alle in höchster Alarmbereitschaft. Der Geruch des Farbgeschosses erfüllte den Raum.

«Och Mist, nicht schon wieder», stöhnte Gustaw, während er sich mit einem Ausdruck des Ärgers zurückfallen ließ. «Mein Bein ist taub», zischte er durch zusammengebissene Zähne.

Ich eilte zu ihm und zog ihn hastig zurück hinter den schützenden Container, während Lew an der Ecke des Containers in Stellung ging und die Umgebung mit scharfen Augen absuchte.

«Ich kann niemanden sehen», flüsterte er konzentriert, sein Blick fest auf das ungewisse Dunkel gerichtet. «Kannst du laufen, Gustaw?», erkundigte er sich, ohne seine Deckung aufzugeben.

«Ich glaube nicht. Mein Oberschenkel fühlt sich an, als wäre er nicht mehr da», antwortete Gustaw mit schmerzverzerrtem Gesicht.

«Verdammt», entfuhr es Lew genervt.

«Was machen wir jetzt?», fragte ich, meine Stimme von Unsicherheit gezeichnet, während ich immer wieder nervös nach oben blickte. Plötzlich ertönte ein Schuss aus Lews Waffe und ein gedämpfter Aufschrei durchbrach die Stille.

«Hab einen», murmelte Lew triumphierend.

«Wo?», flüsterte ich und trat neben ihn, bereit zu unterstützen.

«Schütz die andere Seite und Gustaw», wies er mich an. Ich folgte seinem Befehl sofort und bezog Position auf der gegenüberliegenden Seite des Containers, meine Augen suchten fieberhaft nach Bewegungen im Schattenreich unserer Gegner. Gustaw saß am Boden und massierte seinen getroffenen Oberschenkel.

«Ich sehe niemanden», berichtete ich und hielt meinen Blick wachsam auf die dunklen Verstecke gerichtet.

«Sie wissen, wie man sich tarnt», kommentierte Lew knapp. «Gustaw, kannst du weiterlaufen?»

«Wenn ihr mich ein wenig stützt dann bestimmt, aber nicht allein. Ich spüre kaum mein Bein», gestand Gustaw und überprüfte dabei seine Waffe.

«Liana, hilf ihm hoch», befahl Lew ohne Umschweife. Ich trat an Gustaws Seite und bot ihm meine Hilfe an.

«Dass mir mal eine Prinzessin aufhilft, hätte ich nie gedacht», scherzte Gustaw trotz seiner misslichen Lage und warf mir ein schiefes Grinsen zu.

«Halt die Klappe», zischte Lew ungeduldig. «Du bist jetzt schon zum zweiten Mal getroffen worden und bist nur ein Hindernis für uns. Nochmal schleifen wir dich nicht mit.»

«Sei in Zukunft vorsichtiger», mahnte ich Gustaw leise, während ich ihm half aufzustehen.

«Leg deinen Arm um mich, aber bilde dir nichts darauf ein», sagte ich bestimmt zu Gustaw gewandt.

«Na klar», erwiderte er noch immer grinsend und legte seinen verschwitzten Arm um meine Schulter. Ich packte ihn fester als nötig und zog ihn grob hoch.

«Nicht so grob», beschwerte sich Gustaw, während er versuchte, sein Gleichgewicht zu finden.

«Du hast nur ein taubes Bein und keine ernsthaften Verletzungen, also brauche ich nicht zärtlich zu sein», entgegnete ich trocken, während ich ihn stützte. Aus dem Augenwinkel sah ich, wie Lew ein kaum wahrnehmbares Lächeln unterdrückte. Gustaw schnaubte nur verärgert, aber es war keine Zeit für lange Diskussionen.

«Ich kann niemanden mehr sehen. Am besten gehen wir direkt weiter», flüsterte Lew mit einer Stimme, die vor Anspannung vibrierte. «Bleibt hinter mir.»

Ich nickte knapp und folgte ihm mit Gustaw im Schlepptau. Jeder meiner Schritte war bedacht und leise. Das letzte, was wir jetzt brauchten, war es, unsere Position durch unachtsames Geräusch preiszugeben. Lew schritt voraus, seine Waffe stets im Anschlag und bereit auf jede Bewegung zu reagieren. Auch Gustaw hielt trotz seiner Behinderung seine Waffe griffbereit und scannte die Umgebung mit einem wachsamen Blick. Die Prüfung setzte sich fort. Eine endlose Suche nach dem Ausgang in diesem Labyrinth aus Containern und Schatten. Unsere Nerven waren zum Zerreißen gespannt. Jeder von uns wusste, dass der nächste Angriff jederzeit erfolgen konnte. Schließlich erreichten wir eine große metallische Schiebetür. Sie wirkte kalt und abweisend in der düsteren Umgebung der Halle. Ich spürte, wie mein Herzschlag sich beschleunigte. War dies das Ende oder nur eine weitere Falle? Lew näherte sich vorsichtig der Tür und untersuchte sie auf Fallen oder Alarmsysteme. Seine Finger glitten über das kalte Metall, während seine Augen jede Ritze absuchten.

«Sieht sicher aus», murmelte er schließlich und gab uns ein Zeichen näherzukommen. Mit vereinten Kräften schoben wir die schwere Tür beiseite. Ein quietschendes Geräusch durchbrach die Stille und ließ uns alle zusammenzucken.

KAPITEL 7

Ich hörte das Knacken von Lautsprechern.

«Herzlichen Glückwunsch. Ihr seid am Ende eurer Prüfung angelangt», hallte eine weibliche Stimme plötzlich durch die Lautsprecher über uns. Die Worte schwebten durch die Luft, schwer und bedeutungsvoll, und ließen uns alle in unseren Bewegungen erstarren. Lew blieb wie angewurzelt stehen und richtete seinen skeptischen Blick nach oben, woher die Stimme gekommen war. Am Ende des langen Ganges vor uns schwang eine Tür auf, und eine elegant gekleidete Dame trat ins Licht der spärlichen Beleuchtung. Sie lächelte uns mit einer kühlen Distanziertheit an, die mehr verhüllte als offenbarte.

«Das ist die Ausbildungsleiterin für Rumänien», flüsterte mir Gustaw leise ins Ohr, während ich nur leicht nickte, um meine Kenntnisnahme zu signalisieren.

«Haben wir bestanden?», fragte Lew unvermittelt, seine Waffe immer noch im Anschlag haltend.

«Das wird danach entschieden. Folgt mir bitte», erklärte sie mit einer Stimme, die keinen Widerspruch duldete, bevor sie sich umdrehte und wieder hinter der Tür verschwand.

«Seid wachsam. Es kann sich immer noch um eine Prüfung handeln», warnte Lew uns mit gedämpfter Stimme.

«Das glaubst du doch selber nicht», entgegnete Gustaw, dessen Schritte nun fester und sicherer wirkten als noch Minuten zuvor. Mit einem letzten misstrauischen Blick folgte Lew der Aufforderung durch die schwere, unscheinbare Tür. Was wir dahinter vorfanden, war nicht das, was wir erwartet hatten. Drei Männer und drei Frauen standen da. Alle in eleganter Kleidung, als wären sie zu einem formellen Empfang geladen statt Teil einer Prüfung.

«Ihr habt euch sehr gut geschlagen», sagte eine männliche Stimme. Bekannt und doch überraschend. Jacenty stand direkt neben der Tür und blickte uns mit einem offenen Gesichtsausdruck entgegen. Ein kleines Lächeln spielte um seine Lippen.

«Du bist ein Prüfer. Ich habe es mir gedacht», stöhnte Lew genervt aus und ließ endlich seine Waffe sinken, als Jacenty einen warnenden Blick darauf warf.

«Kann man so sagen, Lew. Du hast wirklich Verstand bewiesen und deine Leistung bei dieser Prüfung war hervorragend», lobte Jacenty ihn anerkennend. Ich beobachtete, wie Lews Haltung sich veränderte. Sein Körper straffte sich vor Stolz und Erleichterung zugleich.

«Liana, deine Prüfung war bis hierhin durchaus zufriedenstellend. Du hast Teamgeist bewiesen und gezeigt, dass du Anweisungen befolgen kannst. Eine Eigenschaft, die in deinem Rang selten zu finden ist», begann Jacenty, während er sich mir zuwandte. Seine Worte ließen ein Gefühl der Erleichterung in mir aufkeimen. Ich hatte also nicht komplett versagt. «Das Einzige, was du verbessern könntest, ist mutiger zu sein und auch mal die Initiative zu ergreifen. Du bist sehr zurückhaltend und bringst wenig eigene Ideen ein», fügte er hinzu, seine Stimme ernst aber nicht tadelnd.

«Ich habe gehört, du wirst dich am Suchtrupp nach den vermissten Kindern beteiligen?», fragte Jacenty weiter und verschränkte die Arme vor seiner massiven Brust. In diesem Moment wurde mir seine veränderte Haltung bewusst. Straff und autoritär stand er da, ein Abbild des Soldaten, wie Narcis es war.

«Das ist wahr», antwortete ich leise, fast schüchtern. Das Bestehen dieser Prüfung war die Voraussetzung dafür gewesen, dass ich an der Suchaktion teilnehmen durfte.

«Dann solltest du wirklich dringend an deinem Selbstbewusstsein arbeiten. Gerade bei solchen Einsätzen, wenn eine Gruppe völlig auf sich allein gestellt ist, wird jeder kluge Kopf gebraucht. Du bist nicht dumm. Das solltest du unbedingt nutzen. Trau dich einfach, deine Ideen einzubringen.

Selbst eine noch so kleine Idee könnte das Zünglein an der Waage sein und euch allen das Leben retten», sagte Jacenty eindringlich und musterte mich mit einem Blick, der sowohl herausfordernd als auch ermutigend war.

«Danke für den hilfreichen Tipp», bedankte ich mich aufrichtig und atmete tief durch, um meine Nervosität zu verbergen.

«Keine Ursache, das ist Teil meiner Aufgabe hier», entgegnete er knapp und wandte sich dann Gustaw zu. Während Jacenty fortfuhr, spürte ich eine neue Entschlossenheit in mir aufkeimen. Seine Worte hatten etwas in mir angestoßen. Den Willen zu wachsen und über mich hinauszuwachsen. Ich nahm mir fest vor, seine Ratschläge zu beherzigen. Denn draußen in der unberechenbaren Welt würde es mehr brauchen als bloße Befehlsbefolgung. Es würde Mut erfordern und den Glauben an meine eigenen Fähigkeiten. Mit dieser neuen Erkenntnis im Herzen fühlte ich mich bereit für die Herausforderungen, die vor uns lagen.

«Wie war meine Leistung, Meister?», fragte Gustaw mit einem spöttischen Grinsen, das seine jugendliche Arroganz unterstrich. Jacenty hob daraufhin argwöhnisch eine Augenbraue und fixierte Gustaw mit einem Blick, der die Temperatur im Raum zu senken schien. Erst jetzt fiel mir auf, das Jacenty einige Jahre älter als wir sein musste.

«Allein wegen deines respektlosen Umgangs mir gegenüber sollte ich dich durchfallen lassen, Gustaw. Ich bin nicht dein Kumpel aus der Gosse, aus der du herkommst», entgegnete Jacenty mit einer Stimme, die so leise war, dass sie umso bedrohlicher wirkte. Gustaws Gesicht verzog sich wütend. Die harten Worte trafen ihn sichtlich. Ein Stich des Mitleids durchzuckte mich. Was konnte er dafür, dass er als Waise aufgewachsen war?

«Hör auf ihn zu beleidigen. Er hat es sicher nicht so gemeint», verteidigte Lew seinen Kameraden und stellte sich schützend neben ihn. Für einen flüchtigen Moment huschte ein verwirrter, aber dankbarer Blick über Gustaws Züge.

«Teamfähigkeit», sagte Jacenty plötzlich und nickte beiden Jungs anerkennend zu. «Du solltest trotzdem an deinem Umgang arbeiten», fügte er hinzu, sein Gesichtsausdruck verriet seine Verärgerung.

«Das werde ich», gab Gustaw kleinlaut zurück und senkte den Blick zu Boden.

«Erster Ratschlag. Wenn ein Vorgesetzter mit dir spricht oder dich gerade zurechtweist, blickst du ihm gefälligst in die Augen», begann Jacenty streng und Gustaw ließ seinen Kopf wie von einer Feder gezogen hochschnellen. Jacenty räusperte sich und für einen winzigen Moment schien es, als würden seine Mundwinkel zucken. Ein Anzeichen dafür, dass vielleicht auch er das menschliche Element in dieser Interaktion nicht ganz ignorieren konnte.

«Natürlich», stammelte Gustaw eilig und richtete seinen Blick nun fest auf Jacenty.

«Deine Leistung in der normalen Prüfung war enorm gut. Im Zweikampf bist du sowohl im Umgang mit Waffen als auch im Körpereinsatz stark. In der Arena jedoch warst du eine Nervensäge und eigentlich eher schlecht», fuhr Jacenty fort. «Auch wenn es nur eine Prüfung war, aber ein Fußballspiel im Fernsehen sollte niemals über deinem Team im Einsatz stehen.»

Die Worte trafen wie Hammerschläge.

«Diese Ablenkung kann tödlich enden. Ihr könntet alle sterben und dann kannst du nie wieder den Menschen dabei zusehen, wie sie einem Ball hinterherlaufen. Denke immer an dein Team und nicht an Fußball.»

Die Lektion war klar und unmissverständlich erteilt worden. In diesem Moment wurde deutlich, dass jede Handlung Konsequenzen hatte. Insbesondere in einer Welt, wo das Überleben von Zusammenhalt und ungeteilter Aufmerksamkeit abhing. Gustaws sonst so selbstsicheres Auftreten wich einer nachdenklichen Ernsthaftigkeit. Es war offensichtlich, dass Jacentys Worte ihre Wirkung nicht verfehlt hatten.

Jacentys Blick war hart und durchdringend, als er Gustaw fest ins Auge fasste. «Du bist ein Jungvampir, und Menschensport hat dich in einem Einsatz nicht zu interessieren. Fußball hat dich heute aber zu stark interessiert, deshalb war deine Prüfung miserabel.»

Die Stille im Raum war greifbar, als Jacenty fortfuhr. «In der Arena hatte ich Angst weiterzugehen, und du nanntest mich einen Feigling.» Seine Stimme wurde tiefer, fast drohend. «Du solltest niemals einen Soldaten in deinem Team einen Feigling nennen. Du hast keine Ahnung, warum dieser Soldat Angst hat und was er schon alles erlebt hat.»

Gustaw stand da, angespannt wie eine Feder, die jeden Moment schnappen könnte. Die Worte schienen ihn zu treffen wie physische Schläge.

«Ich kenne deine Akte und dein Berufsfindungsgespräch», fuhr Jacenty fort. «Du möchtest Soldat werden, bevorzugt im Außendienst und später Jäger töten.»

Er machte eine kurze Pause, ließ die Worte wirken. «Deine Eltern wurden von Jägern abgeschlachtet. Ich kann deinen Wunsch nachvollziehen.»

Gustaws Augen flackerten kurz auf bei der Erwähnung seiner Eltern. Ein kurzes Aufblitzen von Schmerz und Zorn.

«Dein Ziel sollte dennoch nicht Rache sein», sagte Jacenty mit Nachdruck. «Ich lasse dich heute nicht durchfallen.» Ein Hauch von Erleichterung huschte über Gustaws Gesicht, doch Jacenty war noch nicht fertig. «Allerdings verdonnere ich dich in ein spezielles, sechsmonatiges Trainingscamp, das dich zum Umdenken zwingen wird», verkündete Jacenty mit verschränkten Armen und blickte unnachgiebig auf Gustaw herab.

Das Urteil hing schwer in der Luft; es war mehr als nur eine Strafe. Es war eine Chance zur Veränderung, eine Gelegenheit für Gustaw, sich seinen Dämonen zu stellen und über sie hinauszuwachsen. Gustaw schluckte hart und nickte langsam. Es gab keinen Raum für Widerrede. Dieses Trainingscamp würde ihn auf die Probe stellen wie nie zuvor. Es würde ihn lehren, was es wirklich bedeutete, Teil eines Teams zu sein und welche Opfer es forderte.

«Was geschieht nach dem Camp?», fragte Gustaw mit einer Stimme, die kaum mehr als ein Flüstern war. Er bemühte sich, Jacenty direkt anzusehen, doch es war eine Herausforderung, dem durchdringenden Blick des Ausbilders standzuhalten. Jacenty maß Gustaw mit einem Blick, der sowohl streng als auch abwägend schien. «Das liegt an dir», begann er langsam. «Du wirst dieses Jahr nicht in die Soldatenausbildung starten. Stattdessen wirst du erst im kommenden Jahr zusammen mit den neuen Prüflingen beginnen.»

Gustaw schluckte hörbar, während Jacenty fortfuhr. «Nach dem sechsmonatigen Training wirst du gemeinnützige Arbeit hier im Schloss verrichten. Ich werde dich das gesamte Jahr über genau beobachten.» Seine Worte waren unmissverständlich. Eine klare Ansage, dass Gustaws Zukunft in seinen Händen lag. «Wenn ich es für richtig halte, werde ich dich nächstes Jahr zu mir in die Ausbildung nehmen», schloss Jacenty seine Erklärung ab. Stumm nickte Gustaw, sein Gesichtsausdruck spiegelte die innere Zerrissenheit wider. Zwischen Enttäuschung über die Kritik und der Entschlossenheit, sich zu beweisen.

«Warum liegt die Entscheidung bei dir, ob er in die Ausbildung darf?», fragte Lew interessiert und legte tröstend eine Hand auf Gustaws Schulter. Seine Geste war ein stiller Ausdruck von Solidarität und Unterstützung. Jacenty drehte sich zu Lew um und seine Augen funkelten vor Irritation.

«Weil ich euer Prüfer bin und außerdem für die Soldatenausbildung der Lehrlinge aus den unteren Schichten zuständig bin.» Seine Stimme hatte einen scharfen Unterton angenommen. «Hinterfrage nie eine Entscheidung eines Höhergestellten.»

Die Luft schien zu vibrieren unter der Spannung seiner Worte. In diesem Moment wurde klar, dass Jacenty nicht nur ein Ausbilder war. Er war das letzte Wort, das Urteil über unsere Zukunft. Und während Lews Frage vielleicht aus Neugier gestellt worden war, hatte sie eine wichtige Lektion offenbart. In dieser Welt der Hierarchien und

Machtgefüge gab es klare Linien, die nicht ohne Konsequenzen überschritten werden konnten.

«Ich habe doch nur nachgefragt», entgegnete Lew, seine Stimme durchzogen von einer Mischung aus Verteidigung und Trotz.

Jacenty richtete seinen Blick nun auf Lew, wobei er dessen Einwand ignorierte, als wäre er nicht mehr als ein Flüstern im Wind.

«Deine Prüfung war überaus gut», begann er, und seine Stimme trug einen Unterton der Anerkennung. «Die Nahkampfprüfung war hervorragend. Du bist schnell und stark für einen Jungvampir.»

Lew richtete sich auf, sichtlich erfreut über das Lob. Sein Gesichtsausdruck verriet den Stolz, der in ihm aufkeimte.

«In der Arena hast du strategisches Denken bewiesen und uns allen gezeigt, dass du blitzschnell reagieren kannst.» Jacenty hielt inne und fixierte Lew mit einem durchdringenden Blick. «Du hast intuitiv erfasst, dass ich Teil der Prüfung sein könnte, und hast die wahre Natur eurer Mission durchschaut. Die Prinzessin zu schützen. Selbst um den Preis deines eigenen Lebens.»

Lew nickte stolz bei dieser Erwähnung seiner Leistung. «Ich bin überzeugt», fuhr Jacenty fort, während ein Hauch von Respekt in seiner Stimme mitschwang, «dass du keinen Moment an die Ungerechtigkeit des Ganzen gedacht hast. Du strebst ebenfalls eine Karriere in der Soldatenausbildung an», sagte Jacenty nun entschieden. «Hiermit erteile ich dir die Erlaubnis dazu. Wenn du deine restlichen Prüfungsergebnisse erhalten hast, und die ebenso gut sind, startet deine Ausbildung in einem Monat.» Er machte eine kurze Pause und fügte hinzu. «Alles Notwendige wird dir zugesandt werden.»

«Danke», flüsterte Lew und neigte kurz seinen Kopf.

Jacenty legte seine Handflächen zusammen und musterte uns alle nacheinander mit einem prüfenden Blick. «Noch Fragen?», fragte er dann und verschränkte die Arme vor seiner breiten Brust. Wir schüttelten den Kopf. Ich konnte es kaum fassen. Ich hatte tatsächlich diesen Teil bestanden. Hoffentlich waren auch die restlichen Prüfungen gut verlaufen.

«Dann dürft ihr gehen», verkündete Jacenty schließlich und deutete auf eine schmale Tür direkt hinter uns. «In den Hallen wartet Essen auf euch. Guten Appetit. Ihr habt es euch verdient.»

«Dankeschön», erwiderte ich und lächelte Jacenty an.

Während wir uns zur Tür bewegten, rief Jacenty plötzlich. «Gustaw?» Der Angesprochene drehte sich um und blickte fragend zurück.

«Von Gossenkind zu Gossenkind», sagte Jacenty mit einer Stimme voller unerwarteter Wärme und Verständnis. «Streng dich dieses Jahr an. Es wird deine Zukunft formen.»

Mit diesen Worten verschwand Jacenty endgültig hinter der Tür, aus der wir gekommen waren. Gustaw stand einen Moment lang regungslos da; man konnte förmlich sehen, wie die Worte in ihm nachhallten.

«Lassen wir uns nicht länger aufhalten», murmelte Lew mit einer Stimme, die kaum über ein Flüstern hinauskam. War es möglich? Konnte es sein, dass Jacenty selbst einst als Waisenkind begonnen hatte? Die Frage hing schwer in der Luft, eine stumme Überlegung, die sich in unseren Blicken spiegelte. Wollte er Gustaw eine Botschaft übermitteln? Eine Botschaft der Hoffnung und des Mutes, dass man auch aus den bescheidensten Anfängen heraus seinen Weg machen konnte. Die Vorstellung, dass Jacenty, dieser Mann von solcher Autorität und Stärke, einmal an demselben Punkt gestanden haben könnte wie Gustaw jetzt, ließ uns innehalten. Vielleicht wollte er Gustaw nicht nur herausfordern, sondern ihm auch zeigen, dass Entschlossenheit und harter Einsatz tatsächlich Früchte tragen konnten. Die Worte «Von Gossenkind zu Gossenkind» waren mehr als nur eine flüchtige Bemerkung. Sie war ein Versprechen an Gustaw und an uns alle, dass die Ketten der Herkunft gesprengt werden konnten.

«Bitte sag mir, dass deine Prüfung auch so seltsam war wie meine», seufzte Bee und ließ sich mit einem Ausdruck tiefer Erschöpfung auf mein Sofa sinken. Ihr Blick war müde. Ich konnte mir ein Grinsen nicht verkneifen, als ich mich neben sie setzte.

«Was war denn deine Prüfung?», fragte ich, während ich ihr eine dampfende Tasse Tee reichte. Sie nahm sie mit zitternden Händen entgegen und ein dankbares Lächeln umspielte ihre Lippen.

«Nach der normalen Prüfung, die jeder beobachten konnte, wurden wir in einen Raum geführt. Ganz unspektakulär, wie bei jedem anderen auch.» Bee machte eine kurze Pause und schaute nachdenklich in die Dämmerung des Raumes. «Dort herrschte ein dämmriges Licht und ein Mann, seltsam und irgendwie unheimlich, aber unglaublich attraktiv, wies uns an, einfach den Gang entlangzugehen. Er sagte, man würde uns am Ende erwarten.»

Ich lächelte schmunzelnd und nahm einen Schluck Tee, bevor ich meine Tasse behutsam auf den kleinen Tisch vor dem Sofa stellte.

«Dann begann der wirklich bizarre Teil», fuhr Bee fort und ihre Gestik wurde lebhafter. «Plötzlich wurden wir von allen Seiten beschossen. Die Geschosse kamen so schnell auf uns zu, dass ich kaum erfassen konnte, woher sie kamen oder wer überhaupt schoss.» Sie hielt inne.

«Ich dachte zuerst an einen Angriff der Vampyris, aber die benutzen ja keine Schusswaffen… oder?» Ihre Stimme schwankte zwischen Verwirrung und Aufregung.

«Wie habt ihr euch gegen die Angreifer gewehrt?», hakte ich interessiert nach und erinnerte mich an meine eigene Prüfung.

«Eines der Mädchen aus unserer Gruppe entpuppte sich als wahre Kampfmaschine», erklärte Bee mit einem Anflug von Bewunderung in ihrer Stimme. «Sie stürzte sich fauchend auf den ersten Angreifer, den sie erblickte. Er konnte zwar fliehen, aber er hat sie nicht einmal getroffen, während wir anderen hilflos am Boden lagen.»

Sie stellte ihre Tasse vorsichtshalber neben meine auf dem Tisch ab und fügte lachend hinzu: «Ich dachte wirklich, mein Leben wäre vorbei.»

«Hast du bestanden?», fragte ich vorsichtig und knetete nervös meine Hände.

«Ohje! Das Wichtigste habe ich fast vergessen!», rief sie aus und ihre Augen weiteten sich vor Aufregung. «Ja, natürlich habe ich bestanden! Und du?»

Grinsend nickte ich.

«Super!», jubelte sie und umarmte mich so stürmisch, dass es gut war, dass unsere Teetassen bereits sicher abgestellt waren. «Jetzt müssen wir nur noch auf die Auswertung des schriftlichen Teils warten», fügte sie hinzu. Ich nickte daraufhin. Ich war zuversichtlich. Wenn diese letzte Prüfung für mich gut gelaufen ist, dann musste es einfach auch der schriftliche Teil gewesen sein.

«Aber wie konntest du bestehen? Ihr wurdet doch alle getroffen, das bedeutet doch mehr oder weniger tot, oder?», bohrte ich weiter nach.

Bee lehnte sich zurück.

«Das Ziel der Prüfung war es zu zeigen, dass wir schnell Schutz suchen können. Die Kampfmaschine aus unserer Gruppe hat nicht nur alle Angreifer vertrieben, sondern uns auch aus der direkten Schusslinie gezogen.» Sie machte eine dramatische Pause. «Sie hat unsere Fake-Wunden versorgt und die Betäubung aufgehoben. Sobald es einem von uns besser ging, hat derjenige sich direkt um die anderen Verletzten gekümmert und die Kampfmaschine hat Deckung gegeben. So haben wir alle bestanden», erklärte sie mir und strahlte über das ganze Gesicht. «Am Ende erklärten sie uns», fuhr Bee fort, «dass es darum ging, rasch Deckung zu finden und unsere Verletzungen zu behandeln. Überlebensstrategien sind ebenso wichtig wie Kampffertigkeiten.»

Sie nippte wieder an ihrem Tee. Wir saßen noch lange zusammen und tauschten Geschichten über unsere Prüfungen aus.

«Weißt du denn schon, was das Ergebnis von den anderen ist?», erkundigte ich mich bei Bee, deren Gedanken scheinbar in alle Richtungen zu schweifen schienen.

«Nur von Awrey und Ferenc weiß ich, dass beide bestanden haben. Aber natürlich warten auch sie noch auf die Auswertungen der anderen Prüfungen», antwortete sie nach einem Moment des Innehaltens. Ihre Stimme trug einen Hauch von Erleichterung, doch auch eine Spur von Sorge schwang mit.

«Meinst du, wir können sie wirklich finden?», fragte Bee ernsthaft, nachdem wir eine Weile schweigend unseren Tee genossen hatten. Ich brauchte einen kurzen Moment, um in ihrem Gesicht zu lesen, was sie meinte. Die Stimmung hatte sich gewandelt. Die Leichtigkeit wich einer schweren Bedeutung.

«Ich kenne die Welt da draußen als Vampir nicht», gab ich zu und spürte, wie die Worte schwer auf meiner Zunge lagen. «Ich weiß nicht, welche Gefahren uns erwarten oder ob wir jemals wieder hierher zurückkehren werden. Aber ich habe Hoffnung. Hoffnung darauf, dass wir sie finden werden. Tot oder lebendig.» Ich hielt inne und starrte in meine halb leere Tasse. «Ich habe mir geschworen, dass wir sie nachhause bringen.»

Bee seufzte leise und erhob sich mit einer Bewegung voller Entschlossenheit. Sie stellte ihre leere Tasse in die Küche und begann sich ihre Schuhe anzuziehen.

«Jeden Tag versuche ich, Hoffnung zu haben», sagte sie mit einer Stimme voller Zweifel. «Aber je länger wir hier im Schloss herumsitzen, desto geringer wird meine Hoffnung, dass einer von ihnen noch am Leben ist.» Ihre Augen funkelten vor Unruhe. «Vampyris machen keine halben Sachen. Sie halten niemanden gefangen. Aber wenn deine Träume wirklich zeigen, was Lucian treibt… dann arbeiten die Vampyris nicht alleine.» Sie zog ihre Schnürsenkel fest. «Das hat es in unserer Geschichte noch nie gegeben, dass sie mit anderen Wesen zusammenarbeiten. Sie sind Monster… Monster ohne Verstand, die nur töten können.»

Ihre Worte hallten in meinem Kopf wider und ich stand auf, um Bee zur Tür zu begleiten.

«Wenn das stimmt, was du sagst», erwiderte ich nachdenklich, «warum haben sie dann die Jugendlichen entführt und nicht einfach getötet? Warum griffen sie so koordiniert an? Vielleicht haben sie sich weiterentwickelt… gelernt.» Ich öffnete die Tür für sie. «Ich glaube fest daran, dass jedes Wesen lernen kann.»

«Es ist möglich», gab Bee zu und umarmte mich fest. «Aber es beängstigt mich sehr.»

Ich drückte sie tröstend an mich und ließ los, als sie durch die Tür trat.

«Bis morgen», rief ich ihr hinterher. Sie hob nur matt ihre Hand zum Abschiedsgruß.

Seufzend schloss ich die Tür hinter ihr und trat gedankenverloren ans große Panoramafenster meines Zimmers. Mein Blick verlor sich in den majestätischen Bergen rund um das Schloss. Ein stummer Zeuge der Zeit und der Geheimnisse, die tief in ihren Schluchten verborgen lagen. Dort draußen warteten Antworten auf uns. Antworten auf Fragen über Leben und Tod sowie über das Wesen der Vampyris selbst. Mit einem letzten Blick auf den dunklen Himmel fasste ich neuen Mut für das Kommende. Denn bald würde unsere Suche beginnen. Eine Suche nach Wahrheit in einer Welt voller Schatten und Licht.

KAPITEL 8

Die ersten Strahlen der Morgensonne brachen durch den Horizont, als ich die Tür meiner Wohnung hinter mir schloss und einen tiefen Atemzug nahm. Es war ein atemberaubender Anblick, wie das Licht langsam die Dunkelheit vertrieb und den Beginn eines neuen Tages ankündigte – des Tages, an dem wir unsere Reise antreten würden. Wir, eine Gruppe entschlossener Seelen, hatten uns vorgenommen, Samuel und die anderen vermissten Vampire zu finden. Im Schloss herrschte Skepsis. Niemand glaubte wirklich an unser Vorhaben. Die Fürstenfamilien und Adelsfamilien sahen es als törichtes Unterfangen an. Als eine Verschwendung kostbarer Zeit. Doch sie konnten uns nicht aufhalten. Wir hatten alle bestanden. Auch ich. Allerdings habe ich nur erfahren, dass ich bestanden habe und nicht mit welchem Ergebnis. Das wurde uns nicht ausgehändigt. So konnte ich mir nicht mal sicher sein, ob meine Leistungen ausreichend waren oder ob das Prüfungsergebnis aufgrund meines Standes verändert wurde. Mit dem Bestehen der Prüfung waren wir offiziell volljährig geworden und hatten somit das Recht erlangt, das Schloss zu verlassen und unser Leben nach unseren eigenen Vorstellungen zu gestalten. Und genau das taten wir. Eine Gruppe Jugendlicher und einige Erwachsene, vereint durch den gemeinsamen Wunsch nach Antworten. Uns war bewusst, welche Konsequenzen unsere Entscheidung haben könnte. Uns war klar, dass wir alle sterben könnten, auf dieser Suche nach unseren Vermissten. Ein Unterfangen, das von vielen als reiner Wahnsinn betrachtet wurde.

«Ein Haufen unerfahrener Kinder», hatte mein Onkel es genannt. Doch selbst er hatte aufgehört zu versuchen, mich von meinem Vorhaben abzubringen. Zu meinem Glück, obwohl es nicht seiner Art entsprach und mich misstrauisch machte. Das Schloss lag in stiller Ruhe. Die Schule war beendet und die Kinder genossen bereits ihre Ferien. Die einzigen Leute, denen ich begegnete, waren Soldaten. Manche auf dem Weg zu ihrer Schicht, andere auf dem Weg in den Speisesaal. Ich schritt durch die leeren Gänge des Schlosses mit einem Gefühl der Entschlossenheit in jedem Schritt. Das Gewicht meines Rucksacks auf meinen Schultern fühlte sich an wie ein Symbol für die Last unserer Mission. Wir wussten um die Gefahren. Die Welt außerhalb war unbarmherzig gegenüber Vampiren wie uns. Doch in unseren Herzen brannte ein Feuer.

«Viel Erfolg», rief mir ein Soldat zu, als ich an ihm vorbeiging. Seine Stimme trug einen Hauch von Bewunderung, vielleicht auch ein wenig Neid auf unsere Freiheit, das Schloss zu verlassen und unser eigenes Schicksal in die Hand zu nehmen. Der Speisesaal war unser vereinbarter Treffpunkt. Der Ort, an dem wir unsere letzte Besprechung abhalten und alle zusammenführen wollten, die mutig genug waren, uns auf dieser gefährlichen Suche zu begleiten. Ich konnte mir kaum vorstellen, wer sich außer der kleinen Gruppe, mit der ich die Prüfung absolviert hatte, noch anschließen würde. Mit einem Gefühl der Anspannung und Vorfreude betrat ich den Speisesaal und stellte fest, dass meine Freunde bereits versammelt waren.

«Guten Morgen», grüßte ich in die Runde. Die Gesichter meiner Freunde spiegelten eine Mischung aus Entschlossenheit und nervöser Erwartung wider. Ich stellte mich neben Bee.

«Wo ist Stefan?», fragte ich sie, als ich bemerkte, dass alle zwischenzeitlich anwesend waren, bis auf Stefan.

«Er kam zu mir, um mir zu sagen, dass er nicht mitkommen würde. Die Prüfungen liefen eher mittelmäßig für ihn. Er möchte seine Zeit nicht verschwenden und einige Sommerkurse besuchen, bevor er in die Arbeitswelt geht», erklärte sie mir schulterzuckend.

«Wir haben drei Fahrzeuge von Paun Jurati bekommen», verkündete Awrey mit einem breiten

Grinsen und deutete auf die glänzenden Schlüsselbünde auf dem Tisch.

«Das ist großartig!», rief ich aus. Mit diesen Fahrzeugen wären wir schneller unterwegs und nicht ganz so leichte Beute für all das Unbekannte, das da draußen lauerte. Doch wie sollten wir in Autos nach Vermissten suchen? Diese Frage hing unausgesprochen in der Luft.

In diesem Moment erklang eine gebieterische männliche Stimme vom Eingang des Speisesaals. «Wir begleiten euch.»

«Das freut uns. Wer seid ihr?», fragte Razvan und erhob sich. Instinktiv trat er einen Schritt vor mich, als wäre er bereit, mich vor allem zu schützen.

«Mein Name ist Mitch», sagte der Mann mit einer Stimme, die Autorität ausstrahlte. «Und das sind meine Kameraden Nechifor, Oana und Lorin.»

Er machte eine kleine Verbeugung in meine Richtung. Reflexartig umklammerte ich mein Amulett fester. Der Mann namens Mitch hatte schwarze Haare mit grünen Strähnen, die im Licht des Morgens schimmerten, und seine Arme waren übersät mit auffälligen Tätowierungen.

«Ich kenne dich», entfuhr es mir erschrocken. Seine unverkennbaren Haare hatten sich tief in mein Gedächtnis eingebrannt.

122

«Richtig, Prinzessin», erwiderte er freundlich und sein Blick glitt kurz zu meinem Amulett hinüber. «Wir sind uns vor Jahren schon einmal begegnet.»

Razvan warf mir einen argwöhnischen Blick zu. «Du wusstest vor Jahren schon, wer sie ist, und hast sie nicht mit nachhause gebracht?», fragte er wütend und baute sich drohend vor dem grünhaarigen Mann auf. «Es war deine Verpflichtung.»

Mitch hielt Razvans Blick stand. «Vermutlich wusste ich damals bereits um ihre Identität», gab er ruhig zurück. «Aber vielleicht wollte sie ihr Leben genießen, anstatt einen Thron zu besteigen.» Er machte eine kurze Pause und seine Augen funkelten herausfordernd. «Genau genommen war es gar nicht meine Verpflichtung, sie nachhause zu bringen. Ich bin kein Soldat. Ich hatte keinen Auftrag.»

Die Spannung im Raum war greifbar. Jeder wartete darauf, zu sehen, wie diese Konfrontation ausgehen würde.

Ich löste meinen Griff vom Amulett und trat vorwärts, um zwischen ihnen zu stehen. «Was zählt, ist jetzt», sagte ich bestimmt und blickte jeden Einzelnen in unserer Gruppe an. «Wir haben eine Mission. Lasst uns zusammenarbeiten.»

Die Luft im Speisesaal war elektrisch aufgeladen, als Razvan seine Anschuldigung aussprach. «Jedes Mitglied des rumänischen Ordens ist dazu verpflichtet gewesen, wenn die Prinzessin gesichtet wurde».

Mitchs Lächeln blieb unerschütterlich, während er Razvans Vorwurf mit einer Gelassenheit entgegnete, die fast provokant wirkte.

«Oh nein, da liegst du komplett falsch. Wir gehören nicht zum rumänischen Orden. Wir sind aus Amerika und wurden dort aus dem Orden verstoßen.»

«Ausgestoßene also?» Razvans Augen verengten sich misstrauisch. «Warum? Bevor wir euch mitnehmen wollen wir wissen, was ihr verbrochen habt und warum ihr euch beteiligen wollt.»

Seine Haltung war angespannt, bereit für einen möglichen Konflikt.

«Beruhige dich», mahnte Beatrice nun mit einer Stimme, die ihre eigene Anspannung kaum verbarg. «Wir können jeden gebrauchen, der kämpfen kann.»

Ferenc trat neben Beatrice und nickte Mitch freundschaftlich zu.

«Ich sehe es wie Beatrice», sagte er mit fester Überzeugung in der Stimme. «Es ist nicht wichtig, warum sie verstoßen worden sind. Hauptsache sie können kämpfen und sind loyal.»

Die Worte von Beatrice und Ferenc schienen das Eis zu brechen und eine Brücke zwischen Misstrauen und Notwendigkeit zu bauen.

«Wir danken euch», sagte ich schließlich und meine Augen hafteten noch immer auf Mitchs grünem Haar. Es gab etwas an ihm. Eine Aura von Stärke und Geheimnis, das mich faszinierte und zugleich beunruhigte.

Mitch nickte knapp als Zeichen seiner Anerkennung unserer Entscheidung. Die Spannung löste sich langsam auf und machte einem Gefühl der Zweckgemeinschaft Platz.

«Lasst uns unsere Vergangenheit hinter uns lassen», schlug ich vor und blickte in die Runde der entschlossenen Gesichter meiner Mitstreiter. «Was zählt, ist unsere Mission — das Finden unserer Freunde.»

Mit diesen Worten begannen wir unsere letzte Besprechung vor der Abreise. Eine Zusammenkunft von Vampiren unterschiedlicher Herkunft und Schicksale, vereint durch das gemeinsame Ziel, gegen das Unbekannte anzutreten und jene zurückzuholen, die in den Schatten verschwunden waren.

«Draußen wird noch jemand zu uns stoßen», verkündete er mit einer Stimme, die keinen Widerspruch duldete. «Wir sollten uns jetzt aber auf den Weg zu den Garagen machen und aufbrechen.»

Seine Worte waren wie ein Startsignal. Awrey und Ferenc hatten bereits in den frühen Morgenstunden Proviant in den Fahrzeugen verstaut, während Razvan sich um die Bewaffnung gekümmert hatte. Ein Arsenal, das uns auf unserer gefährlichen Reise Schutz bieten sollte.

«Darja hat uns heimlich mit Medikamenten versorgt», flüsterte Beatrice mir zu, während wir unsere letzten Vorbereitungen trafen. «Nachdem der Leiter der Krankenstation uns nichts zur Verfügung stellen wollte.»

«Kann das nicht gefährlich für sie werden, wenn das jemand rausbekommt?», fragte ich ebenso leise zurück, besorgt um unsere Verbündete im Schloss.

«Das interessiert sie wenig», entgegnete Bee mit einem Hauch von Bewunderung in ihrer Stimme. «Wenn man sie nicht so dringend hier im Schloss brauchen würde, wäre sie mit uns gekommen.»

Ich war überrascht über Darjas Mut und ihre stille Unterstützung für unsere Sache. Es gab also doch noch mehr Verbündete im Schloss als gedacht.

«Gehen wir, bevor die anderen Schlossbewohner aufwachen und frühstücken wollen», drängte Razvan. Wir folgten ihm aus dem Speisesaal heraus in die Gänge des Schlosses, wo bereits reges Treiben herrschte. Doch kaum jemand schenkte uns Beachtung.

Wir zwängten uns in die engen Aufzüge und fuhren hinab in die Tiefen der Garagen. Dort warteten drei schwarze Jeeps auf uns. Robuste Gefährte für eine ungewisse Reise. Einer zog sogar einen Anhänger hinter sich her.

«Wer stößt noch zu uns?», fragte ich neugierig, als ich außer unserer Gruppe niemanden erblicken konnte.

«Draußen, wenn wir die Mauern verlassen haben», antwortete Razvan knapp und prüfend blickte er zu unseren neuen Begleitern.

«Kann einer von euch fahren?», wandte er sich an Mitch und seine Gruppe.

«Wir alle», kam es prompt von Mitch. «Ich übernehme ein Fahrzeug.»

«Gut», nickte Razvan anerkennend. «Ich werde das Fahrzeug mit dem Hänger nehmen und Beatrice das andere. Teilt euch bitte auf die Fahrzeuge auf. Liana, du fährst bei mir mit.»

Ohne weiteren Kommentar schlüpfte ich neben Razvan auf den Beifahrersitz des Jeeps, während Mitch mir nachdenklich folgte.

«Der steht auf dich», wisperte Bee mir zu, als sie hinter mir in den Jeep kletterte.

Razvan warf ihr einen argwöhnischen Blick durch den Rückspiegel zu. Ein Blick voller Misstrauen.

«Der sieht furchtbar aus», bemerkte Samantha leise von der Rückbank aus und bezog sich dabei offensichtlich auf Mitchs auffällige grüne Haare und Tattoos.

Die Atmosphäre im Jeep war angespannt, als Bee ihre spitze Bemerkung in Samanthas Richtung schleuderte.

«Du auch. Weniger Schminke ging nicht, oder?» Ihre Stimme trug einen scharfen Unterton, der die Luft zwischen ihnen zum Knistern brachte.

Samantha ließ sich jedoch nicht beirren und konterte mit einer schnippischen Antwort, während sie ihr Haar mit einer übertriebenen Geste zurückwarf.

«Muss ja nicht jeder wie ein Bauer aussehen.» Ihr Tonfall war herausfordernd und ließ keinen Zweifel daran, dass sie sich von niemandem etwas sagen lassen würde. Die Hintertür des Jeeps öffnete sich erneut und Lorin stieg ein, was dazu führte, dass Samantha gezwungen war, auf den Mittelsitz zu rutschen. Razvan musterte Lorin durch den Rückspiegel. «Kannst du nicht bei deinen Kameraden mitfahren?», fragte er mit einem Anflug von Irritation in der Stimme.

«Nein. Anweisung von Mitch. Ich fahre bei euch zu eurem Schutz mit», antwortete Lorin ruhig und sein Blick traf Razvans Augen im Spiegel. Die lange Narbe, die quer über sein Gesicht verlief, zog meine Aufmerksamkeit auf sich.

«Wo hast du die Narbe her?», fragte ich unverhohlen neugierig.

«Eine Werwolfdame hat sie mir zugefügt», erklärte er stolz und drehte sein Gesicht so, dass das Licht die Krallenabdrücke hervorhob.

«Cool», flüsterte Bee ehrfürchtig neben mir.

«Das ist es wirklich», bestätigte Lorin und schenkte Bee ein Lächeln, das über Samantha hinwegging und diese nur dazu veranlasste, genervt die Augen zu verdrehen. Seufzend wandte ich mich wieder nach vorne und beobachtete durch das Fenster, wie Oana bei Beatrice einstieg. Nechifor gesellte sich zu Mitch im letzten Fahrzeug. Die Motoren erwachten zum Leben und wir rollten langsam hintereinander aus der Garage heraus. Beatrice führte den Konvoi an, Razvan folgte mit dem Hänger in der Mitte und Mitch bildete das Schlusslicht unserer kleinen Karawane. Am Tor angekommen wurden wir kurz von den Soldaten befragt. Beatrice gab die Antworten. Nach einem Moment des Zögerns wurden wir durchgewunken. Begleitet von besorgten Blicken der Wachen. Ich drehte meinen Kopf zum Fenster und warf einen letzten Blick zurück zum Schloss. Unser sicherer Hafen verschwand langsam hinter uns. Als wir die Mauern hinter uns ließen und auf die Landstraße einbogen, riskierte ich einen kurzen Blick in den Seitenspiegel. Dort entdeckte ich eine Person auf einem schwarzen Motorrad, die uns unauffällig folgte. Plötzlich dämmerte es mir.

«Narcis kommt mit?» Meine Stimme schwang zwischen Überraschung und Unglauben, als ich die Gestalt auf dem Motorrad hinter uns erkannte. Razvan nickte stumm, sein Blick kurz im Rückspiegel gefangen, bevor er sich wieder auf die Straße vor uns konzentrierte. Narcis – der Mann, der seinen Posten als Soldat verloren hatte, weil er mich vor Rafael Akensov auf jener denkwürdigen Party der Adligen gerettet hatte. Seit der Verhandlung vor einigen Wochen war er wie vom Erdboden verschluckt. Jede meiner Bemühungen, ihn zu erreichen, war vergeblich gewesen. Seine Handynummer schien ausgelöscht, das Haus im Dorf leer und verlassen. Es schien, als hätte er sich in die Anonymität zurückgezogen. Doch nun war er hier, folgte uns auf einem schwarzen Motorrad. Eine stumme Wache in unserem Rücken. Seine unerwartete Präsenz löste eine Welle der Erleichterung in mir aus und ein Gefühl von Sicherheit, begann sich langsam in meinem Inneren auszubreiten.

«Der Schöne», kommentierte Samantha mit einem Seitenblick zu Lorin, der mit hochgezogener Augenbraue fragend dreinschaute.

«Mein Lehrer in den letzten Wochen», klärte ich auf.

«Ionesco?»

Lorins Stimme klang verwundert.

«Ja. Kennst du ihn?», hakte ich nach und drehte mich dabei, so weit es ging, auf meinem Sitz um, um Lorins Gesichtsausdruck besser deuten zu können.

«Nicht besonders. Ich habe nur von ihm gehört», entgegnete Lorin und wandte seinen Blick ab, als würde das Thema ihn nicht weiter interessieren. Doch etwas an seiner Körperhaltung verriet mir, dass da mehr dahintersteckte.

Bee zuckte mit den Schultern und tauschte einen vielsagenden Blick mit mir aus.

Ich wandte mich wieder nach vorne und ließ meinen Blick über die endlose Straße schweifen. Eine unbehagliche Stille breitete sich im Fahrzeug aus. Sie hüllte uns ein wie ein dichter Nebel. Keiner sprach ein Wort, doch jeder von uns war gefangen in seinen eigenen Gedanken. Gedanken an das Kommende.

KAPITEL 9

Nachdem wir stundenlang durch die malerische Landschaft gefahren waren, verlangsamte unser Konvoi schließlich das Tempo und kam am Ufer eines Sees zum Stehen. Razvan drehte sich zu uns um.

«Wir sind jetzt am See Barajul Corbita. Hier war die letzte Spur von den Jugendlichen.»

Die Stille, die auf seine Worte folgte, war erfüllt von der Ernsthaftigkeit unserer Mission.

Der Anblick, der sich uns bot, war atemberaubend. Das Wasser des Sees glitzerte im Sonnenlicht wie ein Meer aus flüssigen Diamanten und die umliegenden Wälder standen in sattem Grün. Doch trotz der Schönheit der Natur lag eine bedrückende Atmosphäre über dem Ort.

«Bevor ihr aussteigt, wollte ich euch noch darauf hinweisen, dass hier Menschen leben und man sie vermutlich riechen wird», fügte Razvan hinzu, gerade rechtzeitig, denn meine Hand hatte bereits nach dem Türgriff gegriffen. Narcis rollte mit seinem Motorrad heran und kam neben uns zum Stehen. Er schwang sich mit einer anmutigen Bewegung vom Sattel und trat zu uns. Ich nickte Razvan zu und öffnete dann die Autotür. Sofort strömte mir ein süßlicher Geruch entgegen, der meine Sinne betörte und mir das Wasser im Mund zusammenlaufen ließ. So also roch die Menschlichkeit für Vampire? Faszinierend und zugleich beunruhigend. Der Gedanke an den Geschmack ihres Blutes huschte durch meinen Kopf, doch ich schob ihn schnell beiseite.

«Ich wusste gar nicht, dass du uns begleitest», sagte ich zu Narcis, der sich leise mit Razvan unterhielt. Seine Antwort kam prompt und mit einem verschmitzten Zwinkern.

«Ich bin immer für Überraschungen gut.»

Ich verdrehte die Augen.

«Ich konnte dich nach der Verhandlung und deiner Hilfe im Wald bei Razvans Angriff nicht mehr erreichen. Warst du die gesamte Zeit bei deiner Familie?» Meine Frage war ehrlich. Ich hatte wirklich versucht, Kontakt aufzunehmen.

Narcis runzelte die Stirn.

«Du hast versucht, mich zu erreichen?»

Ich nickte knapp.

«Deine Handynummer scheint es nicht mehr zu geben und Razvan konnte mir auch nichts sagen.»

Er seufzte leicht.

«Nach dem Angriff im Wald habe ich mich nur noch vergewissert, dass du und Razvan heil herauskommt und er Hilfe bekommt. Mein Bruder kam zurück zu mir und meiner Schwester. Wir sind dann direkt danach zu meinen Eltern in die

Unterkunft und gemeinsam in den Süden gereist, wo der Hauptsitz meiner Familie liegt.»

«Verstehe», sagte ich leise. «Ich hatte gar keine Gelegenheit, euch für eure Hilfe damals zu danken. Ich weiß wirklich nicht, wie es sonst ausgegangen wäre.»

Narcis winkte ab.

«Ich bin auch froh, dass wir noch in der Nähe waren. Es wäre sonst definitiv nicht so glimpflich ausgegangen.»

«Warst du die ganze Zeit bei deiner Familie im Süden?», hakte ich nach.

Bee trat nun hinzu und betrachtete Narcis mit einem neugierigen Blick.

«Die meiste Zeit», antwortete er ruhig. «Nach deiner Prüfung hat sich Razvan mit mir in Verbindung gesetzt, wann es losgehen soll, und ich habe mich ab dem Zeitpunkt auf den Weg zum Schloss gemacht.»

Dabei musterte er Bee kurz mit einem abschätzenden Blick.

«Die Prüfung ist einige Wochen her. Wo warst du in der Zwischenzeit?», hakte ich nach, mein Blick fest auf Narcis gerichtet. Seine Schultern hoben sich in einer Geste, die sowohl Gleichgültigkeit als auch Geheimnisvolles ausstrahlte.

«Hier und dort», antwortete er ausweichend, seine Augen verrieten jedoch nicht mehr als das.

Bee, die neben mir stand, gab mir einen sanften Stoß in die Rippen. Ein stilles Signal, dass es Zeit war, weiterzugehen.

«Lass uns zu den anderen gehen», sagte sie leise und zog mich mit sich. Ich schenkte Narcis noch ein letztes Lächeln und folgte dann Bee zu unseren Freunden. Ferenc empfing uns mit einem Gesichtsausdruck, der deutlich machte, wie sehr ihn der Geruch der Menschen quälte.

«Wie geht's euch mit dem Geruch?», fragte er uns mit gequälter Stimme.

«Schwerer, als ich dachte», gestand Bee offen und ehrlich. Ich nickte zustimmend und wandte mich dann an Ferenc.

«Lernt man sowas nicht in der Schule, damit umzugehen?»

«Nein, nicht in der normalen Schule. Das lernt man erst im Laufe der Ausbildung, die man erwählt. Als Soldat ist das die erste Lektion», erklärte Ferenc und musste dabei häufig schlucken.

«Das ist aber schlecht», bemerkte ich nachdenklich.

«Aber was soll man machen, wenn die Schule solche Regeln hat», fügte Awrey hinzu, der scheinbar keine großen Probleme mit dem Geruch hatte. Bevor Bee etwas erwidern konnte, trat Mitch zu uns. Seine freundliche, aber bestimmte Stimme ließ keinen Raum für Widerspruch.

«Helft mir, eine geeignete Stelle zu finden, um das Lager aufzubauen. Wir werden hierbleiben.»

Ohne Zögern setzten wir uns in Bewegung und begannen die Suche nach einem geeigneten Platz für unser Lager. Eine Aufgabe, die sich als schwieriger herausstellte als gedacht. Es durfte kein Mensch unser Lager erblicken. Wir konnten es uns nicht leisten, ungewollten Besuch anzuziehen. Plötzlich rief Awrey aus dem Dickicht.

«Hier ist es gut!» Mitch reagierte sofort und eilte zu ihm hinüber. Wir anderen bahnten uns unseren Weg durch das Unterholz und trafen auf eine Lichtung, die von dichten Bäumen umgeben war. Perfekt verborgen vor neugierigen Blicken.

«Gut gemacht. Die Stelle ist gut. Weiß jemand, warum sie gut ist?», fragte Mitch und nahm dabei spielerisch die Rolle eines Lehrers ein.

«Machen wir jetzt hier Unterricht oder was?», entgegnete Samantha genervt und schleuderte ihr Haar über die Schulter.

«Das ganze Leben ist ein Unterricht. Zu jeder Zeit», entgegnete Mitch philosophisch. «Wie ist dein Name Barbie?»

Samantha stützte empört ihre Hände in die Hüften.

«Mein Name ist Samantha, du Elch», fauchte sie verärgert und stolzierte davon. Mitch hob spöttisch eine Augenbraue und beobachtete sie amüsiert. Nechifor trat plötzlich aus dem Schatten der

Bäume und sprach mit einer Stimme, die Ruhe und Autorität ausstrahlte.

«Wir haben eine wichtige Mission und können es uns nicht erlauben, uns gegeneinander auszuspielen.» Seine Worte hallten nach und zogen die Aufmerksamkeit auf sich. Ich betrachtete ihn nun genauer. Seine Augen hatten nicht das tiefe Schwarz unserer vampirischen Natur, sondern schimmerten in einem lebendigen waldgrün. Seine Haut wirkte lebhafter, nicht so blass und kalt wie unsere. Es war das erste Mal, dass ich ihn wirklich ansah, und ich spürte eine seltsame Faszination.

«Entschuldige Nechifor. Mein Fehler», entgegnete Mitch mit einem spöttischen Unterton, doch seine Entschuldigung klang nicht aufrichtig.

Als Nechifor an mir vorbeiging, konnte ich seinen ungewöhnlichen Duft wahrnehmen. Anders als alles, was ich kannte. Ich wollte mehr erfahren, aber irgendetwas hielt mich zurück, nachzufragen. Auch die anderen schienen zu bemerken, dass er anders war. Er gehörte definitiv nicht zu unserem Volk.

«Die Stelle ist gut, weil sie in einer kleinen Wölbung liegt», antwortete Awrey auf Mitchs frühere Frage. «Wir sind hier geschützt vor neugierigen Blicken, die Bäume bieten Schutz vor Regen, der Boden ist weich durch das Moos und der See ist in unmittelbarer Reichweite.»

«Sehr gut», lobte Mitch und sein Lächeln blitzte weiß im Dämmerlicht auf. «Fangen wir an aufzubauen. Die Zelte sind im Hänger.»

Während wir uns daran machten, das Lager zu errichten, waren Narcis und Razvan verschwunden.

«Wo sind Razvan und Narcis?», flüsterte ich Beatrice zu, als wir gemeinsam Wasser vom See holten.

«Sie suchen die Umgebung ab, ob sich hier irgendwo Wanderer oder Camper aufhalten», erklärte sie mir und warf besorgte Blicke zurück zum Lager.

«Du vertraust denen nicht», stellte ich fest und nickte in Richtung Mitchs Position.

«Ich kenne sie nicht und sie müssen sich erst ihr Vertrauen verdienen», antwortete sie leise.

Mein Blick fiel wieder auf Nechifor. Er beobachtete uns unauffällig.

«Wer und was ist Nechifor?», fragte ich Beatrice weiter.

Einen Moment lang ruhte ihr Blick auf ihm. Er tat so, als wäre er mit etwas beschäftigt.

«Ein Hexer. Leider kann ich dir aber nicht sagen, aus welchem Zirkel er stammt. Es gibt Geschichten über einen Hexer mit dem Namen Nechifor dem Mächtigen.»

«Ist es nicht gut, wenn wir einen Hexer auf unserer Seite haben?», hakte ich nach.

«Einerseits ja… Aber andererseits waren es Hexen die Razvan verzaubert haben. Ich weiß nicht, ob ich ihm trauen kann», sagte Beatrice nachdenklich. Mit vollen Wassereimern kehrten wir zum Lager zurück. Oana errichtete gerade eine Feuerstelle. Zelte ragten bereits wie stille Wächter in den Himmel. Plötzlich spürte ich wieder Nechifors Blick auf mir ruhen. Bee stand neben ihm und konfrontierte ihn direkt:

«Warum starrst du ständig Liana an?»

Ich zuckte zusammen bei ihrer Direktheit. Mein Blick schnellte zu ihr hinüber. Nechifor beachtete sie zunächst nicht weiter und hackte weiter auf Pflanzen ein.

«Ich habe dich was gefragt», zischte Bee energisch.

Endlich wandte Nechifor sich ihr zu, sein Gesichtsausdruck kalt und ausdruckslos.

«Hast du nichts zu tun?»

Seine Antwort ließ eine eisige Stille zwischen ihnen entstehen.

Die Atmosphäre im Lager war angespannt, als Bee ihre Hände in die Hüften stemmte und Nechifor mit einem herausfordernden Blick konfrontierte.

«Ich habe was zu tun und trotzdem würde ich jetzt gerne wissen, wieso du meine Freundin so anstarrst», sagte sie fordernd.

Nechifor seufzte, sichtlich genervt von der Unterstellung.

«Ich starre das Mädchen nicht an. Ich versuche, aus ihrer Energie einen Verhüllungszauber zu konstruieren», erklärte er sachlich.

«Bitte was?!» Beatrice› Stimme schwoll empört an, während sie auf Nechifor zu stampfte. Er verdrehte die Augen, doch seine Stimme blieb ruhig.

«Das Mädchen hat hier die stärkste Energie wegen ihres königlichen Blutes. Ich habe den Auftrag, uns zu schützen.»

Mitch trat nun vor, seine Miene ernst und besonnen.

«Nimm meine Energie, aber nicht die der Prinzessin.» Seine Worte waren ruhig, doch bestimmend.

«Deine Energie habe ich schon zu oft angezapft. Du brauchst eine Pause», entgegnete Nechifor mit einem Hauch von Sorge in seiner Stimme.

Ich stand da, verwirrt und fasziniert zugleich. Warum benötigte er meine Energie für einen Verhüllungszauber? Mitchs Stimme riss mich aus meinen Gedanken.

«Liana wird ihre volle Energie brauchen bei ihrem Vorhaben.»

«Wie du meinst», gab Nechifor widerwillig nach.

«Versuche nie wieder, ihre Energie anzuzapfen», zischte Beatrice drohend.

Sie packte meinen Arm und zog mich fort von Nechifor.

«Hatte er was Böses vor?», fragte ich verwirrt.

«Genau genommen wahrscheinlich nicht. Er will uns unsichtbar machen und wollte sich deiner Energie bedienen. Dein königliches Blut macht den Zauber vermutlich mächtiger», erklärte sie mir, während sie nervös durch ihr Haar fuhr.

«Aber das ist doch gut», wagte ich einzuwenden.

«Nein, nicht für dich. Es würde dich schwächen», widersprach Beatrice entschieden.

Ich versuchte noch, Nechifor zu verteidigen, aber Beatrice ließ nicht locker.

«Er hätte es erwähnen müssen.»

Als wir zum Lager zurückkehrten, kamen auch Narcis und Razvan zurück.

«Niemand in der Nähe», verkündete Razvan knapp.

Das war eine gute Nachricht. Keine unerwünschten Zeugen unserer Anwesenheit.

Narcis machte sich daran, ein Reh auszunehmen, das er gefangen hatte.

«Ich brauche eine Schüssel», forderte er Samantha auf, die widerwillig reagierte, dann aber eilig gehorchte. Mit einer Präzision, die nur jahrelange Erfahrung verleihen konnte, band Narcis das gefangene Reh auf und vollzog den Schnitt. Das Blut ergoss sich in die Schüssel darunter, ein roter Strom, der in der Dämmerung fast schwarz wirkte. Der Anblick war für mich zu viel. Mein Magen rebellierte gegen das brutale Naturschauspiel und ich musste mich abwenden.

«Ihhh», kreischte Samantha und flüchtete sich hinter Awrey, als wäre er ein Schild gegen die Rohheit der Natur. Ihr Aufschrei ließ Nechifor zusammenzucken, und er erwachte aus seiner meditativen Starre.

«Mädchen bist du ein Vampir oder ein kleines kreischendes Menschenkind?», fragte er mit einer Ernsthaftigkeit, die keinen Widerspruch duldete.

«Ein Vampir natürlich», rief sie empört zurück und stemmte ihre manikürten Finger in die Hüften.

«Dann benimm dich auch dementsprechend, sonst ertränke ich dich im See und koche aus dir Eintopf», entgegnete Nechifor ruhig und schloss wieder die Augen. Seine Drohung war so absurd, dass sie fast komisch wirkte. Mitch und Lorin konnten sich ein Lachen nicht verkneifen, und selbst an Nechifors Mundwinkeln zeigte sich ein Hauch eines Lächelns. Oana jedoch war nicht amüsiert.

«Macht ihr keine Angst», sagte sie ernst und warf den dreien einen strengen Blick zu.

Bee hingegen schien von Nechifors Worten tief beeindruckt zu sein.

«Verzehren Hexer Vampire?», fragte sie ehrfürchtig mit erschrockener Miene. Nechifor antwortete nicht. Seine Stille ließ Raum für Spekulationen.

«Wir bleiben die erste Nacht hier und morgen früh werden wir Gruppen einteilen und die Gegend auskundschaften. Zwei bleiben immer hier beim Lager», verkündete Narcis sachlich, als Awrey und Ferenc mit weiteren Lebensmitteln aus dem Auto kamen. Mitch trat neben mich, seine Nähe ließ mich instinktiv mein Amulett umklammern. «Nechifor und ich werden die erste Nachtwache machen», sagte er bestimmt.

«Ich werde euch dann ablösen, wenn ihr möchtet», bot Narcis an.

«Wir werden sicher darauf zurückkommen», antwortete Mitch höflich.

Ferenc meldete sich freiwillig als Unterstützung für Narcis an. Es war eine stille Übereinkunft unter uns allen. Jeder trug seinen Teil zum Schutz des Lagers bei.

Nechifor saß bereits seit zwei Stunden regungslos auf dem Boden. Seine Beine mussten längst taub sein.

«Wir haben alles», bestätigte Mitch auf Nechifors Frage hin.

Plötzlich sprang Nechifor auf.

«Na endlich. Langsam muss ich pinkeln.» Er verschwand hastig in den Büschen, aus denen kurz darauf das leise Plätschern zu hören war. Ich starrte ihm perplex hinterher. Hätte er nicht jederzeit gehen können?

Als Mitch sich entfernte, nutzte ich die Gelegenheit, um Narcis vorsichtig zu fragen.

«Was hat Nechifor all die Zeit gemacht?»

«Sah so aus als würde er eine Schutzbarriere errichten. Mit seiner Konzentration. Nur eine Vermutung», flüsterte er zurück.

Bee mischte sich ein.

«Er meditiert also lieber, als uns zu helfen?»

Ihre Worte waren kaum verhallt, da fuhr sie erschrocken zusammen unter Narcis vorwurfsvollen Blick.

«Sorry», murmelte sie kleinlaut.

«Er hat uns sehr geholfen», betonte Narcis ernst und wandte sich von uns ab.

Kopfschüttelnd entfernte er sich von uns. Nechifor kam sichtlich erleichtert wieder aus den Büschen und wühlte in seinen Sachen.

«Niemand verlässt dieses Lager bis zum Morgengrauen. Wenn jemand pissen oder scheißen muss, geht er in dieses Gebüsch», erklärte Nechifor laut und deutete auf das Gebüsch hinter ihm.

«Ich gehe nicht auf die Toilette, wenn ihr direkt hier sitzt», widersprach Samantha trotzig.

«Dann kack in Hose meinetwegen aber du verlässt nicht dieses Lager», erwiderte Nechifor und sah Samantha ausdruckslos an.

Samanthas Empörung war greifbar, als sie ihre Hände zu Fäusten ballte und trotzig herausplatzte. «Wie bitte? Du hast mir gar nichts zu sagen!»

Ihre Arme verschränkte sie vor der Brust, als könnten sie einen Schild gegen Nechifors Autorität bilden. Doch er ließ sich nicht beirren. Mit einer lässigen Geste hob er die Hand, und wie durch Magie ergoss sich plötzlich der Inhalt ihres Bechers über sie. Sie japste nach Luft, überrascht und durchnässt.

«Noch ein dummer Kommentar und ich ertränke dich wirklich», sagte Nechifor mit einer Kühle in der Stimme, die keinen Zweifel an seiner Ernsthaftigkeit ließ. Razvan trat ein, seine Stimme donnerte wie ein Gewitter.

«Samantha, es ist jetzt Schluss mit dem Kindergarten. Du tust, was er sagt.» Samantha schrumpfte unter seinem Blick zusammen, ihre Trotzhaltung wich einer gedemütigten Akzeptanz.

Bee kicherte neben mir, ihre Hand vor dem Mund versteckt, während auch ich ein Grinsen kaum unterdrücken konnte. Nechifor hingegen widmete sich wieder dem Ritual. Er zog ein Glas Salz hervor und begann es sorgfältig in einem großen Kreis, um uns herum auf den Boden zu streuen. Dann band er Kräuter zu einem Strang zusammen und richtete seinen Blick zum Himmel empor. Ich folgte seinem Blick neugierig nach oben.

«Was macht er?», flüsterte Awrey fasziniert.

«Ich bereite einen Schutzzauber vor, der dieses Lager schützen wird. Dieser Zauber wird an den Mond gebunden. Solange der Mond am Himmel steht, sind wir geschützt», erklärte Nechifor ohne den Blick von den Sternen abzuwenden.

«Was sind das für Pflanzen?», wollte ich wissen. Meine Stimme voller Interesse für das geheimnisvolle Ritual des Hexers.

«Das ist Johanniskraut und Salbei», antwortete er geduldig.

«Musst du auf den Mond warten?», fragte Bee weiter.

«Ja. Erst wenn die Sonne komplett untergegangen ist, kann ich den Schutzzauber binden», sagte Nechifor ruhig. Ich ließ meinen Blick über die anderen gleiten und bemerkte Lorin, Mitch und Oana, die sich um uns herum aufgestellt hatten. Jeder von ihnen trug Waffen bei sich als Zeichen ihrer Bereitschaft, uns zu verteidigen. «Bisher hatte ich einen kleinen Schutzzauber durch Meditation ausgeführt und dabei Energie aus der Sonne absorbiert. Das ist nur verdammt anstrengend auf Dauer und ich will auch was essen», fügte Nechifor hinzu und warf Samantha einen kurzen Blick zu. Sie wich seinem Blick aus und schüttelte sich unbehaglich. Mit einem Schmunzeln wandte Nechifor seinen Blick wieder gen Himmel. Die Dunkelheit legte sich nun wie ein schwerer Samtvorhang um uns herum. Irgendwo in der Ferne heulte

146

ein Wolf. Eine eindringliche Erinnerung daran, dass wir nicht allein waren in dieser Nacht.

«Können Tiere diesen Zauber durchbrechen?», fragte Razvan vorsichtig und griff instinktiv nach seinem Dolch.

«Nichts kann das», antwortete Nechifor leise. Plötzlich loderten Flammen um seine Hand auf. Ein kleiner Feuerball entstand aus dem Nichts und landete präzise in der Mitte unserer Runde auf Oanas Feuerstelle. Mit einer sanften Berührung entflammten die Pflanzen kurz auf, bevor sie nur noch rauchten. Nechifor ging langsam an der Salzlinie entlang und murmelte: «Vis sanguinis mei. Potestas lunae huic lapidi alligata est. Nos custodiant, moneant, abscondant» die Luft um uns knisterte vor magischer Energie. Es war, als würden wir von einem elektrischen Feld umgeben sein.

«Du bindest den Zauber an einen Stein? Ich dachte an den Mond?», fragte Beatrice verwirrt.

«Ich nutze die Kraft des Mondes und binde diese Energie an einen Mondstein», klärte Nechifor geduldig auf und zeigte eine Kette um seinen Hals mit einem kleinen Stein daran hängend. «Außerdem kann selbst der Mond versagen.»

«In welchen Fällen versagt denn ein Mond?», wollte ich wissen, ebenso verwirrt wie Beatrice.

«Wenn zum Beispiel das Militär Waffen testet und versehentlich den Mond trifft», sagte er mit einer Ernsthaftigkeit, die keinen Raum für Zweifel oder Ironie ließ.

«Lustig», murmelte ich ironisch zurück.

«Nein, eigentlich nicht», entgegnete er trocken. «Der Zauber ist jetzt an den Stein gebunden und hält so lange, bis der Mond wieder untergeht. In dieser Zeit darf niemand den Kreis verlassen.» Sein Blick ruhte schwer auf Samantha. Eine stille Warnung lag darin verborgen.

Samanthas Stimme schnitt durch die angespannte Stille des Waldes, als sie schnippisch erwiderte.

«Ja, ich hab's kapiert.»

Ihre Worte waren ein trotziges Echo in der Dunkelheit, das von Nechifor mit einem kaum hörbaren «Ach» beantwortet wurde. Doch seine Aufmerksamkeit galt bereits einer anderen Angelegenheit.

«Mitch, ich brauche jetzt deine Energie für den Verhüllungszauber», erklärte er mit einer Dringlichkeit, die keinen Widerspruch duldete. Mitch trat ohne Zögern zu ihm hinüber, ein stummer Ausdruck des Vertrauens in seinen Augen. Nechifor erhitzte Wasser über dem Feuer und goss es sorgfältig über gemahlene Kräuter, deren Duft sich sofort mit dem Rauch vermischte und eine mystische Atmosphäre schuf. Mit einem entschlossenen Griff nahm Mitch ein Messer und stach sich in den Daumen. Das Blut begann zu tropfen. Jeder Tropfen schien wie ein kostbarer Rubin im Schein des Feuers zu glänzen und fiel in die Schale mit dem Kräuterwasser. Nechifor tauchte dann einen Finger in die blutige Mischung und zeichnete damit einen Kreis auf Mitchs Stirn und strich ihm über die Lippen. Ihre Blicke trafen sich intensiv. Es war ein Moment der tiefen Verbundenheit.

«Vis sanguinis mei. Oblatum sume vigorem et sanguinem voluntarium et ligamen alica.», begann Nechifor das alte Mantra. Mitch krümmte sich vor Schmerz, als ob die Worte selbst eine physische Kraft besaßen. «Tut mir leid mein Freund», flüsterte Nechifor und hielt ihn fest, während Razvan besorgt herbeieilte.

«Geht's ihm gut?», fragte Razvan drängend.

«Es wird wieder», versicherte Nechifor und half Mitch sanft zu Boden. «Mitch ist nur sehr geschwächt von der zahlreich geopferten Energie in letzter Zeit.»

«Warum brauchst du so viel Energie von ihm?», fragte Razvan, sein Blick voller Vorwurf auf Nechifor gerichtet.

«Um uns zu schützen», antwortete Nechifor knapp.

Ich konnte nicht länger zusehen.

«Nimm zukünftig meine Energie. Ich tue alles, um uns zu helfen», sagte ich entschieden und trat an seine Seite.

«Nein, auf keinen Fall», widersprach Razvan heftig, bevor Nechifor reagieren konnte.

«Mitch ist geschwächt. Wie soll er im Notfall kämpfen, wenn er sich nicht mal mehr auf den Beinen halten kann? Er ist bestimmt eine größere Hilfe im Kampf als ich», argumentierte ich standhaft.

«Ich halte das für keine gute Idee. Sowas kann dich umbringen», entgegnete Razvan eindringlich und ignorierte dabei Nechifors Anwesenheit vollkommen.

«Eigentlich bringt das niemanden um, wenn man mir ab und zu seine Energie leiht. Die Energie regeneriert sich wieder», klärte Nechifor auf. «Wenn man es zu häufig macht, so wie Mitch es tut, dann kann der Körper sich nicht mehr regenerieren. Liana und Mitch können sich abwechseln.»

«Dann nimm lieber meine Energie», bot Razvan wütend an.

«Deine Energie wird nicht stark genug sein, um uns zu verhüllen. Es braucht besonderes Blut und besondere Energie», widersprach Nechifor ungeduldig.

«Warum ist Mitchs Energie dann so stark?», fragte nun Beatrice neugierig, die plötzlich hinter uns stand.

«Es ist vollkommen egal, warum seine Energie, der von Liana gleicht. Wichtig ist nur, dass er es

150

nicht mehr länger mitmacht», seufzte Nechifor müde.

«Das nächste Mal sagst du Bescheid und dann werde ich dir meine Energie geben», sagte ich fest entschlossen. «Nein Razvan», fügte ich hinzu, als er gerade seinen Mund öffnen wollte, um Einspruch zu erheben. «Ich weiß, dass du mich nur schützen willst, aber das ist meine Entscheidung.»

Entschieden drehte ich mich um und ließ Nechifor, Razvan und Beatrice zurück.

KAPITEL 10

Die Nacht hatte sich über unser Lager gelegt wie ein dunkler, samtiger Umhang, und das Feuer knisterte leise, während wir uns um seine wärmende Glut scharten. Ich saß da, den Becher mit Tierblut in der Hand, und nippte vorsichtig daran. Der Geschmack war herb und bitter. Eine raue Erinnerung daran, dass wir weit entfernt von den luxuriösen Annehmlichkeiten des Schlosses waren. Hier draußen mussten wir uns mit dem begnügen, was die Wildnis uns bot.

«Zu welchem Zirkel gehörst du, Nechifor?», fragte Beatrice neugierig. Sie saß direkt neben ihm und beobachtete fasziniert, wie seine Finger geschickt die Kräuter zupften und zerhackten. Ihre Frage ließ ihn kurz innehalten. Sein Blick traf ihren für einen flüchtigen Moment, bevor er sich wieder seinen Kräutern zuwandte.

«Seit einigen Jahren keinem mehr», antwortete er knapp und konzentriert.

«Müssen Hexen und Hexer nicht einem Zirkel angehören? Ich dachte immer, sie seien sonst fast machtlos», hakte Beatrice nach, ihre Stimme voller Zweifel und Neugier.

«Das ist bei vielen anderen der Fall, aber wie du siehst nicht bei mir. Ich wirke trotzdem sehr erfolgreich Magie», erklärte er mit einem Seufzen der Resignation. Es lag etwas Geheimnisvolles in seiner Stimme.

«Ihr solltet schlafen gehen. Es ist schon spät und morgen wollen wir uns früh aufteilen», wechselte er rasch das Thema. Seine Worte klangen dringend und ließen mich stutzen. Was wollte er verbergen?

«Er hat Recht», pflichtete Mitch ihm bei. Langsam erhoben wir uns und gingen zu den einzelnen Zelten. Ich folgte Beatrice in das Zelt, das ich mir mit Bee und Samantha teilen würde.

Bee jedoch blieb noch einen Augenblick sitzen, ihr Blick haftete skeptisch an Nechifor, der ihr ausdruckslos entgegenblickte.

«Bee, kommst du auch?», rief ich ihr zu, als ich bereits am Zelt stand.

Samantha war bereits im Inneren verschwunden und Beatrice folgte ihr auf dem Fuß.

«Ich komme sofort», rief Bee zurück, doch ihre Stimme verriet eine gewisse Unentschlossenheit.

Schulterzuckend trat ich ins Zellinnere. Doch meine Gedanken kreisten um das Gespräch draußen am Feuer.

«Möchtest du unserer Prinzessin etwa nicht folgen?», hörte ich Nechifors Stimme durch die Stille der Nacht schneiden.

«Wer bist du wirklich?», fragte Bee herausfordernd zurück. Ich konnte hören, wie sie aufstand.

«Warum traust du mir nicht?», gab Nechifor zurück. Seine Frage klang ehrlich interessiert.

«Ich traue nie Hexern», entgegnete Bee bestimmt. Was ging in ihrem Kopf vor? Was suchte sie? «Welche Art von Magie praktizierst du?», wollte sie wissen. Ihre Stimme war fest und fordernd.

«Elementarmagie und Naturmagie, wie man sieht», antwortete Nechifor spöttisch. «In deiner schicken Schule lernt man doch, Magie zu erkennen, oder nicht?»

Doch Bee ließ sich nicht abwimmeln: «Was ist mit schwarzer Magie? Praktizierst du die auch?»

Es herrschte eine gespannte Stille; dann platzte es aus Mitch heraus. «Es ist genug! Geh in dein Zelt.»

Seine Worte waren scharf wie ein Schwertstoß in die Dunkelheit. Ein Befehl, der keinen Widerspruch duldete. Doch unter der Oberfläche schwang etwas mit. Eine Sorge vielleicht oder gar Angst? Was wusste Mitch über Nechifor?

Die Luft war erfüllt von der Schwere des nächtlichen Waldes, und das Feuer knisterte, als wäre es der stille Zeuge eines unsichtbaren Dramas. Bee stand Nechifor gegenüber, ihre Silhouette vom flackernden Licht umtanzt. Ihre Frage nach schwarzer Magie hing noch in der Luft.

«Was würde es für dich ändern, wenn ich schwarze Magie praktizieren würde?», fragte Nechifor weiter, seine Stimme ruhig und herausfordernd. Er ignorierte Mitchs warnenden Tonfall vollkommen.

«Nechifor…», sagte Mitch wieder.

«Es ist böse, dunkel und gefährlich», erwiderte Bee mit zitternder Stimme. Ihre Worte waren mehr als nur eine Feststellung. Sie waren ein Echo tief verwurzelter Ängste.

«Ihr Vampire seid doch auf dieser Welt das Dunkelste überhaupt», entgegnete Nechifor leise und fast schon philosophisch. Seine Worte waren nicht anklagend, sondern trugen eine Spur von Melancholie in sich. Ich hörte das Rascheln der Pflanzen, als er sich wieder seiner Arbeit widmete. Ein Zeichen dafür, dass dieses Gespräch für ihn beendet war. Kurz darauf erschien Bee im Zelt. Ihr Gesichtsausdruck war schwer zu deuten im schwachen Licht unserer Unterkunft. Sie suchte nicht meinen Blick. Stattdessen legte sie sich sofort hin, als wollte sie die Ereignisse des Abends hinter sich lassen oder vielleicht auch nur vor ihnen fliehen. In der Dunkelheit spürte ich Samanthas Augen auf mir ruhen. Ihr Blick war durchdringend und wachsam. Ein stummer Ausdruck des Unbehagens oder vielleicht auch der Sorge um das eben Gehörte. Die Stille zwischen uns war erfüllt von unausgesprochenen Fragen und dem

155

Gewicht der Geheimnisse, die wir alle mit uns herumtrugen.

Die Morgendämmerung hatte sich gerade über den Horizont geschlichen, als ich erwachte. Die Welt außerhalb unseres Zeltes war in ein sanftes Zwielicht getaucht, und die Stille war so tief, dass sie fast greifbar schien. Im Inneren des Zeltes herrschte noch die Ruhe des Schlafes. Ich bewegte mich vorsichtig, um niemanden zu stören, und schlüpfte hinaus in die kühle Morgenluft. Draußen streckte ich meine steifen Glieder und genoss die Freiheit der Bewegung. In der Nähe des Feuers konnte ich die Umrisse von Narcis erkennen, dessen Wachsamkeit selbst in der Stille des Morgens nicht nachließ. Neben ihm lag Ferenc auf dem kalten Boden, eingehüllt in den Mantel des Schlafes nach ihrer gemeinsamen Nachtwache.

«Guten Morgen», begrüßte mich Narcis mit einer Stimme, die trotz der frühen Stunde wach und klar klang.

«Guten Morgen. Ferenc hat wohl nicht lange durchgehalten», erwiderte ich schmunzelnd und nickte in Richtung des schlafenden Jungen.

«Nicht schlimm. Der Wille zählt», entgegnete Narcis mit einem Schulterzucken, das eine gewisse Nachsicht verriet.

«Stimmt», sagte ich und ließ mich neben ihm nieder.

«Hattest du wieder einen Traum?», fragte er leise, um Ferenc nicht zu wecken.

«Nein, diesmal nicht», flüsterte ich zurück und spürte eine seltsame Erleichterung bei dem Gedanken.

«Konntet ihr schon herausfinden, warum du diese Träume hast?», fragte er weiter und rückte näher an mich heran. Seine Körperwärme war tröstlich in der kühlen Morgenluft.

«Nein», gab ich zögerlich zurück. «Das hätte dir jemand erzählt, wenn es was Neues gegeben hätte, oder?»

«Hm, ich weiß nicht so recht», murmelte er nachdenklich und kratzte sich am Kinn. Ich bemerkte seine Bartstoppeln. Sie standen ihm außerordentlich gut.

«Wie kommst du darauf?», hakte ich nach und konnte meinen Blick nicht von den kleinen Zeichen seiner Männlichkeit abwenden.

«Einfach so ein Gefühl», sagte er und rückte wieder ein Stück von mir weg, bevor er aufstand.

«Wir sollten die anderen wecken, wenn wir irgendwas auf dieser Suche erreichen wollen», schlug er vor und streckte sich ausgiebig.

Zustimmend nickte ich und stand ebenfalls auf. «Möchtest du nicht erst etwas schlafen? Du musst doch furchtbar müde sein von der Nachtwache.»

«Das geht schon. Ich bin das von meiner Tätigkeit als Soldat gewohnt», winkte er ab und begann dann damit, die anderen aufzuwecken.

Nachdenklich sah ich ihm hinterher. Seine Entschlossenheit beeindruckte mich immer wieder.

«Wenn alle wach sind, kommt bitte mal zusammen, um alles Weitere für heute zu besprechen», rief Narcis› Stimme über das Lager hinweg aus. Die meisten waren bereits aus ihren Zelten gekrochen. Samantha stand bibbernd vor der erkalteten Feuerstelle und warf Nechifor einen bittenden Blick zu. Er erhob sich mit einer Anmut, die man morgens nur selten sah, trat neben sie und hielt seine Hand über die Asche. Plötzlich tanzten Flammen um seine Finger. Ein kleines Schauspiel magischer Beherrschung. Mit einer Faustbewegung löschte er das Feuer wieder aus seiner Handfläche und wandte sich Samantha zu. Ein Hauch seines Atems genügte. Leichter Wind strich durch ihre Haare und brachte Farbe zurück auf ihre Lippen. Dankbar sah sie ihm nach, bevor sie sich erleichtert vor das nun wieder lodernde Feuer setzte.

«Der Plan für heute ist es, den Ort hier in der Nähe zu untersuchen», sagte Razvan.

Oana schlug vor, zwei Personen im Lager zurückzulassen. Eine kluge Strategie für Sicherheit und Rückhalt.

«Ich werde hierbleiben», meldete sich sofort Samantha.

«Ich bleibe ebenfalls mit Samantha hier», meldete sich Ferenc sofort an Samanthas Seite.

Bee grinste mir über die Feuerstelle hinweg zu. Ihr Lächeln war wie ein Funke Hoffnung inmitten all der Unsicherheit dieser Mission.

«Sehr gut. Danke euch beiden», sagte Narcis anerkennend. «Die anderen machen sich bitte bereit zum Aufbruch.»

Wir machten uns bereit. Waffen wurden gezogen und verstaut. Jeder Gegenstand wurde sorgfältig ausgewählt für das, was kommen mochte. Wir waren bereit für den Tag – bereit für das was auch immer uns erwarten würde in den Schatten zwischen den Bäumen.

KAPITEL 11

Die Atmosphäre an dem Ort, zu dem uns Narcis führte, war durchdrungen von einer düsteren Schwere, die sich wie ein unsichtbarer Nebel über das Gelände legte. Es war, als ob die Erde selbst den Schrecken des Geschehenen in sich aufgesogen hätte und nun in stummer Trauer verharrte. Ich konnte nicht genau benennen, was diese bedrückende Stimmung auslöste, doch ich spürte, wie meine eigene Laune einen dunklen Abgrund erreichte. Eine eisige Kälte kroch mir über den Rücken, als ich direkt vor der Stelle stand, an der das Blut gefunden worden war. Es war Monate her, doch die Erinnerung daran schien unauslöschlich in den Boden gebrannt zu sein. Instinktiv rieb ich mir die Arme, um Wärme zu erzeugen und das Frösteln abzuschütteln.

«Das gefundene Blut stammt von einem der entführten Jugendlichen», begann Narcis mit ernster Stimme und deutete auf die markierte Stelle am Boden. «Es wurden Blutproben genommen, aber im Schloss konnte nicht eindeutig identifiziert werden, von wem es stammt. Unsere Ärzte fanden heraus, dass es sich um Blut eines Jungvampirs handelt. Außerdem befand sich eine kleine Menge Alkohol darin, weshalb wir ausgehen, dass der Jugendliche ebenfalls auf dieser Party war.»

Oana blickte skeptisch und ihre Stimme trug einen Hauch von Misstrauen.

«Warum ist man sich so sicher, dass es von jemandem aus dem Schloss stammt? Vielleicht hat man versucht, euch auf eine falsche Fährte zu locken.»

«Jungvampire in dieser Gegend gehören zu ihrem Schutz immer einem Orden an, außer sie sind mit ihrer Familie auf der Durchreise und kommen aus dem Ausland.»

«Aber ihr wisst nicht, von wem es stammt, richtig?», hakte Oana nach und fixierte Narcis mit einem durchdringenden Blick.

«Richtig», bestätigte Narcis und seine Stirn legte sich in Falten. Die Arme vor der Brust verschränkt wirkte er wie ein Rätsellöser vor einem ungelösten Geheimnis. Mitch trat nun vor und mischte sich ein.

«Wie könnt ihr dann genau wissen, dass es aus dem Schloss stammt? Klar, im Blut kann man feststellen, dass es sich um einen Jungvampir handelt. Aber das könnte ja auch von jedem anderen Jungvampir stammen.»

Razvan trat neben Narcis.

«Mit Magie haben wir feststellen können, dass es sich um einen Jungvampir handelt, der sich dem rumänischen Orden verpflichtet hatte.»

Seine Worte ließen uns alle innehalten. Magie?

Nechifor runzelte die Stirn, als er die neuesten Informationen verarbeitete.

«Es waren Hexen an der Suche beteiligt?», fragte er, seine Stimme durchzogen von Skepsis und einem Hauch von Misstrauen.

«Ja, der Orden pflegt seit geraumer Zeit ein Bündnis mit ihnen», antwortete Razvan, seine Worte sorgfältig wählend, um Nechifors Bedenken zu zerstreuen.

«Welcher Zirkel war es?», bohrte Nechifor nach, seine Augen suchten in Razvans Gesicht nach einer Spur von Unsicherheit.

«Das ist absolut nicht wichtig», schnitt Narcis das Thema ab und machte eine wegwischende Handbewegung, als könnte er damit auch die aufkommenden Fragen aus der Luft fegen. Bee trat einen Schritt vor und ihre Stimme trug einen Unterton von Frustration.

«Ich frage mich allerdings, warum diese Hexen nicht herausfinden konnten, von wem die Blutprobe stammt.»

«Es konnten einige Vermisste ausgeschlossen werden. Bei denen gibt es Vergleiche wie Eltern oder Geschwister. Bei zwei Vermissten jedoch gibt es keine Familienmitglieder, sodass es keine Vergleiche gibt.»

«Also muss es das Blut von diesen beiden sein», murmelte ich leise, während ein kalter Schauer über meinen Rücken lief. «Samuel hat keine Verwandten mehr.»

«Samuel und ein Mädchen namens Gabriela», fuhr Razvan fort und wandte sich an Nechifor, Oana, Lorin und Mitch. «Samuel verlor seine Eltern vor fast zwei Jahrzehnten und Gabriela kam schon als Waise in den rumänischen Orden.»

Razvan senkte seine Stimme zu einem kaum hörbaren Flüstern.

«Ich war bei ihm, als die Vampyris angegriffen haben. Seine Verletzungen waren zu schwerwiegend. Er hätte es niemals bis hierhin geschafft. Ich bin mir sogar sehr sicher, dass er bereits im Schloss seinen Verletzungen erlag.»

«Wie kannst du sowas sagen?»

Meine eigene Stimme brach unter dem Gewicht meiner Emotionen. Razvan seufzte tief und blickte zu Boden. Seine Schultern sanken herab wie unter einer unsichtbaren Last.

«Ich versuche nur, die Sache realistisch zu sehen», sagte er schließlich und richtete sich wieder auf. Doch sein Blick vermied den meinen.

«Ich habe gesehen, wie er gestorben ist», fügte er hinzu. «In meiner Zeit als Soldat habe ich oft genug den leeren und toten Blick von gefallenen Kameraden gesehen. Ich erkenne den Tod.»

Langsam schüttelte ich den Kopf und knetete meine Hände in hilfloser Geste. Eine beklemmende Enge breitete sich in meiner Brust aus. Ich atmete tief durch in der Hoffnung, das Gefühl würde verschwinden.

Lorin brach das Schweigen mit einer Frage, die uns alle ins Grübeln brachte.

«Einerseits macht es keinen Sinn. Warum sollten diese Kreaturen eine Leiche mitnehmen? Die anderen scheinen am Leben gewesen zu sein. Oder ist sich noch jemand sicher, einen von ihnen tot gesehen zu haben?»

Wir schauten uns gegenseitig an. Jeder verloren in seinen Gedanken und schüttelten betreten den Kopf. Niemand wollte glauben, dass Samuel tot war. Niemand wollte akzeptieren, dass wir vielleicht schon längst neben seinem Grab standen.

«Dann sollte die Wahrscheinlichkeit ja hoch sein, dass dieser Samuel am Leben ist».

Razvan schüttelte leicht den Kopf, ein stummes Zeichen der Verneinung, das in der aufgeladenen Luft des Waldes fast zu verhallen schien. Narcis warf ihm einen mitfühlenden Blick zu, als könnte er die Last der Erinnerungen auf Razvans Schultern spüren. Dann wandte er sich an uns. Wir untersuchten mehrere Stunden den Ort, an dem das

Blut gefunden wurde. Wir kamen ergebnislos an der Stelle des gefundenen Blutes zurück.

«Ich möchte wissen, ob euch an diesem Ort irgendwas seltsam vorkommt. Könnt ihr etwas Spezielles riechen oder hören? Jungvampire nehmen einige Dinge anders wahr als ausgewachsene Vampire», sagte Narcis und musterte uns Jungvampire der Reihe nach mit einem prüfenden Blick. Ich schloss die Augen und konzentrierte mich darauf, meine Sinne über das gewöhnliche Maß hinaus zu schärfen. Ich versuchte, die Geräusche und Gerüche um mich herum zu erfassen, doch zunächst nahm ich nur den Geruch unserer Gruppe wahr. Das Ergebnis einer Nacht im Zelt ohne die Annehmlichkeiten moderner Hygiene. Ich rümpfte die Nase und öffnete meine Augen wieder, verärgert über die Banalität meiner Wahrnehmung. Die anderen hingegen blieben hoch konzentriert mit geschlossenen Augen stehen. Bee bewegte sich langsam weiter ins Dickicht hinein, ihre Finger streiften sanft über die Blätter der Bäume und Sträucher.

«Kannst du etwas wahrnehmen?», fragte Narcis leise an Bee gewandt.

«Das weiß ich noch nicht», murmelte sie zurück, ihre Stimme kaum mehr als ein Hauch zwischen den Bäumen.

Besorgt darüber, dass Bee allein in dem dichten Unterholz verschwand, machte ich mich auf den Weg, ihr zu folgen.

«Nicht bewegen Liana», zischte Narcis, bevor ich allzu weit kam. Fragend sah ich ihn. «Wenn du dich bewegst, verströmst du deinen Geruch und Bee kann nichts mehr wahrnehmen außer dir.»

Also blieb ich stehen und wartete ab. Die Minuten dehnten sich wie Stunden aus. Wir waren Statuen in einem Wald voller Geheimnisse. Der Rest unserer Gruppe hatte längst aufgegeben und Bee war immer noch nicht zurückgekehrt.

«Langsam mache ich mir Sorgen um sie», brach Ferenc die Stille mit seiner besorgten Stimme.

«Ich mache mir ebenfalls Sorgen», gab ich zu und fühlte eine unbehagliche Anspannung in mir aufsteigen. Es war unvorstellbar, dass Bee so lange fort war ohne ein Lebenszeichen von sich zu geben und es schien niemanden von den älteren Vampiren sonderlich zu beunruhigen.

«Vielleicht ist ihr etwas zugestoßen», flüsterte ich fast unhörbar.

Doch Narcis schüttelte stumm den Kopf und nickte dann diskret in Oanas Richtung. Sie stand regungslos da, ihre Augen fixierten einen Punkt im Gras mit einer Intensität, als könnte sie durch reine Willenskraft das Verborgene ans Licht zwingen. Wir hielten inne und richteten unsere Aufmerksamkeit auf Oana.

«Ich kann die Kleine hören. Es geht ihr gut, und sie geht immer noch weiter. Sie ist aber nicht besonders weit von uns entfernt. Macht euch keine Sorgen um sie», antwortete Oana leise, ohne ihren Blick von dem Punkt im Gras abzuwenden.

Ferenc murmelte fast unhörbar, mehr zu sich selbst als zu den anderen.

«Was Bee wohl riecht?»

«Wenn ihr nicht eure Klappe haltet, verliert Oana eure Freundin, und dann ist sie auf sich allein gestellt da draußen», zischte Nechifor mit einem stechenden Blick, der uns alle zum Schweigen brachte.

«Sie ist doch jetzt schon auf sich alleine gestellt», gab Ferenc trotzig zurück, was ihm nur einen gelangweilten Blick von Nechifor einbrachte. Dieser schien unbeeindruckt und widmete sich wieder seinen Fingernägeln, als ob er nach verborgenen Resten seines Frühstücks suchen würde. Plötzlich blickte Oana auf, ihre Augen klärten sich und ein Anflug von Entschlossenheit zeigte sich in ihrem Gesicht. Ich spürte eine nervöse Spannung in mir aufsteigen und verlagerte mein Gewicht von einem Bein auf das andere.

«Wir können kommen. Ich glaube, die Kleine hat was gefunden», sagte Oana bestimmt und setzte sich mit schnellen Schritten in Bewegung, in die Richtung, aus der Bee verschwunden war. Wir anderen folgten ihr hastig, unsere Schritte hallten durch den Wald wie das Klopfen ferner Trommeln.

«Ja klar Leute. Auf mich wartet wieder mal keiner», rief uns Nechifor hinterher, als wir mit Vampirgeschwindigkeit durch das Unterholz jagten. «Scheiß Vampire», hörte ich ihn fluchen, woraufhin ein belustigtes Schnauben von Mitch neben mir kam.

«Manchmal meckert er den gesamten Tag», erklärte Mitch augenrollend und konnte sein Grinsen dabei nicht verbergen. Innerhalb von Sekunden erreichten wir Bee, die dort stand mit einem leicht verwirrten Ausdruck im Gesicht. Kaum hatte sie mich erblickt, trat sie sofort an mich heran und roch an meinem Haar.

«Was wird das?», fragte ich sie verwirrt und wich ein paar Schritte zurück.

«Der Geruch, der mich hierher geführt hatte, ähnelt deinem», erklärte sie stirnrunzelnd.

«Das ist nicht möglich. Liana ist noch nie hier gewesen», entgegnete Razvan ebenso verwirrt wie ich.

«Ich kann es nicht erklären», sagte Bee leise und senkte den Blick zu Boden. Warum führte Bees Spur zu mir? Was verband mich mit diesem Ort?

«Das hast du gut gemacht. Deine Sinne sind hervorragend. Woher wusstest du, dass ich dich hören würde?», fragte Oana mit einem stolzen Unterton in ihrer Stimme.

Bee errötete leicht bei der Anerkennung ihrer Fähigkeiten.

«Im Lager ist mir öfter aufgefallen, dass du die minimalsten Geräusche hören kannst und immer wachsam bist», erklärte sie. «Die meisten Geräusche, die wir nicht so wahrnahmen, untersuchst du genau. Ich habe mich darauf verlassen, dass du auch auf mich Acht geben wirst.»

«Das du mich eingehend studiert hast, braucht dir nicht peinlich zu sein», sagte Oana und legte Bee eine Hand auf die Schulter, ein Zeichen der Verbundenheit und des Vertrauens zwischen ihnen.

«Das ist ja rührend», gab Nechifor zischend von sich, als er keuchend und sich die Seite haltend zu uns stieß.

«Da bist du ja», neckte Mitch ihn grinsend, was ihm einen finsteren Blick von Nechifor einbrachte.

«Könntet ihr bitte bei der Sache bleiben? Bee hat etwas gewittert und dieser Geruch ähnelt ihrer Meinung nach Liana. Ich bin der Meinung, das sollte man ruhig ernst nehmen oder nicht?», schnitt Razvan mit einer bissigen Note durch die aufkeimende Heiterkeit.

Beatrice legte ihm beruhigend eine Hand auf den Arm. Ihre Geste schien ihn etwas zu besänftigen.

«Was meinst du eigentlich damit, dass der Geruch mir ähnelt?», fragte ich unsicher an Bee gewandt.

«Er ist dir einfach ähnlich. Schwer zu erklären. Irgendetwas ist gleich aber wiederum auch nicht gleich. So wie bei Verwandten. Könnt ihr das etwa nicht riechen?», fragte sie und sah in die Runde. Wir verharrten einen Moment regungslos, jeder versuchte sich, auf den vermeintlichen Geruch zu konzentrieren, den Bee wahrgenommen hatte. Ich schloss meine Augen und atmete tief ein, doch konnte ich nichts Besonderes feststellen. Als ich meine Augen wieder öffnete, bemerkte ich Razvans durchdringenden Blick. Fragend zog ich eine Augenbraue hoch und er schüttelte kaum merklich den Kopf.

«Nur einen leichten Geruch», sagte Oana schließlich. «Du hast einfach die Gabe dafür, Gerüche besser wahrzunehmen. In jedem von uns schlummert ein anderes Talent.»

Die anderen nickten zustimmend. Entmutigt ließ ich die Schultern hängen, während das Gewicht meiner eigenen Unzulänglichkeit schwer auf mir lastete. Die anderen schienen mir in so vielen Aspekten voraus zu sein, trotz der wochenlangen Anstrengungen, die ich unternommen hatte, um zu lernen und zu trainieren. Es nagte an mir, die Befürchtung, dass ich vielleicht niemals mit einem von ihnen mithalten könnte. Weder im

Wissen über diese Neue Welt, in die ich vor ein paar Monaten so abrupt hineingeworfen wurde, noch im kämpferischen Sinne. Ich nahm mir fest vor, mein Training bei Narcis oder Razvan fortzusetzen, damit ich nicht aus der Übung kam. Das Wissen aus Büchern konnte ich vielleicht in den kommenden Jahren nachholen. Vorausgesetzt wir überlebten all das hier. Sicher war jedoch, dass ich noch eine Menge von Narcis und Razvan lernen konnte und vielleicht sogar von den neuen Gefährten, die zu uns gestoßen waren. Mein Blick fiel auf Mitch. Seine bevorzugten Waffen mussten Schwerter und Dolche sein. Ein langes dünnes Schwert hing an seinem Gürtel und zwei Dolche waren auf der gegenüberliegenden Seite befestigt. Trotzdem trug er auch eine Pistole in einem Oberschenkelholster. Er bemerkte meine Musterung und unsere Blicke trafen sich kurz. Rasch wandte ich meinen Blick ab, doch aus dem Augenwinkel sah ich, dass er mich immer noch beobachtete. Plötzlich kam Bewegung in Nechifor. Mit einer entschiedenen Geste stellte er seinen riesigen Rucksack auf den erdigen Waldboden und ließ sich dann im Schneidersitz nieder. Stille umgab ihn wie eine Aura, als er seine Augen schloss.

«Dürfen wir erfahren, was du jetzt schon wieder tust?», fragte Narcis mit gereiztem Unterton.

«Ich spüre schwarze Magie und sie ist sehr präsent an diesem Ort», antwortete Nechifor leise, seine Stimme kaum mehr als ein Flüstern.

«Wieso kannst du überhaupt schwarze Magie wahrnehmen? In der Schule im Unterricht haben wir gelernt, dass Magier nur schwarze Magie spüren können, wenn sie selbst mit ihr in Berührung gekommen sind», zitierte Bee aus einem Schulbuch, das mir noch unbekannt war.

«Weil er schwarze Magie gelegentlich praktiziert», erklärte Mitch ebenso leise und sein Blick ruhte schwer auf Nechifor.

Ein Hauch von Kälte durchzog die Luft bei dieser Enthüllung. Die Vorstellung, dass einer von uns mit solch dunklen Kräften vertraut war, möglicherweise sie sogar beherrschte, ließ mich erschaudern. Was bedeutete das für unsere Gruppe?

Razvan, dessen Augen vor Entrüstung funkelten, stand aufgebracht inmitten der Gruppe.

«Wie kann es sein, dass wir erst jetzt erfahren, dass ein schwarzer Hexer unter uns weilt?», rief er.

Nechifor blieb ungerührt. Mit geschlossenen Augen und einer Ruhe, die nur Jahrhunderte alten Wesen eigen ist, erwiderte er gelassen.

«Oh bitte, haltet euch nicht für so makellos. Ihr Vampire ernährt euch vom Blut der Menschen, um zu überleben.»

Razvan schüttelte vehement den Kopf.

«Nein! Keiner von uns tut das. Wir haben ein chemisches Verfahren entwickelt, das menschliches Blut repliziert. Es nährt uns, ohne Schaden anzurichten. Wir verletzen keine Menschen,» betonte er.

Plötzlich mischte sich Mitch mit einer Stimme voller Spott in das Gespräch ein.

«Ja, und genau das macht euch schwach und angreifbar. Es ist kein echtes Blut. Es erhält euch am Leben, nicht mehr und nicht weniger.» Razvan drehte sich schockiert zu ihm um.

«Du ernährst dich von Menschen? Das wurde doch verboten! Die Tatsache, dass wir kein menschliches Blut mehr trinken, ist der einzige Grund dafür, dass die Jäger uns im Schloss in Frieden lassen,» rief Razvan aus.

Narcis lachte bitter auf und warf Razvan einen traurigen Blick zu.

«Du bist naiv, wenn du glaubst, was dir die Fürstenfamilien weismachen wollen. Mitch hat Recht. Dieses künstliche Blut hält uns am Leben, aber es schwächt uns auch. Das Abkommen mit den rumänischen Jägern ist ein Witz! Sie hassen uns zutiefst und werden immer nach Wegen suchen, uns zu vernichten. Ob wir nun menschliches Blut oder eine chemische Nachbildung trinken. Es ist ihnen gleichgültig. Wir existieren und das allein ist Grund genug für sie, unsere Truppen anzugreifen.»

Razvan wich entsetzt zurück und starrte Narcis an.

«Trinkst du etwa auch menschliches Blut?»

Narcis seufzte schwer und senkte seinen Blick zu Boden.

«Nicht ausschließlich. Ich habe fast mein gesamtes Dasein hier im Schloss verbracht. Wo sollte ich dazu Gelegenheit haben? Aber jeder von uns Erwachsenen hat es schon getan, draußen im Einsatz war es oft notwendig. Mit echtem menschlichen Blut können wir mit wenig Schlaf auskommen, wir brauchen keine normale Nahrung mehr zu uns nehmen. Darüber hinaus sind wir schneller und stärker.»

Die Luft vibrierte förmlich vor Spannung während Razvans schockierter Blick auf Narcis ruhte. Seine Augen blitzten vor Verachtung, als er die Worte aussprach, die wie ein Donnerschlag in der Stille hallten.

«In unserer Gesellschaft gibt es Regeln, die zu beachten sind, und du widersetzt dich ihnen einfach.» Mit diesen Worten drehte er sich um und schritt mit entschlossenen Schritten davon, zurück in die Richtung, aus der wir gekommen waren. Ich blieb zurück, gefangen in einem Wirbelsturm aus Emotionen. Meine Blicke glitten über die anderen. Niemand zeigte auch nur den Hauch einer Regung über die schockierenden Enthüllungen von Narcis und Mitch. Selbst Beatrice, deren

Herz sonst so leicht entflammbar war, fand nicht die Kraft oder den Willen, Razvan zu folgen. Innerlich rang ich mit mir selbst. Ich konnte nicht leugnen, dass ein Teil von mir mit Narcis und Mitch übereinstimmte. Natürlich war ich strikt dagegen, Menschen zu verletzen oder gar ihr Leben zu nehmen. Doch wenn das Blut der Menschen uns Vampiren eine Überlegenheit gegenüber den Vampyris verschaffen konnte, sollten wir dann nicht zumindest versuchen, einen Weg zu finden? Einen Weg, der ohne das Vergießen unschuldigen Blutes auskam? Aber wie könnte man jemals einen Menschen dazu bewegen, sein Blut freiwillig herzugeben? Plötzlich durchbrach Beatrices Stimme die beklemmende Stille.

«Kannst du herausfinden, welche Art von schwarzer Magie hier am Werk ist?» Alle Augen richteten sich auf Nechifor, der noch immer regungslos am Boden saß.

Mit einer Ruhe, die fast unheimlich wirkte angesichts der Umstände, antwortete er. «Totenmagie. Irgendwo hier ist oder war ein Fuchsbau. Ich spüre die verweste Präsenz des Tieres. Aus ihm wurde die Magie gezogen.»

Mitchs Stirn legte sich in Falten. Seine Augen durchbohrten die Gegend, als suchten sie nach verborgenen Antworten.

«Wofür wurde diese Magie verwendet?», fragte er mit einer Stimme voller Nachdruck.

Nechifor erhob sich langsam und wischte den Dreck von seinen Kleidern.

«Das kann ich nicht genau sagen, aber hier waren mindestens drei weibliche Hexen am Werk», offenbarte er und seine Worte ließen eine Gänsehaut über unsere Rücken kriechen. «Die magischen Rückstände sind allgegenwärtig. Fast so als ob sie darauf bestehen, gefunden zu werden», fügte er hinzu und seine zusammengezogenen Augenbrauen verrieten seine Verwirrung.

«Ist das eher ungewöhnlich das man solche Überreste, spürt?», fragte ich vorsichtig, woraufhin er mir einen kurzen Blick zuwarf.

«Magier dieser Art streben danach, im Dunkeln zu agieren», begann er seine Erklärung mit einer Stimme so tief und ernst wie das Thema selbst. «Sie wissen genau, dass es Zirkel gibt, tapfere oder tollkühne Krieger des Lichts, die nichts unversucht lassen werden, um sie zu vernichten.»

Oana lauschte seinen Worten mit einer Miene so starr wie Stein. Ihre Arme fest vor der Brust verschränkt, als wollte sie sich gegen die kalte Wahrheit abschirmen. «Also entweder diese Hexen sehnen sich nach Aufmerksamkeit oder sie waren in solcher Eile, dass ihnen keine Zeit blieb, ihre verräterischen Spuren zu beseitigen», schlussfolgerte sie mit einem analytischen Scharfsinn. Awrey lehnte sich vor, sein Interesse war geweckt wie eine Flamme im Wind.

«Könnten es vielleicht Anfänger gewesen sein?», fragte er mit einem Funken Neugier in seiner Stimme.

«Junghexen?», fragte Nechifor mit hochgezogenen Augenbrauen. Die Antwort kam zögerlich und bedacht. «Ich wage es kaum, zu glauben. Sollten es tatsächlich Novizinnen gewesen sein, müssten wir von einem Talent sprechen, das nur einmal in Generationen geboren wird.»

Doch mitten im Satz erstarrte er plötzlich. Unsere Blicke folgten instinktiv seinem alarmierten Starren und fanden ihren Weg durch das dichte Unterholz zum Ursprung eines grauen Rauchs. Mein Herz schlug schneller bei dem Gedanken an ein nahes Feuer, doch dieser Rauch war anders. Er kroch am Boden entlang wie eine lebendige Entität und formte bizarre Gestalten in der Luft. Ein flüchtiger Austausch besorgter Blicke mit Nechifor bestätigte meine Befürchtungen. Hier war etwas Unheilvolles am Werk. Ohne einen Moment zu zögern, erhob er seine Hände gen Himmel. Seine Handflächen zeigten nach oben. Leise Worte entwichen seinen Lippen. Ein sanftes bläuliches Leuchten entsprang seinen Fingerspitzen und durchdrang den grauen Nebel, wie ein Schwert, das Dunkel spaltet. Und dann geschah es. Der Nebel wich zurück wie eine Bestie vor dem Licht. Wir standen da, umgeben von der Stille des Waldes und dem Nachhall der Magie.

In der düsteren Stille des Waldes, durchbrochen nur vom Knistern des sich zurückziehenden Rauches, flüsterte Nechifor mit einer Stimme, die so leise war, dass sie beinahe im Wind verwehte. «Wir sind nicht allein.» Seine Augen waren fest auf die schwindenden Schwaden gerichtet, als könnten sie die Geheimnisse des Nebels entschlüsseln. Die Gruppe stand im Halbkreis um ihn herum, angespannt und bereit. «Ich hoffe, ihr habt euch alle genug ausgeruht», fuhr Nechifor fort, seine Worte waren wie ein Schwertstoß in die Stille. «Ein Kampf könnte unmittelbar bevorstehen. Seid ihr bereit, euch sämtlichen Kreaturen zu stellen, die uns entgegentreten könnten?» Er blickte niemanden direkt an, doch seine Frage hing schwer in der Luft. Mitch trat ohne zu zögern vor, sein Schwert mit einem leisen Zischen aus der Scheide ziehend. Er positionierte sich neben Nechifor als Zeichen seiner Unterstützung und Entschlossenheit.

«Mit was oder wem haben wir es zu tun?», fragte er mit fester Stimme.

Kaum hatte Mitch seine Position eingenommen, gesellte sich Oana dazu. Ihre Waffen waren gezückt und ihre Augen funkelten kampfbereit. Es war offensichtlich. Sie waren hier, um ihren Magier zu beschützen und ihm Deckung zu geben.

«In jedem Fall mit Magiern», antwortete Nechifor ruhig und bedächtig. «Möglicherweise haben wir es mit den drei Hexen zu tun, deren Spuren hier noch immer in der Asche liegen.»

«Schwarze Hexer?» Meine eigene Stimme klang nervös und brüchig in meinen Ohren. Ich dachte an all die albernen Filme und Bücher über dunkle Magie, die ich je konsumiert hatte. Nie hatten sie etwas Gutes verheißen. Warum sollte es in der Realität anders sein? Ein kalter Schweißfilm bildete sich auf meiner Haut. Meine Hände zitterten so sehr, dass ich Mühe hatte, meine Pistole zu laden. Doch dann war Awrey da. Stets ruhig und gefasst. Er trat neben mich und seine Hände führten die Patronen mit einer Gelassenheit in das Magazin meiner Waffe, die ich mir sehnlichst wünschte. Narcis trat dicht neben mich ran, nachdem Awrey sich wieder von mir abgewendet hatte.

«Wenn wir jetzt auf dem Übungsplatz des Schlosses wären,» begann Narcis mit einer Stimme so scharf wie die Klinge seines Schwertes, «würde ich dir einen riesen Anschiss erteilen, der dich noch Wochen später schaudern ließe. Es ist deine verdammte Pflicht und Schuldigkeit sicherzustellen, dass deine Waffe nicht nur geladen ist, sondern auch bereit für den unerbittlichen Tanz des Todes, bevor wir auch nur einen Fuß aus diesem Lager setzen.» Seine Worte waren ein eisiger Hauch in meinem Nacken, ein stummer Vorwurf meiner Nachlässigkeit. «Deine geladene Waffe sollte eine Erweiterung deines Willens sein. Im-

179

mer an deiner Seite und bereit zum Einsatz. Wir befinden uns nicht in den geschützten Hallen des Schlosses, wo Diener darauf warten, dir den Arsch abzuwischen und dich zu umsorgen, wie eine verwöhnte Adelige. Hier draußen ist jeder Moment voller Gefahren und niemand kann mit Gewissheit sagen, ob er die Heimkehr je erleben wird. Also komm zur Besinnung! Lass dein Versagen nicht zur Last anderer werden. Hast du mich verstanden?» Sein Zischen war ein Giftstachel in meinem Bewusstsein. Eine Gänsehaut kroch über meinen Rücken und trotz der Kälte des Nebels fühlte ich eine Hitze in mir aufsteigen. Scham brannte in meinen Wangen. Ich schluckte schwer. Seine Worte hatten mich getroffen wie Pfeile ins Mark. Ja, er hatte Recht. Ich hatte versagt. Zu sehr hatte ich mich auf die trügerische Sicherheit verlassen und geglaubt, dass uns keine Gefahr drohe oder wir zumindest nicht so bald in einen Kampf verwickelt würden. Mit gesenktem Haupt nickte ich stumm. Ein stilles Eingeständnis meines Fehlers und umklammerte meine Pistole nun mit beiden Händen fest. Sie fühlte sich plötzlich schwer an in meinem Griff.

Mitch warf mir einen langen Blick zu, durchdringend und voller unausgesprochener Worte, bevor er seinen Kopf langsam abwandte und sich wieder seinem eigenen Überlebenskampf widmete. Awrey hingegen schenkte mir ein kurzes Lä-

cheln. Es war ein Funke Mut. Er hob seine eigene
Waffe. Neben mir flackerten Nechifors Hände
auf. Flammen tanzten zwischen seinen Fingern
wie wilde Geister im nächtlichen Wind. Er nahm
eine Kampfhaltung an, bereit Feuer gegen jedes
Unheil zu schleudern, das es wagen würde, uns
herauszufordern.

«Da kommt jemand», wies er uns leise darauf
hin und schon hörte ich ebenfalls gemurmelte
Worte.

KAPITEL 12

Aus dem undurchdringlichen Dickicht, das den Wald wie ein dunkles Geheimnis umhüllte, traten drei Gestalten hervor. Sie waren junge Frauen – Mädchen fast noch – deren zarte Gesichter kaum die Schwelle zur Jugend überschritten hatten. Ihre Augen funkelten mit einer Tiefe, die nicht zu ihrem jugendlichen Alter passen wollte, und ihre Blicke waren unergründlich und alt. Nechifor, dessen Hände bis eben noch von magischen Flammen umtanzt wurden, ließ die Feuer langsam herabsinken. Sein Gesicht zeigte eine Mischung aus Verwirrung und Misstrauen.

«Wir haben Geschichten über dich gehört, Nechifor», säuselte eines der Mädchen mit einer Stimme so süß und kindlich wie ihr Erscheinungsbild. Sie spielte gedankenverloren mit ihren blonden Zöpfen und machte einige Schritte auf ihn zu. Die Flammen in Nechifors Handflächen flackerten wieder auf, als er instinktiv zurückwich.

«Wer zum Teufel seid ihr?», forderte Nechifor heraus, während sich in seinen Flammen nun grüne Funken mischten.

«Was habt ihr hier angerichtet? Wisst ihr denn nicht, dass man Magiespuren verwischt?»

«Doch, das wissen wir», entgegnete das dritte Mädchen mit einer Ruhe, die in diesem gespannten Moment beinahe deplatziert wirkte. «Aber wir wollten gefunden werden.»

«Warum?», fragte Nechifor zurück, seine Stimme hart wie Stahl.

Aus dem Augenwinkel bemerkte ich Bewegungen im Schatten. Razvan schlich sich leise von einer Seite an die Mädchen heran und Narcis näherte sich von der anderen Seite. Beide bereit einzugreifen. Mitch stand neben mir wie ein Fels in der Brandung. Seine Präsenz war beschützend und stark. Oana und Lorin flankierten Nechifor direkt. Ihre Gesichter wurden vom Schein der magischen Flammen erhellt.

«Wir wissen, wonach ihr sucht», sagte das erste Mädchen. «Aber wir haben keine Lust mit Vampiren zu kommunizieren», fügte sie hinzu.

«Die Vermissten?», hakte Nechifor nach und hielt dabei alle drei im Blickfeld, während er seine magische Flamme kontrollierte. Ich bemerkte, dass er nicht auf die Aussagen einging, sie würden nicht mit Vampiren kommunizieren wollen.

«Genau», antwortete sie gelassen und begann mit ihrem nackten großen Zeh im weichen Moos zu spielen. Ein schneller Blick verriet mir, keines der Mädchen trug Schuhe.

«Wo sind sie?», drängte Mitch direkt nach einer Antwort.

Doch die Mädchen ignorierten ihn beharrlich. Ihre Aufmerksamkeit galt weiterhin ausschließlich Nechifor.

«Ihr habt ihn gehört», zischte Nechifor nun schärfer. Die Luft zwischen ihnen knisterte vor Spannung. Die Atmosphäre im Wald war nun geladen, als ob ein Sturm kurz davor stand, loszubrechen.

«Tatsächlich», begann eines der Mädchen mit einer Stimme, die trotz ihrer Jugend eine unheimliche Autorität ausstrahlte, «haben wir bereits erwähnt, dass wir nicht gewillt sind, mit Vampiren zu sprechen. Eure Blutsaugerfreunde sind noch am Leben und befinden sich nicht weit von hier. Sie wurden in die Unterwelt verschleppt.»

Nechifor runzelte die Stirn; seine Geduld schien am Ende zu sein.

«Was zum Teufel meint ihr mit ‹Unterwelt›? Von welchem Ort sprecht ihr?»

«Von dort», antwortete das Mädchen mit einer Ruhe, die fast provokant wirkte, «wo die Vampyris hausen.»

«Wieso teilt ihr uns das mit? Was erhofft ihr euch davon?», drängte Nechifor weiter.

Die Hexen tauschten einen vielsagenden Blick aus und nickten einander fast unmerklich zu.

«Wir suchen Gerechtigkeit für die Verbrechen», erklärte eine von ihnen.

«Unser Zirkel lebt etwa hundert Kilometer von hier entfernt und war an den Entführungen beteiligt. Wir sind in der Nacht geflohen, als sie von uns verlangten, ein Ritual an den jungen Vampiren durchzuführen – ein Ritual, zu dem nur wir fähig sind. In dem Jahr unserer Geburt kamen neben uns noch vier weitere Mädchen zur Welt. Uns wurde eine besondere Macht zuteil – eine Macht, die dazu bestimmt ist, die Welt zu verändern… allerdings um einen hohen Preis.»

«Ich habe Gerüchte gehört über die Geburt der Sieben», murmelte Nechifor nachdenklich und musterte die Drei eingehend. «Beeindruckend.»

«Von welchem Ritual sprecht ihr genau?», hakte Mitch ein und ignorierte dabei bewusst den Umstand, dass die Hexen keine Gespräche mit Vampiren führen wollten.

Das Mädchen, das eben gesprochen hatte, verdrehte genervt die Augen und würdigte Mitch keines Blickes. «Ist der immer so aufdringlich?», fragten sie Nechifor direkt.

Er zuckte lediglich mit den Schultern – eine Geste der Gleichgültigkeit gegenüber Mitchs direkter Art.

«Wenn ihr wirklich Gerechtigkeit für die entführten Jungvampire sucht», sagte Nechifor entschieden und wandte sich wieder an die Hexen, «dann kommt mit uns. Erzählt uns alles.»

Die Entscheidung dieser jungen Hexen könnte das Schicksal vieler beeinflussen und vielleicht sogar das Gleichgewicht der Kräfte verschieben.

Die Luft im Wald war erfüllt von einem Knistern, das nicht nur von den Flammen in Nechifors Händen herrührte. Es war die Spannung eines unausgesprochenen Bündnisses, das sich gerade zwischen den ungleichen Verbündeten zu formen begann.

«Wir haben nicht behauptet, dass wir Gerechtigkeit für eure vampirischen Freunde suchen», stellten die Hexen klar, ihre Stimmen waren wie ein kalter Windhauch, der durch die Bäume strich. «Uns geht es um Gerechtigkeit für unsere Schwestern aus dem Zirkel – für die anderen vier, die unser Schicksal teilen. Was mit euren Vampiren geschieht, ist uns gleichgültig.»

Nechifor runzelte nachdenklich die Stirn und ich konnte sehen, wie Narcis sein Schwert unbewusst fester griff, als bereite er sich auf einen möglichen Verrat vor.

«Aber unsere Ziele überschneiden sich», fuhr eine der Hexen fort. «Wir wollen alle, dass dieses Unheil endet. Unsere Schwestern sind genauso Opfer wie die jungen Vampire. Nur gemeinsam können wir sie befreien und sicherstellen, dass niemandem mehr Leid zugefügt wird.»

186

«Wir werden versuchen, euch zu vertrauen», sagte Nechifor schließlich mit einer Stimme, die keinen Widerspruch duldete. «Wir kehren jetzt ins Lager zurück und ihr werdet uns alles offenbaren, was ihr wisst.»

Ich spürte eine Mischung aus Skepsis und Faszination bei seinen Worten. Konnten wir diesen Hexen wirklich trauen? Ihr Angebot klang verlockend, aber in einer Welt voller Magie und Intrigen war Vertrauen ein kostbares Gut.

«Einverstanden», sagten sie synchron und nickten mit einer Ernsthaftigkeit, die keinen Zweifel an ihrer Entschlossenheit ließ.

Narcis ging voran und die Mädchen reihten sich hinter ihm ein. Wir folgten ihnen – eine Prozession des Misstrauens und der Hoffnung zugleich. Ich konnte meinen Blick nicht von den Rücken der Mädchen lösen; sie schienen so zerbrechlich und doch so gefährlich.

Ohne weitere Vorfälle erreichten wir das Lager. Samantha wartete bereits auf uns und ihre Augen funkelten neugierig bei unserem Anblick.

«Wer sind diese Mädchen?», fragte sie mit einem schnippischen Unterton in ihrer Stimme.

Die Hexen verdrehten daraufhin demonstrativ die Augen.

«Vampire können so lästig sein», flüsterte eine von ihnen leise genug, dass es nur für unsere Ohren bestimmt war.

187

Ich konnte nicht ausmachen, welche der drei gesprochen hatte; sie standen noch immer vor mir und ihre Einheitlichkeit machte es unmöglich zu erraten.

Die Stimmung im Lager war angespannt, als Nechifor mit einer Autorität, die keinen Widerspruch duldete, das Wort ergriff.

«Sie sind zu uns gestoßen, gerade als wir einer vielversprechenden Spur folgten», erklärte er mit fester Stimme. «Diese Mädchen könnten Informationen besitzen, die für unsere Mission entscheidend sein könnten.» Er wandte sich direkt an Samantha, deren Augenbrauen sich bereits in skeptischer Erwartung hochgezogen hatten. «Samantha, sei so gut und halt für einen Moment den Mund. Sorge dafür, dass unsere Gäste etwas zu trinken bekommen. Und nebenbei bemerkt – ich könnte auch etwas vertragen.» Sein Blick war scharf und ließ keinen Raum für Diskussion.

«Geht's noch?», entgegnete sie trotzig und verschränkte die Arme vor der Brust.

«Wieso kannst du nicht einfach mal das tun, was man von dir verlangt?», schaltete sich Awrey ein und ging ohne weiteres Zögern zu den Getränken. Er reichte jedem der Neuankömmlinge eine Flasche Wasser und überreichte Nechifor dessen spezielle Flasche, deren Inhalt geheimnisvoll verborgen blieb.

Nechifor bedeutete den Hexen mit einer Handbewegung, sich zu ihm ans Feuer zu setzen. Sie kamen seiner Aufforderung nach und nahmen Platz auf den bereitgestellten Baumstämmen rund um die lodernden Flammen.

«Bevor wir unser Gespräch beginnen», sagte Nechifor und nahm einen tiefen Schluck aus seiner Flasche, «möchte ich wissen, mit wem ich es zu tun habe. Eure Namen?»

«Ich bin Amalia Delarosa», antwortete die Kleinste der drei Mädchen mit einer Stimme so klar wie das Plätschern eines Bergbachs. Ihre langen blonden Haare waren kunstvoll zu zwei Zöpfen geflochten und ihre hellblauen Augen leuchteten unter dem Schein des Feuers auf, umrandet von dichten Wimpern. Sie wirkte zierlich in ihren groben Gewändern, die an eine längst vergangene Ära erinnerten. Sie hätte ebenso gut einem mittelalterlichen Gemälde entstiegen sein können.

«Mein Name ist Iwa Le Rouge», stellte sich die Zweite vor. Ihre langen blonden Haare fielen offen über ihre Schultern wie ein goldener Vorhang. Ihre dunkelgrünen Augen waren betont durch schwarze Kohle, ein Kontrast, der ihr Gesicht markant hervorhob. Bei ihrem Namen atmete Nechifor spürbar tief durch und sein Blick wurde prüfend. Iwa begegnete seinem Blick unerschrocken und zwinkerte ihm kurz zu – eine Geste voller Selbstbewusstsein und vielleicht auch Herausforderung.

«Und ich bin die wunderbare Livia Malum», verkündete sie mit einer Stimme, die sowohl Selbstbewusstsein als auch eine Spur von Geheimnis trug. Sie verbeugte sich elegant, während das Feuerlicht auf ihrer kahl rasierten Kopfhaut tanzte und ihre Augen, umrandet von tiefschwarzer Kohle, funkelten wie Sterne in einer mondlosen Nacht.

«Wir stammen aus dem Zirkel der schwarzen Feder», fügte Livia hinzu, als ob dieser Name allein schon genügen würde, um ihre Macht und ihren Einfluss zu verdeutlichen.

Nechifor nickte langsam, sein Blick ruhte auf Iwa.

«Dein Familienname ist mir bekannt», sagte er mit einem Tonfall, der verriet, dass diese Erkenntnis Gewicht für ihn hatte. Iwa hielt seinem Blick stand und nickte knapp.

«Du tauchst in meinem Stammbaum auf. Du bist ein weit entfernter Verwandter.»

Nechifor sah sie leicht verwirrt an und nickte bedächtig.

Mitch konnte nicht länger an sich halten und stellte die Frage, die allen auf den Lippen brannte. «Was habt ihr mit all dem hier zu tun?»

Bevor wir jedoch Antworten erhalten konnten, forderte Amalia eine Gegenleistung. «Bevor wir euch unsere Geheimnisse anvertrauen, möchten wir wissen, wer ihr seid.» Ihre Augen fixierten Mitch direkt und es lag eine Herausforderung darin. Nechifor nahm die Vorstellung seiner Gefährten in die Hand.

«Das ist Mitch Blame», begann er und deutete auf jeden Einzelnen von ihnen. «Lorin und Oana – ohne Nachnamen.» Er machte eine kurze Pause und fuhr dann fort: «Meine Wenigkeit scheint ihr bereits zu kennen.» Er ging über zur Vorstellung der jüngeren Mitglieder ihrer Gruppe. «Die Kids hier sind Liana Dimitrios, Bee Cernat, Jerzy Wolanowska, Ferenc Smidt, Awrey Yursky und natürlich unsere blonde Zicke Samantha Szalai.» Samantha schnaubte verärgert bei Nechifors spöttischer Bemerkung. «Dieses entzückende Pärchen ist Razvan Radu und Beatrice Christea.» Nechifor zeigte auf zwei Gestalten am Rand des Feuerscheins. «Und der Kerl dort mit dem ewig finsteren Gesichtsausdruck ist Narcis Ionesco.»

Narcis hob überrascht eine Augenbraue. Seine Miene war eine Mischung aus Misstrauen und Neugierde.

«Wir haben nie unsere Familiennamen preisgegeben. Woher weißt du so genau Bescheid über uns?», fragte er scharf.

Nechifor zuckte lediglich desinteressiert mit den Schultern – ein Meister darin, Informationen für sich zu behalten. Nechifor lehnte sich zurück, die Schatten des Feuers spielten auf seinem Gesicht.

«Man bekommt halt vieles mit, wenn man unterwegs ist», sagte er lässig, als ob es das Selbstverständlichste der Welt wäre, die Geheimnisse anderer zu kennen.

Iwa richtete ihren Blick auf mich und trat mit einer Anmut, die fast unnatürlich wirkte, näher. «Liana Dimitrios?», fragte sie, ihre Stimme war sanft und doch durchdringend.

«Ja?», antwortete ich, meine Verwirrung kaum verbergend. Instinktiv wich ich einige Meter zurück, doch bevor ich es bemerkte, stand Narcis wie ein schützender Schatten neben mir. Iwa schien davon unbeeindruckt.

«Erstaunlich», sagte sie und kam so nah heran, dass ich ihren Atem auf meiner Haut spüren konnte. Ihre braunen Augen fixierten mich und ich spürte eine seltsame Verbindung – als ob sie in der Lage wäre, in die Tiefen meiner Seele zu blicken.

«Was ist so erstaunlich?», fragte ich und mein Griff um das Amulett verstärkte sich reflexartig.

«Nichts weiter», entgegnete sie mit einem geheimnisvollen Lächeln und trat wieder zurück zu ihren Zirkelschwestern.

«Dann erzählt mal», drängte Nechifor ungeduldig.

Die Hexen tauschten einen langen Blick aus, bevor Iwa begann. Ihre Worte waren schwer wie Steine,

«Die Sieben haben laut einer Prophezeiung die Macht, das umzukehren, was ihre Vorfahren vor Jahrhunderten getan haben.» Sie starrte in die Flammen, als könnte sie dort die Vergangenheit lesen. «Die meisten wissen nicht, wie Vampyris entstanden sind. Das Oberhaupt unseres Zirkels war dafür verantwortlich. Er erschuf diese Monster mit schwarzer Magie aus dem Blut eines Jungvampirs.»

Ein kalter Schauer lief mir über den Rücken und ich rückte näher ans Feuer heran. Die Wärme konnte jedoch nicht die Kälte vertreiben, die sich in meinem Inneren ausbreitete.

Livia übernahm das Wort.

«Nur mit einer großen Menge Blut von Jungvampiren kann man Vampyris erlösen.» Ihre Augen funkelten gefährlich im Licht der Flammen. «Sie werden dadurch nicht wieder zu Vampiren – sie werden zu Wesen mit Verstand und Mitgefühl transformiert. Wesenheiten, die man kontrollieren kann.»

Nechifor runzelte die Stirn.

«Aber eine Armee zum Schutz eures Zirkels klingt doch erstmal nicht negativ?»

Amalia schluckte schwer. Tränen glitzerten in ihren Augen.

«Normalerweise ja», gab sie zu. «Aber für diese Transformation müssten viele Jungvampire sterben.» Ihre Stimme brach fast unter der Last ihrer Schuldgefühle. «Wir haben unwissentlich zwei Vampyris transformiert… Wir wussten nicht… Es war eine Ehre für uns… Aber dann erfuhren wir von den Jungvampiren – unschuldigen Geschöpfen aus den Bergen».

Razvan meldete sich nun zu Wort.

«Unsere Soldaten fanden einen Jungen…» Er deutete auf mich und meine Freunde. «…ungefähr in eurem Alter. War er eines der Opfer?», fragte er weiter. Amalia nickte traurig.

«Er starb als Erstes. Wir kennen seinen Namen nicht. Seine Schwester ist etwas jünger und konnte fliehen. Der Rest der Geschwister wird gemeinsam mit euren Freunden gefangen gehalten.»

«Es kann aber auch sein, dass bereits alle tot sind, oder?», fragte Razvan erschüttert, seine Augen suchten in den Gesichtern der Anwesenden nach einem Funken Hoffnung.

«Nein», entgegnete Iwa bestimmt. «Zumindest nicht für die Transformation für Vampyris. Dafür braucht man alle Sieben. Mit unserer Hilfe wurden zwei transformiert. Danach sind wir geflohen, als wir herausgefunden haben, was da genau passiert.»

Nechifor runzelte die Stirn und wandte sich an die Hexen.

«Mir ist immer noch nicht klar, weshalb ihr abgehauen seid. Ihr hasst augenscheinlich Vampire.»

Iwa schüttelte den Kopf.

«Wir können sie zwar nicht besonders leiden, das bedeutet aber nicht, dass wir sie hassen. Das, was da mit Jungvampiren passiert, ist grausam.»

Ihre Stimme brach fast bei dem Gedanken.

«Wie passiert diese Transformation genau?», fragte Nechifor weiter und ging zu seiner Tasche. Er holte ein Bündel Kräuter hervor und entzündete ein kleines Feuer unter einer Schale mit Wasser. Die Hexen beobachteten ihn argwöhnisch und berührten sich leicht an den Händen.

«Ah. Magieverstärker. Interessant», bemerkte Nechifor und warf den Hexen einen prüfenden Blick zu.

«Ich koche mir nur einen Tee», sagte er gelassen und bot den anderen ebenfalls an. Doch niemand nahm sein Angebot an.

«Dann fahrt bitte fort mit eurer Erklärung», bat Nechifor und rührte in der Schale herum.

«In dem Körper des Jungvampirs darf kein Tropfen Blut mehr vorhanden sein», begann Iwa wieder zu sprechen. «Es funktioniert ähnlich wie eine Bluttransfusion.» Sie beschrieb das grausame Ritual detailliert. «Der Vampyris musste sich einem Ritual unterziehen und war danach so gut wie tot – bereit für die spezielle Magie der Sieben, die das Blut des Jungvampirs in seine Venen pumpte.»

Währenddessen füllte Nechifor seinen fertigen Tee in seine undurchsichtige Flasche. Das Geheimnis seiner ständigen Begleiterin war gelüftet. Amalias Stirn legte sich in Falten, als sie Nechifor mit einer Mischung aus Neugier und Misstrauen beobachtete.

«Wieso braust du dir einen Verwesungsumkehrer?», fragte sie, während ein Hauch von Skepsis ihre Stimme durchzog.

Nechifor schenkte ihr keine Beachtung und nippte stattdessen an der Flasche, als ob er die Bitterkeit des Gebräus genießen würde.

«Man muss vorbereitet sein», murmelte er kryptisch.

Narcis, dessen Hände noch immer um die Griffe seiner Pistolen geklammert waren, trat einen Schritt näher. Sein Blick war fest auf Nechifor gerichtet, doch seine Worte galten den Hexen. «Und der Zirkel der schwarzen Feder macht das alles nur zum Schutz ihrer Mitglieder? Das kann ich unmöglich glauben.» Er machte eine kurze Pause, sein Misstrauen war fast greifbar. «Eine Reihe von Hexen hat Razvan verhext und wollte Informationen über Liana haben. Der Zirkel der schwarzen Feder ist einer der mächtigsten überhaupt. Wofür sollten sie eine Armee benötigen?»

Iwa hob bedauernd die Hände, ihre Augen spiegelten eine Mischung aus Frustration und Resignation wider.

«Mehr als das wir euch erzählt haben, wissen wir auch nicht.»

Meine Geduld schwand zusehends und ich stellte die Frage, die mir schon so lange auf der Seele brannte.

«Wer ist Lucian und was will er von mir?» Wenn diese Hexen so viel über all das wussten, mussten sie auch etwas über Lucian wissen.

Die Mädchen tauschten verwirrte Blicke aus. Amalia zögerte, bevor sie antwortete.

«Welcher Lucian?»

«Der Kerl, der mich jagt und von dem ich Träume», sagte ich mit Nachdruck.

Nechifor seufzte leise.

«Sie haben keine Ahnung», flüsterte er bedauernd. «Sie wissen nur einen kleinen Teil, falls ihnen überhaupt je die Wahrheit gesagt wurde.» Er blickte in die Runde und fuhr fort. «Es kann auch sein, dass es sich dabei nur um ein Täuschungsmanöver des Zirkels handelt, um die Sieben zu verwirren und wahre Taten zu vertuschen.»

Beatrice rückte näher heran, ihre Augen suchten Antworten in den Gesichtern der Hexen.

«Aus welchem Grund sollten sie das tun?»

Nechifor lehnte sich zurück und betrachtete das Feuer nachdenklich.

«Weil das Oberhaupt womöglich selbst für jemand anderen arbeitet oder unter Druck gesetzt wird.» Seine Stimme war ruhig, aber jeder im Lager spürte die Schwere seiner Worte. «Ich kann mir nicht vorstellen, dass der Zirkel der schwarzen Feder solch ein Risiko eingeht und im Alleingang Vampyris einfängt sowie Jungvampire entführt.» Er hielt inne und sah jeden Einzelnen an. «Wie schon gesagt – sie sind ein mächtiger großer Zirkel und den Schutz einer minderwertigen Armee haben sie nicht nötig. Da muss etwas anderes dahinterstecken.»

Narcis Augenbrauen zogen sich zusammen, als er Razvan mit einer Mischung aus Neugier und Dringlichkeit ansprach.

«Der Zirkel der schwarzen Feder ist bisher nie auffällig geworden. Zumindest nicht in der Zeit, in der ich Soldat war. Ist dir etwas zu Ohren gekommen?»

Razvan verharrte einen Moment in tiefem Nachdenken, bevor er langsam den Kopf schüttelte. Auch Beatrice schüttelte den Kopf. Ihre Miene war ebenso ratlos wie die der anderen. Die Frage hing schwer in der Luft. War es möglich, dass dieser Hexenzirkel all die Jahre im Verborgenen gewartet hatte, seine Kräfte sammelnd für den Moment, in dem die Sieben alt genug wären? Jetzt schienen sie ihre Chance ergriffen zu haben – aber warum? Keine offensichtliche Bedrohung lag gegen den Zirkel vor, also wozu benötigten sie mutierte Vampyris zu ihrem Schutz?

«War in den vergangenen Monaten jemand bei euch im Dorf, der dort nicht so ganz hinpasst? Vielleicht ein Nerul oder ein Vampir?», fragte ich die drei Hexen direkt.

Iwas Augen weiteten sich leicht bei der Erinnerung.

«Ein Nerul war vor einiger Zeit bei uns. Eine Frau», sagte sie nachdenklich. «Sie wollte immer über die Fortschritte der Sieben informiert werden und wann wir bereit wären.» Ihre Stimme wurde leiser. «Damals wussten wir noch nicht, um was es wirklich ging.»

Livia ließ ihren Blick zu Boden sinken und sprach mit einer Spur von Resignation.

«Mir ist es immer schon seltsam vorgekommen. In den Geschichten hat man nie gehört oder gelesen, dass Zirkel und Nerul zusammenarbeiten.» Sie seufzte schwer. «Aber niemand wollte mir zuhören. In unserem Zirkel ist es normal, keine Fragen zu stellen und einfach das zu tun, was das Oberhaupt verlangt.»

Nechifor schnaubte verächtlich.

Beatrice wandte sich an Iwa und Amalia mit einem Hauch von Mitgefühl in ihrer Stimme.

«Eure Freundinnen haben euch doch sicher zugehört, oder?»

Iwa blickte auf und ihre Lippen verzogen sich bitter.

«Wir sind keine Freundinnen.» Ein kurzes Lachen entwich ihr, ohne Freude. «Genau genommen können wir uns noch nicht mal leiden.» Ihre Worte waren hart und endgültig.

Amalia nickte zustimmend und fixierte Beatrice mit einem durchdringenden Blick.

«Wir sind nur gemeinsam unterwegs, weil wir in Not sind und nur gemeinsam stark sind.»

In diesem Moment brach Nechifor unerwartet in lautes Gelächter aus. Sein Lachen hallte durch das Lager und ließ uns alle verdutzt zurück.

Mitch rollte mit den Augen und gab Nechifor einen Stoß gegen die Schulter.

«Hast du jetzt komplett den Verstand verloren?»

«Tut mir leid meine Hübschen», kicherte Nechifor zwischen seinen Lachanfällen hindurch. «Aber das war witzig. Ihr seid gemeinsam davongelaufen und helft euch gegenseitig, aber könnt euch genau genommen nicht mal leiden.» Er schüttelte amüsiert den Kopf.

Die Hexen blieben stumm. Eine Antwort auf diese Bemerkung schien ihnen fernzuliegen.

«Wir geben uns ja auch nur mit euch ab, weil ihr eine gute Hilfe seid», murmelte Razvan.

Narcis schnaubte verächtlich.

«Das ist Kindergarten.» Seine Stimme wurde härter und sein Blick intensiver. «Wir sitzen hier wie in einer Selbsthilfegruppe herum, anstatt zu handeln.» Er stand abrupt auf und ballte die Fäuste. «Diese Jugendlichen werden vielleicht gefoltert», sagte er aufgebracht.

Nechifors Stimme schnitt durch die angespannte Stille, scharf und unerbittlich.

«Wir sitzen hier herum, weil wir Informationen brauchen. Wir können doch nicht blindlings durch die Gegend irren.» Seine Augen funkelten herausfordernd, als er fortfuhr. «Dass wir diese drei bezaubernden Hexen gefunden haben, grenzt an ein Wunder. Wir haben einiges erfahren. Du wirst schon noch irgendwas abschlachten können, Ionesco», fuhr Nechifor fort. «Aber erst mal müssen wir Informationen sammeln und sortieren.»

«Ich stimme Nechifor zu», sagte ich leise, meine eigene Unsicherheit überspielend.

Narcis reagierte mit einem theatralischen Wurf seiner Arme in die Luft, bevor er sie stur vor der Brust verschränkte. Sein Gesichtsausdruck spiegelte seinen inneren Konflikt wider. Das Bedürfnis zu handeln gegenüber der Vernunft des Abwartens.

«Wie geht es jetzt weiter?», fragte Bee kleinlaut. Sie saß frierend vor dem Zelteingang und zog ihre Decke enger um sich.

«Ihr hattet was von der Unterwelt erzählt. Der Ort, an dem die Vampyris leben. Wo soll dieser Ort sein?», wandte sich Nechifor nun direkt an die Hexen und nahm einen weiteren Schluck aus seiner Flasche. Ein kurzes grünes Aufleuchten in seinen Augen ließ mich verwirrt das Gesicht verziehen. Ich bemerkte, wie konzentriert er die drei Hexen beobachtete. Kein Detail entging ihm.

«Wir vermuten, dass es nicht besonders weit von unserem Zuhause sein kann», antwortete Iwa nach kurzem Zögern. «Einige der Ältesten fuhren gelegentlich dorthin.» Ihre Stimme trug eine Autorität in sich, die sie als heimliche Anführerin ihrer kleinen Gruppe auszeichnete.

«Wir sollen mitten in einen Hexenzirkel spazieren?», fragte Razvan entgeistert und seine Augen weiteten sich bei dem Gedanken. «Zu den Magiern, die für all das verantwortlich sind? Ich traue diesen Hexen nicht.»

«Ich traue ihnen», widersprach Nechifor entschieden und seine Stimme ließ keinen Raum für Zweifel. «Sie sagten bisher die Wahrheit. Wir fahren morgen früh in das Dorf und sehen uns um.»

«Bist du dir ganz sicher?», meldete sich Lorin zum ersten Mal zu Wort und legte Nechifor besorgt eine Hand auf die Schulter.

Nechifor nickte stumm und sein Blick war fest auf die Hexen gerichtet.

«Ich sehe die Wahrheit», sagte er mit einer Gewissheit in der Stimme, die uns alle innehalten ließ.

Livia blickte Nechifor mit einem Ausdruck der Verwirrung an, ihre Augen suchten nach einer Erklärung für seine geheimnisvolle Bemerkung. Nechifor, dessen Mundwinkel sich zu einem leichten Schmunzeln hoben, warf einen kurzen Blick zu den Wasserflaschen hinüber, aus denen Amalia gerade einen weiteren Schluck nahm.

«Wahrheitskraut», erklärte Iwa mit einer Stimme voller Ehrfurcht. «Sehr selten. Es lässt jemanden die Wahrheit, Stimmungen und Gefühle anhand von Auren erkennen.»

Nechifor nickte anerkennend in ihre Richtung. «Du hast gut in der Schule aufgepasst», lobte er sie mit einem warmen Lächeln, das Iwas Wangen in ein tiefes Rot tauchte.

«Danke», stammelte sie verlegen.

«Wo ist euer Lager? Möchtet ihr Sachen von dort holen?», fragte Nechifor weiter, während er die Kräuter in seiner Hand sorgfältig betrachtete.

«Es ist in der Nähe. Wir laufen hin», antwortete Amalia bestimmt, und die Hexen machten Anstalten, sich zu erheben.

«Jemand sollte euch begleiten zu eurem Schutz. Freiwillige?» Nechifors Blick glitt über die Anwesenden.

«Ich komme mit», meldete sich Awrey sofort und sprang auf die Füße. Beatrice und Razvan nickten ebenfalls und schlossen sich dem Schutztrupp an.

«Im Herbst werden die Tage kürzer. Seid vor Einbruch der Dämmerung zurück», mahnte Nechifor mit ernster Stimme.

Während die Hexengruppe sich auf den Weg machte, um ihre Habseligkeiten zu holen, herrschte im Lager geschäftiges Treiben. Nechifor zerstampfte Kräuter in einer Schale mit fokussierter Miene, Narcis hatte sich aufgemacht, um Wild für das Abendessen zu jagen, und der Rest von uns ging verschiedenen Aufgaben nach.

«Du warst damals bei mir und hast mir dieses Amulett gegeben, warum?», fragte ich Mitch leise, während wir gemeinsam Feuerholz sammelten.

«Ich dachte schon, du würdest mich das nie fragen», gab er zu und es lag ein Hauch von Erleichterung in seiner Stimme. Ohne mich anzusehen, nestelte er an seinem Shirt herum und zog ein Amulett hervor. Es war dem meinen zum Verwechseln ähnlich.

«Es war mein Auftrag, es dir zu geben.» Seine Worte waren bedächtig gewählt. «Das Amulett stammte von deiner Mutter und hat etwas mit ihrer – und somit auch deiner – Herkunft zu tun.»

«Inwiefern mit meiner Herkunft?», hakte ich nach, meine Neugier geweckt. Ich nahm sein

Amulett entgegen und betrachtete es genau. Das Metall schimmerte im Licht des späten Nachmittags geheimnisvoll. Mitch sah mich nun direkt an; seine Augen waren ernst und durchdringend.

«Deine Mutter war nicht nur eine außergewöhnliche Frau; sie gehörte einer alten Linie an. Einer Linie voller Geheimnisse und Macht.» Er machte eine Pause und ließ seine Worte wirken. «Dieses Amulett ist ein Schlüssel zu deinem Erbe – es birgt Antworten auf Fragen, die du dir vielleicht noch nicht einmal gestellt hast.»

«Unsere Mütter sind verwandt. Mein Amulett stammte ebenfalls von meiner Mama ab», offenbarte Mitch mit einer Stimme, die vor Intensität bebte. Er hielt das Amulett fest in seiner Hand, als ob es ein kostbares Geheimnis birgt, das nur wir beide teilen.

«Aber du sagtest, du seist Amerikaner. Wie können unsere Mütter dann verwandt sein?», hakte ich nach, mein Interesse geweckt durch die unerwartete Wendung unserer Gespräche.

Mitchs Augen nahmen einen fernen Ausdruck an.

«Meine Mutter war keine Amerikanerin», begann er langsam. «Sie zog für meinen Vater nach Amerika und um sich zu verstecken.» Er machte eine kurze Pause, als ob er über die Tragweite seiner Worte nachdachte. «Hast du dich nie über diese schimmernde blaue Farbe gewundert? Es sind die Augen von Nerul. Das, was da im Kern ist, sind ihre Tränen.»

Er ließ sein Amulett wieder unter seinem Shirt verschwinden, als wäre es zu gefährlich, es länger der Welt zu präsentieren.

«Das verstehe ich leider nicht ganz. Bitte erkläre es mir», bat ich verwirrt. Die Vorstellung, dass ich die ganze Zeit Tränen von Nerul um meinen Hals getragen hatte, einem Wesen, von dem eines mich töten wollte, ließ mich erschaudern. Beim näheren Betrachten meines Amuletts bemerkte ich tatsächlich die gleiche schimmernde Farbe wie die Augen der Nerul. Ein kalter Schauer lief mir über den Rücken.

«Ein andermal», sagte Mitch plötzlich und blickte auf, seine Stimme dringend. «Nechifor ruft bereits nach uns.» Er deutete in Richtung des Lagers, wo Nechifor stand und mit einer Geste zum Zusammenkommen aufforderte.

«Die Hexen sind zurück und er möchte das Lager wieder sichern, so wie letzte Nacht.» Mitch hob einen Stapel großer Äste auf seine Schulter und bereitete sich darauf vor, zurückzukehren. «Wir haben genug Feuerholz fürs Erste. Gehen wir zurück», fügte er hinzu und begann den Weg zurück zum Lager anzutreten.

Niedergeschlagen folgte ich ihm, meine Gedanken wirbelten um die neuen Informationen und das mysteriöse Amulett an meinem Hals. Warum mussten Antworten immer so schwer fassbar sein? Warum wurden sie immer wieder durch drängendere Angelegenheiten unterbrochen? Als wir ins Lager zurückkehrten und das Feuerholz neben der wachsenden Glut niederlegten, konnte ich spüren, wie sich die Atmosphäre verändert hatte.

KAPITEL 13

In den frühen Morgenstunden, als die ersten Sonnenstrahlen den Horizont in ein sanftes Orange tauchten, begannen wir mit dem Abbau unseres Lagers. Die Stille des Morgens wurde nur durch das gelegentliche Klirren von Ausrüstung und das Rascheln von Zeltplanen unterbrochen. Wir arbeiteten effizient und zielstrebig, jeder Handgriff war wohl überlegt und routiniert. Die Fahrzeuge wurden beladen, Kisten und Taschen fanden ihren Platz in den Kofferräumen. Als alles sicher verstaut war, trat Nechifor vor und breitete seine Arme aus. Mit einer fließenden Bewegung seiner Hände und einem leisen Murmeln, das sich wie ein alter Gesang anhörte, ließ er seine Magie wirken. Vor unseren Augen begann der Boden sich zu verändern, Gräser richteten sich auf, Erde bedeckte unsere Fußspuren. Es war, als hätte hier nie jemand kampiert. Wir verteilten uns wieder auf die verschiedenen Autos, so wie am Tag unserer Ankunft. Ich fand mich erneut in einem Wagen mit Razvan, Bee, Samantha und Lorin wieder. Ein angespanntes Schweigen herrschte zwischen uns. Die Ungewissheit dessen, was uns beim Hexenzirkel erwarten würde, lag schwer in der Luft.

Ich hatte zu wenig Ahnung über Hexen. Aber ich konnte mir denken, dass sie sehr gefährlich sein konnten. War es wirklich eine kluge Entscheidung gewesen, zu diesem Zirkel aufzubrechen?

«Was weißt du über diesen Zirkel?», fragte ich Razvan neugierig und spürte die gespannte Aufmerksamkeit der anderen im Auto.

«Nicht viel», antwortete Razvan nachdenklich. «Er liegt am nächsten zum Schloss und hat nie Probleme gemacht. Sie sind friedlich und ziehen ihr eigenes Ding durch.» Er machte eine kurze Pause. «Früher haben die Vampire im Schloss mit dem Zirkel sogar Handel betrieben. Er gehört zu einem der ältesten Hexenzirkel in Rumänien.»

«Stimmt», pflichtete Bee bei. «Ihre Klamotten sind… interessant.»

Samantha schnaubte überheblich. «Mehr als fragwürdig.»

«Möglicherweise ist es aber auch einfach ihr Stil», entgegnete Bee gelassen und warf Samantha einen Seitenblick zu.

Razvan fuhr fort. «Nicht nur mit ihrer Kleidung sind sie nicht in der Neuzeit angekommen, sondern auch in Sachen Technik.» Er schüttelte leicht den Kopf. «Soviel ich weiß, gibt es in ihrem Dorf nicht mal Strom oder fließendes Wasser.»

Samantha seufzte frustriert. «Großartig. Ich wäre echt froh über eine Dusche.»

«Sind alle Hexen und Hexer so?», hakte ich weiter nach.

«Nein nicht alle», erklärte Razvan weiter. «Auf meiner langen Suche nach dir habe ich auch Zirkel kennengelernt, deren Oberhäupter ihre Zirkelsitze in Wolkenkratzern in Frankfurt haben. Getarnt als irgendwelche Firmen.»

«Nechifor ist definitiv auch in der Neuzeit angekommen», kicherte Bee plötzlich.

Verwundert drehte ich mich zu ihr um und sah Lorins Handy in ihrer Hand. Darauf ein Bild von Nechifor in Badeshorts am Meer. Gepostet von seinem Instagram-Account.

Lachend nahm ich ihr das Handy ab und scrollte durch seinen Feed. Das letzte Bild hatte er anscheinend heute Morgen gepostet. Ein Selfie mit Oana – beide grinsten breit in die Kamera.

Das Bild brachte für einen Moment Leichtigkeit in unsere angespannte Runde. Es zeigte eine andere Seite von Nechifor – fernab von Magie und Geheimnissen – einfach nur ein Mann am Meer mit einem strahlenden Lächeln.

«Er hat nicht ernsthaft fast zwanzigtausend Follower», sagte ich, meine Stimme durchzogen von ungläubigem Amüsement, als ich auf die Zahl der Anhänger auf Nechifors Instagram-Profil starrte.

«Er ist sehr beliebt bei seinen Fans», kam Lorins tiefe, brummende Stimme hinzu, während er sich unserem Lachen anschloss. Sein Kommentar ließ das Auto mit einer Welle der Heiterkeit erfüllen. Ich gab ihm das Handy zurück.

«Wieso hat er mehr Follower als ich?», beschwerte sich Samantha mit einem Anflug von Wut in ihrer Stimme. «Wer will dem schon folgen?»

«Du musst ihn besser kennenlernen. Er wirkt immer erst mal ein wenig seltsam», erklärte Lorin und schenkte Samantha ein sanftes Lächeln, das ihre gereizte Miene etwas milderte.

«Ahja», entgegnete sie knapp und wandte ihren Blick stur nach vorne, als wollte sie ihre Niederlage nicht eingestehen. Ich warf einen Blick zu Samantha und konnte sehen, wie sie einen Seitenblick auf das noch immer leuchtende Handydisplay warf und dabei nachdenklich auf der Unterlippe herumkaute. Die weitere Fahrt verlief überraschend entspannt. Die anfängliche Anspannung wegen des Hexenzirkels wich einer fast ausgelassenen Stimmung. Nechifors soziale Medienpräsenz wurde zum Hauptthema unserer Unterhaltung. Lorin präsentierte uns auch Nechifors TikTok Account, auf dem er alberne Trend Tänze nachstellte. Nach einer Weile erreichten wir das Dorf, das völlig ruhig und unscheinbar mitten in einem dichten Wald lag. Eine schmale, unbefestigte Waldstraße schlängelte sich zu dem abgeschiedenen Ort hinunter. Durch die Bäume hindurch konnte ich vereinzelte Hütten und Stallungen entdecken. Kurz bevor wir ankamen, klingelte Lorins Telefon. Es war Nechifor mit der Anweisung, dass er zunächst allein mit den Mädchen aussteigen würde und wir anderen in den Fahrzeugen warten sollten. Der Zirkel sollte nicht gleich mit einer Horde Vampire konfrontiert werden. Eine kluge Vorsichtsmaßnahme. Ich zog meine Kapuze tief ins Gesicht und achtete darauf, mein Amulett gut zu verbergen, wie Mitch es mir geraten hatte. Wir konnten nicht sicher sein, ob Feinde in der Nähe waren oder nicht. Als wir das einsame Holztor passierten, war keine Seele zu sehen. Weder am Tor selbst noch als wir weiter ins Innere des Dorfes fuhren. Je weiter wir fuhren, desto prächtiger wurden die Behausungen. Aus einfachen Hütten wurden stattliche Häuser aus Stein, doch diese Steine erzählten Geschichten aus einer anderen Zeit. Die Gebäude säumten die Straße wie stumme Wächter eines Geheimnisses, das sie nicht preisgeben wollten. Einige wirkten frisch errichtet, mit Holzbrettern während andere kaum mehr als Ruinen waren, von der Zeit und den Elementen fast zur Gänze verschlungen. Der Dorfplatz öffnete sich vor uns wie eine Bühne für ein längst vergessenes Schauspiel. Verlassene Marktstände zeugten von einem Handel, der hier einmal blühte, jetzt aber waren sie verwaist, ihre Waren zerbrochen und verstreut. Auf der Straße bemerkte ich mehrere Hufabdrücke und Pferdemist. Ein deutliches Zeichen dafür, dass hier normalerweise keine Autos fuhren. Die Luft schien gesättigt von einer uralten Ruhe, die nur durch das Röhren der Motoren unterbrochen wurde. Wir parkten unsere Fahrzeuge am Rand des Dorfplatzes und warteten geduldig im Schatten der Bäume. Ich konnte spüren, wie mein Herzschlag sich beschleunigte. Nicht aus Angst, sondern aus einer Mischung aus Respekt und Neugierde für die Hexen dieses Ortes und ihre althergebrachten Traditionen. Wir betraten eine Welt fernab unserer eigenen. Eine Welt voller Geheimnisse und alter Magie und ich konnte nur hoffen, dass wir bereit waren für das, was uns hier erwarten würde. Die Stille hing wie ein unsichtbarer Schleier über dem Dorf, so dicht und erdrückend, dass Razvan nur noch flüstern konnte.

«Es ist zu ruhig», murmelte er, seine Augen unruhig zwischen den Fenstern der Häuser hin- und herwandernd. Wir hielten inne und ich beobachtete Nechifor dabei, wie er das Fahrzeug verließ und die drei Mädchen ihm folgten. Mitch blieb hinter dem Steuer sitzen und warf Nechifor einen Blick zu, der Sorge und Zweifel verriet. Mein Blick wanderte zum gegenüberliegenden Ende des Marktplatzes, wo ein imposantes Gebäude thronte. Seine steinerne Fassade war übersät mit Verzierungen. Runen vielleicht? Erinnerungen an Bücher meines Onkels kamen hoch. Bücher voller Sym-

213

bole aus längst vergangenen Zeiten. Das Dorf selbst schien direkt aus einer historischen Filmkulisse entsprungen zu sein. Das große Gebäude musste also sowas wie ein Rathaus sein. Nechifor sprach mit den Mädchen, ihre Gesten jedoch verrieten Ratlosigkeit. Wo mochten all die Leute sein? Nach der Anzahl der Häuser zu urteilen musste es hier wimmeln von Leben oder etwa nicht? Warum hatte niemand dieses abgeschiedene Dorf ohne Wasser und Strom je bemerkt? Lag es vielleicht an der Magie? War es für gewöhnliche Menschen unsichtbar?

«Entweder sie verstecken sich in ihren Häusern oder das Dorf ist verlassen», durchbrach Lorin die beklemmende Stille mit seiner angespannten Stimme. Ich spürte eine Gänsehaut über meinen Rücken kriechen, als ich bemerkte, dass Razvan eine Pistole gezogen hatte. Bereit auf jede Bedrohung zu reagieren. Nechifor schritt nun zielstrebig auf das Rathaus zu. Die Mädchen folgten ihm tapfer ins Innere des mysteriösen Gebäudes.

«Sind die Lebensmüde?», zischte Razvan wütend hinter vorgehaltener Hand.

«Er weiß immer, was er tut», entgegnete Lorin zwar beruhigend, doch auch seine Miene war gezeichnet von Sorge.

«Es könnte eine Falle sein», hauchte Bee mit einem Anflug von Angst in ihrer Stimme. Ich drehte mich unruhig um, spürte die Schwere der drohenden Gefahr und fand mich in Bees Sorgen wieder. Die Spannung war fast greifbar, als wir warteten, unsere Blicke fest auf das düstere Gebäude vor uns gerichtet. Nach einer gefühlten Ewigkeit, die in Wirklichkeit nur wenige Minuten dauerte, erschienen die vier Gestalten wieder am Eingang des Gebäudes. Nechifor hob seinen Daumen. Ein stummes Signal, das uns verriet, dass es sicher war, das Auto zu verlassen. Mit äußerster Vorsicht griff ich nach dem Türgriff, mein Herz schlug heftig gegen meine Brustwand. Einer nach dem anderen entstiegen wir den Fahrzeugen, jeder von uns bereit für das Unbekannte, die Waffen fest in unseren Händen.

«Wo sind sie alle?», rief Mitch in Richtung Nechifor, während wir uns ihm näherten. Die drei Hexen neben ihm wirkten verstört und schockiert zugleich.

«Drinnen… Es gibt Tote. Hexer… Sie wurden hingerichtet», antwortete Nechifor mit einer Stimme voller Bedauern und Trauer. Sein Gesicht spiegelte den Schrecken wider, der auch uns erfasste.

«Oh nein! Was ist hier nur passiert?», stammelte Beatrice entsetzt und presste sich eine Hand vor den Mund, als wollte sie damit ihre Fassungslosigkeit unterdrücken. Nechifor zuckte hilflos mit den Schultern. Ein stummer Ausdruck seiner Ratlosigkeit.

Iwa brach in Schluchzen aus.

«Kennt ihr jemanden von ihnen?», fragte Razvan sanft und legte seine Hand auf Iwas Schulter. Alle drei Hexen schüttelten stumm den Kopf. Ihre Augen waren weit aufgerissen vor Entsetzen.

«Ich werde mir das genauer ansehen», erklärte Narcis entschlossen und machte sich auf den Weg zum Eingang des Gebäudes, seine Pistole im Anschlag als wäre sie ein Teil von ihm selbst. Mitch, Lorin und Oana folgten ihm dichtauf, jeder von ihnen bereit für das Unbekannte, dass im Schatten lauerte.

«Ist es hier üblich, dass Hexer so brutal hingerichtet werden?», fragte Nechifor mit einem Unterton von Wut in seiner Stimme.

«Für kleinere Vergehen gibt es Zellen. Magisch gesichert, sodass keine Magie gewirkt werden kann. Aber bei schweren Verbrechen wie Mord oder Vergewaltigung… da gibt es Hinrichtungen durch Hängen oder Enthauptung», erklärte Iwa mit mühsam wiedergewonnener Fassung.

«Aber niemals wurden Hexen so barbarisch ermordet… Nicht so… Das war keine Hinrichtung unseres Zirkels», schluchzte Livia zwischen ihren Tränen hindurch.

Die Vorstellung war unerträglich. Nachhause zurückzukehren und mit einem solchen Grauen konfrontiert zu werden. Plötzlich wurde mir bewusst, dass ich dieses Gefühl kannte. Die Erinnerung an meine eigenen Adoptiveltern kam hoch wie eine Flutwelle der Trauer.

«Ich habe meine Adoptiveltern ebenfalls tot aufgefunden… grausam entstellt», flüsterte ich niedergeschlagen und fühlte mich plötzlich sehr verbunden mit dem Schmerz der anderen.

«Könnten es vielleicht Nerul gewesen sein?», überlegte Razvan laut. «Nerul töten auf brutale Weise und ohne Gnade. Sie genießen es geradezu, ihre Opfer lange zu quälen und selbst nach dem Tod noch weiter zu verstümmeln.»

«Das ist möglich… Nerul töten alles und jeden», bestätigte Nechifor düster.

«Warum nur? Warum geschieht so etwas Grausames?» Meine Stimme zitterte vor Verwirrung und Fassungslosigkeit, als ich die Frage in den Raum warf, die mir auf der Seele brannte. Nechifor, dessen Augen schon so viele Geheimnisse gesehen hatten, antwortete mit einer Gegenfrage, die mich noch tiefer in das Mysterium hineinzog.

«Warum können wir Magie wirken? Warum stillen Vampire ihren Durst mit Blut?» Er machte eine kurze Pause und fuhr dann fort: «Es ist Teil ihrer Essenz. Sie sind Kreaturen, erschaffen aus den Schatten der Welt, geboren mit dem einzigen Zweck, jene zu jagen und zu vernichten, die nicht menschlich sind.»

«Aber welchen Sinn hat all das?», hakte ich nach, unfähig, mich mit dieser düsteren Wahrheit abzufinden.

«Welchen Sinn haben Vampire?», gab Nechifor zurück und hob dabei leicht genervt seine Augenbrauen. «Liana, sie existieren einfach. Wie du existierst. Niemand kennt ihren wahren Ursprung oder das Ziel ihrer Reise durch die Zeit. Es ist wie ein Flüstern im Wind. Ungreifbar und doch allgegenwärtig. Es gibt Menschen, die töten aus purer Freude an der Grausamkeit. Die Nerul sind ähnlich veranlagt. Ihr Jagdtrieb richtet sich jedoch gegen magische Wesen.»

Bee konnte nicht länger schweigen und zischte Nechifor an.

«Sei nicht so hart zu ihr. Wie soll sie von all diesen Dingen wissen? Ihr ganzes Leben lang war sie unter Menschen gefangen.»

Nechifors Blick wurde weicher, als er leise murmelte.

«Es ist wirklich erstaunlich, dass sie die Prüfung bestanden hat.» Dann drehte er sich um und verschwand in das Innere des Gebäudes.

Razvan wandte sich an uns alle.

«Beatrice und ich werden uns das da drinnen genauer anschauen. Wer bereit ist, dem Unbekannten ins Auge zu blicken, möge uns folgen. Die anderen sollten hier warten und keinen Schritt weggehen.»

«Ich komme mit», sagte ich ohne Zögern und spürte eine Welle der Entschlossenheit durch meine Adern fließen. Auch die anderen nickten zustimmend.

Die drei Hexen nahmen schweigend auf der Treppe Platz, jede versunken in ihre eigenen düsteren Gedanken. Als wir die dämmrige Eingangshalle betraten, schlug uns ein beißender Verwesungsgestank entgegen. Instinktiv hielt ich mir Hand vor Mund und Nase. Vergeblich. Vor unseren Augen breitete sich ein Bild des Grauens aus. Etwa zwanzig Leichen lagen über den Boden verteilt. Alle in einem weit fortgeschrittenen Zustand der Verwesung. Die Spuren brutaler Gewalt waren unübersehbar. Manche Körper waren verstümmelt bis zur Unkenntlichkeit, andere übersät mit Stich- und Schnittwunden.

«Ich zähle zweiundzwanzig», rief Narcis in die bedrückende Stille hinein.

«Ich muss hier raus», stammelte Ferenc panisch und eilte zum Ausgang, stolperte dabei über einen weiblichen Leichnam und stieß heftig gegen den Kopf der toten Frau.

«Pass doch auf!», fauchte Samantha energisch und eilte herbei, fiel auf die Knie, um den Kopf behutsam wieder gerade zu richten und die Augen der Toten zu schließen. Wir beobachteten sie dabei, wie sie versuchte, ihre Tränen zurückzuhalten. Ein schluchzten, ging von ihr aus und ihr Körper bebte. Nechifor ging vor in die Hocke. Ich verstand nicht, was er zu ihr sagte. Er legte sanft seine Hand auf ihre Schulter. Ein kurzer Moment des Trostes inmitten des Chaos. Samantha ergriff seine Hand kurz, bevor sie sich aufrichtete. Ihr Gesichtsausdruck nun gefasst. Und verließ das Gebäude mit erhobenem Haupt. Bee warf mir einen Blick voller unaussprechlicher Emotionen zu, bevor auch sie sich abwandte und dem Ruf der frischen Luft folgte. Ich wandte mich leise an Narcis.

«Es ist so furchtbar», hauchte ich, meine Stimme kaum mehr als ein Hauch im dichten Nebel des Grauens, der uns umgab. Narcis, dessen Augen einen Moment zuvor noch über die Szenerie des Unheils geglitten waren, drehte seinen Kopf und traf meinen Blick mit einer Schwere, die mir das Herz in der Brust gefrieren ließ.

«Das ist es», gab er mir mit einer Stimme voller düsterer Anerkennung zurück.

«Hast du sowas schon mal erlebt in deiner Vergangenheit?», erkundigte ich mich, während ich versuchte, den Anblick des Chaos vor uns zu verarbeiten. Narcis nickte langsam.

«Ja, allerdings waren es damals Vampire und nicht Hexen. Es war während eines Einsatzes», enthüllte er. «Manchmal zeigen die Nerul gegenüber Hexern Gnade, wenn sie in ihnen einen Funken des Guten erkennen können. Sie verschonen weißmagische Zirkel und leben in einem trügerischen Frieden nebeneinander.»

Ich blickte auf die verwüstete Stätte vor uns und ein kalter Schauer lief mir über den Rücken. «Und das hier…», begann ich langsam, «…ist kein weißmagischer Zirkel.» Narcis schüttelte den Kopf. «Nein, es ist ein schwarzmagischer Zirkel mit Spuren von Waldmagie. Einst war dieser Ort eine Bastion reiner Waldmagie», antwortete er mit einer Spur von Wehmut in seiner Stimme.

«Du scheinst viel darüber zu wissen», bemerkte ich beeindruckt. Narcis schmunzelte kurz auf und zwinkerte mir zu.

«Ich habe in der Schule gut aufgepasst», scherzte er leichtfüßig, doch seine Augen verrieten die tiefe Kenntnis alter Geheimnisse.

In diesem Moment gesellte sich Mitch zu uns und unterbrach unsere Unterhaltung mit dringlichen Neuigkeiten.

«Razvan hat vorgeschlagen, dass wir uns aufteilen und das Dorf durchsuchen sollten», berichtete er eilig. «Die Mädchen können sich beim besten Willen nicht vorstellen, warum hier niemand ist.»

Mitch fuhr fort und berichtete von Nechifor, der draußen einen mächtigen Zauber vorbereitete, vielleicht um einen starken Tarnzauber zu entlarven, der die Bewohner dieses Ortes verbarg.

Narcis Geduld schien am Ende zu sein. Seine Verachtung für die Unwissenheit der Mädchen war deutlich spürbar.

«Diese Mädchen sind wirklich keine Hilfe», murmelte er missmutig und wandte sich ab, sein Blick noch einmal über das Feld des Todes streifend. Mit finsterer Miene verließ er die Halle und wir folgten ihm hinaus ins Freie. Dort sahen wir Nechifor konzentriert im Lotussitz auf dem Boden sitzen. Neben ihm befanden sich die Mädchen in ähnlicher Pose innerhalb eines Kreises aus Kieszeichnungen. Ich setzte mich neben Razvan auf die Stufen des Gebäudes und beobachtete gespannt das Ritual. Der grobkörnige Sand innerhalb des Kreises begann zu glimmen. Die Luft um uns herum wurde wärmer. Ein leises Knistern durchzog sie wie das Flüstern verborgener Flammen. Plötzlich erhoben sich Nechifor und die Mädchen aus ihrem tranceähnlichen Zustand und traten aus dem Kreis heraus.

«Hier liegt kein Tarnzauber vor», begann er. «Hier ist schon seit einigen Wochen keine Magie mehr praktiziert worden. Ich kann nur sehr wenige Überreste vernehmen.».

Amalia, deren Gesicht von Sorge gezeichnet war und deren Augen in Tränen getränkt schienen, klammerte sich an jeden Funken Hoffnung. «Unsere Familien sind schon lange weg oder ebenfalls tot», stammelte sie aufgebracht, ihre Stimme brach unter der Last ihrer Ängste.

Iwa trat neben Amalia und legte ihre Hand sanft auf deren Schulter. Ihre Berührung war zart, doch ihre Worte trugen die Kraft ihres unerschütterlichen Geistes.

«Mach dich nicht verrückt», sagte sie bestimmt und ihre Augen funkelten entschlossen im schwachen Licht des Raumes. «Noch wissen wir nicht, ob sie tot sind. Wir vermuten, sie sind vor den angreifenden Nerul geflohen.»

Sie strich widerwillig Amalia beruhigend über den Rücken und fügte hinzu: «Wir werden unsere Liebsten finden oder zumindest herausfinden, was geschehen ist.»

KAPITEL 14

Die Luft war erfüllt von einer unheimlichen Stille, als wir uns inmitten des verlassenen Dorfes wiederfanden. Ein Gefühl der Dringlichkeit lag schwer auf unseren Schultern, während wir uns gegenüberstanden und unsere nächsten Schritte planten. Es war undenkbar, dass dieses Dorf, das einst vor Leben sprühte, nun eine Geisterstadt sein sollte. Mit einem Blick, der Entschlossenheit und Eile verriet, schlug ich vor, dass wir uns aufteilen sollten, um die umliegenden Häuser gründlicher zu durchsuchen. Ich spürte das Amulett schwer auf meiner Brust liegen. Ich musste mehr darüber erfahren. Über seine Herkunft und den Grund für seine Existenz in meinem Leben. Mitch schien der Schlüssel zu diesen Antworten zu sein, daher entschied ich mich ohne Zögern dafür, ihn auf seiner Erkundungstour zu begleiten. Razvan jedoch, mit einem besorgten Funkeln in seinen Augen, protestierte sofort gegen meine Wahl.

«Ich würde es bevorzugen, wenn du mit mir gehen würdest», sagte er mit einer Stimme voller Nachdruck.

«Liana und ich haben wichtige Dinge zu besprechen. Wir würden es schätzen, allein gelassen zu werden», fügte Mitch hinzu und unterstützte meinen Entschluss. Ein dankbares Lächeln huschte über meine Lippen, als ich Mitch ansah. Doch Razvan ließ nicht locker.

«Nichts ist wichtiger als ihre Sicherheit», insistierte er hitzig. «Sie ist das Herzstück unserer Gruppe und ihr darf kein Leid widerfahren. Ich werde sie nicht noch einmal aus den Augen lassen. Du kannst sie nicht beschützen. Es ist dir gleichgültig, ob sie wieder entführt wird.»

Seine Worte hallten wie ein Donnerschlag durch die Stille des Dorfplatzes.

«Wenn sie so wichtig ist und ständig behütet werden muss, hätte sie im Schloss bleiben sollen», murmelte Nechifor.

«Razvan, Mitch wird gut auf sie aufpassen», versuchte Beatrice die Wogen zu glätten, doch Razvan schüttelte nur energisch den Kopf.

«Ich traue ihm nicht. Keinem von ihnen», flüsterte er Beatrice zu.

«Wenn du uns nicht vertraust», entgegnete Nechifor ruhig aber bestimmt, «solltest du vielleicht besser nachhause gehen oder uns alle fortschicken. Aber sei dir bewusst. Ohne uns habt ihr keine Chance mehr.»

Mitch trat einen Schritt vor und sah Razvan direkt in die Augen.

«Also? Wie entscheidest du dich? Wir können jetzt sofort umkehren und unsere Suche allein fortsetzen, ohne euch.»

Razvans Gesichtsausdruck verhärtete sich weiterhin im Zweifel.

«Ihr habt noch nichts getan, was euer Vertrauen rechtfertigen würde.»

«Wie bitte?» Nechifors Stimme hob sich nun merklich an. «Wir haben euch bereits enorm geholfen! Ohne uns würdet ihr immer noch hilflos im Wald sitzen und darauf warten, dass jemand zufällig vorbeikommt und euch die Kinder praktisch in den Schoß legt.»

In diesem Moment mischte sich Narcis ein und legte beruhigend seine Hand auf Razvans Schulter. «Wir brauchen sie.»

Die Worte, die er sprach, waren schlicht und dennoch durchdrangen sie die Luft wie Pfeile, die ihr Ziel mit unerwarteter Präzision treffen.

«Ja, und hoffentlich bleiben sie auch so hilfreich», entgegnete Razvan mit einem Hauch von Resignation in seiner Stimme. Er drehte sich um, doch nicht ohne mir einen Blick zuzuwerfen, der so giftig war, als könnte er allein durch seine Schärfe verletzen. Mitch und ich marschierten eine Weile schweigend nebeneinander durch das verlassene Dorf. Unsere Schritte waren das einzige Geräusch in der gespenstischen Stille. Wir klopften an Tür um Tür, verschafften uns Eintritt in die verwaisten Heimstätten und ließen unsere Blicke durch die leeren Räume schweifen. Jedes Haus glich dem vorherigen, vollkommen entleert von seinen Bewohnern. Es war, als hätte das Leben hier plötzlich innegehalten. Als wäre das Dorf ein stillgelegtes Uhrwerk in der Zeit. Die Spuren des Lebens waren überall. Kleidung lag ordentlich gefaltet auf Holztruhen, Schmuckstücke glänzten matt im schwachen Lichtstrahl, der durch die Fensterläden fiel. Zeugen eines hastigen Aufbruchs. Doch was hatte diese Leute, nein, diesen Zirkel von Hexen und Hexern, dazu getrieben, ihre persönlichen Habseligkeiten zurückzulassen und nur ihre Nutztiere mitzunehmen? Wir betraten ein weiteres Haus und fanden uns in einer Welt wieder, die dem Mittelalter entsprungen zu sein schien. Kein fließendes Wasser, kein Strom. Das tägliche Leben kreiste um Feuerstellen und Brunnenwasser. Selbstgebaute Holzbetten dominierten die Schlafgemächer und deuteten darauf hin, dass Familien eng beieinander schliefen.

«Könntest du so leben?», fragte ich Mitch leise, während wir uns vorsichtig durch das nächste Haus bewegten.

«Auf Dauer nicht», gestand er mit einem Gesichtsausdruck voller Unbehagen. «Ich bin Luxus gewöhnt. Aber wenn ich mit Nechifor unterwegs bin, leben wir manchmal ähnlich primitiv, abgese-

227

hen davon, dass wir dann in Zelten hausen und SUVs fahren.»

«Ich glaube auch nicht, dass ich es könnte», gab ich zu bedenken. «Ich bin ganz normal aufgewachsen. Dieses Leben ist für mich unvorstellbar. Warum leben sie noch so? Und wie konnte es unbemerkt bleiben?»

«Du darfst nicht vergessen», erwiderte Mitch nachdenklich, «dass hier keine gewöhnlichen Menschen lebten. Dieser Zirkel bestand aus Wesen mit althergebrachten Traditionen, ähnlich den Vampiren. Denke nur an das Schloss. Seine Architektur ist uralt. Es könnte wirklich mal einen Innenarchitekten gebrauchen… Wenigstens gibt es dort Strom und fließendes Wasser.»

«Wieso weißt du eigentlich so viel über das Schloss? Du kommst doch gar nicht aus Rumänien», hakte ich neugierig nach.

Mitch lachte kurz auf. «Der rumänische Vampirorden ist legendär, selbst bei uns Amerikanern. Sie sind das Paradebeispiel für traditionelle Vampire. Bei uns gibt es keine Adelsfamilien oder Thronfolger… Versteh mich nicht falsch», sagte er mit einer Grimasse auf seinem Gesicht, «aber ich finde es nicht so wichtig, dass du etwas wie eine Prinzessin bist.»

Ein Hauch von Amüsement lag in der Luft, als ich mit einem Lachen antwortete.

«Es ist erfrischend, endlich jemanden zu treffen, der mich wie eine ganz normale Person behandelt.»

Doch die Neugier nagte an mir, und ich konnte nicht anders, als nachzuhaken.

«Aber wie funktioniert das eigentlich in Amerika? Ohne eine herrschende Person müsste es doch ein völliges Durcheinander geben.»

Mitch lehnte sich zurück, sein Grinsen breitete sich aus, als wäre er im Begriff, das größte Geheimnis der Welt zu lüften.

«In den Vereinigten Staaten wird man nicht in die Herrschaft hineingeboren. Man wird durch das Volk gewählt. Wir leben nicht unter einer Monarchie, sondern unter einer Demokratie. Und was noch interessanter ist, wir sind Teil einer Untergrundpolitik. Nur wenige an der Spitze, wie der Präsident selbst, sind eingeweiht. Unsere Regierungen arbeiten im Verborgenen zusammen mit dem ultimativen Ziel, dass Übernatürliche eines Tages offiziell anerkannt werden und wir Seite an Seite mit den Menschen existieren können.»

Die Idee des Offiziellen ließ mich erschaudern. Würde dies nicht bedeuten, dass Vampire, Wesen wie ich, viel angreifbarer wären? Jäger würden ihre Messer wetzen und sich auf die Jagd freuen.

«Ich bin mir unsicher, was ich davon halten soll», gestand ich. Wir beschlossen, unsere Diskussion auf einer nahegelegenen Bank in der Stube fortzusetzen. Mitch schaute nachdenklich auf den Boden.

«Ich bin mir auch nicht sicher. Es birgt Risiken. Wir müssten alle übernatürlichen Wesen offenbaren, ein klarer Bruch unserer Gesetze. Die verschiedenen Parteien, Hexen, Vampire, Werwölfe, Nerul und Menschen müssten zusammenkommen und Vereinbarungen treffen, um das gegenseitige Abschlachten und die Kriege zu beenden.»

«Ich kann mir vorstellen, dass das äußerst kompliziert sein muss», entgegnete ich.

Mitch nickte schwer. «Stell dir nur vor. Vampire und Werwölfe an einem Verhandlungstisch. Sie würden sich gegenseitig an die Gurgel gehen, allein beim Geruch des anderen.» Seine Stimme war getränkt von Bitterkeit und einem tief verwurzelten Pessimismus gegenüber dieser fragilen Hoffnung auf Frieden zwischen den Spezies.

Ein markerschütternder Hilferuf durchbrach die Stille der Nacht, und in diesem Moment wusste ich, dass etwas Schreckliches geschehen sein musste. Die Stimme, so verzweifelt und doch so bekannt, gehörte Samantha. Ohne zu zögern, ließen Mitch und ich alles stehen und liegen und stürmten aus dem Haus. Draußen bot sich uns ein Bild des Grauens. Samantha, mit blutverschmierten Händen, hielt den schwer verletzten Ferenc in ihren Armen. Ihr eigener Körper war von Wunden gezeichnet, doch ihre Augen brannten vor

Entschlossenheit. In Sekundenschnelle eilten unsere Gefährten herbei, jeder bereit, sein Leben für das des anderen zu geben. Awrey tauchte auf, sein Schwert rot gefärbt vom Blut unserer Feinde. Mit letzter Kraft brachte er hervor.

«Nerul.» Sein Hemd an der Schulter war zerrissen und offenbarte eine klaffende Wunde darunter. Ein Zeichen des erbitterten Kampfes, den sie gerade ausgefochten hatten. Mein Blick fiel auf Ferenc und mein Herz schlug einen Takt schneller vor Sorge. Ein monströser Schnitt zierte seinen Bauchraum, ein Anblick, der mir das Blut in den Adern gefrieren ließ.

Mitchs Stimme donnerte durch die Nacht. «Nechifor!» Er sprang an Samanthas Seite und half ihr dabei, Ferenc zu stützen. Es dauerte nicht lange, bis Nechifor mit den drei Hexen im Schlepptau erschien. Einer nach dem anderen trafen weitere Mitglieder unserer Gruppe ein. Razvan kam herbeigeeilt und überprüfte mich besorgt auf Verletzungen. Doch es gab keine Zeit für Erleichterung.

«Es sind noch mehr Nerul dort vorne! Bee ist alleine gegen sie!», rief Awrey aus und ohne einen weiteren Gedanken verschwendet zu haben, stürzte er sich zurück ins Getümmel des Kampfes. Samantha übergab den schwach atmenden Ferenc vorsichtig in Nechifors fähige Hände. Sie warf Nechifor einen fragenden Blick zu, dieser nickte leicht. Samantha erhob sich und folgte Awrey mit

231

erhobenem Schwert brüllend in die Schlacht, eine Tapferkeit zeigend, die ich ihr nie zugetraut hätte.

«Mitch!», rief ich aus. «Was sollen wir tun?»

«Oana, Lorin unterstützt sie!», befahl Mitch knapp und ohne Zögern eilten die beiden unseren Freunden zur Hilfe. Inmitten all dieser Hektik fehlte von Narcis jede Spur, seine Abwesenheit war beunruhigend. Die Hexen arbeiteten fieberhaft daran, die Überreste von Ferencs Pullover zu entfernen, und legten damit die volle Ausdehnung seiner Verletzung frei. Dunkles Blut quoll hervor wie eine pechschwarze Flüssigkeit aus einer anderen Welt. Iwa, mit einem Gesicht so bleich wie das Mondlicht, beugte sich über den reglosen Körper und flüsterte mit einer Stimme, die vor Angst zitterte.

«Vergiftet.»

Sie wich zurück, als ob die bloße Berührung des Opfers sie selbst vergiften könnte. Nechifor fing ihren stummen Blick auf und las darin eine Mischung aus Furcht und Resignation. Amalia, deren Augen voller Mitgefühl waren, trat vor und sprach mit sanfter Entschlossenheit.

«Wir können ihm nicht mehr helfen. Wir sollten ihm ein schmerzfreies und ruhiges Sterben ermöglichen.» Ihre Hände hoben sich bereits, bereit für das letzte Ritual.

Doch Nechifor war nicht bereit aufzugeben. «Nimm deine Hände runter! Wenn ihr nicht helfen wollt oder könnt, dann verschwindet!»

Trotz seiner harten Worte konnte man den skeptischen Blick nicht übersehen, den er auf das unheilvoll schwarze Blut warf. Entschlossen wühlte er in seiner Tasche und förderte eine Hand voll Kräuter zu Tage.

«Razvan, hol mir Stroh und leg es hier hin. Liana, hol sauberes Wasser», befahl er mit einer Dringlichkeit in der Stimme, die keinen Widerspruch duldete. Ohne zu zögern, sprintete ich zum nächsten Brunnen und schöpfte altmodisch Wasser mit einem Eimer aus der Tiefe. Livia stand an meiner Seite und ließ ihre Magie fließen, eine unsichtbare Kraft, die mir half, den schweren Eimer zurück zu Nechifor zu tragen. Razvan kehrte mit dem Stroh zurück und legte es behutsam nieder.

«Entzündet es», befahl Nechifor knapp. Iwa reagierte sofort. Flammen schossen aus ihren Händen und entfachten ein Feuer, das hell in der Dunkelheit loderte. Mitch hielt seine Klinge in das Feuer. Das Metall glühte rot vor Hitze, während Nechifor hastig begann, die Kräuter in die klaffende Wunde im Bauchraum des Verletzten zu stopfen. Das Bluten ließ nach, doch Ferencs Gesicht wurde immer blasser.

«Wir sollten ihn zurück ins Schloss bringen. Darja kann ihm sicherlich helfen. Sie ist eine gute Ärztin», schlug ich leise vor, doch Razvan legte seine schwere Hand auf meine Schulter und schüttelte den Kopf. «Bis dahin ist er tot.»

Als Nechifor endlich fertig war mit den Kräutern, nahm er die glühend heiße Klinge und presste sie fest auf die Wunde. Der Geruch von verbranntem Fleisch stieg in unsere Nasen. Ein brutales, aber notwendiges Mittel zur Heilung. Die Zeit würde zeigen, ob unsere Bemühungen genügen würden oder ob wir lediglich Zeugen eines verzweifelten Kampfes gegen den Tod gewesen waren. Inmitten des Chaos, das die Schlacht hinterlassen hatte, stand Nechifor da, ein Bild der Entschlossenheit, während er mit geübten Händen die letzte Bandage anlegte.

«Das ist alles, was ich habe, um die Blutung zu stoppen und die Wunde zu behandeln. Es muss vorerst genügen», sagte er mit einer Stimme, die trotz der Dringlichkeit eine beruhigende Ruhe ausstrahlte. Seine Augen suchten die Umgebung ab, als er fortfuhr. «Seht nach den anderen. Sie könnten unsere Hilfe gegen die Nerul benötigen.» Er packte seine medizinischen Utensilien zusammen. Beatrice trat näher heran, ihre Sorge war in jeder Falte ihres Gesichts zu lesen.

«Wir können Ferenc nicht einfach zurücklassen. Die Sonne neigt sich dem Horizont zu. Bald wird es Nacht sein. Wir müssen Schutz suchen.»

Ihre Stimme zitterte leicht bei dem Gedanken an die drohenden Gefahren der Dunkelheit. Nechifor warf ihr einen kurzen Blick zu und nickte dann zustimmend.

«Du hast Recht. In der Dunkelheit sind wir verwundbar und ein leichtes Ziel.»

Er drehte sich zu seinen Gefährten um und gab rasch Anweisungen. «Mitch, Razvan und ich werden zu den anderen gehen. Beatrice und Liana sollen in der Nähe des Stadtplatzes nach einem Unterschlupf suchen. Dort stehen die größten Häuser mit genügend Platz für unsere Verwundeten.»

Er wandte sich dann an Amalia.

«Bleib bei Ferenc. Errichte eine Barriere zum Schutz vor weiteren Angriffen.»

Sein Blick fiel auf Iwa und Livia.

«Ihr beide kennt euch hier aus. Sucht nach Heilkräutern und Medikamenten in den Häusern oder einer Apotheke.»

Ohne weitere Verzögerung stürmten Nechifor, Mitch und Razvan davon, entschlossen, ihre Kameraden zu finden und ihnen beizustehen. Amalia begann sofort mit ihrer Aufgabe und webte geschickt eine schimmernde Barriere um sich und den verletzten Ferenc. Sie streichelte sanft seine Stirn und versuchte, ihm Trost zu spenden.

KAPITEL 15

Iwa nickte in eine Richtung.

«Lasst uns zum Stadtplatz gehen», schlug Iwa vor. «Dort gibt es eine große Apotheke. Vielleicht finden wir dort etwas Nützliches.»

Zustimmend machten wir uns auf den Weg durch das Dorf, dessen Stille unheimlich wirkte. Als wir das erste Haus betraten, ein prächtiges Gebäude direkt neben der Apotheke, fühlten wir uns wie Eindringlinge in einer Welt, die einmal voller Leben gewesen sein musste. Beatrice führte uns durch das Haus.

«Ich habe das Haus zuvor mit Razvan durchsucht. Es ist leer wie alle anderen auch. Oben gibt es mehrere große Zimmer mit Betten für unsere Verwundeten.»

Neben der Küche entdeckte ich eine Tür, hinter der eine Treppe in die Tiefe führte. Mit einem mulmigen Gefühl wandte ich mich an Beatrice. «Warst du schon unten?»

Ich dachte an all die Horrorfilme meiner Kindheit. Keller waren selten ein gutes Zeichen.

«Natürlich waren wir das,» erwiderte Beatrice während sie geschickt die Glut in der Feuerstelle schürte, um eine wohlige Wärme zu entfachen.

236

«Die Bewohner dieses Ortes hatten hier eine wahre Schatzkammer an Lebensmitteln und allerlei nützlichen Dingen angelegt. Einiges hatten sie sicherlich für ihre Rituale verwendet.»

In diesem Moment schwang die Tür auf und Iwa sowie Livia traten ein.

«Ihr habt euch für das Herz des Dorfes entschieden. Eine weise Entscheidung,» bemerkte Iwa anerkennend und ließ einen schweren Sack voller geheimnisvoller Kräuter, duftender Blätter und knorriger Zweige mit einem dumpfen Aufprall auf den robusten Holztisch fallen. Livia folgte ihr auf dem Fuße und platzierte behutsam eine hölzerne Kiste neben dem Tisch auf dem Boden. Die Kiste war gefüllt mit Schüsseln, Tiegeln und Salben, deren scharfer Geruch sofort die Luft erfüllte und versprach, dass sie mehr als nur gewöhnliche Heilmittel enthielten.

«Konntet ihr alles beschaffen, was Nechifor benötigt?», fragte Beatrice, während ihre Augen kurz über den Inhalt des Sacks huschten.

«Wir haben alles gesammelt, was er für diese Nacht braucht, um die Verwundeten zu heilen und unsere Verteidigung zu stärken. Sollten wir noch mehr benötigen, so ist das Lagerhaus des Apothekers gleich nebenan,» antwortete Iwa mit einer Stimme voller Zuversicht.

Doch Livia zeigte sich besorgt.

«Wir dürfen nicht vergessen, Verbände aus Leinen zu besorgen. Ferencs Wunde ist bedrohlich. Wir können es uns nicht leisten, sie unbehandelt zu lassen. Die Verbände müssen alle paar Stunden gewechselt werden.»

Ohne einen weiteren Moment zu verlieren, machte sie sich auf die Suche nach dem dringend benötigten Material.

Beatrice, deren Augen nun im flackernden Schein der Feuerstelle glänzten, nickte in Richtung des dunklen Kellerabgangs.

«Im Keller findet ihr noch mehr Vorräte, die euch nützlich sein könnten. Ich bin mir ziemlich sicher, dass ich dort auch Leinen gesehen habe», sagte sie mit einer Stimme, die keine Spur von Furcht verriet. Ohne zu zögern machten sich Iwa und Livia auf den Weg. Ihre Silhouetten verschwanden rasch in der Dunkelheit des Kellergewölbes, als wären sie Schatten, die von der Nacht selbst verschluckt wurden. Ein kalter Schauer lief mir über den Rücken, während ich ihnen nachblickte. Ihre Furchtlosigkeit stand in krassem Gegensatz zu meiner eigenen Beklemmung. Ich wandte mich ab und begann in der Küche nach Lebensmitteln und Getränken zu suchen, um etwas Nahrhaftes für die Ankommenden vorzubereiten. Während ich durch die fremden Schränke wühlte, wurde mir die surreale Natur meines neuen Lebens bewusst. Meine Gedanken drifteten zurück zu meinen Träumen von einem Medizinstudium nach dem Abitur. Eine Zukunft als Ärztin in einer Welt ohne verborgene Zirkel und dunkle Mächte. In dieser neuen Realität hätte ich vielleicht sogar im Krankenhaus des Schlosses eine Ausbildung beginnen können. Doch diese Möglichkeit schien mir verwehrt zu sein durch das Gewicht einer Krone, die ich nie begehrt hatte. Als Thronerbin war mein Leben vorgezeichnet. Die Familie Dimitrios anzuführen und für Nachkommen zu sorgen. Mehr schien mein Dasein nicht wert zu sein in den Augen jener, die an den Traditionen festhielten. Herrschen und Kinder bekommen. Eine monotone Vorstellung von Zukunft. Manche mochten mich um meine Stellung beneiden, doch konnten sie ahnen, welche Last es bedeutete? Mein Vater hatte es gewusst. Er hatte sich gegen den Thron entschieden und das Leben eines Soldaten gewählt. Seine Entscheidung hallte nun in meinem Kopf wider. Ein Echo der Freiheit, nach der ich mich sehnte. Während ich weiterhin Essen zubereitete und meine Gedanken zwischen Vergangenheit und Zukunft hin- und herpendeln, fragte ich mich leise. Gab es einen Weg für mich aus diesem goldenen Käfig? Oder war mein Schicksal bereits besiegelt durch das Blut, das durch meine Adern floss?

Beatrices Stimme durchbrach die Stille der Küche, als sie mich aus meinen Gedanken riss. «Worüber denkst du nach, Kleines?» Ihre Augen funkelten vor Neugier, während sie einen schweren Sack Kartoffeln in ihren Armen balancierte. Ich bemerkte, wie das Feuer unter einem großen Kessel lebhaft knisterte und das Wasser darin bereits zu brodeln begann.

«Nichts Besonderes», log ich mit einem gezwungenen Lächeln, um meine wahren Gedanken zu verbergen. Die Last meiner Bestimmung war nichts, was ich so leicht teilen konnte. Selbst nicht mit Beatrice, deren Anwesenheit oft Trost spendete. Sie sah mich kurz wissend an und wandte sich dann ab.

«Diese Kartoffeln habe ich draußen in einer Vorratskiste gefunden», fuhr Beatrice fort und setzte den Sack behutsam ab. «Wir werden sie kochen. Es ist zwar eine einfache Mahlzeit, aber sie wird uns die nötige Kraft geben.»

Ich nickte anerkennend und half ihr dabei, einige der robusten Knollen zu schälen. Das monotone Schaben des Messers auf der Schale bildete einen beruhigenden Rhythmus, der mir half, meine wirren Gedanken zu ordnen. Während wir arbeiteten, füllte sich die Küche langsam mit dem erdigen Duft der Kartoffeln und dem aromatischen Geruch des Feuers. Es war ein einfaches Essen. Die Wärme des Feuers breitete sich aus und vermischte sich mit dem Gefühl der Hoffnung, das trotz allem in meinem Herzen keimte.

Vielleicht gab es doch einen Weg für mich. Einen Pfad jenseits von Thron und Pflichten. Einen Weg, den ich selbst wählen konnte. Als Beatrice und ich die Kartoffeln ins kochende Wasser gaben und darauf warteten, dass unsere Gefährten zurückkehrten, spürte ich eine neue Entschlossenheit in mir aufsteigen. Egal welche Herausforderungen noch vor uns lagen, wir würden sie gemeinsam meistern. Plötzlich durchbrach ein unerwartetes Geräusch die Stille, das von draußen zu uns herüberdrang. Getrieben von einem Instinkt, den ich kaum verstand, stürmte ich hinaus in die kühle Nachtluft. Unbewaffnet und unvorbereitet. Kaum hatte ich die Schwelle überschritten, schalt ich mich innerlich für meine Unachtsamkeit. Ich war im Begriff umzukehren und eine Waffe zu holen, als mir klar wurde, dass der Lärm von Nechifor und den anderen ausging. Über seine Schulter hatte Nechifor Ferenc geworfen, dessen Gesichtszüge noch blasser erschienen als der Mond am Himmel. Trotz des Blutes, das ihre Kleidung befleckte, schienen alle anderen einigermaßen unversehrt zu sein, ein Anblick, der Erleichterung in mir aufkommen ließ. Narcis unterstützte Awrey, der mit schmerzverzerrtem Gesicht seinen Arm hielt. Aus seiner Wunde an der Schulter sickerte Blut, aber nicht mehr ganz so schlimm, wie ich bemerkte. Dennoch wirkte sie bedrohlich. Bee´s Shirt wies ebenfalls blutige Flecken auf.

«Wen können wir zuerst versorgen?», rief Iwa aus dem Haus hinter mir.

«Alle gleichzeitig. Aber am schnellsten Ferenc. Die anderen sind vermutlich nicht vergiftet worden», antwortete Nechifor hastig. «Wir brauchen etwas zur Betäubung und dann muss ich die Wunde erneut untersuchen. Ferenc hat hohes Fieber.»

Drinnen legten wir ihn behutsam auf eines der Sofas, die wir bereits für Verletzte vorbereitet hatten. Seine Bauchwunde war entsetzlich anzusehen. Vollständig schwarz und wieder aufgerissen. Iwa drückte ihm ein kühlendes Tuch auf die Stirn und schnitt sein blutgetränktes Shirt auf, während Livia Nechifor einen lila farbenen Trank reichte. Mit ruhigen Händen hielt Nechifor die kleine Glasflasche an Ferencs Lippen und flößte ihm den Inhalt vorsichtig ein. Ferenc schluckte mühsam und hustete schwach. Seine Augen schienen noch eine Spur dunkler zu werden, während er Nechifor bittend anblickte.

«Du solltest bald keine Schmerzen mehr spüren und in einen tiefen Schlaf fallen», murmelte Nechifor sanft. «Es könnte dir kurz übel werden. Wehr dich nicht dagegen.»

Ferencs Atmung beruhigte sich allmählich und wurde gleichmäßiger. Das Zeichen dafür, dass der Trank wirkte. Ferenc schloss stöhnend die Augen und sämtliche Anspannung schien von ihm abzufallen.

«Es wirkt», flüsterte Iwa erleichtert und reichte Nechifor eine weitere Flasche mit einer klaren Flüssigkeit.

Als er sie öffnete, breitete sich sofort der stechende Geruch von hochprozentigem Alkohol im Raum aus. Nechifor tränkte ein frisches Tuch damit und presste es gegen die Wunde. Ein neuer Schwall Blut quoll hervor. Diesmal jedoch nicht mehr so dunkel wie zuvor. Nechifor richtete sich auf, seine Augen durchdrangen den Raum mit einer Mischung aus Erschöpfung und Entschlossenheit.

«Das meiste Gift wurde bereits durch die Kräuter herausgezogen», verkündete er an die drei Mädchen gewandt, die gespannt seinen Worten lauschten. Meine Gedanken kreisten um meine eigene Begegnung mit dem Gift.

«Ist es dasselbe Gift, womit Lucian mich getroffen hatte?», fragte ich Razvan, der neben mir stand und die Szenerie beobachtete.

«Vermutlich», antwortete er mit einem Schulterzucken, das mehr Fragen offenließ, als es Antworten gab. «Die Nerul verwenden häufig verschiedene Gifte. Sie wollen es uns schwer machen, Gegengifte zu entwickeln. Viele haben ihr Leben verloren, weil wir nicht schnell genug reagieren konnten.»

Narcis trat näher und fügte hinzu.

«Das Gift, das bei dir angewendet wurde, Liana, ist das gängigste. Deshalb konnte Darja dir so schnell helfen.» Seine Worte waren sachlich, aber in seinem Blick lag ein Funken Mitgefühl.

Ich nickte ihm dankbar zu, doch mein Herz war schwer bei dem Gedanken an all jene, die nicht so viel Glück gehabt hatten wie ich. Um mich herum schien niemand von Narcis Erklärungen überrascht zu sein. Sie alle waren zu sehr damit beschäftigt, sich um die Verletzten zu kümmern. Beatrice, Amalia und Livia untersuchten konzentriert die anderen Verwundeten, während Nechifor und Iwa sich weiterhin um Ferencs kritischen Zustand bemühten. Unsicher über meine Rolle in diesem Chaos blieb ich einfach stehen und beobachtete Nechifors geschickte Hände bei der Arbeit.

«Hast du nichts Besseres zu tun, als mir zuzusehen?», fragte Nechifor nach einer Weile sichtlich genervt. Er war gerade dabei, dunkles vergiftetes Gewebe aus der klaffenden Wunde zu schneiden.

«Tut mir leid», stammelte ich unsicher und spürte eine Welle der Nutzlosigkeit über mich hereinbrechen. «Ich weiß nicht, was ich tun soll.» In solchen Momenten fühlte ich mich hilflos. Umgeben von Leuten, deren Fähigkeiten in dieser Krisensituation unentbehrlich waren.

«Wenn du helfen willst, dann frag jemanden!», entgegnete Nechifor bissig und ohne von seiner präzisen Arbeit abzulassen. «Es gibt genug zu tun.»

Nechifors Worte hallten in meinem Kopf wider, ein dringlicher Appell, der mich aus meiner Lethargie riss. Ich konnte nicht länger eine passive Beobachterin sein, die am Rande des Geschehens stand. Lorin und Oana haben ihre Wunden noch notdürftig behandeln lassen und waren wieder nach draußen gestürmt, um gemeinsam die Fahrzeuge zu holen. Narcis und Razvan begleiteten sie zur Deckung. Mit einem neuen Gefühl von Entschlossenheit trat ich an Beatrice heran und bot meine Hilfe an. Meine Hände zitterten leicht, als ich sie ansprach, und meine Stimme war kaum mehr als ein Hauch in der angespannten Stille des Raumes.

«Kann ich dir vielleicht helfen?», fragte ich sie mit einer Mischung aus Hoffnung und Unsicherheit. Beatrice hielt inne und richtete ihren Blick auf mich. Ein Blick so durchdringend und scharf, dass es schien, als würde er bis in die Tiefen meiner Seele blicken. Ein Moment verstrich, in dem die Zeit stillzustehen schien, dann nickte sie langsam.

«Nimm die Leinen dort drüben», wies sie mich an, ihre Stimme fest und bestimmt trotz der Müdigkeit, die sich in ihren Zügen abzeichnete. «Schneide sie in vier gleich breite Streifen. Tränke sie dann in dieser Salbe und reiche sie mir.»

Ihre Augen wanderten zurück zu Ferencs Bauchwunde. Einem dunklen Mahnmal des Kampfes, den wir alle geführt hatten. Ich machte mich eilig daran, die Leinen zu bearbeiten, während ich im Hintergrund Nechifor leise Anweisungen geben hörte.

«Ich brauche dich eben nicht mehr hier», sagte er zu Iwa. «Schau dir bitte Samanthas Kopfwunde an. Das muss dringend versorgt werden.»

Iwa nickte stumm und ging zu Samantha hinüber, die isoliert in einer Ecke des Raumes saß. Ihre Verletzung schien auf den ersten Blick schwerwiegend. Dennoch hatte sie jede Hilfe abgelehnt und darauf bestanden, dass andere vor ihr behandelt werden sollten. Ihre Selbstlosigkeit war bewundernswert und zugleich beunruhigend. Samantha schüttelte den Kopf und wies Iwa ab. Sie deutete auf Awrey, der gerade von Livia zusammengeflickt wurde. Amalia kümmerte sich um die nicht so schwer wiegendende Hüftverletzung von Bee. Iwa stützte die Hände in die Hüfte und deutet auf die Kopfwunde, die das blonde Haar rot färbte. Plötzlich riss Nechifors scharfe Stimme mich aus meinen Gedanken.

«Wird das heute noch was?» Ich erschrak über seine Ungeduld und realisierte erschrocken, dass ich innegehalten hatte.

«Sofort», antwortete ich hastig und schnitt die letzten beiden Streifen fertig. Mit äußerster Sorgfalt tränkte ich sie in der heilenden Salbe und reichte sie Nechifor. Sein Blick traf meinen erneut. Diesmal mit einer Intensität, die mir klar machte: Jede Sekunde zählte im Kampf um das Leben unserer Gefährten. Es gab keinen Raum für Zögern oder Ablenkung. Nur unsere Handlungen konnten jetzt den Unterschied ausmachen. Er warf einen kurzen Blick zu Samantha, die ihre Augen geschlossen hielt und sich an die Wand gelehnt hatte.

«Weshalb hat man dich auf die Suche eigentlich mitgenommen?», fragte Nechifor plötzlich mit einer Stimme voller unterschwelliger Bedrohung, während er geschickt die getränkten Leinen um Ferencs Mitte band.

«Einer der Entführten ist ein sehr guter Freund von mir», antwortete ich mit einem Schulterzucken, verwirrt über seine Fragestellung.

«Das habe ich schon gehört», fuhr er fort, ohne seinen Blick von seiner Arbeit abzuwenden. «Mir ist trotzdem nicht klar, wieso dir erlaubt wurde mitzukommen. Du bist zu nichts zu gebrauchen.» Er machte eine kurze Pause und fixierte mich dann direkt. «Du stehst hier herum und glotzt nur. Die feine Prinzessin.» Seine Worte waren spitz wie Pfeile. «Kannst du überhaupt kämpfen? Oder kauerst du dich im Kampf in eine Ecke und hoffst, dein lieber Razvan oder Narcis beschützt dich?»

247

Seine Worte trafen mich wie ein Schlag ins Gesicht. Wut brodelte in mir hoch. Was erlaubte er sich, über mich zu urteilen? Ich ballte meine Hände zu Fäusten und atmete tief durch. Entschlossen ihm zu zeigen, dass ich mehr war als nur eine hilflose Zuschauerin in diesem Drama des Lebens und des Überlebens.

Meine Stimme bebte nicht mehr vor Unsicherheit, sondern war von einer festen Entschlossenheit getragen, als ich Nechifor gegenübertrat.

«Ich habe lange und viel trainiert, um hier dabei zu sein», erklärte ich mit Nachdruck und verschränkte die Arme vor der Brust. «Ich kann kämpfen. Vielleicht kann ich es nicht mit einer Horde Vampyris aufnehmen, aber verteidigen kann ich mich.»

Nechifor richtete sich zu seiner vollen Größe auf und sah mich mit einem Blick an, der sowohl spöttisch als auch herausfordernd war. «Jeder hier, außer du, kann es mit einer Horde aufnehmen», entgegnete er scharf und ein kaltes Lächeln umspielte seine Lippen. «Also bist du wiederum eine Last.»

Ohne ein weiteres Wort zu verlieren, drehte er sich um und schlenderte zur Küche hinüber. Dort begann er, in den Sachen zu wühlen, die die drei Hexen aus der Apotheke mitgebracht hatten. Mit geübten Bewegungen öffnete er verschiedene Tiegel und roch vorsichtig an deren Inhalten. Genervt von seinem Verhalten und doch entschlossen, meine Würde zu bewahren, wandte ich mich ab und kehrte zu Ferenc zurück. Ich legte ihm ein kaltes Tuch auf die Stirn, in der Hoffnung, das Fieber zu senken, das seinen Körper heimsuchte. Während ich da saß und sanft Ferencs Stirn betupfte, ließ Nechifors Kritik mein Herz schneller schlagen. Ich fühlte mich herausgefordert. Nicht nur von seinen Worten, sondern auch von der Situation selbst. Ich wollte beweisen, dass ich mehr war als nur eine zusätzliche Last. Dass ich einen Beitrag leisten konnte in diesem Kampf gegen Dunkelheit und Verzweiflung. In diesem Moment schwor ich mir selbst, dass ich alles in meiner Macht Stehende tun würde, um meine Fähigkeiten unter Beweis zu stellen. Nicht nur für Nechifor oder die anderen Anwesenden, sondern für mich selbst. Ich würde zeigen, dass ich eine Kämpferin war. Nechifor kehrte aus der Küche zurück, seine Schritte hallten leise in dem geschäftigen Raum. Mit einer ruhigen Gelassenheit, die fast fehl am Platz wirkte, griff er nach frischen Leinen und einer Flasche reinen Alkohols vom Tisch neben mir. Er näherte sich Samantha, zog einen Stuhl heran und setzte sich ihr gegenüber. Ihre Knie waren nur einen Hauch voneinander entfernt. Samantha saß regungslos da, ihre Augen geschlossen. Mit einer Zärtlichkeit, die ich von Nechifor nicht erwartet hatte, legte er seine Hand an ihr Kinn. Samantha zuckte zusammen, doch Nechifor hob entschuldigend die Hände. Was er ihr zuflüsterte, ging im Gemurmel des Raumes unter, doch es musste etwas Tröstliches gewesen sein, denn langsam senkte Samantha ihre Wachsamkeit und nickte ihm zu. Nechifor rückte näher heran, seine Beine umschlossen sanft ihre Oberschenkel. Er tränkte eines der Leinen mit Alkohol und presste es vorsichtig gegen Samanthas blutende Wunde am Kopf. Ein scharfer Schmerz schien sie zu durchzucken. Ihre Hände ballten sich zu Fäusten, ihre Knöchel wurden weiß vor Anspannung. Doch Nechifor arbeitete mit einer Präzision und Sanftheit, die Samantha allmählich dazu brachte, sich zu entspannen. Er platzierte behutsam ein Bündel geschnürter Kräuter auf ihrer Verletzung und band ein salbengetränktes Tuch um ihren Kopf. Ein schwaches Lächeln huschte über Samanthas Lippen. Ein flüchtiger Moment des Friedens inmitten des Chaos. Nechifor zwinkerte ihr zu. Sein Blick streifte den meinen. Hastig wandte ich mich ab und widmete mich wieder Ferenc, doch das Bild von Nechifors behutsamer Fürsorge brannte sich tief in mein Gedächtnis ein.

KAPITEL 16

Als das erste Licht des Morgens durch die Fensterläden brach, kämpfte ich mich aus den Fängen eines unruhigen Schlafes. Die Sonnenstrahlen, die mein Gesicht kitzelten, waren ein sanfter, aber bestimmter Weckruf. Ich blinzelte und kniff reflexartig die Augen zusammen, um mich vor der Helligkeit zu schützen. Ein Gefühl der Zufriedenheit überkam mich, als ich mich in der Wärme meiner Decke herumdrehte und versuchte, noch ein paar Momente des Friedens zu erhaschen. Doch dann schlugen die Erinnerungen an den gestrigen Tag wie Wellen über mir zusammen. Bilder von unserer Ankunft in dem verlassenen Dorf, der plötzliche Angriff der Nerul und Ferencs schwere Verletzung fluteten meinen Geist. Ein kalter Schauer lief mir über den Rücken, als ich unsicher darüber nachdachte, ob ich aufstehen und nach Ferenc sehen sollte. Das nagende Gefühl in meinem Bauch ließ mich befürchten, dass er die Nacht vielleicht nicht überlebt hatte – dass seine Wunden zu schwer gewesen waren. Mit einem tiefen Atemzug öffnete ich vorsichtig meine Augen und sah mich im Zimmer um. Bee und Samantha schliefen noch friedlich;

ihre ruhigen Atemzüge waren die einzigen Geräusche in der Stille des Morgens. Wir hatten uns das Zimmer für die Nacht geteilt. Leise erhob ich mich und schlüpfte in meine Kleidung vom Vortag. Barfuß bewegte ich mich über den knarrenden Holzboden des alten Hauses, bemüht, keinen Lärm zu machen. Doch als ich die Holztür öffnete, quietschte sie verräterisch laut. Samantha seufzte im Halbschlaf und kuschelte sich tiefer in ihre Decke. Ich huschte hinaus auf den Flur und zog draußen meine Schuhe an. Mit jedem Schritt auf der alten Treppe betete ich darum, dass sie nicht unter meinem Gewicht ächzen würde. Unten angekommen drangen vertraute Stimmen an mein Ohr – Nechifor, Mitch und Narcis diskutierten leise.

«Willst du ihn ins Schloss zurückbringen? Das würde uns einen ganzen Tag kosten», hörte ich Narcis sagen. Seine Stimme war gedämpft, aber jeder Wortlaut traf mich wie ein Hieb.

«Selbst dann ist es nicht gewiss, dass er dort überlebt», fügte Nechifor hinzu. Seine Worte waren hart und pragmatisch.

«Aber dann stirbt der Junge ganz sicher», entgegnete Mitch mit einer Dringlichkeit in seiner Stimme.

Die Erkenntnis traf mich mit voller Wucht. Ferenc würde sterben, wenn wir ihn nicht zurückbrachten? Mein Herz begann zu rasen; Angst schnürte mir die Kehle zu. Beunruhigt blieb ich wie gelähmt vor dem Wohnzimmer stehen. Unfähig zu entscheiden, ob ich eintreten oder fliehen sollte. Narcis Stimme durchschnitt die Stille mit einer Klarheit, die mich zusammenzucken ließ.

«Du kannst uns gerne Gesellschaft leisten, Prinzessin», rief er, lauter als zuvor. Ich erstarrte, überrascht von seiner direkten Ansprache. Wie hatten sie bemerkt, dass ich da war? Mein Herz klopfte heftig gegen meine Brust, als ich um die Ecke eilte und das Wohnzimmer betrat. Der Anblick, der sich mir bot, war erschütternd. Ein fauliger Geruch schlug mir entgegen. Ein beißender Gestank, der von Ferencs Wunde ausging. Die Luft war schwer und feucht von Leid und Medizin. Neben Narcis, Nechifor und Mitch war auch Iwa anwesend. Sie war damit beschäftigt, die Verbände zu wechseln, die mittlerweile fast vollständig von der Schwärze der Infektion durchdrungen waren. Mit zittrigen Knien ging ich neben Ferenc in die Hocke und kämpfte gegen den Brechreiz an, der mich beim Einatmen des Gestanks überkam.

«Hat er Schmerzen?», fragte ich mit belegter Stimme in die Runde.

«Nein», antwortete Iwa sanft und blickte auf von ihrer sorgfältigen Arbeit. «Das Schmerzmittel ist sehr stark und wir geben ihm regelmäßig Weiteres, damit er nichts spürt.»

Ihre Worte waren tröstlich gemeint, doch in ihren Augen lag eine tiefe Müdigkeit. Ich sah mich kurz um und bemerkte, dass auf dem zweiten Sofa einige Decken lagen und auf dem Boden ebenfalls einige Decken zusammen gewürfelt waren.

«Wer hat hier geschlafen?», wollte ich wissen und blicke sie nacheinander an.

«Nechifor und ich», erwiderte Iwa.

Ein Gefühl der Schuld wog schwer auf meinen Schultern. Fremde hatten sich um Ferenc gekümmert, während seine Freunde oben in warmen Betten geschlafen hatten.

«Habt ihr überhaupt geschlafen?», fragte ich kleinlaut und sah sie nacheinander an. Ihre Gesichter sprachen Bände. Gezeichnet von Sorge und Erschöpfung. Es war offensichtlich, dass sie kaum ein Auge zugemacht hatten. Ihre Wachsamkeit hatte ihnen jede Chance auf Ruhe geraubt.

«Iwa und ich haben uns stündlich abgewechselt», sagte Nechifor. Sein Blick durchbohrte mich, als könnte er die Scham lesen, die sich wie ein dunkler Schleier über meine Gedanken legte. Beschämt senkte ich den Kopf und spürte, wie meine Wangen vor Verlegenheit glühten. In diesem Moment betrat Beatrice das Zimmer, ihre Erscheinung war wie ein Lichtstrahl in der düsteren Atmosphäre. Sie balancierte geschickt ein Tablett mit dampfenden Tassen Tee in ihren Händen.

«Oh, du bist auch schon wach, Liebes», begrüßte sie mich mit einem Lächeln, das trotz der Umstände aufrichtig und warm war. «Ich mache dir auch gleich einen Tee», fügte sie hinzu und verteilte die Tassen an die anderen.

«Danke», erwiderte ich und zwang mich zu einem Lächeln, während ich aufsprang, um ihr in die Küche zu folgen. «Kann ich dir etwas helfen?», bot ich an, getrieben von dem Wunsch, irgendetwas Nützliches zu tun. Auf dem Weg zur Küche fiel mein Blick aus dem Fenster auf Lorin und Oana, die geschäftig dabei waren, die Fahrzeuge zu beladen. Awrey und Razvan traten aus einem Gebäude hervor und schleppten Lebensmittel zu einem weiteren Fahrzeug. Die Erkenntnis traf mich wie ein Schlag. Samantha und Bee hatten am Vorabend ein Mittel von Nechifor erhalten, um schmerzfrei schlafen zu können. Sie hatten ebenfalls ernsthafte Verletzungen erlitten. Und hier stand ich – unversehrt und ausgeruht – während alle anderen bereits im Einsatz waren.

«Nein brauchst du nicht», unterbrach Beatrice meine Gedanken sanft aber bestimmt. «Iss etwas. Wir brechen bald auf.» Sie dirigierte mich zum langen Tisch, an dem offensichtlich schon gefrühstückt worden war. Ich setzte mich nieder, mein Appetit gedämpft durch das Gefühl der Unzulänglichkeit.

«Wie lange seid ihr schon wach?», fragte ich peinlich berührt und wagte kaum, ihr in die Augen zu sehen.

«Seit der Morgendämmerung.»

Ihre Stimme war ruhig, doch ihre Augen verrieten eine tiefe Müdigkeit. Sie stellte eine dampfende Tasse vor mich ab.

Livia erschien wie ein Schatten, der sich aus den Tiefen des Kellers emporhob und stellte mir eine kleine Schüssel Blut auf den Tisch. Der tiefe Schnitt an ihrem Arm verriet mir ohne Worte, dass sie selbst die Quelle war.

«Das ist alles, was du bekommst. Du hast nicht gekämpft und auch sonst nicht viel beigetragen», sagte sie mit einer Stimme, die so kalt war wie das Kellergewölbe, aus dem sie gekommen war.

«Ich trinke nicht dein Blut», protestierte ich instinktiv und schob die Schüssel von mir weg. Doch es war bereits zu spät. Der süße, metallische Duft des Blutes hatte meine Sinne erfasst und ließ meine Reißzähne unwillkürlich hervorschnellen. Ich begann zu zittern. Livia beachtete meinen Widerstand nicht weiter und verschwand wieder in den Schatten des Kellers. Ein innerer Kampf entbrannte in mir – der Drang nach dem Blut war überwältigend. Plötzlich sprang ich auf, getrieben von der verzweifelten Absicht zu fliehen, doch im selben Moment prallte ich gegen Mitch. Er hatte still hinter mir gestanden und seine Augen durchbohrten mich nun mit einer Intensität, die keinen Raum für Zweifel ließ.

«Trink das», forderte er mich auf.

Ich schüttelte energisch den Kopf. Tierblut oder synthetisches Blut waren eines – aber Livias Blut zu trinken? Das war eine Grenze, die ich nicht überschreiten wollte.

«Ich brauche es nicht», wehrte ich ab und suchte nach einem Ausweg. «Sicherlich haben wir noch kleine Mengen Tierblut übrig.»

«Nein haben wir nicht», entgegnete Mitch unerbittlich. «Trink Livias Blut. Die kleine Menge hält dich wach und fit.» Er packte mich an den Schultern und drehte mich zurück zum Tisch, wo die Schüssel mit dem magischen Elixier stand. «Es ist Hexenblut», fuhr er fort, seine Stimme tiefer und eindringlicher als zuvor. «Magisches Blut ist stark. Zwar nicht so stark, wie Menschenblut aber wenn du das trinkst, brauchst du für die nächsten zwei Tage kein Blut mehr und kaum bis gar keine normale Nahrung».

Langsam setzte ich einen Fuß vor den anderen und näherte mich zögernd der Schüssel. «Es ist nicht so schlimm, wie du vielleicht vermutest», fügte er hinzu. Mit zitternder Hand griff ich nach der Schüssel und führte sie an meine Nase – der Duft war betörend süß. Ich setzte die Schüssel an meine Lippen und nahm einen kleinen Schluck. Sofort durchströmte ein wohliges Gefühl meinen

Körper. Meine Fingerspitzen begannen zu kribbeln. Das magische Blut entfaltete seine Kraft in mir. Ohne weiteres Zögern trank ich das restliche Blut in einem Zug leer – jede Zelle meines Seins schien aufzuwachen und sich zu regenerieren. Als ich die leere Schüssel absetzte, fühlte ich mich gestärkt – bereit für alles, was kommen mochte. In diesem Moment begriff ich die Macht des Opfers, das Livia gebracht hatte. Sie hatte ihre eigene Essenz geteilt, um uns am Leben zu erhalten.

Mitchs Anerkennung kam prompt, als er seine Hände von meinen Schultern nahm.

«Geht doch», lobte er mich mit einem Anflug von Stolz in seiner Stimme. «War doch lecker, oder nicht?» Seine Augen funkelten vor Genugtuung über meine Überwindung. Stumm nickte ich, noch immer überwältigt von der Intensität des Erlebten. In meinem Inneren tobte ein Sturm aus Fragen und Verwirrung. Warum hatte echtes Blut eine solch berauschende Wirkung auf uns Vampire? Mein Körper pulsierte mit neuer Energie, während sich meine Reißzähne langsam und schmerzhaft zurückbildeten. Bee und Samantha kamen langsam die Treppe herunter. Samanthas Haar war Blut verklebt und der Verband war ein wenig verrutscht. Nechifor untersuchte ihre Wunden mit geübter Hand. Auf seinen Lippen lag ein leichtes schmunzeln. Samantha verdrehte die Augen aber wies ihn nicht ab. Danach ging er zu Bee und sah sich die Hüftwunde an. Er nickte zufrieden und wechselte den Verband. Ich wandte mich ab und half, den anderen die restlichen Sachen in die Fahrzeuge zu bringen. Unsere Suche nach dem Zirkel hatte keine Früchte getragen. Keine Spuren, kein Hinweis darauf, wohin sie verschwunden waren. Die Theorie ihrer Verschleppung lag schwer in unseren Herzen. Razvan und Narcis hatten die Nacht damit verbracht, Akten im Rathaus zu durchforsten – vergeblich. Was nicht irrelevant war, war vernichtet worden. Ferenc wurde behutsam in den Kofferraum eines der Autos gebettet, sein Zustand machte es unmöglich für ihn, aufrecht zu sitzen.

«Wo sollen wir hinfahren?», fragte Beatrice in die Runde, ihre Stimme voller Sorge und Ungewissheit. Ein Schweigen breitete sich aus. Niemand schien eine Antwort zu haben. Dann meldete sich Amalia zu Wort.

«Vor einiger Zeit kam ein Nerul zu uns und sprach mit der Ältesten.»

Ihre Stimme zitterte leicht vor Unsicherheit. «Ich konnte hören, wie sie über einen Berg sprachen. Das Zuhause der Vampyris.»

Nechifor runzelte die Stirn bei ihren Worten. «Wir sind in den Karpaten», entgegnete er genervt. «Hier gibt es tausende Berge.»

Seine Ungeduld war spürbar.

«Wurde eine Richtung erwähnt oder welcher Berg?», hakte er nach.

«Der Pietrosul Rodnei wurde erwähnt», antwortete Amalia zaghaft.

Nechifors Stirnrunzeln vertiefte sich.

«In einem Nationalpark? Das ist Touristengebiet und gar nicht weit von hier.»

Seine Worte waren durchdrungen von Skepsis. «Ich kann mir nicht vorstellen, dass Vampyris ihr Hauptlager so nah bei Menschen haben.»

Narcis lehnte sich nachdenklich zurück, während er die Möglichkeit erwog, dass die Vampyris sich absichtlich in der Nähe ihrer Beute – den Menschen – niedergelassen hatten.

«Warum nicht? Sie wären direkt an der Hauptnahrungsquelle. Es gibt immer wieder Berichte von Wanderern, die nachts beim Campen verschwinden.» Seine Stimme senkte sich zu einem düsteren Ton. «Die Medien schieben es auf Bärenangriffe, wenn man Überreste findet.»

Awrey nickte zustimmend und trat einen Schritt vor.

«Ich finde, ein Versuch ist es wert dort zu suchen», sagte er mit einer Entschlossenheit, die seine Worte unterstrich. «Der Ort wurde von einem Nerul erwähnt; das kann kein Zufall sein.»

Nechifor blickte über die Gruppe hinweg zum Kofferraum des Autos, wo Ferenc lag – hilflos und im Griff eines fiebrigen Deliriums.

«Wir können hinfahren», stimmte er zu. «In Borsa beginnt der Aufstieg, und weiter geht es nur zu Fuß. Die Fahrzeuge lassen wir also dort.»

Seine Augen verweilten besorgt auf dem Kofferraum. Iwa trat nun energisch vor und ihre Augen bohrten sich herausfordernd in Nechifors Blick.

«Wir nehmen ihn mit», forderte sie unerschütterlich. «Nechifor, du bist ein begabter Hexer. Wir alle haben von deinen Fähigkeiten gehört.» Ihre Stimme war voller Dringlichkeit. «Hilf ihm endlich und lass ihn nicht länger leiden.»

Razvan sah zwischen Iwa und Nechifor hin und her, Verwirrung zeichnete sich auf seinem Gesicht ab.

«Was meint sie damit?»

Ein kurzer Blick wurde zwischen Nechifor und Mitch ausgetauscht – ein stummer Dialog voller Bedeutung.

«Ich weiß nicht was ihr meint», entgegnete Nechifor schließlich mit einer Mischung aus Frustration und Resignation in seiner Stimme. «Wir sind nicht bei dem berühmten Zauberschüler in England, wo Magie Wunden mit einem einfachen Zauberstabwirbel heilt.»

Er fixierte Iwa mit einem durchdringenden Blick, der keine Widerrede duldete.

«Magie hat ihre Grenzen und Heilpflanzen brauchen Zeit, um zu wirken.»

Iwa schnaubte wütend und drehte sich abrupt um, als sie ins Fahrzeug stieg.

«Wenn es etwas gibt, was ihm hilft, dann tu es», zischte Razvan mit einer Mischung aus Wut und Verzweiflung.

Nechifor atmete tief durch und schloss für einen Moment die Augen – als würde er nach innerer Stärke suchen. Als er sie wieder öffnete, war seine Miene entschlossen.

«Ich habe bereits gesagt, ich kann nichts mehr tun», wiederholte er ruhig aber bestimmt. «Er braucht Zeit.» Dann fügte er hinzu: «Aber wie Iwa sagte, wir nehmen den Jungen mit.» Ein Hauch von Hoffnung schwang in seinen Worten mit. «Auf der Fahrt könnte er sich vielleicht erholen.»

Mit diesen Worten betrat Nechifor das Fahrzeug und Mitch folgte ihm ohne ein weiteres Wort. Die Gruppe war bereit für den nächsten Schritt ihrer gefährlichen Reise. Jeder von ihnen trug das Gewicht der Ungewissheit und Sorge um Ferenc mit sich. Doch trotz aller Zweifel gab es auch Hoffnung. Bee lehnte sich vor, ihre Augen funkelten im Zwielicht des Fahrzeuginnenraums.

«Wenn ihr mich fragt, dann verheimlicht unser Hexer uns etwas», sagte sie mit einer Stimme, die von Misstrauen durchdrungen war. Wir hatten unsere Plätze eingenommen. Awrey hatte Lorins Platz eingenommen, während Razvan wieder das Steuer übernommen hatte. Lorin war zu Nechifor und Mitch gewechselt, um ihm notfalls bei der Behandlung von Ferenc zu unterstützen. Bee und Samantha saßen gemeinsam mit Awrey auf den Rücksitzen. Samantha drehte sich zu Bee um. Verwirrung zeichnete sich auf ihrem Gesicht ab.

«Wie meinst du das?», fragte sie, während sie versuchte, Bee´s Gedankengängen zu folgen.

«Ich gebe Bee Recht», stimmte Awrey nach einem Moment des Schweigens zu. Seine Stimme war tief und besorgt. «Ich weiß auch nicht, was ich von Nechifor halten soll. Er wirkt allgemein eher nicht sehr vertrauenswürdig.»

«Razvan, was ist deine Meinung zu ihm?», wandte ich mich an unseren Fahrer. Meine eigene Unsicherheit hallte in meiner Stimme wider. Nechifor war ein Rätsel. Verschlossen und oft unzufrieden mit allem um ihn herum. Razvan fuhr schweigend weiter, bevor er langsam antwortete. «Ich denke, er ist ein guter Hexer, der auch was drauf hat und uns vielleicht eine Unterstützung ist.» Er zögerte kurz. «Iwas Aussage lässt mich nur grübeln. Es ist verwirrend für mich, weil ich nicht weiß, auf welcher Seite Nechifor und seine drei Begleiter stehen.»

Mein Herz schlug schneller bei dem Gedanken, der mir durch den Kopf schoss.

«Vielleicht sind sie insgeheim gegen uns und wollen uns nur in eine Falle locken?»

Die Worte kamen zögerlich über meine Lippen und das unruhige Gefühl in meinem Bauch verstärkte sich. Was wenn meine Vermutung richtig lag? Was wenn wir geradewegs in eine Falle liefen? Ferenc war bei diesen Leuten. Leuten, die uns möglicherweise schaden wollten.

«Das denke ich nicht», erwiderte Samantha überraschend und brach damit die beklemmende Stille. Ihre Stimme war sanft, aber bestimmt. «Wenn ihr meine Vermutung hören wollt. Ich glaube, dass sie eigene Ziele verfolgen und sich uns deshalb angeschlossen haben.» Sie machte eine kurze Pause und fügte hinzu. «Die Befreiung unserer Freunde ist nun mal Hauptbestandteil des Ganzen.»

Ihre Worte brachten einen Funken Hoffnung zurück in die bedrückende Atmosphäre des Fahrzeugs. Vielleicht waren unsere Zweifel unbegründet. Vielleicht waren Nechifor und seine Begleiter Verbündete mit eigenen Motiven. Doch Verbündete trotzdem.

«Razvan, meinst du nicht, wir sollten den Fürstenrat benachrichtigen über das Wissen, das wir verfügen? Nämlich, dass Hexen und Nerul Vampyris wieder in Vampire verwandeln wollen?» Awreys Stimme war dringlich, als er die Frage stellte. «Das Schloss muss erhöhte Sicherheitsvorkehrungen treffen. Was, wenn die Vampyris wieder einen Angriff planen?»

Razvan warf ihm einen kurzen Blick über die Schulter zu, bevor er den Kopf schüttelte und das Gesicht verzog, als ob er den bitteren Geschmack der Unsicherheit auf seiner Zunge spürte.

«Nein, noch nicht. Wir warten.» Seine Stimme war fest und entschlossen. «Vielleicht ist die Behausung in dem Gebirge für uns zu offensichtlich, dass wir selbst herausfinden, was es damit auf sich hat.»

«Aber wir müssen doch jemanden warnen», insistierte ich und spürte eine wachsende Unruhe in mir aufsteigen. «Ich kann meinen Onkel anrufen.»

Razvan drehte sich nun ganz zu mir um, seine Augen blitzten vor Intensität.

«Nein», sagte er bestimmt. «Es soll erstmal niemand wissen. Schon gar nicht Ciprian.» Er machte eine kurze Pause und fuhr dann fort. «Er schlägt sofort Alarm und jagt uns eine Armee zur Unterstützung hinterher. Eine Armee, die das ganze Gebirge durchkämmen wird und jeden Stein umdrehen wird.» Razvans Worte waren schnell und eindringlich. «Wenn unsere Feinde wissen, dass wir auf der Suche sind und eine Spur haben, machen sie möglicherweise kurzen Prozess mit Samuel und den anderen.»

Seine Erklärung war logisch und ließ uns alle nachdenklich zurück. Wir kamen nach einiger Zeit in der Stadt Borsa an. Als wir ausstiegen, wehte uns sofort der menschliche Geruch entgegen. Ein Geruch so alltäglich und doch so fremd für unsere jungen vampirischen Sinne. Zumindest konnte ich in den ersten Momenten keinen Blutgeruch feststellen.

«Okay hört zu», begann Razvan ernsthaft und sammelte unsere Aufmerksamkeit. «Hier leben verdammt viele Menschen und beim Aufstieg werden auch einige unterwegs sein.» Er blickte jeden von uns einzeln an. «Wir sind Vampire und haben eine ganz andere Ausdauer.» Seine Stimme wurde leiser, fast verschwörerisch. «Wir gehen nach den Menschen auf den Berg und werden dann einen anderen Weg einschlagen. Einen Weg, der zwar steiniger und schwerer ist, aber dort sollten wir auf keine Menschen treffen… außer sie sind lebensmüde.» Er machte eine Pause und ließ seine Worte sinken. «Wir haben etwas besorgt, wo Ferenc drinnen liegt und zugedeckt wird», fuhr Razvan fort. «Unsere Tarnung ist, dass wir einen schwerkranken Freund auf den Berg begleiten. Dem Tode nahe.» Seine Augen suchten unsere Gesichter ab. «Haben das alle verstanden?»

Wir nickten einstimmig.

«Was machen die Hexer? Wird der Weg nicht zu schwer für sie sein?», fragte Awrey neugierig.

Razvan lächelte dünn. Ein Lächeln ohne Freude.

«Die Hexer sind zäher als sie aussehen», antwortete er knapp. «Sie werden ihren Weg finden».

Iwa stand wie eine Wächterin neben Ferenc, ihre Augen voller Sorge und Mitgefühl.

«Wir finden einen Weg, damit wir nicht abstürzen», sagte sie mit einem Lächeln, das trotz der Umstände Zuversicht ausstrahlte. Sie wich keine Sekunde von Ferencs Seite, als wäre sie sein Schutzengel in dieser düsteren Stunde. Razvan trat vor und seine Stimme hallte mit Autorität wider. «Die Menschen werden in wenigen Minuten aufsteigen», verkündete er. «Wir folgen ihnen in einem großen Abstand.» Er schaute jeden Einzelnen von uns an. «Ich gebe Bescheid, wenn wir uns von ihnen trennen.» Seine Worte waren ein Kommando, ein Plan, der uns alle zusammenhielt. Alle nickten, doch ich konnte nicht umhin zu bemerken, dass uns die Menschen, die einige Meter entfernt standen, neugierig musterten. In ihren Blicken lag Verwunderung und vielleicht auch ein Hauch von Furcht. Wir mussten von außen betrachtet tatsächlich wahnsinnig aussehen. In einem kleinen Wagen lag ein sterbender Junge, umgeben von einer Aura des Leidens und der Stille. Drei Mädchen trugen Klamotten aus dem Mittelalter, als wären sie Figuren aus einer längst vergangenen Zeit, bereit den Berg barfuß zu besteigen. Nechifor hingegen trug einen alten waldgrünen langen Mantel. Er sah aus wie das Klischee eines Zauberers direkt aus den Seiten eines Märchenbuches. Es fehlte nur noch der spitze Hut. Der Rest von uns war in dunkle gepanzerte Kampfausrüstung der Vampirarmee gekleidet. Eine Rüstung, die Macht und Gefahr ausstrahlte. Unsere Waffen blieben für die menschlichen Augen verborgen, verhext mit Tarnmagie, sodass nur wir ihre tödliche Präsenz spüren konnten.

«Los geht's Leute», sagte Nechifor schließlich und griff nach dem Griff des Wagens von Ferenc. Als ich genauer hinsah, bemerkte ich zu meiner Verblüffung, dass der Wagen gar nicht auf dem steinigen Boden rollte. Er schwebte knapp über dem Boden. Eine Illusion für die Menschen um uns herum. Für uns aber ein Zeichen der Kraft und des Könnens unseres Hexers. Mit einem letzten prüfenden Blick auf unsere Gruppe setzte Nechifor sich in Bewegung und wir folgten ihm. Wir schritten durch die Wildnis, unsere Schritte gedämpft von der Erde unter unseren Füßen. Seit einer Stunde folgten wir den Menschen. Ihre Blicke glitten immer wieder zu uns zurück, gefüllt mit Spekulationen und einem Hauch von Angst. Vielleicht hielten sie uns für Tollkühne, die dem Tod ins Auge blickten und bereit waren, sich in die Tiefe zu stürzen. Ich konnte ihre Gedanken nachvollziehen. Wir mussten wie ein Rätsel erscheinen, das sie nicht lösen konnten. In dieser Stunde des Schweigens war jeder von uns in seine eigenen Gedanken vertieft. Die Unsicherheit lastete schwer auf unseren Schultern. Keiner wusste genau, was uns erwarten würde, sollten wir tatsächlich auf die Behausung der Vampyris stoßen. Wie würden diese Kreaturen reagieren, wenn sie unsere Anwesenheit bemerkten? In den Büchern stand geschrieben, dass Vampyris Gerüche über Meilen hinweg wahrnehmen konnten. Würden sie uns heute Nacht überfallen oder vielleicht erst morgen? Meine Sorge galt Ferenc. Sein Zustand verschlechterte sich zusehends. Ich roch die eiternde Wunde trotz Verband und Shirt. Die Decke, die wir über ihn gelegt hatten, konnte den stechenden Geruch nicht verbergen. Ob er überhaupt etwas von unserer Reise mitbekam? Er schien die gesamte Zeit über zu schlafen. Das Mittel, das ihm Nechifor regelmäßig einflößte, schien sehr stark zu sein.

«Mitch», flüsterte ich überrascht, als er plötzlich neben mir auftauchte und mich sanft am Arm zog, um mich ein wenig von unserer Gruppe wegzuführen.

«Wie viel weißt du über Lucian?», fragte er leise.

Ich sah ihn an und spürte Verwirrung in mir aufsteigen. «Eigentlich gar nichts», gestand ich. «Manchmal habe ich diese Träume über ihn… das letzte Mal konnte ich sogar mit ihm kommunizieren.» Ich seufzte leise. «Aber dieser Traum ist auch schon eine Ewigkeit her. Sie werden immer seltener.»

Früher waren diese Träume eine Last gewesen, doch nun vermisste ich sie schmerzlich. Ich dachte zurück an meinen letzten Traum von Lucian in seiner Zelle. Es war ein Gespräch gewesen, fast real. Tag für Tag hielt ich Ausschau nach Zeichen seiner Nähe oder einer Möglichkeit der Kontaktaufnahme. Vergeblich. Würde Lucian Alarm schlagen, wenn er mich in seinem Traum sähe? Wie wir direkt auf einen Unterschlupf der Vampyris zumarschierten? Lucian war ein Mysterium. Tief in meinem Inneren wollte ich glauben, dass er nicht böse war... doch dann schob ich diesen Gedanken beiseite. Er hatte versucht, mich zu töten, und stand hinter dem Mord an meinen Zieheltern. Wie konnte jemand mit solchen Taten Gutes im Sinn haben?

«Lässt du sie einfach auf dich zukommen oder versuchst du gezielt deinen Geist zu ihm schweben zu lassen?»

Verwirrt runzelte ich die Stirn.

«Also ich schlafe einfach ein und dann träume ich eben», antwortete ich ehrlich.

Unser Trupp hatte sich mittlerweile ein ganzes Stück vor uns entfernt. Narcis und Bee warfen immer wieder besorgte Blicke zurück zu uns. Ihre Augen voller Fragen und Sorge.

Mitchs Worte hallten in meinem Kopf nach, als er neben mir herging und seine Schritte beschleunigte, um zu den anderen aufzuschließen.

«Nerul können aktiv ihren Geist fliegen lassen im Traum, auf der Suche nach ihren Seelenverwandten», erklärte er mit einer Stimme, die vor Zuversicht vibrierte. «Versuch doch einfach mal abends, bevor du dich schlafen legst, in dich zu gehen und deinen Geist zu erfühlen. Bereite ihn auf eine Wanderung vor. Möglicherweise verlässt er deinen Körper und du kannst Lucian sehen.» Er sah mich an, seine Augen funkelten. «Du hast diese Fähigkeit der Nerul.»

Ich nickte langsam, während ich versuchte, die Tragweite seiner Worte zu begreifen. Mit einem tiefen Atemzug beschleunigte ich mein Tempo und folgte Mitch zurück zu unseren Gefährten. Samantha stöhnte leise und hob ihren Fuß an, um eine schmerzhafte Blase zu untersuchen.

«Es soll irgendwo in diesem Gebirge sein? Hat man auch erwähnt wo genau?», jammerte sie.

«Leider nicht», antwortete Amalia mit einem entschuldigenden Lächeln und reichte Samantha ein Blatt aus Nechifors unerschöpflichen Taschen.

«Press das auf deine Blase und zieh dann die Socke wieder hoch», schlug Amalia hilfsbereit vor.

Samantha nahm das Blatt widerwillig entgegen und tat wie ihr geheißen. Ihr Gesicht verzog sich bei der Berührung mit dem kühlen Pflanzenblatt.

«Aber nicht die ganze Nacht», warnte Iwa sanft. «Es weicht die Blase nur auf und danach müssen wir sie aufstechen.» Sie lächelte beruhigend. «Für die Nacht bekommst du eine Salbe und morgen wird es schon viel besser sein.»

Amalias Blick traf Iwas für einen Moment. Ein stummer Austausch von Sorge und Missbilligung. Den nur ich zu bemerken schien.

«Danke», murmelte Samantha leise, ihre Stimme fast verloren im Wind. Wir marschierten weitere zehn Stunden durch das unwegsame Gelände des Gebirges. Die Dunkelheit senkte sich wie ein schwerer Vorhang über uns und machte es gefährlich weiterzugehen. Schließlich erreichten wir einen Übernachtungsplatz. Windig zwar, aber geschützt durch eine kleine Einkerbung im Fels, die uns vor Angriffen von hinten und von den Seiten abschirmte. Beatrice verteilte belegte Brote mit einer Mütterlichkeit, die uns allen ein wenig Trost spendete. Ihre Hände zitterten kaum merklich bei jeder Bewegung. Ein Zeichen ihrer eigenen Erschöpfung. Nechifor entzündete ein Feuer mit einer Leichtigkeit, als würde er mit den Flammen selbst flüstern. Die lodernden Funken tanzten in seinen Augen wider. Wir sammelten uns um das wärmende Feuer, unsere müden Körper dankbar für jede Sekunde der Ruhe. Die Stille der Nacht hüllte uns ein. Nur das Knistern des Feuers und unser gleichmäßiges Atmen waren zu hören. In dieser Abgeschiedenheit fühlten wir uns sicher genug, um unsere Wachen niederzulegen. Zumindest für einige Stunden. Doch trotz der Erschöpfung lag eine Spannung in der Luft. Jeder von uns wusste, dass wir nicht allein waren in diesen Bergen. Dass Augen im Dunkeln lauerten und darauf warteten, dass wir unsere Verteidigung fallen ließen. Razvan ließ sich mit einem Seufzen auf einen Felsbrocken nieder, seine Miene spiegelte pure Resignation wider.

«Es war eine scheiß Idee hierherzukommen», murmelte er, die Worte schwer von Enttäuschung. «Wir werden ewig suchen.»

Nechifor, der gerade an einem belegten Brot kaute, schaute auf und antwortete mit gedämpfter Stimme:

«Mach mal halblang. Wir sind gerade mal einen Tag hier und einen Tagesmarsch von der Spitze entfernt.» Er schluckte und fuhr fort, seine Worte durchsetzt mit einer Zuversicht, die er sich selbst kaum zu glauben schien. «Ich bin mir sicher, dass die Mädchen die Wahrheit sagen und wir die Vampyris hier finden werden.»

Bee kauerte sich in ihren Schlafsack, ihre Augenlider flatterten müde. «Was werden wir machen, wenn wir an der Spitze angekommen sind?», fragte sie schläfrig, ihre Stimme ein leises Echo in der Stille des Abends. Die warme Brise spielte mit den Flammen des Feuers, während Nechifor ruhig antwortete:

«Die Mädchen und ich werden einen Suchzauber auslösen.» Er hielt inne und sein Blick verdunkelte sich. «Somit könnten wir eine große Ansammlung von Vampyris erkennen. Sofern sie nicht von Hexen geschützt werden.» Plötzlich stand Nechifor auf und ging zu Bee hinüber. Mit einer sanften Geste legte er seine Hand auf ihre Stirn. «Du glühst», sagte er leise, seine Stimme voller Sorge. «Warum sagst du nichts?»

Bee wandte den Blick ab, ihr Gesichtsausdruck war eine Mischung aus Scham und Erschöpfung. «Ich möchte keine Umstände bereiten», stammelte sie. Mir fiel auf, dass Bee den ganzen Nachmittag über immer schwächer geworden war. Ich hatte es fälschlicherweise auf die Anstrengungen des Aufstiegs geschoben.

«Zeig mir deine Verletzung», forderte Nechifor nun bestimmt.

«Es geht mir gut», beteuerte Bee matt, doch ihre Stimme verriet ihre Schwäche. Ohne zu zögern, öffnete Nechifor den Reißverschluss ihres Schlafsacks und zog vorsichtig ihren Hosenbund herunter. Der Verband um ihre Hüfte kam zum Vorschein. Blutgetränkt und offensichtlich seit Stunden nicht gewechselt. Mit einer flinken Bewegung seiner Hand zerschnitt Nechifor den Verband und enthüllte darunter einen Schnitt. Roh und entzündet.

«Ich erkenne kein Gift», murmelte er mehr zu sich selbst als zu uns anderen. «Aber die Wunde hat sich trotzdem infiziert.» Seine Stimme wurde lauter. «Iwa! Ich brauche frische Leinen! Amalia, kümmere dich um die Pflanzen! In der blauen Tasche!»

Die Mädchen sprangen sofort auf und begannen hektisch zu wühlen und zu suchen, während Livia ebenfalls herüberkam und kurz Bees Stirn berührte. Livia zog ihre Hand von Bees Stirn zurück, ihr Gesichtsausdruck war einer von tiefer Besorgnis.

«Mindestens fast 40 Grad», murmelte sie erstaunt und doch leise, als wolle sie die Schwere der Situation nicht noch mehr betonen. Nechifor nickte stumm, seine Kiefermuskeln angespannt vor Sorge. Er wandte sich dann an Beatrice, die in der Nähe des Feuers stand.

«Beatrice, könntest du bitte den Tee kochen, so wie ich es dir gezeigt habe?» Seine Stimme war freundlich, aber bestimmt. «Mach gleich so viel, dass es für alle reicht. Wir können alle einen gebrauchen.»

Ich spürte den Drang zu helfen und trat zu Beatrice heran, während sie in einer der vielen Taschen kramte und schließlich einen Beutel mit Kräutern hervorzog.

«Kann ich dir helfen?», bot ich an und sah sie erwartungsvoll an.

«Ja», antwortete sie dankbar und wies auf den Kanister. «Du kannst das Wasser aus dem Kanister in den Topf schütten. So viel, dass es für einen Tee für alle reicht.»

Ich eilte zum Kanister und ließ das Wasser rasch in den Topf fließen. Während ich das Plätschern des Wassers hörte, bemerkte ich besorgt, dass der Kanister nur noch halb voll war. Ein bedrohliches Zeichen für unsere ohnehin schon prekäre Lage.

«Hast du gesehen, wie wenig Wasser wir noch haben?», fragte ich Beatrice nervös und drehte mich zu ihr um. Sie blickte verwirrt auf und folgte meinem Blick zum Kanister. Ihre Augen weiteten sich leicht bei dem Anblick des sinkenden Wasserspiegels. Beatrice saß aufrecht neben dem Feuer. Die Kräuter, die sie im Topf hinzufügte, gaben einen beruhigenden Duft ab, der sich mit dem Rauch vermischte und eine Atmosphäre von Heilung und Ruhe schuf.

«Mach dir keine Sorgen», sagte sie zu mir, während sie konzentriert die Blätter im siedenden Wasser rührte. «Nechifor kanalisiert das Wasser aus den Flüssen und Seen in der Umgebung. Glaub mir, das Wasser wird uns nie ausgehen.»

Ihre Worte waren tröstlich, doch ihre Augen verrieten eine Spur von Unsicherheit. «Ich mache mir eher Sorgen um das Essen», fuhr sie fort und warf einen Blick auf unsere schwindenden Vorräte. «Wir haben noch genau so viel, dass es für den morgigen Tag reichen wird. Einige von uns haben das Blut von den Hexen nicht getrunken.»

Ich wandte mich ab und begann damit, alle Tassen einzusammeln. Mir war schleierhaft, warum nicht alle von dem Blut getrunken hatten. Mitch hatte mich dazu gezwungen. Gemeinsam befüllten wir die Tassen mit dem heißen Gebräu und ich verteilte sie an unsere erschöpften Gefährten. Inzwischen hatte Nechifor Bees Wunde erneut versorgt. Er saß neben ihr, seine Stirn in Konzentration gefurcht.

«Trink jetzt den Tee aus, solange er noch heiß ist», instruierte er Bee sanft und hielt ihr die Tasse an die Lippen. «Dann erhitze ich deinen Schlafsack.» Seine Stimme war ruhig, aber bestimmt. «Du wirst heute Nacht sehr viel schwitzen, aber das ist gut.»

Iwa stand auf und begann die Utensilien wegzuräumen. Sie blickte zu Nechifor hinüber.

«Wir sollten uns beim Erhitzen abwechseln. Du musst auch schlafen.»

Nechifor hob seinen Kopf und traf ihren Blick. Ein stilles Einverständnis lag darin. Dankbarkeit blitzte in seinen Augen auf und er nickte ihr zu, bevor er sich ein kurzes Lächeln abrang.

KAPITEL 17

Gleißendes Licht blendete mich.

«Da bist du ja», hallte eine Stimme durch die Dunkelheit, und ich fuhr erschrocken herum. Mein Herz schlug mir bis zum Hals, und ein kalter Schauer lief mir über den Rücken.

«Ich wollte dich nicht erschrecken. Tut mir leid», sagte die Stimme erneut, und plötzlich wurde der Raum von einem sanften Licht erhellt. Ich fand mich in einem stilvoll eingerichteten Raum wieder, dessen Eleganz in krassem Gegensatz zu meiner Anspannung stand.

«Du kannst mich sehen?», fragte ich Lucian ungläubig, der lässig auf einem Sofa saß und mich mit einem Grinsen musterte.

«Ja, endlich», antwortete er gelassen. «Dein Geist ist sehr verschlossen, deshalb hat es bisher noch nicht funktioniert. Du hast dich geöffnet.»

Reflexartig wich ich einige Schritte zurück, bis mein Rücken gegen die kühle Wand stieß.

«Was willst du?», presste ich hervor und kämpfte gegen das Gefühl an, in diesem Traum gefangen zu sein.

«Nur mit dir reden», erwiderte Lucian und erhob sich langsam von seinem Sitzplatz. Seine Bewegungen waren geschmeidig wie die eines Raubtiers, und mein Puls beschleunigte sich vor Angst.

«Ich weiß, dass ihr den Berg besteigt», fuhr er fort. «Diese Hexen haben es euch gesagt. Ihr seid auf dem richtigen Weg.»

«Warum sagst du mir das?», fragte ich verwirrt und misstrauisch zugleich.

«Weil ich will, dass du die Biester in diesem Berg vernichtest», erklärte Lucian mit einer Intensität in seiner Stimme, die keinen Zweifel an seiner Entschlossenheit ließ. «Du kennst mittlerweile den Grund für die Entführung deiner Freunde. Ich bin ein Nerul und ich lasse mich nicht von Vampiren und Hexen unterwerfen. Noch weniger bin ich der Aufpasser von Vampyris.»
Misstrauisch zog ich die Augenbrauen zusammen. Konnte man ihm trauen? War dies eine Falle oder eine Chance?

«Also sagst du mir, wo wir hinmüssen, um unsere Freunde zu retten?», hakte ich nach.

«Ja», sagte Lucian mit einem Lächeln, das etwas Unheilvolles an sich hatte. «Ich denke, wir könnten ein gutes Team sein.»

Er trat näher heran und seine Präsenz füllte den Raum aus wie eine dunkle Wolke.

«Ihr müsst immer nur nach Süden laufen», instruierte er mich. «Hoch auf die Spitze. Ihr werdet die Biester bereits in einiger Entfernung riechen – sie riechen wie der Tod und Blut.»

Seine Worte ließen mich frösteln. Sie waren so realistisch, dass ich beinahe glaubte, den Gestank schon jetzt in meiner Nase zu spüren.

«Hier und da werdet ihr tote Tiere finden», setzte Lucian fort. «Dann seid ihr auf dem richtigen Weg.»

Ich stand da, gefangen zwischen Furcht und Hoffnung. Seine Worte waren vielleicht der Schlüssel zur Rettung unserer Freunde oder aber zum Untergang von uns allen.

«Ich glaube dir nicht», entgegnete ich hastig, meine Stimme zitterte vor Misstrauen und Angst. Ich versuchte, noch weiter vor ihm zurückzuweichen, doch der Raum schien sich um mich zu verengen, als ob er selbst Teil von Lucians Spiel war.

«Du hast keine andere Wahl», stellte er trocken fest, seine Augen funkelten im Halbdunkel mit einer Intensität, die mir das Blut in den Adern gefrieren ließ. Hatte ich wirklich keine Wahl? Mein Verstand raste. Wenn ich seiner Anweisung folgte, könnte ich uns alle ins Verderben führen. Würde ich sie in eine Falle locken?

«Und du kommst uns nicht in die Quere?», fragte ich vorsichtshalber nach, während mein Herz gegen meine Brust hämmerte.

«Nein. Ich bin alleine», antwortete Lucian mit einer Gelassenheit, die mich nur noch misstrauischer machte. «Ich würde nicht mal auf die Idee kommen, euch anzugreifen. Du hast einige gute Leute dabei, die sich deiner Sache angeschlossen haben. Nur ein Idiot würde es wagen, sich mit deinen Kämpfern anzulegen.»

«Sie sind nicht meine Kämpfer», korrigierte ich ihn leise. Lucian lachte amüsiert auf und sein Hohn ließ mich innerlich kochen.

«Bitte? Denkst du, jemand wie Razvan hätte dich allein losziehen lassen?» Er schüttelte belustigt den Kopf. «Der Mann hat sich damit abgefunden, dass Samuel tot sein könnte.»

Seine Worte trafen mich wie ein Schlag ins Gesicht.

«Das ist nicht wahr», fuhr ich ihn wütend an und ballte reflexartig die Hände zu Fäusten.

«Mach dir keine Mühe», sagte Lucian gelassen und lehnte sich zurück, als wäre dies alles nur ein unterhaltsames Schauspiel für ihn. «Wir können uns sehen und uns unterhalten, aber nicht berühren.»

«Wenn du so sicher bist, dass ich lüge», fuhr er fort und ein spöttisches Grinsen spielte um seine Lippen, «warum fragst du Razvan dann nicht einfach, sobald du aufwachst?»

Seine Herausforderung hing schwer in der Luft zwischen uns.

«Bin gespannt wie er darauf reagiert», fügte Lucian hinzu und sein Lächeln wurde breiter. «Du kannst es mir ja morgen Nacht erzählen.»

«Hör auf, so über ihn zu reden. Du weißt gar nichts über ihn», verteidigte ich Razvan mit einer Mischung aus Empörung und Zweifel in meiner Stimme. Doch während ich die Worte aussprach, begann ich mich zu fragen: Wusste ich wirklich genug über ihn? Razvan war seit Monaten an meiner Seite, ein ständiger Begleiter, der mich mein ganzes Leben lang gesucht und nie aufgegeben hatte. Aber konnte er tatsächlich so kalt und berechnend sein, wie Lucian ihn darstellte? Zweifel nagten an mir. Was wenn Razvan Samuel wirklich aufgegeben hatte? Was wenn all seine Unterstützung nur eine Fassade war, um mich aus dem Schloss zu locken? Mir wurde bewusst, dass er nie Bedenken geäußert hatte bei unserer Suche. Ohne Nechifor und die anderen wären wir verloren gewesen. Ein erfahrener Vampir, ein Veteran einer Armee. Musste er nicht erkennen, dass unser Vorhaben hoffnungslos war? Je länger ich darüber nachdachte, desto mehr wuchs in mir der Verdacht: War Razvan der Feind? Zuerst hatte ich Ciprian im Verdacht gehabt, aber was, wenn Razvan der Maulwurf war?

«Du denkst über meine Worte nach, nicht wahr?», sagte Lucian mit einem selbstgefälligen Grinsen. Warum stand ich hier und unterhielt mich mit dem Mann, der mich töten wollte? Unruhig knetete ich meine Hände.

«Warum sollte ich dir glauben? Du hast versucht, mich zu töten. Du steckst hinter der Ermordung meiner Zieheltern», stammelte ich und verfluchte meine eigene Nervosität.

«Ich bin ein Nerul. Es ist meine Aufgabe, Vampire zu töten», antwortete er gleichgültig und zuckte mit den Schultern. «Diese Menschen waren lediglich Kollateralschaden.»

«Großartige Erklärung», zischte ich wütend zurück.

«Nerul haben es nicht auf einen Vampir speziell abgesehen», fuhr ich fort, mein Herz pochte wild vor Aufregung und Angst. «Was haben diese Träume auf sich? Warum sehe ich dich hier?»

«Wir sind miteinander verbunden», sagte Lucian ernsthaft und ohne Anzeichen von Spott in seiner Stimme.

«Wir gehören auf eine besondere Art zusammen. Das ist der Grund, warum ich auf dich angesetzt worden bin.» Er machte eine Pause. «Normalerweise habe ich bessere Dinge zu tun, als kleine Mädchen zu jagen. Ich habe keinen Spaß daran, Vampire zu jagen und zu töten, aber in der Nerul Akademie lehrt man es uns so.»

«Es gibt eine Akademie für das Töten von Vampiren?», fragte ich verwirrt und fühlte mich wie in einem Strudel aus Informationen gefangen.

Lucian griff sich an den Nacken und nickte langsam. In seinen Augen lag eine Schwere, die darauf hindeutete, dass dies kein leichtes Thema für ihn war. Vielleicht sogar ein Hauch von Reue oder Konflikt.

«Man lernt ja nicht nur das,» sagte er mit einer Stimme, die überraschend sanft klang und einen Kontrast zu seiner rauen Erscheinung bildete.

«Auch andere Dinge.»

Wie konnte ich mich so ruhig mit ihm unterhalten? Was war los mit mir? Warum empfand ich nicht den brennenden Zorn, der mich sonst bei seinem Anblick durchflutete? Ich spürte eine Dringlichkeit in mir aufsteigen, ein Bedürfnis nach Auflösung dieses inneren Konflikts.

«Warum wehrst du dich dann nicht, wenn du all das gar nicht möchtest?», fragte ich ihn, meine Stimme drängend und doch flehend zugleich. Für einen Moment schien es, als würde die harte Schale um sein Herz bröckeln. In seinen Augen las ich ein tiefes Bedauern. Eine stille Sehnsucht nach Vergebung oder vielleicht sogar nach Erlösung.

Doch dann schüttelte er langsam den Kopf, als würde er gegen einen unsichtbaren Gegner kämpfen.

«Noch nicht», flüsterte er so leise, dass ich ihn beinahe überhörte. Plötzlich griff er an seinen Hals und enthüllte ein Amulett. Genau wie jenes, dass Mitch und ich trugen. Das Symbol unserer Verbundenheit glänzte im schwachen Licht und schien eine Geschichte zu erzählen, die weit über unsere persönlichen Fehden hinausging.

Mit einem jähen Ruck schoss ich aus dem Schlaf hoch, mein Herz hämmerte wild gegen die Brust. Ein verzweifelter Wunsch durchzog mich, zurückkehren zu wollen in jene Welt, die mir im Traum so real erschienen war. Ich wandte meinen Blick zu Mitch, der noch immer in tiefem Schlummer lag, sein Atem ging ruhig und gleichmäßig. Vorsichtig entwand ich mich den Fesseln meines Schlafsacks und kroch auf allen vieren zu ihm hinüber. Mit zitternden Händen legte ich meine Finger auf seine Schulter und schüttelte ihn sanft.

«Wir müssen reden», hauchte ich mit einer Dringlichkeit in meiner Stimme, die ihn sofort alarmierte. Seine Augen öffneten sich langsam, ein verwirrtes Blinzeln traf mich, als er versuchte, sich in der Dunkelheit vor Sonnenaufgang zurechtzufinden. Mitch nickte ernst und schlüpfte hastig in seine Schuhe. Wir entfernten uns leise von den anderen Zelten, um niemanden zu wecken. Die Stille der Nacht umfing uns wie ein dichter Mantel.

«Was ist passiert?», fragte er mit einer Spur von Sorge in seiner Stimme.

«Ich habe Lucian gesehen… im Traum. Wir konnten miteinander reden, er konnte mich sehen», stieß ich hervor und bemühte mich dabei, meine Stimme zu dämpfen. Mitch runzelte die Stirn in nachdenklicher Konzentration. «Er trägt das gleiche Amulett wie wir beide», fuhr ich fort und spielte nervös mit meinen Fingern. «Er hat es mir gezeigt… Was bedeutet das?»

«Es ist kompliziert», gab Mitch zu und sah mich mit einem unsicheren Ausdruck an. «Aber es gibt eine Verbindung zwischen uns dreien. Ich kann ihn auch in meinen Träumen sehen – und er mich. So wie ich dich gesehen habe, bevor wir uns überhaupt begegnet sind.»

«Das sagst du mir jetzt erst?» Meine Stimme war ein wütendes Zischen, während Enttäuschung und Verwirrung in mir aufwallten.

Mitch wirkte verlegen. Er atmete tief durch und ließ die Luft langsam wieder entweichen. «Ich wusste nicht, wie ich es dir erklären sollte… Du suchst nach Antworten, die auch mir fehlen.»

«Trotzdem hättest du es sagen können! Ich fühle mich… wie ein Freak», flüsterte ich mit einem Anflug von Verzweiflung. «Ich will Erklärungen», sagte ich entschlossen.

«Ja», stimmte Mitch zu und nickte ernst. «Ich will sie dir gerne geben. Aber es ist nicht der richtige Zeitpunkt und nicht der richtige Ort dafür», sagte er und warf einen Blick auf die Zelte.

«Aber warum kannst du mich im Schlaf sehen, aber ich dich nicht?», fragte ich neugierig.

«Dein Geist ist sehr verschlossen», gestand er. «Wir sollten zurückgehen und noch etwas schlafen», schlug er vor und rieb sich müde über das Gesicht. «Es dauert noch Stunden bis zum Morgen... Wir brauchen unsere Kräfte.»

Ich nickte zustimmend und gemeinsam schlichen wir zurück zu unserem Lagerplatz. Doch gerade als wir uns wieder hinlegen wollten, fing das flackernde Licht des Lagerfeuers Ferencs starren Blick ein. Er starrte ausdruckslos gen Himmel. Seine Lippen waren blau. Ein kalter Schauer lief mir über den Rücken.

In der knisternden Stille der Nacht, umgeben von den flackernden Schatten des Lagerfeuers, saßen wir, ein Trupp gebrochener Seelen, in einem Kreis des Schocks und der Trauer. Die Luft war erfüllt von einer drückenden Schwere, als die Nachricht von Ferencs Tod uns wie ein eisiger Windstoß traf. Es war ein plötzlicher Verlust. Obwohl, irgendwo in unseren Herzen hatten wir es befürchtet. Wir hatten an ein Wunder geglaubt, an die Hoffnung geklammert, dass er sich von seinen tiefen Wunden erholen würde. Iwa, ihre Augen rot und geschwollen vom Weinen, saß schluchzend neben seinem leblosen Körper. Ihre Hände zitterten, als sie sanft seine Hand hielt, unfähig loszulassen. Ich selbst fühlte mich wie gelähmt, zu erschüttert, um zu trauern. Wir waren erst seit wenigen Tagen auf dieser gefahrvollen Reise unterwegs. Und nun standen wir vor der unerträglichen Aufgabe, seiner Familie diese tragische Nachricht zu überbringen.

«Wir müssen ihn nachhause bringen», sagte Beatrice mit einer Stimme voller Dringlichkeit und Verzweiflung. «Es ist undenkbar, ihn hier zurückzulassen. Den Tieren oder gar den Vampyris ausgeliefert.»

Iwa richtete ihren zornigen Blick auf Nechifor und flehte: «Du kannst ihm helfen Nechifor.» Doch mit einem bedauernden Kopfschütteln machte er klar, dass auch seine Kräfte Grenzen hatten.

Livia schnaubte verächtlich.

«Warum zur Hölle gehst du immer davon aus, dass er irgendwem helfen kann? Er ist auch nur ein Hexer ohne Zirkel. Ein schwacher Hexer der nur einfache Tarnzauber beherrscht.» Ihre Worte waren wie Giftpfeile, die sie auf Nechifor abschoss.

«Du irrst dich», verteidigte Iwa ihn energisch. «Er kann mehr, als du denkst. Er hält es nur zurück.»

Awrey nickte zustimmend.

«Beatrice hat Recht. Wir müssen ihn mitnehmen.»

Narcis erhob skeptisch seine Stimme: «Wir sollen eine Leiche mitschleppen?»

Razvan antwortete schnippisch: «Es ist ein Kind.»

«Ein Kind, das miserabel kämpft, und lieber hätte zuhause bleiben sollen», murmelte Nechifor leise und konzentrierte sich darauf, Bee´s Wunde zu versorgen. Sie presste ihre Lippen zusammen und unterdrückte einen Schmerzensschrei.

Die Spannung im Lager wuchs weiter an, als Lorin sich an Mitch und mich wandte.

«Wie kommt es eigentlich, dass ihr beide wach wart?»

«Wir hatten was zu besprechen», erwiderte Mitch.

«Ich hatte einen Traum und wollte mit Mitch darüber reden.»

Razvan trat näher heran, sein Interesse geweckt. «Was für ein Traum?» Doch ich spürte eine wachsende Abneigung gegen seine aufdringliche Sorge. Lucians Worte hatten mein Bild von Razvan verdunkelt.

Als ich einen Schritt zurückwich, blieb Razvan verwirrt stehen. Seine Miene verhärtete sich.

«Was hast du?»

«Ich war in einer Art Wohnung. Ich konnte Lucian sehen. Er sprach von denen, die für all das verantwortlich sind. Die Entführungen, die Angriffe. Er sagte wir sollen nach Süden gehen. Dass wir bald merken würden, wenn wir uns im Territorium der Vampyris befinden. Er sagte mir, wir sollen nach Süden laufen», teilte ich vorsichtig mit. Razvan warf mir einen ungläubigen Blick zu. Seine Worte trafen mich wie ein Schlag, und ich konnte die Verachtung in seinem Blick spüren. «Du bist so leichtgläubig und willst das wirklich tun?» Seine Stimme war durchdrungen von Unglaube und Frustration, während er die Augen verdrehte, als ob meine Vorschläge ihn körperlich schmerzten. Ich stand da, verloren in einem Meer der Unsicherheit, mein Herz pochte laut gegen meine Brust. Ratlosigkeit malte sich auf meinem Gesicht, als ich mit den Schultern zuckte. Ein stummes Eingeständnis meiner Hilflosigkeit.

«Es wäre ein Versuch wert,» entgegnete ich mit einer Stimme, die vor Unsicherheit bebte. «Ehe wir hier herumirren und nie an ein Ziel kommen.»

Mitchs Entschlossenheit brach durch die Spannung wie ein Leuchtfeuer in der Dunkelheit. «Wir laufen nach Süden,» verkündete er mit einer Bestimmtheit, die keinen Raum für Zweifel ließ.

Razvan jedoch schien von einer inneren Flamme verzehrt zu werden. Seine Augen funkelten vor Zorn, als er Mitch anstarrte.

«Wenn du wirklich unbedingt in eine Falle laufen willst und sterben… Dann bitte,» spottete er mit beißendem Sarkasmus. «Laufen wir nach Süden.» Ich konnte nicht verstehen, warum Razvan immer so wütend war, warum jede meiner Äußerungen oder Handlungen ihn so sehr störten. Was hatte ich ihm nur getan? In einem Moment der Verzweiflung platzte es aus mir heraus.

«Wenn dir das alles nicht passt, kannst du auch nachhause gehen!»

Meine Worte hallten wie Donnerschläge durch die Stille. Beatrice hielt sich erschrocken die Hand vor den Mund, ihre Augen weiteten sich vor Schock über den plötzlichen Ausbruch. Razvan antwortete nicht.

«Dann ist das wohl so beschlossen,» seufzte Nechifor resigniert. Er blickte auf den reglosen Ferenc. «Den Jungen gefrieren wir und nehmen ihn mit.»

Ich trat näher heran.

«Ich helfe dir.»

Gemeinsam nahmen wir die Decken vom Wagen, unter denen Ferenc lag. Nechifor hob ihn auf, als wäre er nicht mehr als ein Hauch von nichts, und legte ihn behutsam auf den Boden. Langsam begann Nechifor Ferenc zu entkleiden. Der Anblick des tiefen Schnittes quer über seinen Bauch ließ mich erschaudern. Nechifors Augen waren voller Mitgefühl und Bedauern, als er leise flüsterte:

«Es tut mir so leid, mein Junge.»

Die Klinge glänzte im fahlen Licht des Raumes, während er den verkrusteten Schnitt auf der Haut des Jungen behutsam aufschnitt. Die Wunde war ein wildes Durcheinander aus Kräutern, Salben und Eiter.

«Was wird das?», fragte ich atemlos und machte eine unwillkürliche Bewegung nach vorne, als wollte ich ihm das Messer entreißen. Die Vorstellung, dass der Körper weiter verstümmelt werden könnte, ließ mich erschaudern. Nechifor hielt inne und blickte auf. Seine Augen waren ernst und durchdringend.

«Jetzt, wo er keine Schmerzen mehr hat,» begann er ruhig zu erklären, «möchte ich mir diese Wunde genauer ansehen. Ich muss herausfinden, welches Gift verwendet wurde. Es ist zu spät für ihn,» seine Stimme brach kurz ab, bevor er fortfuhr, «aber vielleicht kann ich in Zukunft anderen helfen.»

Ich schluckte schwer.

«Geht das auch ohne... ohne ihn zu verstümmeln?»

Mein Blick war fest auf die dunkle Flüssigkeit gerichtet, die langsam aus der Wunde sickerte.

Schwarzes Blut, das übel roch und dickflüssig wie Teer war. Nechifor schüttelte sanft den Kopf. «Von außen kann ich nichts sehen und keine Proben nehmen. Ich brauche dieses infizierte Blut.» Er sprach geduldig und konzentriert sich wieder auf seine Arbeit. Ich trat einen Schritt zurück und beobachtete mit gemischten Gefühlen. Das Blut tropfte nun stetig in die Erde und schien fast eins zu werden mit dem dunklen Boden.

«Verstehe», murmelte ich schließlich und gab ihm Raum. Ein Teil von mir wollte wegsehen, doch etwas hielt mich gefesselt.

«Danke», flüsterte Nechifor kaum hörbar und öffnete den Schnitt noch ein wenig weiter. Geschickt hatte er bereits einige Glasphiolen bereitgestellt und ließ geschwind das Blut in sechs Phiolen fließen. Bevor er jede Einzelne fest verschloss, roch er daran. Eine grimmige Miene auf seinem Gesicht zeugte von seiner Entschlossenheit. Dann untersuchte er den nackten geschundenen Körper des Jungen weiter auf Anzeichen weiterer Vergiftungserscheinungen. Jede Bewegung war geprägt von einer Mischung aus wissenschaftlicher Präzision und tiefer Trauer über das unschuldige Leben, das nicht gerettet werden konnte. Die Luft war erfüllt von einer schweren Stille, die nur durch das gelegentliche Rascheln von Ausrüstung unterbrochen wurde. Um mich herum gingen meine Gefährten ihren Vorbereitungen nach, als wäre nichts geschehen. Sie packten ihre Sachen mit routinierter Gleichgültigkeit, während ich wie versteinert dastand, unfähig, meinen Blick von der tragischen Szene vor mir abzuwenden. Nechifor arbeitete mit einer ruhigen Effizienz, die in krassem Gegensatz zu dem Chaos stand, das in meinem Inneren tobte. Ich konnte es nicht fassen. Ferenc war tot. Einfach so aus unserem Kreis gerissen. Die Realität des Todes hatte uns eingeholt und mit brutaler Gewalt zugeschlagen. Bis zu diesem Moment hatte ich naiv angenommen, dass wir alle unversehrt aus dieser gefährlichen Unternehmung hervorgehen würden. Dass wir die Entführten befreien und gemeinsam heimkehren würden, ohne einen einzigen Verlust zu erleiden. Doch hier lag Ferenc nun, sein lebloser Körper ein stummer Zeuge meiner Fehleinschätzung. Die Zweifel begannen sich in mir aufzutürmen wie eine dunkle Welle. Was hatte ich mir nur dabei gedacht? Ich war in diese Welt gekommen, ohne wirklich zu verstehen, welche Gefahren lauerten. Bereitwillig hatte ich mich den Kreaturen entgegengestellt, die ohne Zögern töteten. Uns töteten. Meine Kameraden schienen sich mit der Realität des Todes abgefunden zu haben. Sie akzeptierten Ferencs Schicksal mit einer stoischen Ruhe, die mir fremd war. War es ihnen wirklich gleichgültig? Oder verbargen sie ihre Trauer hinter einer Maske der Härte? Ich betrachtete Ferenc genauer und bemerkte nun die zahlreichen Narben und Wunden, die seinen Körper bedeckten. Zeugen eines Kampfes voller Grausamkeit und Schmerz. Bisse, die von einem früheren Angriff im Schloss herrührten. Stiche und Kratzer überall auf seiner Haut. Erinnerungen an jenen Tag fluteten zurück. Wie er dank eines mutigen Soldaten dem Tod entronnen war. Ein Soldat, der nicht so viel Glück gehabt hatte und kurz darauf seinen Verletzungen erlag. Dieser Mann hatte sein Leben gegeben, um junge Vampire zu retten. Bis auf ein paar Schrammen, hatten die meisten überlebt. Sein Opfer für Ferenc schien nun sinnlos. Denn Ferenc war ihm in den Tod gefolgt. Ein kalter Schauer lief mir über den Rücken bei dem Gedanken an das Opfer jenes Soldaten und an das Leben, das Ferenc noch hätte führen können. Die Brutalität dieser Neuen Welt hatte mich eingeholt und ich fragte mich verzweifelt. Wie viele von uns würden diesem dunklen Pfad folgen müssen? Wie viele Leben würden noch ausgehaucht werden auf dieser Reise ins Ungewisse? Der Tod war unser ständiger Begleiter geworden. Eine Lektion, die ich nie vergessen würde. Nechifor stand da, sein Blick starr und durchdringend, als würde er durch die Welt hindurchsehen.

«Du machst ihn leider nicht wieder lebendig, indem du ihn anstarrst. Pack deine Sachen zusammen und iss etwas», sagte er mit einer Stimme, die so kalt war wie der Wind, der durch die zerklüfteten Felsen pfiff. Er sah mich nicht einmal an, doch ich spürte das Gewicht seiner Worte wie einen Schlag in den Magen. Ich nickte stumm, mein Herz schlug schwer in meiner Brust. Mit einem schweren Herzen und einem Geist voller Zweifel raffte ich mich schließlich auf und begann widerwillig meine eigene Ausrüstung zusammenzupacken. Meine Bewegungen waren träge und mechanisch, während ich begann, meine verstreuten Habseligkeiten einzusammeln und sie in meinen Rucksack zu stopfen. Die Trauer hatte mich fest im Griff und ließ mich alles um mich herum vergessen. Als ich fertig war, ließ ich mich erschöpft auf den kalten Boden sinken und begann wie in Trance mein belegtes Brot zu essen. Es schmeckte nach nichts. Es war nur eine notwendige Handlung zum Überleben. Meine Kameraden hatten bereits ihre Mahlzeit beendet und schulterten nun ihre Taschen, bereit weiterzuziehen. In der Zwischenzeit hatten Nechifor und die drei Hexen mit dem Kühlungsprozess an Ferenc begonnen. Die klaffende Bauchwunde war von Nechifors geschickten Händen genäht worden. Das Blut war fortgewaschen worden. Doch das Leben würde nie zurückkehren.

«Hilf ihm, bevor wir ihn kühlen», drängte Iwa mit einer Stimme voller Verzweiflung und Hoffnung. Ihr Blick bohrte sich in Nechifor hinein, als könnte sie ihn allein mit ihrer Willenskraft zwingen, das Unmögliche möglich zu machen. Livia und Amalia tauschten einen genervten Blick aus und verdrehten die Augen.

«Sie wird es nie kapieren», flüsterten sie einander zu und holten ein weißes Kraut aus einer Box hervor. Sie reichten es Nechifor, der es ohne Zögern auf Ferencs Wunde legte und leise Worte murmelte. Eine Beschwörung oder ein Gebet? Das Kraut wurde entfernt und achtlos in die Büsche geworfen.

«Konntest du das Gift bestimmen?», fragte Beatrice sanftmütig, während sie Ferenc liebevoll über den Kopf strich. Die Tränen stiegen mir erneut in die Augen. Ein Stich des Schmerzes durchfuhr mein Herz.

«Ja», antwortete Nechifor düster. «Es ist ein Gift, das ich noch nie gesehen habe. Die Nerul entwickeln sich weiter.»

Er legte beide Hände auf Ferencs Brust und murmelte wiederum etwas Unverständliches. Plötzlich entwich jegliche Farbe aus Ferencs Körper. Seine Lippen und Fingerkuppen färbten sich blau. Innerhalb von Sekunden war sein Körper vollständig tiefgefroren. Kleine Eiskristalle glitzerten an seinen Wimpern wie Sterne in einer klaren Nacht. Iwa wickelte den erstarrten Körper sorgsam in ein großes Stück Leinen ein und bedeckte auch sein Gesicht. Sie legten ihn behutsam ganz unten in den Wagen. Decken und Zelte wurden darauf gestapelt. Als wäre er nur eine weitere Last für unsere Reise.

«Wir folgen Lucians Anweisungen», verkündete Narcis mit einer Autorität in seiner Stimme, die keinen Widerspruch duldete. Nicht einmal Razvan wagte es, zu widersprechen, obwohl sein Blick bitterböse Funken sprühte. Beatrice legte beruhigend ihre Hand auf Razvans Schulter und flüsterte ihm etwas zu. Worte des Trostes oder vielleicht der Warnung? Und so marschierten wir los in Richtung Süden, genau wie Lucian es befohlen hatte. Mit jedem Schritt wuchs die Angst in mir: Hoffentlich schickte ich meine Verbündeten nicht geradewegs in ihren Untergang.

Mitchs Frage hing schwer in der Luft, als er mich mit einem durchdringenden Blick fixierte.

«Wie wirkt Lucian auf dich?»

Seine Stimme war leise, doch sie trug das Gewicht einer unausgesprochenen Sorge. Wir hatten uns von den anderen entfernt, ein stillschweigendes Einverständnis zwischen uns, dass Distanz nötig war, um offen zu sprechen. Ich spürte eine Gänsehaut über meinen Rücken kriechen, als ich die Worte formulierte.

«Bedrohlich», gestand ich und mein Herzschlag beschleunigte sich bei dem Gedanken. «Ich habe das starke Gefühl, dass wir direkt in eine Falle tappen könnten.»

Die Angst in meiner Stimme war unüberhörbar. Mitch nickte langsam, sein Gesichtsausdruck nachdenklich.

«Und wie steht es mit dir?», hakte ich nach, meine Neugierde trotz der Furcht nicht zu bändigen. Er seufzte und seine Augen suchten den Boden ab, als würde er dort nach den richtigen Worten suchen.

«Ich vertraue ihm», flüsterte er schließlich so leise, dass ich beinahe überhören hätte können. «Seit fast vier Jahren heimsuchen mich Träume von ihm. Anfangs jede Nacht. Es scheint, als wäre es andersherum genauso.»

«Du vertraust ihm?»

Meine Stimme überschlug sich vor Entsetzen und ich blieb sofort stehen, unfähig, einen weiteren Schritt zu tun. Wie konnte Mitch Vertrauen in jemanden setzen, der so bedrohlich wirkte? Mitch jedoch setzte seinen Weg fort und ich musste mich beeilen, um wieder aufzuschließen.

«Wir hatten viel Zeit, einander kennenzulernen... uns zu beschnuppern», sagte er und versuchte die Schwere des Gesprächs mit einem Lächeln zu mildern.

«Aber dieser Typ hat versucht, mich umzubringen!», protestierte ich lautstark und wollte ihn an die Realität unserer Situation erinnern.

«Das hat er bei mir auch versucht. Ist ihm aber nicht gelungen», entgegnete Mitch mit einem

Grinsen, das mir völlig fehl am Platz erschien. «Lucian hat von dir abgelassen, als du schwer verwundet warst, richtig?»

Er warf mir einen Seitenblick zu und seine Miene wurde ernster.

«Ja, richtig. Aber das bedeutet gar nichts», widersprach ich vehement und spürte die Hitze des Zorns in meinen Wangen. Mitch schmunzelte nur daraufhin.

«Er hatte nicht vor dich zu töten», sagte er nun so leise, dass es fast ein Flüstern war. In diesem Moment bemerkte ich Narcis Gestalt im Augenwinkel. Er hatte sein Tempo verlangsamt und lauschte unserem Gespräch. Misstrauen keimte in mir auf.

«Woher willst du das wissen?», fragte ich scharf und mein Blick bohrte sich in seinen. Bevor Mitch antworten konnte, durchbrach Bees Stimme unsere Unterhaltung.

«Wo bleibt ihr denn?» Ihr Ruf klang belustigt und ihre Worte waren wie ein kalter Eimer Wasser über unseren Köpfen. Es ärgerte mich maßlos. Jedes Mal wenn Mitch kurz davor stand mehr preiszugeben wurden wir unterbrochen. Ich hatte so viele Fragen und nur er schien Antworten darauf zu haben. Narcis eilte wieder voraus zu den anderen und Mitch wandte sich mir wieder zu.

«Weil das nicht sein Ziel ist», fuhr er fort. «Sonst hätte er dir nicht verraten, wohin wir gehen

299

sollen. Er mag ein Nerul sein, aber Vampirjagd ist nicht sein Lebensziel.»

Die Neugierde brannte in mir wie ein unauslöschliches Feuer.

«Wie alt ist Lucian eigentlich? Arsenie ist seine Mutter... und sie ist weit über hundert Jahre alt.»

«Oh, Lucian ist nur ein paar Jahre jünger als ich. Ich bin erst 25. Also ist er sehr jung für ein Nerul ohne Seelenverwandten», antwortete er mit einer Leichtigkeit, die nicht zu der Schwere der Situation passen wollte. Ich schluckte schwer, während ich versuchte, das Bild des blutrünstigen Lucian mit dem eines jungen Neruls in Einklang zu bringen. «So jung und schon so blutrünstig», murmelte ich mehr zu mir selbst als zu Mitch. Die Worte waren wie Gift auf meiner Zunge.

«Warum jagte er mich dann und hat mich so verletzt? Warum hat er meine Adoptiveltern getötet?», fragte ich nach, meine Stimme brach fast unter dem Gewicht meiner Emotionen. Angst, Wut und Verzweiflung kämpften in meinem Inneren um Vorherrschaft. Mitchs Schultern hoben sich in einem resignierten Zucken.

«Er muss Aufträge erfüllen, um zu überleben. Sie foltern ihn», sagte er knapp und schloss dann wieder zu den anderen auf, als wolle er sich von diesem düsteren Thema distanzieren. Wir marschierten den ganzen Tag gen Süden, fernab jeglicher Zivilisation, doch trotzdem kreuzten einige

Menschen unseren Weg. Mein Durst nach Blut wurde immer unerträglicher. Mein Blick schweifte immer wieder zu den Hexen unter uns. Den menschlichsten Wesen unserer Gruppe. Ich spürte, wie der Kampf gegen meine Instinkte härter wurde und nicht nur bei mir. Als wir am Abend um das Lagerfeuer saßen und die Dunkelheit uns umhüllt hatte, erreichte Nechifors Geduld ihren Tiefpunkt. Er holte einige Gläser hervor und zog blitzschnell seine Klinge über seinen Arm. Iwa folgte seinem Beispiel ohne Zögern. Der süße Geruch des Blutes füllte die Luft und ließ meinen Kopf ruckartig in ihre Richtung schnellen. Ein leises Knurren entwich Samantha neben mir. Ein Zeichen ihres eigenen Kampfes. Nechifor warf einen belustigten Blick zu Samantha.

«Du kannst gerne an meinem Arm saugen», witzelte er und zwinkerte ihr zu. Ihr Knurren wurde bedrohlicher und ihr Kiefer zuckte kaum merklich. Die älteren Vampire jedoch saßen da, ruhig und kontrolliert, als wäre nichts geschehen. Nechifor und Iwa füllten die Gläser zur Hälfte und reichten sie herum. Livia und Amalia weigerten sich standhaft dagegen.

«Trinkt es komplett aus», befahl Narcis mit einer Autorität in seiner Stimme, die keinen Widerspruch duldete. «Versucht gar nicht erst, es für heute Abend einzuteilen. Einfach runter damit.

Es genügt wieder für einige Tage. Vorausgesetzt wir geraten in keinen Kampf.»

Nechifor ließ sich mit seinem blutenden Arm direkt neben Samantha nieder und verband in aller Ruhe den Schnitt. Samantha starrte ihn an. Er versuchte mühsam, ein Grinsen zu unterdrücken. Mit bebenden Fingern ergriff ich das Glas, dessen Inhalt mir wie ein rettender Anker in einem stürmischen Meer erschien. Ich spürte, wie das Blut meine Kehle hinunterrann, und mit jedem Schluck loderte die Lebenskraft in mir auf. Neben mir stand Razvan, sein Gesicht eine Maske des Trotzes, seine Augen dunkel vor innerem Konflikt. Er starrte auf das Glas in seiner Hand, als wäre es ein Gifttrank. Ich konnte mich nicht erinnern, ihn jemals so abweisend gegenüber dem lebensspendenden Elixier gesehen zu haben. Seine Weigerung war ein Rätsel, das sich in meinem Kopf zu einem verwirrenden Knoten verstrickte. Beatrice, deren Lippen noch von dem rubinroten Nektar benetzt waren, drängte ihn mit einer Mischung aus Sorge und Unverständnis.

«Du musst endlich trinken,» flehte sie, doch ihre Worte prallten an Razvan ab wie Pfeile an einer Burgmauer.

Narcis hingegen ließ seinen Zorn freien Lauf. «Dann fahr nachhause. Du bist uns so schwach keine Hilfe,» fauchte er mit einer Stimme, die vor Verachtung nur so knisterte.

Razvans Antwort kam scharf und giftig wie der Biss einer Viper.

«Ich bin eine Hilfe. Ich kämpfe wahrscheinlich ohne Blut immer noch besser als ihr alle zusammen.»

Seine Worte waren ein trotziges Aufbäumen gegen die Zweifel und die Angst, die in uns allen nagten. Lorin quittierte Razvans Prahlerei mit einem amüsierten Schnauben und leerte sein Glas mit einer Gelassenheit, die fast herausfordernd wirkte. Nechifor hingegen gab sich bedrohlich still und konzentriert auf seine Aufgabe. Den tiefen Schnitt an Iwas Arm zu versorgen. Jedes Mal, wenn er die Wunde berührte, zuckte sie vor Schmerz zusammen. In diesem Moment der Stille wurde mir bewusst, dass niemand Iwa oder Nechifor für ihr Opfer gedankt hatte. Eine Geste der Selbstlosigkeit in unserer verzweifelten Lage. «Danke,» sagte ich leise und traf Iwas Augen sowie Nechifors kurzes Nicken. Die anderen folgten meinem Beispiel und murmelten peinlich berührte Danksagungen. Mitchs Stimme durchbrach dann die Spannung mit der nüchternen Realität unserer Situation.

«Die beiden können immer nur kleine Mengen Blut abgeben. Ansonsten sind sie selber zu schwach für den Marsch und einen kommenden Kampf.» Er verteilte einfache Nahrungsmittel unter uns und fuhr fort. «Wir erreichen morgen die höchste Stelle des Berges und noch weiter südlich können wir nicht laufen. Wenn der Nerul Recht hat, sollten wir morgen ankommen. Dann brauchen wir große Mengen Blut, um Kraft zu haben.»

Seine Worte hallten nach.

«Das bedeutet für jeden von uns, ab morgen nach Menschen Ausschau zu halten. Am besten größere Gruppen», schlussfolgerte Narcis. Seine Worte hingen schwer im Raum, ein unheilvolles Echo der Veränderung, die bevorstand. Kaum hatte er Mitchs Satz beendet, durchbrach ein markerschütternder Schrei die angespannte Stille. Razvan stand abrupt auf, seine Augen funkelten vor Zorn wie zwei glühende Kohlen in der Dunkelheit. Das Glas Blut, das Iwa gerade vor ihm abgestellt hatte, kippte um und ergoss seinen rubinroten Inhalt über den Tisch.

«Auf gar keinen Fall!» Seine Stimme war ein Donnerschlag, der durch die Herzen aller Anwesenden fuhr. Samantha zuckte zusammen. «Boar Junge, chill mal. Es sind nur Menschen», murmelte sie. Doch ihre Worte waren schwach gegenüber dem Sturm von Emotionen, der Razvan erfasst hatte.

«Nur Menschen also?» Razvans Stimme überschlug sich fast vor Empörung. «Wir haben uns seit Jahrhunderten an Regeln zu halten. Diese Regeln werde ich nicht missachten nur weil hier ein paar keine Selbstbeherrschung besitzen und unbedingt echtes Blut trinken müssen!»

Ich kannte Razvan als ruhigen und besonnenen Mann. Diese wilde Seite von ihm war mir fremd und beängstigend. Beatrice trat näher an ihn heran, ihre Stimme weich wie eine sanfte Umarmung.

«Wir brauchen Blut, Liebling. Das liegt in unserer Natur. Vor Jahrhunderten haben unsere Vorfahren auch menschliches Blut getrunken.» Sie streckte ihre Hand aus, um ihn zu beruhigen, doch er wies sie brüsk zurück.

«Ja, und das wurde unseren Vorfahren zum Verhängnis. So viele von ihnen starben. Unsere Welt hat sich nie wieder davon erholt.» Mit diesen Worten entfernte er sich von uns. Eine einsame Gestalt im Schatten des Zwists. Beatrice saß nun wieder da, ihr Blick folgte Razvan. Tränen glänzten in ihren Augen und rannen still ihre Wangen hinab. Ein plötzlicher Schmerz durchfuhr mich. Lucians Worte hallten in meinem Kopf wider.

«Ist dir Samuel egal?»

Meine Stimme schnitt durch die Stille wie ein Messer durch Butter und traf Razvan mitten ins Herz. Bee keuchte erschrocken aufgrund meiner Direktheit. Razvan hielt inne und drehte sich langsam um. Sein Gesicht war eine Maske der Leere.

«Du hast überhaupt keine Ahnung. Samuel hat mir alles bedeutet. Ich liebte ihn wie einen Sohn... Aber er ist verloren, genau wie all die anderen.»

«Du hast Samuel also aufgegeben? Was tust du dann hier?»

Meine Stimme brach unter dem Gewicht meiner Tränen.

«Auf dich aufpassen. Anweisung deines Onkels», sagte er leise und senkte den Blick schuldbewusst zu Boden.

«Du bist also nicht mitgekommen, weil du Samuel befreien willst und dem Ganzen ein Ende bereiten willst, sondern nur weil Ciprian verlangt hat, dass du auf mich aufpassen sollst?»

Mein Vorwurf hallte laut im Raum.

«Ja», gab er knapp zurück.

«Hat er dir dafür was versprochen? Oder bezahlt? Eine bessere Position im Schloss oder gar einen Adelstitel?»

Ich konnte meinen Zorn kaum noch kontrollieren.

«Nichts davon», entgegnete er mit einer wegwerfenden Geste seiner Hand.

«Was dann?», forderte ich eine Antwort.

Stumm schüttelte Razvan den Kopf und wandte sich ab. Ein gebrochener Mann unter dem Gewicht seines Schweigens. Beatrice saß regungslos da, ihr Rücken zu ihm gewandt. Leise schluch-

zend verbarg sie ihr Gesicht in ihren Händen,
während die Tränen unaufhaltsam flossen.

KAPITEL 18

In der undurchdringlichen Schwärze einer Nacht, die keinen Traum zu kennen schien, riss mich das Flüstern geheimnisvoller Stimmen aus dem Schlaf. Mein Herzschlag beschleunigte sich, als die Neugier in mir erwachte. Mit äußerster Vorsicht richtete ich mich auf, meine Sinne geschärft, und spähte durch den Schleier der Dunkelheit. Am Rande unseres Lagers konnte ich drei Gestalten erkennen. Eine davon war Ferenc. Sein Körper wurde behutsam unter den Decken hervorgezogen, sein Gesicht von den fesselnden Leinen befreit. Die Konturen im Dämmerlicht verrieten mir, dass es Nechifor war, begleitet von einer der drei Hexen. Mein Blick huschte zu den schlafenden Mädchen. Iwa musste es sein, die dort bei ihm stand. Was mochten sie nur vorhaben? Iwas Worte durchschnitten die Stille mit einer Intensität, die mir Gänsehaut über den Rücken jagte.

«Auch wenn die anderen beiden dich für absolut machtlos halten, weiß ich dennoch wer du bist und wozu du im Stande bist. Ich bin nicht nur eine Hexe, sondern auch ein Medium und ich spürte die Präsenz des Jungen enorm. Er ist seit seinem Tod bei uns.»

Ihre Stimme zitterte vor Eifer und Überzeugung. Verwirrung umklammerte mein Herz.

«Woher weißt du so viel über mich?», hauchte Nechifor mit einer Stimme, die kaum mehr als ein Hauch war. Er drehte sich zu ihr um, seine Augen suchten nach Antworten in ihrem Gesicht.

«Meine Großmutter ist die Älteste der schwarzen Feder», offenbarte Iwa mit einem Anflug von Stolz in ihrer Stimme. «Das weiß nur niemand, weil ich bei meinem Vater aufgewachsen bin. Meine Mutter, ihre Tochter, starb bei meiner Geburt.»

Nechifor betrachtete sie skeptisch.

«Du bist also eine der Sieben und gleichzeitig das Enkelkind der Ältesten und niemand soll das wissen?» Sein Interesse schien geweckt zu sein. «Ich kann mir nicht vorstellen, dass die Älteste es geheim hält, dass eine aus ihrer Familie eine der Sieben ist», fügte er hinzu.

«Doch», entgegnete Iwa bestimmt und drehte sich um. Ihr Blick traf meinen. Direkt und durchdringend. Panik flackerte in mir auf. Ich hatte gehofft, unbemerkt zu bleiben. Schnell schloss ich meine Augen und tat so als würde ich schlafen. Aber es war zu spät. Als ich zaghaft wieder blinzelte, hatte sie ihren Blick bereits abgewandt.

«Hol ihn zurück», bat sie leise und eindringlich.

Ein kalter Schauer lief mir über den Rücken, als Erkenntnis einsickerte. Sie sprachen davon Fe-

renc Geist wieder in seinen leblosen Körper zu-
rückzuführen.

«Nein», entgegnete Nechifor mit einer Stimme,
die vor unterdrückter Wut zischte, «der Körper ist
verletzt und zerstört. Wenn ich den Jungen zu-
rückhole, wird er nur wieder Schmerzen erleiden
und könnte möglicherweise ein weiteres Mal einen
qualvollen Tod sterben.»

Doch Iwa ließ sich nicht beirren. Ihre Augen
blitzten herausfordernd auf.

«Versuch es. Du hast es bei Alin auch getan»,
erwiderte sie trotzig. Sie verschränkte ihre Arme
vor der Brust, eine Geste, die in diesem Moment
ihre jugendliche Unschuld und ihren Starrsinn offenbarte.

«Woher weißt du von Alin?» Nechifors Stimme
war plötzlich bedrohlich leise, und ich konnte sehen, wie sich seine Hände unwillkürlich zu Fäusten ballten.

«Hast du mir überhaupt zugehört?» Iwa rollte
mit den Augen, als wäre sie genervt von seiner
Ignoranz. «Ich habe dir eben erzählt, dass meine
Oma die Älteste ist. Außerdem tauchst du in meinem Stammbaum auf.»

«Das haben in den Jahren schon einige behauptet», gab er desinteressiert zurück.

«Aber ich stamme aus deiner Linie ab», insistierte Iwa mit einer Sturheit in ihrer Stimme, die
keinen Widerspruch duldete.

«Ich glaube dir das einfach mal… auch wenn ich es für sehr unwahrscheinlich halte», sagte Nechifor schließlich nach einem langen Moment des Schweigens.

«Was machst du jetzt mit Ferenc?», hakte Iwa nach, ihre Sorge um den Jungen war in jeder Silbe spürbar.

«Ich werde ihn zurückholen. Aber erst morgen früh, wenn der Rest von uns wach ist. Sie müssen dem zustimmen», antwortete Nechifor ruhiger und legte sich wieder in seinen Schlafsack. Ich lauschte noch eine Weile dem gleichmäßigen Atem der anderen, bevor auch mich der Schlaf wieder einholte.

Als die Sonne bereits hinter den Bergen auftauchte und ihre Strahlen wie goldene Speere durch das Blätterdach stachen, riss mich ein sanftes Ziehen meiner Lider aus dem Reich der Träume. Ich blinzelte verwirrt, während die warmen Sonnenstrahlen mein Gesicht kitzelten und die Reste des Schlafs vertrieben. Um mich herum herrschte eine friedliche Stille, nur unterbrochen vom leisen Schnarchen einiger meiner Kameraden, deren Brustkörbe sich im Rhythmus ihrer ruhigen Atemzüge hoben und senkten. Ein Gefühl der Verwunderung breitete sich in mir aus. War es möglich, dass wir heute einen Tag der Ruhe eingelegt hatten? Plötzlich wurde meine Aufmerksamkeit von einem verführerischen Duft eingefangen, der meinen Magen zu einem lauten Konzert des Knurrens animierte. Ich richtete mich auf und rieb mir die Augen, während ich den Ursprung des Geruchs suchte. In einiger Entfernung sah ich Narcis, wie er konzentriert über einer Pfanne an einem Feuer stand und Eier briet, deren Aroma die Luft erfüllte. Mit einem hungrigen Seufzen erhob ich mich und schlurfte zu ihm hinüber, mein Magen dabei immer ungeduldiger werdend.

«Sollten wir nicht schon längst unterwegs sein?», fragte ich ihn mit einer Mischung aus Neugier und leichter Besorgnis in der Stimme.

Narcis drehte sich zu mir um und sein Gesicht erhellte sich mit einem warmen Lächeln.

«Guten Morgen», grüßte er freundlich. «Eigentlich ja. Aber Mitch und Lorin sind noch damit beschäftigt, die Gegend nach Menschen abzusuchen. Wir haben gestern Abend keine Entscheidung getroffen, aber es scheint so, als hätte die Mehrheit kein Problem mit Menschenblut.» Er reichte mir einen Teller mit den köstlich duftenden Eiern. Ich begann hastig zu essen, spürte jedoch eine innere Zerrissenheit bei seinen Worten.

«Ich halte davon auch nicht viel», murmelte ich mit vollem Mund. «Bis vor Kurzem habe ich selbst unter Menschen gelebt und dachte, ich wäre einer von ihnen. Aber ich verstehe die Notwendigkeit.»

«Lass es dir schmecken», sagte Narcis grinsend und widmete sich wieder seinem eigenen Frühstück. «Ich finde es gut, dass du die Notwendigkeit siehst. Ich tue es auch nicht gerne». Während ich aß, ließ ich meinen Blick über unsere Gruppe schweifen und bemerkte plötzlich das Fehlen eines Gesichts. Razvan war nirgends zu sehen. Ein kalter Schauer lief mir über den Rücken.

«Wo ist Razvan?», fragte ich nervös und legte meine Gabel nieder. Narcis zuckte mit den Schultern, seine Miene trug nun einen Hauch von Sorge.

«Keine Ahnung», gab er zu. «Vielleicht hat er genug davon oder ist zurück nachhause gegangen.»

«Meinst du nicht auch, dass sein Verhalten seltsam ist? Ich dachte wirklich, ich würde ihn verstehen.»

Narcis blickte nachdenklich in die Ferne.

«Ich glaube einfach, dass ihn alles überfordert hat», antwortete er langsam. «Warum Cipri ihm diesen Auftrag gegeben hat… Ich dachte immer, er würde wegen des Jungen mit uns kommen.»

«Cipri?» Meine Neugier war geweckt. Dieser Spitzname war mir neu.

Ein Funke Erkenntnis blitzte in Narcis Augen au. Vielleicht hatte er mehr verraten als beabsichtigt.

«Ach, das ist doch bloß ein alberner Spitzname, den wir Soldaten manchmal im Spaß benutzen. Fast jeder Adlige hat einen seltsamen Spitznamen», erklärte Narcis hastig, während seine Hand eine abwiegelnde Geste machte. Seine Augen flackerten nervös und ich konnte spüren, wie er sich bemühte, die Situation herunterzuspielen.

«Ah ja?» Meine Stirn legte sich in tiefe Falten, als ich ihn durchdringend ansah. Er wich meinem Blick aus, was meine Neugier nur noch mehr entfachte. «Verstehe», sagte ich mit einem misstrauischen Unterton in meiner Stimme. Irgendetwas verbarg er vor mir und ich war fest entschlossen, herauszufinden, was es war. Plötzlich tauchten Mitch und Lorin auf. Narcis Augen leuchteten auf und mit einer Mischung aus Erleichterung und Anspannung eilte er ihnen entgegen. Ich folgte ihm auf dem Fuß, mein Herz klopfte vor Aufregung.

«Wie lief es?», fragte ich die beiden, während in mir die stille Hoffnung keimte, sie hätten vielleicht einen Menschen gefunden und versteckt gehalten.

«Tatsächlich haben wir eine Gruppe von vier Menschen entdeckt. Sie sind ebenfalls südwärts unterwegs», berichtete Lorin mit einer düsteren Miene. Mein Puls beschleunigte sich.

«Also in das Vamypris-Territorium?», hakte Narcis nach, seine Stimme vibrierte vor Anspannung.

Mitch nickte ernst.

«Sie sind nicht weit von hier. Etwa 20 Minuten entfernt. Wenn wir uns beeilen, können wir sie einholen. Sie scheinen keine Eile zu haben und machen ständig Halt, um Fotos zu schießen.»

Meine Hände wurden feucht vor Unsicherheit und ich begann sie nervös zu kneten.

«Was tun wir dann, wenn wir sie einholen?», fragte ich zögerlich.

«Dann fressen wir sie», antwortete Narcis mit einer Stimme so dunkel wie die Nacht selbst. Mitchs Lachen hallte laut durch die Stille und Lorins Grinsen breitete sich über sein Gesicht aus wie ein schiefes Lächeln eines Schelms. Es dauerte einen Moment, bis ich begriff, dass sie mich nur auf den Arm nahmen.

«Sehr witzig», entgegnete ich matt und senkte beschämt meinen Blick zu Boden. «Aber im Ernst. Was passiert mit ihnen? Ich will niemandem etwas antun.»

Narcis legte sanft seine Hand unter mein Kinn und hob mein Gesicht an, sodass unsere Blicke sich trafen.

«Du darfst nie vergessen, wer wir sind und dass wir in der Nahrungskette höher stehen», sagte er leise aber bestimmt. «Wir tun das Notwendige, um zu überleben.»

«Aber keine Sorge», fügte Mitch hinzu und seine Stimme war ebenso sanft wie aufklärend.

«Heute wird niemand sterben müssen. Wir töten generell nicht ohne Grund. Nechifor beherrscht einen sehr praktischen Zauber. Er versetzt die Menschen quasi in eine Art Narkose und lässt sie für lange Zeit schlafen.»

Erleichterung durchflutete mich bei diesen Worten und ein schwaches Lächeln umspielte meine Lippen. Vielleicht waren wir doch nicht die Monster, als die wir uns manchmal sahen. Mit einem geheimnisvollen Lächeln, das die Ecken seiner Lippen leicht nach oben zog, begann Lorin, die Prozedur zu beschreiben, die für Außenstehende so befremdlich wirken mochte.

«Stell dir vor,» sagte er mit einer Stimme, die sanft und doch voller Nachdruck war, «du legst dich hin und spürst nur den sanften Piks einer Nadel. Dann lässt du dein Blut in einen Beutel fließen. Eine Erfahrung, die dir sicher nicht fremd ist. Doch was bleibt, ist ein Gefühl der Verwirrung, eine leichte Müdigkeit und vielleicht ein kleiner Schmerz am Arm. Wie bei einer Blutabnahme beim Arzt» Seine Augen funkelten amüsiert bei dem Gedanken. Ich konnte nicht anders, als nachzuhaken, meine Stimme von einer Mischung aus Faszination und Vorsicht geprägt.

«Also... ihr beißt sie nicht? Nicht so wie in den Filmen?»

Mitch schüttelte entschieden den Kopf, sein Gesichtsausdruck wurde ernster. «Natürlich nicht.

Das ist das Werk von Vampiren, die sich an der Angst und dem Schmerz der Menschen ergötzen. An dem Adrenalin und der Panik in ihrem Blut. Wir sind nicht so barbarisch. Das wäre Wahnsinn.»

Lorin nickte zustimmend.

«Mitch, Oana und ich ernähren uns ausschließlich von menschlichem Blut. Wir lehnen diese synthetischen Blutmischungen ab, die in vielen Orden verbreitet sind. Wir gehören keinem Orden an. Unsere Überzeugungen stehen im Widerspruch zu ihren Praktiken».

Narcis lehnte sich vor, seine Neugier geweckt durch diese Offenbarung. «Habt ihr jemals Probleme wegen eurer Lebensweise bekommen? Ihr zieht umher… und soweit ich weiß, beschränkt ihr euch nicht nur auf Rumänien.»

Mitch schien kurz in Gedanken versunken zu sein.

«Eigentlich nie. Wir machen kein großes Aufsehen darum. Meistens suchen wir Bluthändler auf. Davon gibt es reichlich in Deutschland.»

«Warum gerade Deutschland?», fragte ich unwillkürlich und dachte dabei an meine alte Heimat zurück. Plötzlich überkam mich eine Welle von Erinnerungen an meine verstorbenen Zieheltern. Erinnerungen, die ich nie richtig betrauert hatte. Etwas in mir wehrte sich dagegen, sie zu vermissen. Mein altes Leben schien mit jedem Tag mehr zu verblassen.

«Weil dort der Deutsche Orden solche Geschäfte nicht untersagt hat,» erklärte Lorin mit einem Grinsen. «Sie sind dort sehr locker. Die meisten ernähren sich trotzdem von künstlichem Blut der Moral wegen aber sehr viele kaufen bei Bluthändlern ein».

Narcis stand auf und blickte entschlossen in die Runde. «Wir sollten die anderen Wecken und uns bereitmachen, bevor sich die Menschen zu weit entfernen.» Mit einem Gefühl der Dringlichkeit machten wir uns daran, unsere Gefährten zu wecken und uns auf den nächsten Schritt unseres nächtlichen Abenteuers vorzubereiten. Kaum hatten die anderen ihre Nahrung hinuntergeschlungen, da setzten wir uns auch schon in Bewegung. Razvan war wie aus dem Nichts wieder aufgetaucht. Seine Augen funkelten düster und sein Gesichtsausdruck verriet nichts Gutes. Er hatte sich nicht weit entfernt, doch seine Aura war so finster wie die Nacht selbst. Mit zusammengepressten Lippen und einem Blick, der Blitze hätte schleudern können, stapfte er neben mir her. Ich konnte die brodelnde Wut in ihm spüren. Sie schwappte über wie kochendes Wasser in einem Topf ohne Deckel. Ich fragte mich besorgt, ob Razvan der Versuchung widerstehen könnte, das Blut der Menschen zu trinken. Tief in meinem Herzen zweifelte ich daran. Seine Anwesenheit war keine Stütze für unsere Gruppe. Vielmehr war es seine Gereiztheit, die wie ein dunkler Schatten auf uns allen lastete und die Luft zum Vibrieren brachte.

„Wir haben sie bald eingeholt", rief Lorin voller Tatendrang aus der vordersten Reihe unserer kleinen Armee. Seine Stimme trug eine Mischung aus Vorfreude und Entschlossenheit mit sich. Er folgte einer unsichtbaren Spur. Einem Duft, den nur er wahrzunehmen schien und um den ich ihn insgeheim beneidete. Bee und einige andere schienen ebenfalls von dem Geruch der Menschen magisch angezogen zu werden. Ein Geruch, der für sie intensiv und verlockend sein musste. Doch alles, was meine Sinne erfassen konnten, war die reine Frische der Natur um uns herum. Wie sehr ich mich auch anstrengte, ich konnte diesen besonderen Duft nicht erkennen. Jenen Duft, den die anderen Jungvampire als unwiderstehlich beschrieben.

„Wenn wir dort sind, haltet Abstand", mahnte Narcis mit einer Stimme voller Autorität und Erfahrung. „Nähert euch ihnen nicht zu sehr. Überlasst das Mitch und Nechifor."

Ich nickte knapp zur Bestätigung. Ein stummes Zeichen des Verständnisses. Narcis Augen durchbohrten mich fast. Es war offensichtlich, dass er genau wusste, was in unseren Köpfen vorging. Er hatte diese Phase selbst durchlebt. Er kannte das brennende Verlangen nach menschlichem Blut nur allzu gut.

„Wartet hier", befahl Nechifor und machte sich gemeinsam mit Mitch auf den Weg zur Gruppe von Menschen, die nun auch für meine Augen sichtbar wurde. Samantha stand unruhig neben mir. Ihre Finger spielten nervös mit ihren langen blonden Haaren. Um mich von dem immer stärker werdenden Geruch der Menschen abzulenken, ein Geruch, der nun auch meine Sinne betörte, beobachtete ich Samantha heimlich. Ihre Haare hingen schlaff und glanzlos herab. Ein krasser Gegensatz zu ihrer sonst so makellosen Erscheinung. Die Tage des Kampfes hatten ihre Spuren hinterlassen. Kein Make-up zierte mehr ihr Gesicht und ihre Fingernägel waren bis auf das Nötigste gekürzt worden. In ihrem Blick lag eine wilde Entschlossenheit gemischt mit einer Spur Verzweiflung. Ein Spiegelbild unserer eigenen inneren Zerrissenheit als junge Vampire im Angesicht unserer ersten großen Herausforderung. Als Nechifor und Mitch endlich die Gruppe erreichten, war die Spannung in der Luft fast greifbar. Sie tauschten Worte aus, deren Bedeutung mir entging. Plötzlich schossen Nechifors Hände in die Höhe, begleitet von einem lauten Ruf, der durch die Stille schnitt wie ein Messer durch Butter. Die Menschen um ihn herum kippten wie gefällte Bäume zu Boden, ihre Körper schlugen mit einem dumpfen Geräusch auf dem harten Untergrund auf. Ein Schauer lief mir über den Rücken bei dem Gedanken, dass sie sich verletzt haben könnten.

«Ihr könnt kommen!», rief Mitch uns zu und wir hasteten herüber. Iwa kniete sich sofort neben eine Frau nieder und suchte nach ihrem Puls. Ihre Stirn legte sich in Falten, während sie konzentriert ihre Lebenszeichen überprüfte. Amalia und Livia hingegen zogen es vor, Abstand zu halten. Sie setzten sich auf kleine Felsen und wandten sich ab, als ob sie das Geschehen nicht ertragen könnten oder wollten. Razvan kümmerte sich um einen Jungen, auf dessen Schläfe ein wenig Blut zu sehen war. Er war hart dem Boden aufgekommen.

«Von Kindern wird kein Blut genommen», verkündete Mitch mit einer Autorität in seiner Stimme, die keinen Widerspruch duldete. Razvan ließ den Jungen los, nachdem er sich vergewissert hatte, dass die Verletzung nicht schlimm war. Währenddessen legten Mitch und Oana den Erwachsenen Venenzugänge an und das Blut begann in Beutel zu fließen. Lorin stand dabei Wache, sein Blick unerbittlich auf die Prozedur gerichtet. Ich konnte nicht anders als mich zu fragen, ob diese Menschen wohl gesund waren oder ob der Blutverlust ihnen schaden könnte. Ich fühlte mich isoliert in meiner Sorge. Die anderen schienen von einer gierigen Faszination ergriffen zu sein, während ich nur Abscheu empfand. Das Blut sah verführerisch aus und es roch unheimlich gut. Mir lief auch das Wasser im Mund zusammen und meine Hände begannen zu zittern, dennoch plagten mich schlechte Gedanken. Vielleicht lag es an der Erziehung meiner Zieheltern oder an meinem eigenen Gewissen. Aber ich konnte nicht anders als mich für das Leid dieser Menschen verantwortlich zu fühlen. Die Erinnerung an die Geschichten über vergangene Zeiten kam hoch, die mir mein Onkel erzählt hatte und die ich in Büchern gelesen hatte. Zeiten, bevor das Abkommen mit den Jägerorden geschlossen wurde. Sie erzählten von einer Zeit, in der das majestätische Schloss nicht für seine Pracht und Herrlichkeit bekannt war, sondern für seine dunkelsten Geheimnisse. Eine Ära, in der die Kerker nicht Verbrecher beherbergten, sondern so genannte Blutsklaven. Die Schilderungen ihrer Leiden waren so lebhaft und erschütternd, dass ich beim Lesen einen kalten Schauer verspürt hatte. Diese unglücklichen Seelen wurden Tag für Tag zu grausamen Ritualen gezwungen, bei denen ihnen auf barbarische Weise Blut entzogen wurde. Die Methoden waren so unmenschlich, dass sie selbst den härtesten Gemütern Tränen der Empörung entlockt hätten. Wenn die Wannen mit ihrem kostbaren Lebenssaft gefüllt waren und die Sklaven vor Schwäche kaum noch stehen konnten, schleifte man sie zurück in ihre feuchten Zellen. Dort blieben sie schmutzig und vernachlässigt zurück, ohne Hoffnung auf Reinigung oder Trost. Einmal täglich erhielten sie eine karge Mahlzeit. Diejenigen unter ihnen, die krank wurden oder deren Körper dem endlosen Martyrium nicht mehr standhalten konnten, erwartete ein noch schrecklicheres Schicksal. Sie wurden kopfüber aufgehängt und ihre Kehlen durchschnitten, damit auch das letzte Quäntchen ihres Blutes genutzt werden konnte. Um keine Gerüchte oder Fragen aufkommen zu lassen, verscharrte man die leblosen Körper heimlich hinter dem Schloss. Die Menschen heute hatten im Vergleich dazu Glück. Sie schliefen zumindest während des Vorgangs friedlich. Doch auch sie waren Gefangene ihres Schicksals. Gegen ihren Willen benutzt wie die Blutsklaven vergangener Tage. Das Abkommen hatte angeblich ein Ende dieser Barbarei gebracht. Doch fast hundert Jahre später existierten immer noch Blutsklaven. Wenn auch unter besseren Bedingungen versteckt gehalten. Neben den Blutsklaven gab es nun auch Bluthändler. Menschen, die ihr Blut verkauften für Geld oder andere Güter und sich dabei stets im Schatten verbargen, um nicht von Jägern entdeckt zu werden. Denn diese Jäger machten keinen Unterschied zwischen einem Bluthändler und einem Vampir. Beide wurden gnadenlos getötet. Bevor das Abkommen geschlossen wurde, herrschte im Orden eine weitere Form der Sklaverei. Zwangsprostitution. Frauen und Männer wurden festgehalten und als Ware behandelt. Der heutige Westflügel des Schlosses, jetzt ein Hort der Kunst und Kultur, diente damals als Menschenbordell. Vampire konnten dort hingehen und sich einen Menschen nehmen. Für Stunden oder Tage. Mit dem Abkommen sollte all dies verboten sein. Doch während ich über die Geschehnisse in der Vergangenheit brütete, fragte ich mich, wie viel von diesem dunklen Erbe lebt noch immer unter uns fort? Wie viele Geheimnisse sind noch verborgen in den Tiefen dieses alten Gemäuers? Die Luft war erfüllt von einer gespannten Erwartung, als Mitch mit einer ruhigen und bedachten Bewegung, jedem von uns einen gefüllten Beutel reichte. Das Blut darin schimmerte dunkelrot und geheimnisvoll. Wir Jungvampire tauschten Blicke aus.

«Nehmt den Schlauch in den Mund und schlürft es wie einen guten Cocktail», sagte Lorin mit einem Lächeln, das seine Fangzähne aufblitzen ließ. Er tat es vor und saugte genüsslich an dem dünnen Schlauch. Selbst Razvan hielt nun einen Beutel in seinen kräftigen Händen. Mit einem entschlossenen Blick überwand er jegliches Zögern und folgte Lorins Beispiel. Einer nach dem anderen ahmten sie ihn nach. Ich stand da, den

Schlauch zögerlich vor meinen Lippen haltend, mein Herz pochte wild gegen meine Brust. Die Luft roch süßlich nach Metall und Salz. Dieses Blut versprach eine Erfüllung, die weit über das hinausging, was das synthetische Gebräu des Schlosses je zu bieten hatte. Mit geschlossenen Augen atmete ich tief durch und kämpfte gegen den Ekel an, der sich in mir regte. Nicht vor dem Blut selbst, sondern vor dem Monster, das ich zu werden drohte. Doch die Neugier und der Durst waren stärker. Ich führte den Schlauch an meine Lippen und begann zaghaft zu saugen. Kaum berührte der erste Tropfen meine Zunge, entfesselte sich ein Feuerwerk der Sinne in meinem Inneren. Ein warmes Kribbeln breitete sich aus und verwandelte sich schnell in ein brennendes Verlangen. Ich saugte gieriger an dem Schlauch. Das Blut strömte nun in einem gleichmäßigen Fluss in meinen Mund. Es schmeckte komplett anders als das von den Hexen, dass wir in den letzten Tagen gelegentlich erhalten hatte. Das Hexenblut entfachte nicht so eine Gier in mir. Mein Bauch füllte sich rasch. Ich spürte jede Bewegung des fremden Blutes durch meinen Körper. Am Rande meines Bewusstseins registrierte ich die Stille um mich herum. Die anderen hatten längst innegehalten und beobachteten mich mit einer Mischung aus Faszination und Entsetzen. Das Blut verschwamm alles andere. Es war alles, was zählte. Ein Rinnsal entwich meinen Lippen und zog eine feuchte Spur hinab zu meinem Ausschnitt, doch nichts konnte mich jetzt stoppen. In weniger als einer Minute hatte ich den gesamten Inhalt des Beutels geleert. Benommen ließ ich den leeren Beutel zu Boden fallen. Mein Atem ging schwer. Razvan betrachtete mich mit einem schockierten Ausdruck in seinen sonst so kontrollierten Augen. Als ich meinen Blick hob, traf ich auf die Gesichter meiner Verbündeten. In diesem Moment war mir klar. Ich hatte nicht nur das Blut getrunken, ich hatte es verschlungen wie ein Wesen der Nacht, das endlich seine wahre Natur akzeptiert hatte. Mitch und Narcis tauschten einen Blick voller schelmischer Amüsement, als sie mein wildes Verhalten beobachteten. Ihre Augen funkelten vor Belustigung. Lorin und Oana hingegen standen abseits, ihre Gesichter ausdruckslos, als wären sie Zeugen eines alltäglichen Ereignisses, unfähig oder unwillig, die Intensität des Moments zu erfassen.

«Möchtest du noch etwas?», fragte Mitch mit einem breiten Grinsen, das seine Eckzähne entblößte. Er trat näher, hielt mir seinen eigenen Beutel hin, als wäre es eine Einladung zu einem geheimen Tanz. Ich zögerte einen Moment lang. In der dunklen Tiefe seiner schwarzen Augen sah ich mein Spiegelbild. Blutverschmierte Lippen, ein dünner Strom von Blut rann mir vom Kinn herab und meine Augen glühten.

«Lass sie in Ruhe», fauchte Razvan plötzlich und stellte sich schützend vor mich. Seine Stimme war ein scharfes Zischen, das durch die Stille schnitt. Was hatte er jetzt schon wieder für ein Problem?

«Ich habe ihr nur meine Portion angeboten», verteidigte sich Mitch mit erhobenen Händen, doch seine Stimme war ebenso kalt und herausfordernd.

«Ihr verderbt diese Kinder mit eurem Lebensstil», knurrte Razvan und senkte bedrohlich die Stimme.

«Kinder? Das sind keine Kinder mehr», entgegnete Nechifor unbeeindruckt. «Du hast gesehen, wie sie gegen Nerul gekämpft haben. Samantha hat drei von ihnen mit einem Schwert enthauptet. Sind das etwa Kinder? Sie sind junge Erwachsene auf einer gefährlichen Mission, um ihre Freunde zu finden. Wer getötet hat, ist kein Kind mehr in meinen Augen.»

Razvan schnaubte verächtlich und drehte sich um, sein Stolz verletzt von der Konfrontation.

Samantha blickte nachdenklich Nechifor an und dieser blickte unverhohlen zurück.

«Er kennt es nicht anders», flüsterte Narcis leise. «Er war lange Zeit unter der Kontrolle der Fürstenfamilien gefangen und hatte keinen eigenen Willen.»

Nechifor nickte stumm zur Bestätigung. Er verstand die Last der Vergangenheit, die Razvan trug.

«Lass uns einfach so weitermachen wie bisher», fügte Narcis hinzu. «Wir sind auf dem richtigen Weg.»

Nechifor nickte.

«Leute, trinkt aus und dann räumen wir das Zeug weg», befahl er ruhig aber bestimmt. Ich betrachtete die Gruppe und tief in mir begann ich zu realisieren, dass ich nie wieder die Person sein werde, die ich zuvor war.

KAPITEL 19

Als wir uns daran machten, das Chaos zu beseitigen, war Iwa ganz in ihrer Rolle als Heilerin aufgegangen. Mit einer Mischung aus Konzentration und Zärtlichkeit kümmerte sie sich um die blutende Schläfe des Jungen. Ihre Finger bewegten sich geschickt und sanft, als sie das Blut fortwischte und eine durchsichtige Salbe auftrug. So feinfühlig, dass der Junge hoffentlich nur die Berührung eines Schmetterlingsflügels spüren würde. Die restlichen Erwachsenen schienen wie durch ein Wunder unversehrt, abgesehen von einem winzigen Einstich am Arm, der Zeuge der Blutentnahme war. Genauso wie Mitch es mir versprochen hatte.

«Verschwinden wir», sagte Mitch mit einer Dringlichkeit in seiner Stimme, die keinen Widerspruch duldete. Wir setzten uns in Bewegung, unsere Schritte beschleunigend, getrieben von dem Wunsch, ungesehen zu bleiben. Erst als wir sicher waren, dass keine menschlichen Augen uns mehr erreichen konnten, hielt Nechifor inne. Er hob seine Arme in einer alten Geste der Beschwörung und flüsterte leise Worte in einer Sprache, die älter war als die Zeit selbst. Unter seinem Befehl kehrte das Leben in die Menschen zurück. Sie erhoben sich verwirrt und suchten nach Orientierung. Der kleine Junge fasste sich an die Schläfe und brach dann in Tränen aus.

«Die Salbe hat noch nicht gewirkt», murmelte Iwa mit einem Anflug von Verzweiflung in ihrer Stimme. Oana stand etwas abseits und lauschte den Geräuschen der erwachenden Menschen.

«Es scheint allen so weit gut zu gehen», erklärte sie mit einem Hauch von Erleichterung.

«Nun gut», sagte Nechifor mit einem Blick auf den sich zusammenziehenden Himmel. «Unsere Fledermäuse sind gesättigt. Es wird Zeit weiterzuziehen. Hier wird bald ein heftiges Gewitter losbrechen» Seine Stimme klang ungeduldig und ohne ein weiteres Wort marschierte er voran.

Samantha stöhnte frustriert auf und zog ihre Kapuze tief ins Gesicht.

«Immer muss er so hetzen», murrte sie, doch dann hellte sich ihre Miene auf und sie fügte schelmisch hinzu: «Folgen wir dem Waldmenschen.» Ihr Kommentar entlockte Nechifor einen genervten Blick, doch ich konnte nicht übersehen, wie ein schmales Grinsen seine Lippen umspielte.

Gegen späten Nachmittag erreichten wir endlich den höchsten Punkt im Süden. Wie Nechifor vorhergesagt hat, hatte der Himmel seine Schleusen geöffnet und ergoss sich ausgiebig über uns. Trotz

330

meiner erschöpften Beine und die Tatsache, dass ich bis auf die Unterwäsche vollkommen durchnässt war, konnte ich nicht anders, als über die atemberaubende Aussicht zu staunen. In diesem Moment bemerkte ich aus dem Augenwinkel, wie Iwa Nechifor beiseitezog und ihm etwas ins Ohr flüsterte. Was auch immer es war, es ließ ihn genervt die Augen verdrehen.

«Wir schlagen hier unser Lager auf», verkündete Nechifor entschieden und sein Blick glitt nachdenklich über die Bergklippen. Wir nickten stumm. Niemand wagte es, zu widersprechen.

«In dieser Nacht wird kein Feuer gemacht», fügte Mitch hastig hinzu, als einige von uns begannen nach Holz zu suchen. «Es ist zu riskant.»

«Ich werde später eine Wärmekugel entzünden», erklärte Nechifor knapp. «Sie spendet Licht und Wärme ohne Rauchschwaden.»

Was zur Hölle war eine Wärmekugel? Ich brannte darauf, es herauszufinden, aber Nechifor wirkte abgelenkt und so beschloss ich meine Neugierde zu zügeln. Als die Dämmerung hereinbrach, trat Iwa vor uns.

«Nechifor hat euch auch noch etwas zu sagen.» Überrascht drehte er sich um und fixierte sie mit einem Blick so scharf wie ein Dolchstoß.

«Nein, habe ich nicht», fauchte er wütend zurück.

In seinen waldgrünen Augen loderte ein Feuer. Ein Sturm aus Emotionen bereit loszubrechen. Iwas Augen funkelten vor Aufregung, als sie die Worte aussprach.

«Er kann Ferenc wieder lebendig machen,» verkündete sie mit einem Lächeln, das so strahlend war, dass es selbst die düstersten Schatten vertrieb. Sie wandte sich Nechifor zu, dessen Gesicht von Zweifel gezeichnet war, und nickte ihm aufmunternd zu, als wollte sie ihm Mut einflößen. Bee drehte sich abrupt zu Iwa um, ihre Augen weiteten sich vor Verwirrung und Angst.

«Was soll das bedeuten?»

Ihre Stimme zitterte leicht, während ihre Finger nervös an der Ecke einer Decke herumzupften, als suchten sie nach etwas Greifbarem in dieser surrealen Situation.

«Er ist ein mächtiger Hexer und hat die Fähigkeit, jemanden von den Toten zurückzuholen,» erklärte Iwa mit einer Ruhe in ihrer Stimme, die Bee nur noch mehr beunruhigte. «Ich bin ein Medium und ich spüre Ferencs Geist unter uns.»

Livia konnte es nicht länger aushalten. Mit einem verächtlichen Zischen entlud sich ihr Unmut.

«Du redest so eine Scheiße!»

Ihre Hände flogen genervt in die Höhe, als wollte sie Iwas Worte physisch von sich weisen.

«Sie spinnt, schon seit sie ein kleines Mädchen war,» fuhr sie fort, ihre Stimme durchdrungen von

Spott und Frustration. «Faselt immer etwas von einer mächtigen Blutlinie. Man sollte dich vielleicht wegsperren, damit du klar im Kopf wirst.» Ihr Blick war hart und unerbittlich. «Niemand besitzt einen Zauber, einen Toten wieder lebendig zu machen.»

Amalia stand daneben und beobachtete das Geschehen mit einem skeptischen Blick. Als Livia ihre Tirade beendete, nickte Amalia stumm zur Zustimmung.

Doch dann brach Nechifors leise Stimme durch die Anspannung.

«Iwa sagt leider die Wahrheit.»

Seine Worte waren kaum mehr als ein Flüstern, doch sie trafen wie Donnerschläge. Alle Blicke richteten sich auf ihn. Niemand hatte bemerkt, dass er sich zu Ferencs regloser Gestalt begeben hatte. Er hatte dessen Gesicht enthüllt.

«Was willst du uns damit sagen? Kannst du Ferenc wirklich wieder zum Leben erwecken?» Beatrices Stimme war nun energisch und fordernd. Jede Spur von Unsicherheit war verschwunden. Mit einer Mischung aus Verzweiflung und Hoffnung in ihrer Stimme forderte sie Antworten, ihre Augen suchten die seinen, als ob sie die Wahrheit direkt aus seiner Seele lesen könnte. Langsam trat sie auf Nechifor zu, ihre Bewegungen waren sanft, fast mütterlich, als sie ihm eine Hand auf den Unterarm legte. Für einen Moment blitzte

Überraschung in Nechifors Augen auf, als er auf ihre Hand hinabsah. Doch dann, mit einem Ruck zog er seinen Arm zurück und machte einige Schritte nach hinten, als wollte er sich nicht nur physisch, sondern auch emotional von ihr distanzieren.

«Ich kann jemanden wiederbeleben», begann er mit einer Stimme, die vor Unsicherheit zitterte. «Zumindest kann ich es versuchen.» Seine Augen wanderten umher, vermieden jedoch jeden direkten Blickkontakt. «Wenn Ferencs Geist noch immer unter uns ist, wie Iwa sagte, dann… dann könnte es mir gelingen.» Er schluckte schwer. Man konnte förmlich spüren, wie das Gewicht der Verantwortung auf seinen Schultern lastete. «Aber es bedarf Vorbereitung. Der Körper ist zu stark verletzt.» Er hielt inne und sein Blick verdunkelte sich. «Wenn ich den Jungen in seinen Körper stecke, erwacht er mit sehr starken Schmerzen und kann erneut an Infektionen oder an der Schwere der Verletzung sterben.»

Nechifor zog eine apfelgroße Kugel hervor und hielt sie sorgfältig zwischen seinen Fingern. Als er die Kugel sanft schüttelte, entfaltete sich ein Schauspiel. Warmes strahlendes Licht ergoss sich aus der Kugel wie flüssiges Gold und erleuchtete sein Gesicht in einem weichen Schein. Die Sonne hatte sich bereits hinter den majestätischen Bergen zurückgezogen und die Welt um sie herum in Dämmerung gehüllt.

Mitch, Lorin und Oana reagierten kaum auf seine Worte. Ihre Gesichter blieben regungslos. Sie kannten Nechifors Fähigkeiten und waren nicht überrascht von dem, was er vorschlug. Doch Livia und Amalia tauschten verwirrte Blicke aus und selbst die erfahrenen Vampirältesten schienen von dieser Offenbarung betroffen zu sein. Diese Fähigkeit war etwas Außergewöhnliches. Livia hatte erwähnt, dass niemand so einen Zauber beherrschte. Wenn das wahr war, woher hatte Nechifor diese seltene Gabe? Gab es etwa doch andere mit solchen Kräften oder hatte Livia sich getäuscht?

«Hast du das schon mal gemacht und ist es gelungen?» Amalias Stimme schnitt durch die Stille. Ihre Stirn war in Sorgenfalten gelegt. Man konnte sehen, dass sie mit der Vorstellung rang, was diese Magie wirklich bedeutete. Nechifor stand da, ein Bild des inneren Kampfes. Zwischen dem Wunsch zu helfen und der Angst vor dem möglichen Scheitern. Die Abendsonne tauchte den Himmel in ein flammendes Rot.

«Es gab da einmal einen Moment. Ja, es ist mir tatsächlich gelungen. Die Person, die ich für verloren hielt, atmete wieder. Lebendig, ihr Herz schlug erneut in ihrer Brust. Ihr Geist kehrte zurück in den Körper, doch sie war nicht mehr die Person, die ich kannte.»

Seine Augen spiegelten das letzte Licht des Tages wider und in ihnen lag eine unergründliche Melancholie.

«Was genau bedeutet das?», drängte Narcis nach. In seiner Stimme schwang eine Mischung aus Faszination und Unbehagen.

«Sie hatte sich verändert», fuhr er fort, seine Worte sorgsam wählend. «Sie war oft abweisend und distanziert, als ob ein Teil von ihr stets woanders verweilte. Es war, als lebte sie gleichzeitig in zwei Welten. Hier bei uns und dort… in der Totenwelt.» Seine Finger spielten gedankenverloren mit einem Grashalm am Boden. Nechifor seufzte schwer und blickte in die Ferne. «Es war ein ständiger Kampf für sie. Zerrissen zwischen den Realitäten. Unfähig zu entscheiden, wo sie hingehörte.»

Ein Schauer lief mir über den Rücken bei dem Gedanken an diese gequälte Seele.

«Wann geschah das? Und was ist letztendlich mit ihr passiert?», flüsterte ich mit einer Stimme voller Mitgefühl und Sorge. Nechifor drehte seinen Kopf langsam zu mir und sein Blick traf meinen. In seinen Augen lag eine Schwere, die nur jene besitzen, die Zeuge des Unfassbaren geworden sind.

«Es ist schon einige Zeit her», antwortete er leise. «Aber das Schicksal dieser armen Seele, nun ja, es bleibt ein Mahnmal dafür, dass manche Grenzen vielleicht nie überschritten werden sollten.»

Livia's Augen blitzten vor Unglauben, als sie die Worte kaum über ihre Lippen brachte.

«Du redest Schwachsinn,» murmelte sie, doch ihre Stimme zitterte, verräterisch schwach in ihrer Überzeugung. Es war mehr eine Frage als eine Feststellung, ein verzweifelter Versuch, an der Realität festzuhalten, die ihr bekannt und sicher erschien. Nechifor hingegen konnte ein belustigtes Schnauben nicht unterdrücken. Sein Gesichtsausdruck verriet einen Hauch von Spott, gemischt mit dem stillen Selbstbewusstsein eines Mannes, der mehr wusste, als er preisgab.

«Ich habe es nicht nötig, Schwachsinn zu erzählen,» erklärte er mit einer ruhigen und bestimmten Stimme, die keinen Raum für Zweifel ließ. Er griff langsam in seine abgenutzte Ledertasche.

«Erklär es uns zumindest», bat Beatrice umsichtig.

«So viel gibt es da nicht zu erklären. Es ist wahnsinnig riskant», erwiderte er.

«Dann hat Iwa also die Wahrheit gesagt?», fragte Livia ungläubig.

«Ja, habe ich», zischte Iwa zickig.

Beatrice stand da, ihre Augen glänzten feucht im Mondlicht, während sie mit einer Stimme sprach, die vor Verzweiflung zitterte.

«Wenn es in deiner Macht steht, Ferenc zu uns zurückzuholen, dann bitte ich dich inständig, es zu versuchen. Er wurde uns viel zu früh entrissen. In meinen Augen ist er noch immer ein Kind,» flehte sie, ihre Hände zitterten leicht, als wäre die bloße Erwähnung seines Namens genug, um die Fragilität ihrer Fassung zu offenbaren. Ihr Blick schweifte zu Ferenc hinüber, dessen jugendliches Gesicht im silbernen Schein des Mondes gespenstisch erstrahlte. Sein Körper lag reglos da und schien trotz der eisigen Kälte, die ihn umfing, langsam in sich zusammenzusinken. Ein stummer Zeuge der unerbittlichen Wirklichkeit des Todes. Nechifor atmete tief ein und ließ die Luft langsam wieder entweichen. Seine Augen waren schwer von Zweifel und Sorge, als er nickte.

«Bevor ich auch nur daran denken kann, ihn zurückzuholen, muss ich jede seiner Wunden sorgfältig behandeln und nähen. Andernfalls wird er einfach wieder an seinen Verletzungen sterben,» erklärte Nechifor mit einer ruhigen Stimme, die jedoch nicht verbergen konnte, wie sehr das Gewicht dieser Aufgabe auf ihm lastete.

«Und selbst wenn es gelingt... er wird wissen, dass er tot war. Er hat das Totenreich gesehen,» fügte er hinzu und hob Ferenc behutsam aus dem Wagen.

«Wir geben dir alle Zeit, die du brauchst,» sagte Beatrice sanft und legte eine Hand auf Nechifors Schulter in einer Geste der Unterstützung und des Trostes. Ich blickte mich um und spürte eine Mischung aus Angst und Skepsis in den Augen der Anwesenden. Niemand schien wirklich von der Idee begeistert zu sein. Das letzte Mal hatte eine solche Tat einen Schatten über die Frau geworfen. Sie war verändert zurückgekehrt. Wie würde es Ferenc ergehen? Die Luft war durchdrungen von einer beklemmenden Stille. Jeder Gedanke an das Totenreich rief Bilder hervor, die man lieber nicht im Geiste malen wollte. Welche Konsequenzen würde seine Rückkehr für uns alle haben?

KAPITEL 20

Mit zitternden Händen und einem Herzen, das in meiner Brust wild hämmerte, stand ich Iwa und Nechifor zur Seite. Wir waren umgeben von der Stille des Raumes, die nur durch das gelegentliche Klirren von Instrumenten unterbrochen wurde. Ich beobachtete, wie sie behutsam die klaffende Bauchwunde reinigten, deren Anblick allein schon genügte, um den Magen eines Ungeübten umzudrehen. Sie ließen ein übel riechendes schwarzes Gebräu in die Wunde fließen, das sich langsam seinen Weg durch das verletzte Fleisch bahnte.

«Es sickert in die Organe und reinigt sie von Fäulnis, Schmutz und Gift,» erklärte Iwa mir mit einer Stimme, die vor Konzentration bebte. Ihre Augen waren fest auf ihre Aufgabe gerichtet, während ihre Finger mit einer Präzision arbeiteten, die nur jahrelange Erfahrung hervorbringen konnte.

«Warum habt ihr das nicht schon verwendet, als er noch am Leben war?», fragte ich unsicher.

«Wir hatten keine Möglichkeit, ihn in eine sichere Narkose zu legen. Unsere Schlafmagie ist zu schwach. Das Serum verursacht unheimlich starke

Schmerzen. Wahrscheinlich wäre er dann an den Schmerzen sowieso gestorben», erklärte sie fahrig. Neben ihr war Nechifor eine Ruhe selbst. Seine Hände bewegten sich sicher und geübt, als er begann, die Wunde mit festen Stichen zu schließen. Danach trug er eine Salbe auf. Dieselbe, die er auch schon zuvor verwendet hatte, als Ferenc noch am Leben war. Seine Bewegungen waren sanft und bedacht. Währenddessen kümmerte sich Iwa um die kleineren Verletzungen. Sie trug dieselbe heilende Salbe auf jede einzelne Wunde auf, als wollte sie jedem Schnitt ihre persönliche Aufmerksamkeit schenken. Ferenc Körper war nun vollständig aufgetaut.

«Wenn ich mit dem Zauber beginne,» sagte Nechifor leise zu Iwa, «heizt du den Körper auf 36 Grad Körperwärme hoch.»

Seine Stimme war ernst und trug eine Schwere in sich, die zeigte, wie kritisch der nächste Schritt sein würde. Einige Meter entfernt standen Livia und Amalia. Ihre Gesichter spiegelten eine Mischung aus Faszination und Angst wider. Sie wagten es nicht, näher zu kommen oder gar zu helfen. In der Zwischenzeit waren Narcis und Razvan damit beschäftigt Essen zu besorgen. Beatrice hingegen widmete ihre ganze Aufmerksamkeit Bee's Wunde und bereitete ihr einen Tee zu.

«Liana,» rief Nechifor plötzlich aus seiner Konzentration heraus, «aus der Kiste mit dem

Wappen drauf sind vier Kerzen. Rot, Blau, Grün und Gelb. Hol sie bitte und stell sie im Kreis um diesen Wagen auf.»

Ohne zu zögern, eilte ich zur Truhe. Meine Finger griffen hastig nach den farbigen Kerzen. Wie verlangt, stellte ich die verschieden farbigen Kerzen in einem Kreis um Ferenc herum auf. Mit einem Hauch von Unsicherheit in meiner Stimme fragte ich,

«Soll ich sie auch anzünden?» Ich wollte kein Detail übersehen, keine Vorschrift missachten. Nechifor schüttelte den Kopf, seine Miene war ein Spiegelbild der Konzentration, die ihn umgab. «Das geschieht alleine, wenn das Ritual wirkt», antwortete er. Er saß auf dem Boden, die Augen fest geschlossen, und es wirkte fast so, als würde er meditieren. Plötzlich sprang er auf und breitete seine Arme aus wie ein Dirigent vor seinem Orchester. Instinktiv trat ich einige Schritte zurück. Neben ihm stand Iwa, ihr Gesichtsausdruck eine Mischung aus Nervosität und Faszination. Auch für sie war dies Neuland.

«Ruf jetzt Ferencs Geist», wies Nechifor sie an, seine Stimme nun merklich tiefer.

Iwa schloss ihre Augen und begann zu sprechen.

«Ferenc, ich rufe dich. Dein Körper liegt hier bereit für deine Seele. Ich weiß, dein Körper ist nicht unverletzt und du wirst Zeit brauchen, bis du deinen Körper wieder vollständig gebrauchen kannst. Aber hier sind deine Freunde, die dich schrecklich vermissen und dich brauchen. Deine Familie braucht dich, die noch nichts von deinem Tod weiß. Ich rufe dich und bitte dich in deinen Körper zurückzukehren.»

Die Luft um uns herum knisterte förmlich vor Energie. Ein feiner Schweißfilm bildete sich auf meinem Rücken und rann hinunter. Die Temperatur schien zu steigen. Es war, als würden wir in einem unsichtbaren Feuer stehen.

«Vi sanguinis mei! Dicam Ferenc, in corpore vestro!», rief Nechifor mit solcher Kraft heraus, dass ich zusammenzuckte. Wie auf sein Kommando entflammten die Kerzen ringsum uns herum. Ein Spektakel des Übernatürlichen. Aus dem Augenwinkel bemerkte ich Samantha. Sie klammerte sich fest an Awreys Arm. Ein stummer Ausdruck ihrer Angst und Anteilnahme. Wir alle waren emotional tief involviert und keiner von uns konnte wirklich ahnen, was als Nächstes geschehen würde. Ein starker Wind zog auf und Nechifors Mantel flatterte unruhig umher. Iwa Haare peitschten ihr wild um den Kopf.

«Tue es freiwillig, dann wird es nicht wehtun», fügte Nechifor leiser hinzu. Die Hitze intensivierte sich weiterhin und plötzlich umgab Ferenc ein grünes Glimmern. Neben ihm materialisierte sich eine schemenhafte Gestalt. Konnte das wirklich

343

Ferencs Geist sein? Trotz der drückenden Hitze lief mir ein kalter Schauer über den Rücken. Vor wenigen Monaten hätte ich all dies für reine Fiktion gehalten. Geschichten für Bücher oder Filme, aber sicher nichts für unsere Realität. Und jetzt stand ich mitten im Epizentrum dieser unglaublichen Begebenheit. Ein plötzlicher Ruck durchfuhr Ferencs Körper. Nechifor ließ erleichtert und erschöpft seine Arme sinken. Iwa machte Anstalten auf ihn zuzustürmen, doch Nechifor hielt sie zurück.

«Gib ihm Zeit, sich zu orientieren. Ich habe ihn gerade aus dem Totenreich gerissen. Er ist sicher erstmal verwirrt.»

Seine Worte waren kaum verhallt, da hob sich Ferencs gequälter Brustkorb zum ersten Mal wieder. Seine Augen öffneten sich langsam. Der Anblick war verstörend. Bläuliche Lippen, eingefallene Augen. Er glich mehr einem Untoten als dem Freund von früher. Er drehte seinen Kopf mit einem knirschenden Geräusch zur Seite und blickte Nechifor mit einem ausdruckslosen Starren an. Es war gespenstisch anzusehen. Wie lebendig konnte jemand sein, der gerade aus dem Reich der Toten zurückgeholt worden war. Nechifor stand am Rande des flackernden Kerzenlichts, sein Blick durchdrungen von Sorge und Unsicherheit.

«Wie fühlst du dich?», fragte er mit einer Stimme, die vor Mitgefühl bebte. Ich spürte eine seltsame Spannung in der Luft und mein Blick wurde von dem sanften Schimmern einer silbernen Linie gefangen, die sich zwischen den Kerzen wie ein unsichtbares Netz spannte. Eine Barriere, die ich bis zu diesem Moment nicht wahrgenommen hatte. Ferenc saß regungslos da. Seine Stimme war kaum mehr als ein Hauch, rau und brüchig vom Schmerz der Erkenntnis.

«Du hättest mich nicht wieder zurückholen sollen», flüsterte er mit einem Unterton von Verzweiflung. «Das war ein Fehler.» Seine Worte waren schwer wie Blei und ließen mich erschauern. Ich konnte den Kloß in meinem Hals fühlen, als mir klar wurde, dass Ferenc nicht dankbar für unsere Bemühungen war, ihn ins Reich der Lebenden zurückzuholen. Iwa jedoch konnte und wollte das nicht akzeptieren. Ihre Augen blitzten vor Empörung auf, als sie sich vorsichtig den Kerzen näherte. So nah, dass sie fast die geisterhafte Barriere berührte.

«Was redest du denn da?», stammelte sie aufgebracht.

Ein Lachen entwich Ferencs Lippen, doch es war leer und kalt wie der Winterwind.

«Ich bin gestorben, weil ich zu schwach war», sagte er mit einer Stimme voller Selbstverachtung. «Was soll ich denn unter den Lebenden tun? Glaubst du wirklich, ich bin jetzt eine größere Hilfe als Wiedergänger?» Er hustete kräftig und bei jedem Husten offenbarte sich die Schwärze seiner Zunge. Wir tauschten ratlose Blicke aus. Niemand wusste so Recht, was zu sagen oder zu tun war. Narcis räusperte sich leise und trat einen Schritt vorwärts.

«Wir können mit dir trainieren», bot er an, seine Stimme zitterte leicht vor Angst. «Weißt du, wo wir uns befinden?»

Ferenc richtete seinen Blick langsam auf Narcis und musterte ihn mit einem Ausdruck tiefer Resignation. Narcis versuchte, tapfer zu wirken, doch die Furcht in seinen Augen war unübersehbar.

«In den Bergen», antwortete Ferenc mit einem krächzenden Tonfall. «Ganz in der Nähe der Vampyris Brutstätte.»

«Brutstätte?» Narcis Stimme zitterte vor Verwirrung, als er das Wort aussprach. Ein Schleier der Ungewissheit legte sich über unsere Gesichter. Keiner von uns hatte jemals zuvor von einer solchen Brutstätte gesprochen oder auch nur die leiseste Ahnung gehabt, dass es sie geben könnte.

«Als Geist war ich viel nützlicher», entgegnete Ferenc mit einer Stimme, die so kalt und leer wie das Grab selbst war. «Ich habe einiges herausfinden können, während ich wie ein Schatten um euch herum geflogen bin. Ich konnte in jede Seele blicken, jedes dunkle Geheimnis und jede abscheuliche Tat erkennen.» Sein toter Blick bohrte sich in Nechifor, der sichtlich verunsichert zurückblickte. Auch ich konnte meinen Blick nicht von Nechifor abwenden. Was verbarg er wirklich vor uns? Gab es noch mehr hinter seiner Identität, dass im Dunkeln lag?

«Schön mag sein», sagte ich mit zittriger Stimme, bemüht darum, Ferencs Aufmerksamkeit von Nechifor weg zu lenken. «Wenn du so viel weißt, wie gelangen wir zu dieser Brutstätte? Wird Samuel dort festgehalten?»

Ferencs Lippen verzogen sich zu einem bedrohlichen Grinsen, bevor er sich erhob und langsam auf die flackernden Kerzen zuging. Obwohl ich gute fünf Meter von ihm entfernt stand, wich ich instinktiv einige Schritte zurück.

«Auch in deine Seele konnte ich blicken», lachte er höhnisch. «Sie ist böse und so voller Blutdurst.» Er machte eine dramatische Pause und fixierte mich mit durchdringendem Blick. «Die kleine Liana Dimitrios. Eine Weise ohne echte Familie. Alle haben Mitleid mit dir, niemand kümmert sich darum, dass du keinen Finger rührst oder dich um Nahrung kümmerst. Du sitzt immer da und wartest darauf, dass Beatrice dir Tee serviert oder etwas zu essen bringt. Aber unter uns allen bist du die Bösartigste.»

Sein Blick glitt wieder zu Nechifor hinüber. Ferenc verzog kurz das Gesicht. Nechifor jedoch ließ sich nicht beirren. Entschlossen schritt er auf die Barriere zu und durchquerte sie ohne Zögern. Ein kurzes Knistern war an seiner Kleidung zu hören, doch sonst geschah nichts.

«Du warst in meiner Seele», gab Nechifor ruhig zurück. «Das stimmt. Ich habe deine Präsenz gespürt und dir vielleicht sogar etwas offenbart. Aber nur weil du einen Blick in eine Seele werfen kannst, bedeutet das nicht, dass du den Charakter oder das wahre Wesen einer Person verstehst. Du hast nicht genug Zeit im Totenreich verbracht, um das zu begreifen», sagte Nechifor und stand dicht vor Ferenc. Nechifor stand da, seine Augen funkelten mit einer Intensität, die jeden im Raum in ihren Bann zog. «Deshalb sage ich es dir», begann er mit einer Stimme, die vor Weisheit und Erfahrung nur so strotzte. «Die Seele und das Wesen sind zwei verschiedene Dinge. Die Seele kann noch so böse sein, aber das Wesen kann gutherzig sein. Jeder entscheidet selbst, was er mit der Dunkelheit und der Grausamkeit in sich anstellt.»

In Ferencs Blick loderte kurz ein Funke von Unsicherheit auf, als würde er gegen einen inneren Dämon kämpfen, den nur er sehen konnte. Samantha hingegen schien von einem Moment auf den anderen zu zerbrechen. Ihre Stimme war plötzlich brüchig und voller Zweifel.

«Ich weiß nicht, ob ich mit einer bösen Kopie von Ferenc zusammenleben will.»

Ihre Worte fielen wie Steine in einen stillen Teich und ließen Wellen der Beklemmung durch unseren Lagerplatz schwappen. Eine drückende Stille breitete sich aus. Niemand wagte es, etwas zu erwidern. Es war, als hätten Samanthas Worte unsere tiefsten Ängste laut ausgesprochen. In meinem Inneren tobte ein Sturm aus Gedanken. War meine Seele wirklich so finster, wie Ferenc behauptet hatte? Was sollten wir jetzt tun? Ob wir wollten oder nicht, wir mussten uns nun mit einem Ferenc auseinandersetzen, dessen dunkle Seite zum Vorschein gekommen war. Vor seinem Tod war er ein zurückhaltender Junge gewesen, jemand, der selten seine Meinung kundtat. Diese wiedererweckte Version von ihm schien ihm in keiner Weise ähnlich zu sein. Ich spürte, wie ich mit dem Gedanken spielte, Nechifor zu fragen, ob es möglich wäre, Ferenc zurück ins Totenreich zu schicken. Ohne ihn erneut töten zu müssen. Doch tief in mir kannte ich bereits die Antwort. Eine Wiedererweckung ist endgültig. Niemand kann einfach so zurückgeschickt werden. Ein Gefühl des Bedauerns überkam mich. Hatten wir einen Fehler begangen? Hatte Nechifor von Anfang an gewusst, dass dies ein Fehler sein könnte? Die Schwere dieser Erkenntnis lastete auf meinen Schultern wie ein untragbares Gewicht.

«Nun, was hast du im Totenreich gesehen?», erkundigte sich Nechifor mit einer Stimme, die vor

Neugier bebte, während er langsam und bedächtig die Kerzen ausblies. Eine nach der anderen erlosch und mit jedem Flackern der Flamme wuchs die Spannung im Raum. Ein kalter Schauer lief mir über den Rücken, als ich mich fragte, ob es wirklich klug war, die schützende Barriere zwischen uns und dem Jenseits so voreilig zu durchbrechen. Ferencs wahre Natur war uns allen ein Rätsel. Waren seine dunklen Worte nur leere Drohungen oder verbargen sie eine tiefe Bosheit, die auch in seinen Taten zum Ausdruck kam? Ich sah das kaum merkliche Zittern von Nechifors Händen. Auf seiner Stirn und im Nacken glänzten Schweißtropfen und ein dünnes Rinnsaal lief ihm an der Schläfe hinab.

«Ich habe nicht viel gesehen», begann Ferenc ruhig, während er sich langsam anzog. Die Kleidung, die wir für ihn aufbewahrt hatten, schien ihm wie eine zweite Haut zu passen.

«Ich war ja noch nicht lange dort. Aber das Wenige… es war auf seltsame Weise schön. Im Totenreich ist man entbunden von aller Verantwortung. Es gibt kein Leid mehr. Ich fühlte mich frei und ungebunden. Man kann tun und lassen, was man will. Für die Lebenden mag es wie die Hölle erscheinen, aber das ist es nicht. Man ist nicht einfach tot. Tote leben weiter, als Seelen.»

Seine Worte hingen schwer in der Luft. «Warum wurde ich zurückgeholt?» Seine Stimme brach die Stille und er hielt inne, während er seinen Gürtel festzog. Er schien völlig unbeeindruckt davon zu sein, dass alle Augen auf ihn gerichtet waren.

«Weil wir herausgefunden haben, dass Nechifor es kann», antwortete Beatrice mit einer mütterlichen Wärme in ihrer Stimme. «Iwa hat deinen Geist gespürt. Wir wollten dir helfen. Wir wollten dich zurück ins Leben holen. Deine Familie und wir alle hätten dich schrecklich vermisst.»

Ein sanftes Lächeln umspielte Ferencs Lippen. Das erste echte Lächeln seit seiner Rückkehr aus dem Reich der Toten.

«Weißt du,» sagte er leise und sah Beatrice direkt in die Augen, «ich habe auch deine Seele gesehen.»

Beatrice zuckte zusammen. Ein nervöses Zittern ließ sie eine Haarsträhne hinter ihr Ohr streichen.

«Und was hast du gesehen?»

Ihre Stimme zitterte leicht vor Anspannung.

Ferencs Blick wurde weich und nachdenklich. Ein Schimmer von etwas Unausgesprochenem lag darin verborgen. Seine Stimme war sanft, doch in ihr schwang eine Ernsthaftigkeit mit, die jeden im Raum innehalten ließ.

«Deine Seele, Beatrice, ist so tiefenrein. In dir findet sich nicht der geringste Schatten von Bosheit. Neid ist dir fremd. Du bist das Herzstück dieser Gruppe, die selbstlose Mutterfigur, die ohne Zögern bereit ist, für alle anderen zu sorgen. Aber in dir schlummert auch das jahrzehntelange zu unterdrücken versuchte Verlangen nach menschlichem Blut.»

Seine Augen funkelten vor Bewunderung, als er sie ansah. Beatrice stand da, ihre Augen weit aufgerissen in stummer Verwunderung. Die Worte hatten sie unvorbereitet getroffen. «Aber sei vorsichtig,» seine Stimme wurde nun härter und sein Blick wanderte über die Gesichter der Anwesenden. «Deine Gutmütigkeit könnte eines Tages missbraucht werden. Es gibt Personen, die solche Eigenschaften ausnutzen.» Ein kalter Schauer lief mir über den Rücken bei dem Gedanken daran, dass jemand Beatrices Güte gegen sie verwenden könnte. Ich konnte es mir einfach nicht vorstellen. Beatrice war der Fels in unserer Brandung. Niemand würde es wagen, ihr Leid zuzufügen. Nechifors Miene verhärtete sich plötzlich und seine Stimme nahm einen drohenden Unterton an.

«Rührend,» sagte er spöttisch und fixierte Ferenc mit einem durchdringenden Blick. «Ich werde jetzt die letzte Kerze löschen. Solltest du auch nur daran denken, Unfug zu treiben, wirst du es bereuen.» Er machte eine dramatische Pause und sah Ferenc direkt an. «Ich habe dich zurückgeholt, weil diese Leute hier dich vermisst haben. Enttäusche sie nicht.»

Ferenc nickte ernst und entschlossen. Ein stummes Versprechen lag in dieser Geste. Als Nechifor dann die letzte Kerze ausblies, war es, als würde ein unsichtbares Band gelöst werden. Langsam trat Ferenc aus dem Kreis der Kerzen heraus. Dort wo einst eine silbrige Linie geleuchtet hatte, war nun nichts mehr zu sehen als der kühle Steinboden.

«Ich werde euch nicht enttäuschen,» sagte Ferenc mit fester Stimme und man konnte fühlen, dass jedes Wort tief aus seinem Herzen kam. Nechifor nickte knapp. Eine Geste voller Skepsis und zugleich Hoffnung. Ich fragte mich im Stillen. War es damals auch so gewesen? Als er jene Frau wieder ins Leben rief? Ferenc blickte Nechifor an.

«In deiner Seele,» sagte er leise, «habe ich eine Tiefe gefunden, die selbst im Totenreich ihresgleichen sucht.»

Nechifor blickte ihn ohne Anzeichen von Emotionen an, ehe er sich abwandte. Er ließ sich erschöpft zu Boden sinken und atmete schwer. Ich wollte ihn gerade fragen, ob er etwas braucht, als sich Samantha neben ihn besorgt zu Boden sinken ließ.

«Kommst du klar?», fragte sie ihn leise, aber doch so laut, dass ich alles verstehen konnte. Spöttisch grinste er sie an.

«Warum bist du nett zu mir? Bist du beeindruckt von meinen Fähigkeiten?», fragte er sie mit einer Stimme, die so sehr von Spott triefte. Samantha funkelte ihn bitterböse an, ehe sie aufstand, ihr Haar würdevoll über die Schulter schmiss und sich am anderen Ende von unserem Lager niederließ. Sie starrte in die Lichtkugel, die in der Mitte hing. Ich warf einen Blick zu Nechifor, der sie über die Lichtkugel hinweg ansah. Ein kleines warmes Lächeln umspielte seine Lippen.

KAPITEL 21

Als die Morgensonne den nächsten Tag einläutete, führte uns Nechifor auf mysteriöse Weise an der entgegengesetzten Seite des Berges hinab. Mit jedem Schritt, den wir uns von unserem Ziel entfernten, wuchs in mir eine nagende Unruhe, ein Gefühl der Sinnlosigkeit unserer bisherigen Anstrengungen. Wir waren am höchsten Punkt angekommen aber nirgends etwas entdeckt, was auf Vampyris hindeuten könnte. Warum hatten wir diesen Berg erklommen, nur um jetzt wieder abzusteigen? Ferenc hatte flüchtig etwas von einer Vampyris-Brutstätte gemurmelt und dabei Nechifor mit einem durchdringenden Blick fixiert. Inzwischen war ich überzeugt davon, dass Nechifor Geheimnisse hütete, die weit über unser Wissen hinausgingen. In der Ferne zeichnete sich ein dichter Wald ab, der sich wie ein dunkles Meer bis zu den Ausläufern des Gebirges erstreckte.

«Wir betreten in einer Stunde den Wald», verkündete Nechifor mit einer Stimme, die vor Entschlossenheit bebte. «Ich vermute dort etwas. Bleibt eng beieinander und seid wachsam. Ich kann nicht sagen, was uns dort erwartet. Habt ihr verstanden?» Seine Worte hallten an der Spitze unserer Gruppe wider. Ferenc schritt neben ihm her, sein Blick unerschütterlich nach vorn gerichtet. Einige aus unserer Gruppe murmelten zustimmend, doch ihre Stimmen waren gedämpft von der Schwere des bevorstehenden Unterfangens. Als wir den finsteren Wald betraten, legte sich eine drückende Stille über uns. Das Knistern und Rascheln des Unterholzes wurde immer lauter und drohender. Mitch an meiner Seite, schien ebenfalls von einer ungewohnten Nervosität gepackt zu sein. Hinter mir vernahm ich das metallische Geräusch eines Schwertes, das aus seiner Scheide gezogen wurde. Ein rascher Blick genügte. Es war Narcis, der wachsam hinter mir herging. Plötzlich durch brachen kreischende Vampyris das Dickicht. Ihre Schreie schnitten durch Mark und Bein. Instinktiv zog auch ich mein Schwert und nahm eine defensive Haltung ein. Zu meiner eigenen Überraschung gelang es mir tatsächlich, einige dieser Bestien zurückzudrängen. Nerul war unter ihnen nicht zu erkennen. Dann erschütterte ein ohrenbetäubendes Donnern die Luft und Bäume begannen wie Streichhölzer umzufallen. Ich drehte mich hastig um und sah zu meinem Erstaunen nicht Nechifor als Quelle dieses Chaos. Er schleuderte stattdessen Feuerkugeln aus seinen Händen gegen unsere Angreifer. Iwa stand ihm bei und entfesselte kleine Blitze auf die Vampyris. Die anderen beiden Hexen waren nirgends zu sehen. Gerade als ein Baum bedrohlich nahe daran war, direkt auf mich zu stürzen, sprang ich zurück. Nur um über einen gefallenen Vampyris zu stolpern. Doch bevor ich hart auf dem Boden aufkommen konnte, spürte ich zierliche Arme um mich herum, die mich wieder auf die Beine zogen. Blut strömte in wilden Bahnen die Stirn von Bee hinab, tropfte auf den Waldboden und hinterließ ein erschreckendes Muster des Schmerzes. Ihr Gesicht war bleich, ihre Augen weit aufgerissen vor Entsetzen. Der Schock ließ sie zittern, während sie sich krampfhaft an ihr Haupt fasste. Wir waren gefangen, isoliert durch einen umgestürzten Baum, der uns wie eine unüberwindbare Mauer von unseren Gefährten trennte. Plötzlich begann der Baum zu pulsieren, als würde er von einer unsichtbaren Dunkelheit verschlungen werden. Ein schwarz wabernder Schemen breitete sich aus und ließ die Luft um uns herum kalt und bedrohlich wirken.

«Was zum Teufel ist das?», flüsterte ich, doch meine Stimme ging im Crescendo des Unheils unter. In diesem Moment tauchten Nechifor und Iwa auf unserer Seite des Waldes auf. Ihre Gesichter spiegelten pure Entschlossenheit wider, als sie auf uns zu rannten.

«Rennt!», schrie Nechifor mit einer Stimme, die vor Dringlichkeit bebte. Seine Hände formten mystische Zeichen und entfesselten eine gewaltige Feuerwand, die sich wie ein hungriges Biest auf die herannahende Horde von Vampyris zuwarf. Bee und ich setzten zum Laufen an, unsere Beine bewegten sich so schnell wie nie zuvor. Unter Nechifors Füßen bildete sich ein dunkler Rauch, der ihn und Iwa wie auf einem magischen Teppich schweben ließ. Doch wir kamen nicht weit. Die Vampyris durchbrachen die Feuerwand mit einer Bestimmtheit, die zeigte, dass ihnen das Feuer nichts anhaben konnte. Sie rannten weiter. Brennend, unaufhaltsam. Direkt auf uns zu. Seitenstechen quälte mich, raubte mir fast den Atem. Neben mir keuchte Bee vor Schmerz. Immer mehr Blut sickerte aus ihrer Wunde und färbte ihr Haar naturrotes Haar noch dunkler.

«Ich kann nicht mehr. Lasst mich zurück», stöhnte sie mit brüchiger Stimme und verlangsamte ihren Schritt.

«Auf keinen Fall!» Nechifors Stimme hallte durch den Wald wie ein Donnerschlag. Er breitete seine Rauchwolke um Bee aus und zog sie sanft aber bestimmt in seine Arme. Ihre Augenlider flatterten kurz bevor sie in Ohnmacht fiel. Wir erreichten einen großen Felsen und pressten uns gegen seine kalte Oberfläche. Die Hoffnung klammerte sich an mein Herz. Hatten die anderen es geschafft? Waren sie sicher?

«Was sollen wir tun? Wir haben keine Chance», keuchte ich verzweifelt.

Der Fels würde uns nicht lange schützen können. Das wussten wir.

«Ich weiß», antwortete Nechifor leise und sein Blick ruhte schwer auf Bee, die reglos in seinen Armen lag.

«Komm bloß nicht auf die Idee, sie hier zurückzulassen», sagte ich hastig und machte Anstalten, Bee zu ergreifen.

«Ich lasse meine Kameraden niemals zurück», entgegnete er mit einem Funken Zorn in den Augen. «Dort vorne ist eine Lichtung», fuhr er fort und sein Tonfall wurde drängender. «Dort rennst du mit Iwa hin und versuchst, diese Bestien abzuwehren. Ich verstecke Bee und dann stellen wir uns dem Kampf.» Er sah mich fest an. «Weglaufen hat keinen Sinn mehr.»

Mit diesen Worten hob er Bee behutsam hoch und sprintete davon. Weg von der Lichtung, weg vom offensichtlichen Tod.

«Los jetzt! Ich hoffe, du kannst kämpfen», sagte Iwa zu mir. Mit pochendem Herzen und Adrenalin, das durch unsere Adern rauschte, stürmten Iwa und ich in die Schlacht. Ein Orkan der Entschlossenheit. Unsere Waffen waren wie Verlängerungen unserer Seelen. Iwa, die mit bloßen Händen und der rohen Kraft ihrer Magie kämpfte, entfesselte eine Aura wilder Energie, während ich mit einem Schwert in meiner Rechten und einer Pistole am Gürtel, immer bereit für den schnellen Zugriff mit meiner Linken, bewaffnet war. Iwas Augen blitzten vor Intensität auf, als sie ihre Arme in die Höhe riss und aus sicherer Entfernung erste elektrische Blitze auf die heranstürmenden Vampyris schleuderte. Ihre Schreie zerschnitten die Luft, als sie von den tödlichen Entladungen getroffen wurden und zu Boden sanken, wo sie sich noch einige Sekunden in Agonie krümmten. In mir brodelte eine Mischung aus Hoffnung und Angst. Ich sehnte mich nach Nechifors Rückkehr. Die Vampyris waren zahlreich, und tief in meinem Inneren wusste ich, dass Iwa und ich allein sie nicht lange zurückhalten konnten. Mit einem Zorn, der meine Furcht überdeckte, verstärkte ich meinen Griff um das Schwert und ließ es durch die Luft sausen, um die ersten Vampyris niederzustrecken. Es war beunruhigend einfach, fast schon reflexartig, sie zu töten. Vielleicht machte es mir ihr unmenschliches Aussehen leichter. Einige krochen auf allen vieren daher und fauchten bestialisch, während andere aufrecht gingen und eine erschreckende Intelligenz ausstrahlten. Ich begann schnell zu erkennen, dass es verschiedene Arten von Vampyris gab. Ich nannte sie in Gedanken die Dummen und die Schlauen. Die Dummen fielen schnell unter meinen Hieben, doch die Schlauen boten einen Kampf an, der Minuten andauerte. Iwa deckte mir den Rücken.

«Lauf nach Westen!», schrie sie plötzlich über das Chaos hinweg. Ihr Befehl hallte in meinem Kopf wider. Obwohl ich ihren Plan nicht kannte, vertraute ich ihr blind. Ich setzte meinen Lauf fort und spürte ihre Präsenz dicht hinter mir. Der Boden wurde schlammig unter unseren Füßen. Meine Schuhe saugten sich voll Wasser innerhalb von Sekunden. Ein hastiger Blick über meine Schulter enthüllte das Wunder. Aus Iwa strömte Wasser wie aus einer Quelle. Sie wirkte erschöpft, aber entschlossen. Unsere Blicke trafen sich nur kurz.

«Schneller!», keuchte sie.

Als wir weiter rannten, verwandelte sich das Wasser um Iwa herum in ein elektrisierendes Gewitter. Ein Sturm aus Energie bereitete sich vor.

«Spring auf den Felsen dort vorne und bleib stehen!», rief sie mit einer Dringlichkeit in ihrer Stimme, die keinen Widerspruch duldete. Ich tat wie geheißen und sprang auf den Felsen. Von dort aus sah ich das Spektakel. Iwa stand im Zentrum eines tosenden Wasserkreises. Ihre Gestalt von elektrischen Funken umtanzt. Bereit, ein Inferno loszulassen, das unser Schicksal besiegeln oder retten könnte. Die Atmosphäre war elektrisch geladen, als die kleinen Blitze, die zuvor um Iwa tanzten, sich plötzlich in gewaltige Kugeln aus purem Strom verwandelten. Mit einer Kraft, die den

Atem raubte, schleuderte sie diese Richtung Boden. Ein Knistern erfüllte die Luft, und die Wiese, nun ein flacher See unter der aufgebrachten Naturgewalt, wurde zum perfekten Leiter für diesen Tanz des Todes. Das Wasser stand knöcheltief und jeder Schritt fühlte sich an wie ein Marsch durch zähen Schlamm. Die Vamypris, jene schattenhaften Gestalten der Nacht, kreischten entsetzt auf, als sie einer nach dem anderen zu Boden gingen, von den gnadenlosen Stromschlägen niedergestreckt. Doch Iwa stand da, eine Säule der Ruhe im Auge des Sturms, unberührt von den Blitzen, die sie selbst heraufbeschworen hatte.

«Das war der Wahnsinn,» rief ich aus und konnte nicht anders, als meine Hände triumphierend in die Luft zu stoßen. Mein Herz hämmerte vor Aufregung und Furcht zugleich. Erschöpft sank Iwa auf ihre Knie. Ihr Atem ging schwer. Die verbliebenen Vamypris wagten es nicht, näherzukommen. Doch ihre Augen glühten vor Hass und Berechnung. Sie würden bald einen Weg finden müssen. Das Wasser begann bereits rasend schnell in den durstigen Boden einzusickern.

«Wir müssen hier weg,» keuchte Iwa mit einer Stimme, die von der Last des Kampfes gezeichnet war. Sie rappelte sich auf, ihr Körper ächzte unter dem Gewicht ihrer Erschöpfung. Plötzlich fror das Blut in meinen Adern zu Eis. Ich spürte seine bedrohliche Präsenz, noch bevor ich ihn sehen oder riechen konnte. Er stand direkt hinter mir. Lucian. Auf trockenem Grund, sein Großschwert fest in beiden Händen haltend. Hinter ihm eine Armee aus Vampyris, so ruhig und diszipliniert wie der Tod selbst. Neben ihm ein Vampyris mit einer Maschinenpistole. Doch Lucians Blick galt nicht mir. Er beobachtete die Armee. Ein Schauer lief mir über den Rücken als Lucians eiskalte eisblauen Augen mich schließlich fixierten. So nah war ich ihm noch nie gewesen. Nur im Traum oder bei seinem ersten Versuch, mich zu töten. Sein Duft mischte sich mit der feuchten Erde um uns herum und sein Atem war leise, aber hörbar. Ich konnte jedes Detail seines Gesichts erkennen und trotz allem, was zwischen uns stand, dem Hass, dem Kampf um Leben und Tod, musste ich wieder einmal feststellen, wie atemberaubend attraktiv er eigentlich war.

«Was willst du?» Meine Stimme zitterte mehr, als ich wollte, während ich die Pistole aus meinem Holster zog. Lucian warf einen kurzen Blick darauf. Unbeeindruckt von der Waffe in meiner Hand. Die Luft war elektrisch aufgeladen, als ich ihm gegenüberstand, dessen Anwesenheit allein schon genug war, um mir eine Gänsehaut über den Rücken zu jagen. Seine Augen funkelten amüsiert, als er mit einer Stimme sprach, die so samtweich war, dass sie fast hypnotisierend wirkte.

«Ich hatte nur Lust, einen netten Kampf anzusehen. Deine kleine Hexenfreundin ist wirklich talentiert.»

Doch in seinen Worten schwang ein Unterton mit, der mich zweifeln ließ. Lucian war ein Meister der Täuschung, ein Stratege, der niemals etwas dem Zufall überließ.

«Sag die Wahrheit», forderte ich ihn heraus und versuchte dabei verzweifelt, das Zittern meiner Hände zu unterdrücken. Ich konnte spüren, wie mein Herz gegen meine Brust hämmerte. «Du hast mir versprochen, du würdest uns nicht in die Quere kommen. Ich hätte dir nicht trauen dürfen.»

Ein kurzes Grinsen huschte über Lucians Gesicht. Es war kalt und berechnend, bevor er seinen Blick wieder auf die übrig gebliebene Armee richtete. Sie warteten nur darauf, dass das Wasser vollständig versickerte und ihnen den Weg freigab. In diesem Moment trat Iwa zu uns hinauf, ihre Haltung kampfbereit und ihre Augen voller Entschlossenheit.

«Iwa LeRouge. Eine Hexe der Sieben», begrüßte Lucian sie mit einer Freude in seiner Stimme, die fehl am Platz wirkte. Iwa nickte knapp und warf mir einen verwirrten Blick zu.

«Das ist Lucian», erklärte ich ihr mit gedämpfter Stimme, während ich jeden Muskel anspannte in Erwartung des bevorstehenden Konflikts. «Das Monster, das mich töten will.»

Warum sonst sollte er hier sein? Sicherlich nicht für eine freundliche Plauderei. Mein Blick schweifte unruhig umher. Wo steckte Nechifor nur?

«Na na, Liana», begann Lucian und seine Worte durchschnitten die angespannte Stille.

«Ich habe nicht vor dich zu töten. Nicht mehr.» Er machte eine dramatische Pause und ich konnte sehen, wie sich seine Lippen zu einem selbstgefälligen Lächeln verzogen. «Ich habe versprochen, dir nicht in die Quere zu kommen, und ich halte alle meine Versprechen.» Seine Augen fixierten mich mit einer Intensität, die mir den Atem raubte. «Aber das bedeutet nicht, dass ich dich einfach deinem Schicksal überlasse und sterben lasse, wenn es brenzlig wird.»

«Was genau meinst du damit?», fragte ich, während sich meine Stirn in Verwirrung runzelte und eine meiner Augenbrauen sich fragend hob. Lucian verdrehte die Augen, als wäre es das Offensichtlichste der Welt.

«Ich lasse dich nicht sterben, so einfach ist das. Kannst du mir nicht folgen? Bist du dumm?»

Meine Stimme zitterte leicht, als ich antwortete. «Aber warum?»

Er lehnte sich zurück und ein selbstgefälliges Grinsen umspielte seine Lippen.

«Ich habe keinen direkten Vorteil davon. Ich will nicht, dass du für diese Leute lebst, die deinen Samuel entführt haben. Ich will, dass du für mich lebst. Wer weiß, vielleicht brauche ich dich noch.»

Ein kalter Schauer lief mir über den Rücken bei dem Gedanken an seine Worte.

«Du kennst Samuel?» Meine Stimme war kaum mehr als ein Flüstern.

Lucian nickte langsam und sein Gesichtsausdruck wurde düster.

«Natürlich kenne ich ihn. Ich kenne sie alle. Ich war dafür verantwortlich, dass sie am Leben bleiben und nicht verhungern.» Sein Gesicht verzog sich vor Abscheu bei der Erinnerung.

Angst kroch in meine Kehle und erstickte fast meine nächste Frage.

«Hast du ihm wehgetan?»

Er schüttelte den Kopf und sein Grinsen kehrte zurück, doch es war ein dunkles Lächeln ohne Freude.

«Ich nicht persönlich. Aber andere schon. Die Kinder wurden gefoltert. Für Informationen über das Schloss und über dich.»

Lucians Augen funkelten vor Grausamkeit. «Samuel hat standgehalten. Er hat nichts verraten. Die anderen allerdings schon.»

Mein Herz hämmerte gegen meine Brustwand wie ein wildes Tier in einem Käfig aus Angst und Sorge.

«Sie haben Geheimeingänge des Schlosses preisgegeben,» fuhr Lucian fort, «und bei Vollmond werden sie angreifen.» Sein Lächeln wurde breiter und bedrohlicher.

«Warum bei Vollmond?» Meine Stimme war kaum hörbar vor Furcht.

«Oh, das wirst du schon sehen,» sagte Lucian mit einem Lachen, das kalt durch die Luft schnitt wie der Wind vor einem aufziehenden Sturm. Ein plötzlicher Hitzeschwall überkam mich, als würde mein Blut in Flammen stehen.

«Du meinst, ihr habt Werwölfe auf eurer Seite?» Meine Stimme zitterte vor Unglauben und Furcht, während ich erschrocken meine Hand vor den Mund schlug. Die Vorstellung allein war so absurd wie beängstigend.

«Ja, aber es sind nicht viele. Vielleicht zehn oder so.» Lucians Stimme war ruhig, fast gleichgültig, als er von dem Rudel sprach. «Die meisten haben es abgelehnt, mit uns zu kämpfen. Diese zehn Wölfe jedoch haben sich von ihren Rudeln losgesagt. Junge Frauen und Männer, die einen persönlichen Hass auf Vampire hegen.»

Seine Augen verfinsterten sich bei der Erwähnung des Hasses.

«Aber sie sind keine große Hilfe, weil sie auch Vampyris hassen.»

Er warf einen kurzen Blick auf seine Armee. Mein Blick traf dabei auf den von dem wachsamen Vampyris neben ihm. Seine Augen waren wachsam und durchdringend. Er lauschte unserem Gespräch mit einer Intensität, die mir Unbehagen bereitete. Unsicher traf mein Blick den seinen und ich wandte mich schnell ab, als er mich direkt ansah. Ein kalter Schauer lief mir über den Rücken. Lucian bemerkte mein Unbehagen und ein kurzes Lachen entwich ihm.

«Das ist Waruk. Er wurde als Vampyris geboren und war der Erste, der mithilfe der Sieben zurückverwandlet wurde.» Lucians Stimme schwang Stolz mit. «Er ist mir treu ergeben und ist der Kommandant meiner Armee. Er versteht alles, was wir sagen und kann ebenfalls völlig normal reden.»

Dann fügte er mit einem verschmitzten Zwinkern hinzu. «Sein Hobby ist Karten spielen und er steht auf junge Nerul-Frauen.»

Bevor ich darauf reagieren konnte, brach das Chaos los. Von der anderen Seite des Feldes stürmten die angreifenden Vampyris auf uns zu. Iwa reagierte blitzschnell und eilte zu dem kleinen Felsen hoch zu uns. Ihre Bewegungen waren so geschmeidig wie tödlich.

«Ich warne dich, wenn du noch irgendeinen Funken Mut in dir hast, dann zeig ihn jetzt, du elender Bastard!»

Iwas Stimme zitterte vor unterdrückter Wut, während ihre Hände sich zu Fäusten ballten. Ihre Augen funkelten gefährlich im schwachen Licht der Dämmerung, und ihr Atem ging schwer von der Anspannung. Lucian hingegen schien unbeeindruckt von ihrer Drohung. Ein schiefes Grinsen spielte um seine Lippen, als er ihren Blick mit einer Mischung aus Amüsement und Verachtung erwiderte. Er drehte seinen Kopf leicht zur Seite und gab Waruk, seinem Kommandanten, ein kaum wahrnehmbares Zeichen. Waruk verstand sofort. Mit einer kraftvollen tiefen Stimme, die über das Feld hallte, gab er das Signal zum Angriff. Wie ein Orkan brachen etwa dreißig Vampyris aus den Reihen hervor und stürmten mit einem wilden Gebrüll über das Feld. Ihre Augen glühten vor Blutdurst und ihre Zähne blitzten auf. Gleichzeitig setzte sich auch die andere Seite in Bewegung. Die Vampyris, die uns zuvor angegriffen hatten. Sie rannten mit einer Mischung aus Wut und Verzweiflung los, bereit für den Zusammenstoß. Als die beiden Parteien aufeinandertrafen, erschütterte ein ohrenbetäubendes Krachen die Luft. Der Kampf entbrannte in einem Wirbel aus Klauen und Zähnen. Waruk stand wie eine Statue da, sein Gesichtsausdruck war einer von tiefer Befriedigung. Seine Augen folgten jeder Bewegung seiner Armee mit der Genauigkeit eines Raubvogels. Sie waren eine perfekt abgestimmte Maschine des Tötens. Lucian hingegen hatte nur Augen für mich. Das bemerkte ich mit einem flüchtigen Seitenblick. Sein Blick war intensiv und durchdringend. Es war fast so, als könnte er meine Seele lesen.

«Ich werde hier aufräumen. Sowohl auf diesem Schlachtfeld als auch auf dem anderen,» flüsterte Lucian mit einer Stimme so leise, dass sie beinahe vom Kampflärm verschluckt wurde. «Sammle deine Leute und verschwindet von hier. Ihr seid auf dem richtigen Weg. Vertraue Mitch. Er kennt den Pfad zur Brutstätte.»

Ich starrte ihn an, mein Herz pochte heftig gegen meine Brustwand. Warum half er uns? Was verbarg sich hinter seinen Worten? Ich nickte knapp. Es gab keine Zeit für Fragen oder Zweifel.

«Iwa! Komm!» Meine Stimme war drängend und fest zugleich. Ich musste sie zurückholen aus der Trance des Kampfes. Wir mussten zu unserem Team zurückkehren. Iwa riss ihren Blick nur widerwillig von dem blutigen Schauspiel los und folgte mir schließlich doch.

«Bis bald, Lulu!», rief sie über ihre Schulter hinweg Lucian zu. Eine Spur von Spott schwang in ihrer Stimme mit. Lucian sah ihr nach, sein Gesichtsausdruck eine Mischung aus Irritation und Neugierde.

«Endlich seid ihr da! Ich hatte schon befürchtet, die Bestien hätten euch in ihren Klauen», rief Nechifor mit einer Stimme, die vor Erleichterung bebte. Doch in seinen Augen lag ein Schatten, der mir sofort verriet, dass etwas Schreckliches geschehen war. Seine Hände zitterten leicht, als wären sie noch immer im Kampf mit einem unsichtbaren Feind. Ich spürte eine eisige Klaue der Angst, die sich um mein Herz legte.

«Wo ist Bee?», fragte ich hastig, meine Augen flogen suchend durch das Dickicht, hoffend auf einen Blick ihres lebensfrohen Lächelns. Doch sie war nicht da. Nechifors Blick sank schwer zu Boden. Sein Gesicht war ein Abbild tiefer Trauer. «Ich... ich konnte sie nicht retten», gestand er mit brüchiger Stimme. «Als ich versuchte, sie in Sicherheit zu bringen, wurden wir wieder angegriffen. Die Kreaturen kamen wie aus dem Nichts. Von überall her. Es scheint, als würden mehrere Trupps gleichzeitig operieren, um uns zu isolieren und zu schwächen.»

«Sie ist tot?», stieß ich entsetzt hervor. Ein Würgen ergriff meine Kehle und Tränen brannten hinter meinen Augenlidern. Meine Arme umschlangen meinen Körper wie zum Schutz vor dieser grausamen Wahrheit. Das Bild von Ferenc, der durch dunkle Magie zurück ins Leben gerissen wurde, blitzte vor meinem inneren Auge auf und nun Bee… Wie konnte das geschehen? Ein kalter Schauer lief mir über den Rücken bei dem Gedanken an die anderen. Unsere Freunde. Was war mit ihnen passiert? Getrennt im Chaos des Kampfes. Lebten sie noch oder waren auch sie Opfer dieser gnadenlosen Jagd geworden? Iwas Stimme zitterte vor Kummer.

«Wo ist sie?»

Sie hatte erst begonnen, eine Verbindung zu Bee aufzubauen. Eine Freundschaft, die nun jäh abgerissen wurde.

Mit schwerem Herzen deutete Nechifor in eine Richtung des Waldes.

«Ich habe sie an einen Ort gebracht, wo sie niemand finden wird. Folgt mir.» Seine Worte waren kaum mehr als ein Flüstern. Wie in einem trance-artigen Zustand folgte ich ihm durch das Unterholz des Waldes. Jeder Schritt schien mich tiefer in einen Albtraum zu ziehen. Doch nach nur wenigen Minuten erreichten wir ein verstecktes Lager. Erleichterung durchflutete mich schlagartig beim Anblick der anderen. Nechifor hatte es geschafft, sie zusammenzuführen. Aber dann sah ich die zwei Gestalten, eingehüllt in Leinen. Regungslos und still wie der Tod selbst. In diesem Moment wusste ich. Der Kampf um unser Überleben hatte gerade erst begonnen.

KAPITEL 22

Mit pochendem Herzen und schweren Schritten eilte ich zu den in Leinen gehüllten Personen, getrieben von einer Mischung aus Angst und Sorge. Die Nachtluft war kalt und feucht, doch das kümmerte mich wenig, als ich die Gestalt am Boden erblickte. Mein Atem stockte, als ich näher kam und die leblose Form von Bee erkannte. Vorsichtig, als könnte jede Berührung sie noch weiter verletzen, zog ich das Leinen zurück, das ihr Gesicht bedeckte. Ein Schauder lief mir über den Rücken, als ich die grausamen Spuren der Vampyris auf ihrer Haut sah. Ihr einst so lebendiges Antlitz war nun entstellt. Ein stummer Zeuge der Brutalität dieser Kreaturen. Ein Stich des Schmerzes durchfuhr mein Herz bei dem Gedanken an das Leid, das sie in ihren letzten Momenten ertragen musste. Ich konnte nicht anders. Tränen bahnten sich ihren Weg über meine Wangen und fielen sanft auf Bees Gesicht. Es wirkte fast so, als würden auch ihre stillen Züge weinen. Ein letzter Ausdruck des Schmerzes und der Verzweiflung. Sie hatte keine Chance gehabt, nicht mit ihren schweren Verletzungen. Die Vorstellung ihres Kampfes gegen diese Bestien ließ mich erschaudern. Mit zitternden Händen legte ich das Tuch wieder über ihr Gesicht und stand langsam auf. Ich fühlte mich leer und zugleich erfüllt von einer tiefen Trauer. Als ich mich umdrehte, um den zweiten Körper zu betrachten, traf mich eine weitere Welle des Schocks. Es war Ferenc, dessen Tod wir schon einmal betrauert hatten. Er lag da, sein Körper übersät mit Wunden und Narben. Sein Gesicht war kaum wiederzuerkennen. Selbst im Tod schien es von einer wilden Entschlossenheit gezeichnet zu sein. Zum zweiten Mal hatte ihn das Schicksal ereilt, zum zweiten Mal mussten wir Abschied nehmen. Die unheimliche Ruhe des Waldes, einst ein Refugium der Stille und des Friedens, wurde nun von einem herzzerreißenden Klang durchbrochen. Dem leisen Weinen derer, die noch standen. Es war ein Weinen, das aus den Tiefen kam, ein Ausdruck des Schmerzes und der Verzweiflung, die uns alle ergriffen hatten. Der Schock hatte sich wie eine eisige Hand um unsere Herzen gelegt und drückte zu, bis wir kaum noch atmen konnten. Ich selbst stand da, verloren inmitten des Chaos aus Gefühlen und Gedanken. Mein Körper fühlte sich an wie versteinert, unfähig auch nur einen Schritt zu tun oder einen klaren Gedanken zu fassen. Ferenc und Bee, zwei Seelen so lebendig und mutig im Angesicht der Dunkelheit, lagen nun reglos vor mir. Ihr Opfer brannte sich in mein Bewusstsein. Sie hatten ihr Leben gegeben für das, woran wir alle glaubten. Neben mir trat Nechifor hervor. Er sprach leise, doch seine Stimme trug das Gewicht eines unerschütterlichen Willens.

«Wir müssen weiter.» Seine Worte hallten in meinem Kopf wider. «Wir können hier nicht verweilen.» Jedes Wort schien mit Bedacht gewählt, als wolle er uns sanft aus unserer Starre reißen. «Die Vampyris werden bald zurückkehren.»

Mit schwerem Herzen rafften wir uns auf. Wir trockneten unsere Tränen und blickten einander an. Jeder von uns trug denselben entschlossenen Blick in den Augen. Wir würden kämpfen, für Ferenc und Bee, für all jene, die gefallen waren und für die Hoffnung auf eine Zukunft frei von den Fängen der Vampyris. Mit einem schweren Seufzer wandte ich mich von der traurigen Szene ab, um die aufsteigenden Tränen zu verbergen. Die Zeit für Trauer war ein Luxus, den wir uns nicht leisten konnten. Das Überleben unserer Gruppe hing am seidenen Faden. Ich spürte, wie Mitch sich mir näherte und eine Hand auf meine Schulter legte. Eine stille Geste der Solidarität inmitten des drohenden Unheils.

«Lucian hat Recht», sagte er mit einer Stimme, die von der Rauheit des Kampfes gezeichnet war. «Ich kenne den Weg zur Brutstätte. Wir müssen uns beeilen.»

Bei der Erwähnung von Lucians Namen zuckte Nechifor zusammen, seine Augen blitzten scharf.

«Lucian?», fragte er mit einem Unterton, der keinen Zweifel an seiner Abneigung ließ. Ich nahm einen tiefen Atemzug und erzählte ihnen von meiner Begegnung mit Lucian und seiner Armee, von seinem Versprechen und seiner Warnung vor dem bevorstehenden Angriff bei Vollmond. Die Luft zwischen uns vibrierte vor Anspannung.

«Woher weiß, dass ich Lucian getroffen habe?», fragte ich Mitch direkt, mein Blick durchbohrte ihn mit Misstrauen. «Er ist unser Feind. Er hat mich angegriffen und trägt Verantwortung für all dies.»

Mitchs Augen flackerten kurz auf, doch dann setzte er sich über meine Zweifel hinweg.

«Das spielt jetzt keine Rolle», entgegnete er drängend. «Ich weiß jetzt, wo die Brutstätte ist, und wir müssen uns beeilen.»

«Wie kannst du dir da sicher sein?», hakte ich nach. Iwa trat vor, ihre Augen funkelten entschlossen im schwachen Licht des Morgengrauens.

«Aber wir haben keine Wahl», sagte sie fest. «Wenn es auch nur die geringste Chance gibt, eure Freunde und meine Zirkelschwestern zu retten, dann müssen wir sie ergreifen.»

376

Schließlich nickte Nechifor langsam.

«Also gut», gab er sich geschlagen.

Gemeinsam kehrten wir zurück zu den anderen Mitgliedern unserer Gruppe. Livia und Amalia waren bereits damit beschäftigt, Bee und Ferenc für die letzte Reise vorzubereiten. Eine Konservierung als Zeichen des Respekts und der Hoffnung auf eine Rückkehr in friedlichere Zeiten. Wir würden zurückkommen, wenn alles überstanden war, um unsere Gefallenen zu ihren Familien zu bringen und ihnen die letzte Ehre zu erweisen. Doch jetzt mussten wir weiterziehen, getrieben von der Hoffnung auf Rettung und dem brennenden Wunsch nach Vergeltung gegen jene Kreaturen der Nacht, die uns so viel Leid zugefügt hatten. Mit schweren Herzen und einer Last, die weit über das Gewicht unserer Rucksäcke hinausging, setzten wir unseren Marsch fort. Wir drangen tiefer in den Wald vor, weg von dem Ort des Grauens, der nun die Ruhestätte zweier tapferer Seelen war. Die Bäume ragten wie stumme Zeugen unseres Leids empor, ihre Äste griffen nach dem fahlen Licht des Tages, als wollten sie uns den Weg weisen oder uns vielleicht vor dem warnen, was noch kommen mochte. Mitch bewegte sich mit der Anmut eines Schattens durch das Unterholz, seine Sinne geschärft auf jedes Zeichen einer Bedrohung. Nechifor hingegen schritt mit gezogenem Schwert hinter uns her, seine Augen wachsam auf jede Bewegung gerichtet, die unsere Formation bedrohen könnte.

Die Tage zogen sich dahin wie eine endlose Qual. Mit jedem Schritt schien die Dunkelheit dichter zu werden, bis sie schließlich alles verschlang und uns in eine Welt ohne Licht hüllte. Das Knacken eines Astes unter unseren Füßen ließ unsere Herzen aussetzen. Jeder Schatten schien zum Leben zu erwachen und drohte, sich in einen tödlichen Feind zu verwandeln. Schließlich erreichten wir eine Lichtung, deren Stille so tief und unheimlich war, dass sie fast lauter wirkte als jedes Geräusch. Vor uns erhob sich ein verfallener Tempel. Seine alten Steine waren von Moos überzogen und trugen die Narben der Zeit. Sie flüsterten von vergangenen Zivilisationen und den Geheimnissen, die sie in ihren Mauern verbargen. Die Dunkelheit klammerte sich an jeden Winkel des Tempels wie eine zweite Haut und flüsterte von Gefahren, die jenseits des Sichtbaren lauerten. Es war ein Ort, der sowohl Ehrfurcht als auch Furcht einflößte. Ein Ort, an dem Legenden geboren wurden und manche vielleicht auch starben. Mitchs Hand hob sich, und mit einem einzigen, stummen Gestus forderte er uns auf, innezuhalten. Doch unter dieser friedlichen Oberfläche lauerte eine Spannung, die man fast greifen konnte. Wir hielten den Atem an und lauschten in die Dunkelheit hinein, unsere

Sinne auf das Äußerste angespannt. Nechifor nickte knapp, ein stilles Signal, das uns alle in Bewegung setzte. Wie aus einem Instinkt heraus zogen wir unsere Waffen. Schwerter wurden entblößt und reflektierten das Mondlicht mit einem düsteren Schimmer, während die Hexen unter uns ihre Lippen zu leisen Beschwörungsformeln bewegten.

«Durch eine Geheimtür geht es mehrere hundert Meter in die Tiefe», flüsterte Nechifor mit einer Stimme, die kaum über ein Hauchen hinauskam. «Es ist die größte Brutstätte der Vampyris, die bislang noch von keiner Armee gefunden wurde. Deshalb konnte sie so lange geheim bleiben.»

Razvan fixierte Nechifor mit einem Blick voller Argwohn. Neben ihm spannte Narcis seine Muskeln an. Beide bereit für einen Kampf oder eine Flucht. Misstrauen lag schwer in der Luft wie Nebel über dem Waldboden.

«Wenn du die ganze Zeit schon wusstest, wo wir hinmüssen, wieso sind wir dann tagelang durch die Wildnis marschiert?», fauchte Samantha und trat vor Nechifor hin. Ihre Augen funkelten vor Zorn und Ungeduld. Nechifor warf ihr einen warnenden Seitenblick zu und nahm sie am Ellenbogen. Ich selbst fühlte mich verwirrt und verunsichert. Warum hatte Nechifor uns nicht früher eingeweiht? Seine Zurückhaltung schien nun mehr Fragen aufzuwerfen als Antworten zu geben.

«Jetzt ist nicht der richtige Zeitpunkt…», begann Mitch zu erklären, doch bevor er seinen Satz beenden konnte, explodierte die Nacht um uns herum in einem Wirbel aus Chaos und Gewalt. Aus den Schatten des Waldes schossen Gestalten hervor. Vampyris mit ihren bleichen Gesichtern und glühenden Augen. Sie waren wie Geister der Nacht. Lautlos und tödlich. Sie kamen gleichzeitig aus allen Richtungen und nutzten ihre übernatürliche Geschwindigkeit, um uns zu überrumpeln. Der Kampf entbrannte augenblicklich. Mitchs Schwert wurde zur Verlängerung seines Willens. Es tanzte zwischen den Feinden hindurch. Ein tödlicher Reigen aus Stahl und Entschlossenheit. Jeder seiner Hiebe war präzise ausgeführt. Jeder Stoß endete das Leben eines weiteren Vampyris. Um mich herum kämpften meine Gefährten mit einer Verzweiflung und Tapferkeit, die nur jene kennen können, deren Leben am seidenen Faden hängt. Das Klirren von Metall auf Metall mischte sich mit dem Knurren unserer Feinde und den Schreien meiner Freunde. In diesem Moment waren wir nicht einfach nur eine Gruppe von Überlebenden. Wir waren Krieger im Angesicht des Todes selbst, entschlossen zu kämpfen, bis zum letzten Atemzug. Iwa stand wie eine Säule aus Blitzen inmitten des Kampfgetümmels. Ihre Hände formten komplexe Gesten, während sie ihre Magie entfesselte. Blitze schossen aus ihren Fingerspitzen und trafen die heranstürmenden Vampyris mit knisternder Energie. Jeder Treffer ließ ihre Körper zucken und fallen. Amalia versuchte mit magischen Schilden, die schwächeren unter uns abzuschirmen während Livia ihr Rückendeckung gab und immer wieder Eisbolzen auf die Angreifer abschoss, die dem Schild zu nahe kamen. Nechifor kämpfte wie besessen. Er war überall zugleich. Die Oberfläche der Klinge schimmert unnatürlich mit einem subtilen, irisierenden Effekt der an das flackernde Leuchten von Sternen in einer mondlosen Nacht erinnert. Um die Klinge herum wabern feine Rauchschwaden, die sich wie Nebelschleier in der Luft bewegen und dabei eine Aura der Dunkelheit verbreiten. Diese Schwaden waren kälter als die umgebende Luft und hinterließen ein Gefühl der Unbehaglichkeit bei denen, die ihnen zu nahe kamen. Der Rauch schien fast ein Eigenleben zu führen und reagiert auf die Emotionen des Trägers sowie auf die Präsenz von Lichtquellen, indem er sich verdichtet oder ausbreitet. Das Schwert sah komplett anders aus, als ich es in Erinnerung hatte. Dunkle Runen zierten die Klinge, die immer wieder aufleuchteten, wenn es einen Gegner traf. Mit jedem Schwertstoß fand Nechifor eine Lücke in der Verteidigung seiner Gegner. Mit jedem Ausweichmanöver entging er ihren verzweifelten Angriffen. Samantha kämpfe Seite an Seite mit ihm. Sie gaben sich gegenseitig Deckung und erledigten Angreifer gemeinsam. Ihr blondes Haar hatte sich aus ihrem Flechtzopf gelöst, sodass sie ihr wild um den Kopf flogen. Sie hielt eine Pistole in der einen Hand und in der anderen einen breiten Dolch mit dem sie immer wieder auf fauchende Vampyris einstieß. Gelegentlich feuerte sie einen Schuss ab. Oana sah nicht mehr natürlich aus. Ihre Augen waren weit aufgerissen und mit ihren herausgefahrenen Zähnen riss sie den Vampyris die Kehle heraus. Lorin hieb mit schier endloser Kraft mit seinem Breitschwert auf die Angreifer ein und zerteilte sie. Ich sah mich um und mein Blick traf den dunklen, elektrisierenden Blick von Narcis. Keuchend riss er gerade zwei Dolche aus einem Angreifer. Mit dem Handrücken wischte er sich die schweißnasse Stirn ab. Sein Gesicht war blutverschmiert. Ich hoffte inständig, dass es nicht sein Blut war. Ich selbst fühlte mich wie in einem Albtraum gefangen. Mein Schwert fühlte sich schwer an in meinen Händen, aber ich schwang es dennoch mit aller Kraft, die ich aufbringen konnte. Die Vampyris waren schnell und gnadenlos, doch ich ließ mich nicht unterkriegen. Für jeden Schritt zwang ich sie, zwei Schritte zurückzuweichen. Das Schlachtfeld war ein Wirbel aus Bewegung und Gewalt. Das Kreischen der Vampyris mischte sich mit dem metallischen Klang unserer Waffen und dem Zischen von der Magie. Doch trotz unserer Anstrengungen schien es kein Ende zu nehmen. Für jeden gefallenen Feind sprang ein neuer hervor. Es war ein endloser Strom des Grauens. Wir hatten keine Sekunde Pause. Der letzte Kampf, indem wir zwei Kameraden verloren hatten, lag erst wenige Tage zurück. Uns war keine Rast gegönnt gewesen. Und dann kam das Heulen. Tief und voller Wildheit, das den Kampf für einen Moment zum Stillstand brachte. Alle Köpfe drehten sich zum Wald hinüber, wo die Werwölfe erschienen. Sie waren riesig, ihre Muskeln spielten unter dem Fell bei jeder Bewegung. Ihre Augen glühten vor Blutdurst und Entschlossenheit. Ganz vorne dran stand ein gigantischer schwarzer Wolf, der die Zähne fletschte. Mit einem Mal stürzten sie sich ins Getümmel. Nicht gegen uns, sondern gegen die Vampyris-Reihen. Es war ein Kampf der Titanen. Werwölfe rissen mit ihren Klauen durch Haut und Fleisch. Vampyris versuchten verzweifelt zurückzuschlagen mit Krallen und Zähnen. Die letzten Schreie der Vampyris verhallten in der Dunkelheit, und die Lichtung, die eben noch ein Schlachtfeld war, wurde von einer unheimlichen Ruhe umhüllt. Die Werwölfe, ein Dutzend an der Zahl, hatten sich mit einer Wildheit in den Kampf geworfen, die uns das Leben gerettet hatte. Doch nun, da die Gefahr vorüber war, offenbarte sich das volle Ausmaß des Blutvergießens. Eine kleinere Wölfin lag reglos am Boden. Ihr Fell war hellgrau und wirkte im Mondlicht fast silbern. Sie atmete schwer und ihre Flanken hoben und senkten sich ruckartig. Die anderen Wölfe sammelten sich um sie herum, ihre Schnauzen gesenkt in einer stummen Trauerbekundung. Der Alpha-Wolf, erkennbar an seinem beeindruckenden schwarzen Fell und seiner stattlichen Größe, trat langsam zu der verletzten Wölfin. Er legte seine große Pfote sanft auf ihre Schulter, als wollte er ihr Trost spenden oder sie auf eine letzte Reise vorbereiten. Wir standen da, unsere Waffen locker in den Händen haltend, unsicher über das nächste Vorgehen. Die Werwölfe hatten uns nicht angegriffen. Stattdessen schienen sie uns als Verbündete zu akzeptieren. Zumindest für den Moment. Erschöpft ließen sich die meisten von ihnen nieder, ihre Körper streckten sich aus auf dem kühlen Waldboden. Ihre Brustkörbe hoben und senkten sich im Rhythmus ihrer tiefen Atemzüge. Trotz ihrer offensichtlichen Erschöpfung behielten einige von ihnen wachsame Augen auf uns gerichtet. Nechifor gab uns ein Zeichen und wir senkten unsere Waffen als Geste des Friedens. Mitch trat einen Schritt vor und neigte seinen Kopf leicht. Ein universelles Zeichen des Respekts.

«Wir sind euch zu Dank verpflichtet», sagte er mit fester Stimme an den Alphawolf gewandt. «Ohne eure Hilfe hätten wir diesen Kampf nicht überstanden.»

Der Alpha-Wolf fixierte Mitch mit seinen durchdringenden gelben Augen und nickte langsam. Eine stille Anerkennung unserer Dankbarkeit. Beatrice trat einige Schritte in Richtung der verletzenden Wölfin, die anfing leise zu jaulen. Der Alphawolf knurrte sie warnend an, woraufhin sie ein paar Schritte zurückwich. Iwa hob beschwichtigend die Hände und ging vorsichtig zu der sterbenden Wölfin hinüber. Der Alphawolf ließ sie gewähren, behielt sie aber wachsam im Blick. Neben der Wölfin kniete sie sich nieder. Sie flüsterte leise Beschwörungen während sie sanft über das Fell des Tieres strich. Die anderen Werwölfe beobachteten Iwas Handlungen mit einem Ausdruck von Neugierde und Respekt. Es war klar, dass diese magische Geste etwas bedeutete. Vielleicht sahen sie darin eine Art letzte Ehre für ihre gefallene Gefährtin. Nachdem Iwa ihren stillen Abschied beendet hatte, erhob sie sich wieder und trat zurück zu unserer Gruppe. Wir alle spürten die Schwere dieses Moments. Den Verlust eines Lebensgefährten unter den Werwölfen. Plötzlich fingen die Wölfe gemeinsam an zu jaulen. Da Begriff ich, dass die Wölfin soeben ihren letzten Atemzug getan hatte.

Die Entscheidung war gefallen, noch bevor ein Wort gesprochen wurde. Ein stummer Konsens zwischen Mensch und Wolf, dass die Nacht zu gefährlich war, um sich zu trennen oder die Brutstätte der Vampyris im Dunkeln zu betreten. Wir würden warten, bis das Tageslicht uns den Weg weisen konnte. Gemeinsam zogen wir uns von der Lichtung zurück, weg vom Tempel und den Überresten des Kampfes. Der Alpha-Wolf führte uns an einen Ort, der sicherer schien. Eine kleine Senke umgeben von dichtem Unterholz, das uns vor unerwünschten Blicken schützte. Wir sammelten trockenes Holz und entfachten ein Feuer. Die Flammen leckten hungrig an den Ästen und verbreiteten Wärme und ein beruhigendes Knistern in der kühlen Nachtluft. Wir positionierten uns um das Feuer herum, jeder von uns verloren in seinen eigenen Gedanken über die Ereignisse des Abends. Die Werwölfe blieben verwandelt, ihre großen Gestalten waren wie Schatten in der Dunkelheit rund um unser Lager. Sie lagen oder saßen da, ihre Augen glänzten wachsam im Schein des Feuers. Unser Trupp baute einige der Zelte für die Nacht auf. Die meisten von ihnen zogen sich sofort zurück. Die Wölfe schienen sich stumm zu unterhalten, denn plötzlich standen drei von ihnen auf und zogen sich in den Wald zurück. Die restlichen Wölfe rollten sich zusammen. Der Alpha-Wolf hatte sich so positioniert, dass er sowohl das Feuer als auch den Wald im Blick hatte. Seine Präsenz strahlte Autorität und Schutz aus. Es war seltsam, beruhigend zu wissen, dass diese mächtigen Kreaturen auf unserer Seite standen. Gelegentlich hob einer der Wölfe den Kopf und schnüffelte in die Luft, seine Nase zuckte bei jedem neuen Geruch. Ein tiefes Grollen rollte durch ihre Kehlen, wenn etwas Unbekanntes ihre Sinne traf. Eine Warnung an alle Lebewesen da draußen, dass dieses Lager nicht ohne Kampf eingenommen werden würde. Razvan und Narcis standen aufrecht und lehnten sich an die umstehenden Bäume. Ich stand auf und stellte mich zu ihnen.

«Sind Vampire und Werwölfe nicht Todfeinde?», fragte ich stirnrunzelnd und warf einen Blick auf die zusammengerollten schlafenden Wesen. Schlafend wirkten sie fast friedlich. Nichts erinnerte mehr an die Kreaturen, die vor wenigen Stunden noch Vampyris in Fetzen gerissen hatten.

«Stimmt. Deshalb wundert es uns, warum sie uns zur Hilfe gekommen sind. Irgendwelche eigenen Ziele müssen sie verfolgen», sagte Narcis nachdenklich und warf einen Blick auf den Alpha-Wolf, der seinen Blick stumm erwidert und mich kurz darauf musterte.

«Geh schlafen, Liana», sagte Razvan. «Morgen wagen wir uns in die Brutstätte. Bei Tageslicht ist es weniger gefährlich».

«Was ist mit euch?», fragte ich an die beiden gewandt und ließ meinen Blick zu den Zelten wandern.

«Wir werden wach bleiben und unseren Trupp beschützen», erklärte Narcis.

«Die Wölfe haben auch einen der ihren abgestellt. Dann sollten wir das ebenfalls tun», fügte Razvan hinzu und deutete auf den Wald, in dem ich jetzt auch einen Wolf erkennen konnte, der seinen Blick schweifen ließ. Auch der Alpha-Wolf schien in höchster Alarmbereitschaft zu sein. Wir waren nicht besonders weit von der Brutstätte entfernt und es war noch immer mitten in der Nacht. Es würde vermutlich noch eine Weile dauern, bis die Sonne aufging.

KAPITEL 23

Die ersten Strahlen der Morgensonne kämpften sich durch das dichte Blätterdach, als ich von einer sanften Berührung geweckt wurde. Beatrices Gesicht beugte sich über mich, ihre Augen ein Kaleidoskop aus Sorge und Erleichterung.

«Es gibt reichlich Essen», flüsterte sie. «Aber sei nicht schockiert, wenn du das Zelt verlässt.»

Mit schweren Gliedern richtete ich mich auf und spürte jede Faser meines Körpers protestieren. Ich kroch aus dem Zelt und blinzelte gegen das grelle Licht des neuen Tages an. Vor mir entfaltete sich eine Szene, die so surreal war, dass sie einen Moment brauchte, um in meinem Bewusstsein Fuß zu fassen. Die Werwölfe, nun wieder in ihrer menschlichen Gestalt, saßen oder standen um ein prasselndes Feuer herum. Ihre Körper waren nackt und zeigten Spuren der vergangenen Nacht. Ruß geschwärzt, Blut befleckt, doch lebendig. Sie wirkten erschöpft, aber auch zufrieden, während sie sich daran machten, ihre Beute zu braten. Rehe und Wildschweine. Der Geruch von gebratenem Fleisch hing schwer in der Luft und vermischte sich mit dem beißenden Rauch des Lagerfeuers. Ein Haufen Innereien lag achtlos neben ihnen. Ein Kloß bildete sich in meinem Hals. Es war eine Sache, Geschichten über Werwölfe zu hören, eine ganz andere jedoch, den Beweis ihrer Existenz so unmittelbar vor Augen geführt zu bekommen.

«Liana», rief Razvan aus einiger Entfernung. Ich wandte mich um und suchte nach ihm. Mein Blick fiel auf einen großen Mann mit kurzen schwarzen Haaren. Auch er war nackt bis auf ein Leinentuch, das gerade genug verbarg. Unsicher näherte ich mich ihnen.

«Guten Morgen», grüßte er mich mit einer Stimme so rau wie die Rinde eines alten Baumes. «Hast du gut geschlafen?» Sein Gesicht kam mir fremd vor in dieser menschlichen Form. Doch als ich in seine Augen blickte, erkannte ich das gleiche feurige Glühen wieder. Das Glühen der Bestie von letzter Nacht. Ein Schauer lief mir über den Rücken bei dem Gedanken an die Nähe dieser wilden Kreaturen. Gefährten im Überlebenskampf gegen Kräfte jenseits unserer Vorstellungskraft. Sie hatten uns beschützt und waren nun Teil unserer Geschichte geworden.

«Ich... ja», stammelte ich, während ich mich bemühte, die aufkeimende Unruhe in meiner Brust zu unterdrücken. «Und ihr?» Meine Stimme zitterte leicht, als ich versuchte, ein Bild von Gelassenheit zu wahren.

«Wir müssen uns stärken», antwortete der große Mann mit einer Selbstverständlichkeit, die keinen Widerspruch duldete. Er drehte einen Spieß über dem Feuer, auf dem das Fleisch brutzelte und knisterte. «Die Verwandlung fordert ihren Tribut.» Seine Worte waren schlicht, doch in ihnen schwang eine tiefe Erschöpfung mit.

«Das ist Liana, von der ich dir erzählt habe», führte Razvan das Gespräch fort und deutete auf mich.

«Ich weiß», erwiderte der Alpha-Wolf gelassen und seine Augen ruhten auf mir. Durchdringend und neugierig. Es war derselbe Blick, den er mir in der vergangenen Nacht zugeworfen hatte, als er noch in seiner Wolfsgestalt war. Ein kurzer Moment des Schweigens entstand, bevor er seinen Blick abwandte und zu einer Frau hinüberblickte. Sie stand dort mit einer Autorität, die ihre Stellung innerhalb des Rudels unmissverständlich machte. Sie wies gerade ein paar Jüngere zurecht. Als sie den Kopf hob und unseren Blicken begegnete, verstand ich sofort. Sie war jemand von Bedeutung. Ihr dunkles Haar umspielte ihre Schultern wie ein nächtlicher Schleier und rahmte ein Gesicht ein, das sowohl scharfe Entschlossenheit als auch harmonische Schönheit ausstrahlte. Ihre Haut zeugte von einem Leben unter freiem Himmel. Sie war gebräunt und strahlte eine robuste Vitalität aus. Als sie sich uns näherte, konnte ich nicht anders, als zu bemerken, dass sie vollständig bekleidet war. Im Gegensatz zum Alpha-Wolf vor mir. Ein rascher Blick umher offenbarte mir, dass die meisten Werwölfe mittlerweile normale Kleidung angelegt hatten. Sie trat vor uns hin und ihr durchdringender Blick traf mich wie ein Pfeil. Ich fühlte mich wie unter einem Mikroskop. Jede Unsicherheit schien bloßgelegt zu sein. Dennoch hielt ich ihrem Blick stand.

«Mein Name ist Faelan», begann der Mann mit einer Stimme, die das Knistern des Feuers zu übertönen schien. «Ich bin der Alphawolf, auch genannt der Anführer dieses Rudels.» Seine Worte waren klar und bestimmt, und als ich in seine Augen blickte, sah ich dort eine unerschütterliche Entschlossenheit. Ich hielt seinem Blick stand, spürte die Stärke, die von ihm ausging, und wartete darauf, dass er fortfuhr. «Das ist mein Beta, meine rechte Hand, Lyndra», fuhr er fort und deutete auf die Frau neben ihm. Lyndra stand da wie eine Statue. Stolz und unnahbar. Ihr Blick war fest auf mich gerichtet, als würde sie jede meiner Regungen bewerten.

«Freut mich, euch kennenzulernen», sagte ich. «Wir danken euch für eure Hilfe letzte Nacht.» Ich versuchte, ein Lächeln zu formen, doch es fühlte sich steif an auf meinen Lippen. Faelan nickte knapp und seine nächsten Worte ließen mich aufhorchen.

«Unsere Hilfe war nicht ganz selbstlos.»

Neben mir spürte ich Razvan sich anspannen. Lyndra warf Faelan einen warnenden Blick zu. Scharf und durchdringend. Ein flüchtiger Blick über meine Schulter verriet mir, dass unsere Gruppe jedes Wort mit angehaltenem Atem lauschte. Die Luft schien zum Zerreißen gespannt.

«Mein Rudel kommt aus dem hohen Norden», setzte Faelan an und seine tiefe Stimme vibrierte mit einer Intensität, die unter meine Haut kroch. «Wir wagen es normalerweise nicht, so weit in die Nähe des Vampirordens zu gelangen. Wir suchen keinen Konflikt mit euch.»

Lyndra stand regungslos neben ihm. Ihre Augen funkelten vor unterdrückter Energie. Razvan nickte leicht. Ein stummes Zeichen für Faelan weiterzusprechen.

«Mein Vater starb vor vier Jahren», offenbarte Faelan und seine Augen verloren für einen Moment ihren harten Glanz. «Er war der Alphawolf und weil er machthungrig und stur war, hatte er keinen Betawolf ernannt.» Er hielt inne und sein Blick kehrte zurück zu mir. Durchbohrend und voller Bedeutung.

«In einem Wolfsrudel wird man nicht als Alphawolf geboren», fuhr er fort. «Nicht mal die Söhne und Töchter des Alphawolfs haben den Titel, wenn sie Welpen sind. Sie müssen ihn sich verdienen.»

Seine Worte hallten nach und ich konnte den Respekt spüren, den er für diese Tradition empfand. Ich nickte langsam, während er sprach. Mein Geist raste bei dem Versuch zu verstehen, was hinter seinen Worten lag. Was wollte er mir wirklich sagen?

«Mein Vater starb», begann Faelan, und sein Gesicht verzog sich zu einer Grimasse, die sowohl Schmerz als auch Verachtung widerspiegelte. «Möglicherweise wurde er hinterrücks ermordet. Vielleicht sogar von einem meiner Brüder oder Schwestern.» Seine Stimme war trocken, doch unter der Oberfläche schwang ein bitterer Unterton mit. Hinter mir schnaubte Narcis verächtlich. Ich wusste aus seiner Familiengeschichte, dass auch in seinem Clan Morde innerhalb der Familie nicht ungewöhnlich waren. Doch ich ließ mich nicht ablenken und richtete meine Aufmerksamkeit wieder auf Faelan.

«Was geschah dann?», fragte ich, meine Neugier geweckt durch die dunkle Wendung seiner Erzählung. Faelan schenkte mir ein schiefes Grinsen, das mehr von Resignation als von Amüsement zeugte.

«Unter uns Geschwistern brachen Kämpfe aus. Brutale Kämpfe.» Seine Augen verdunkelten sich bei der Erinnerung. «Ich habe versucht, mich herauszuhalten, weil ich kein Alpha werden wollte. Ich war ein Omega.»

Verwundert zog ich die Augenbrauen hoch, nicht ganz verstehend, was diese Rolle für ihn bedeutete.

«Omega sind Wölfe des niedersten Rangs», erklärte Lyndra plötzlich mit einer Stimme, die überraschend weich und melodisch klang. Im Gegensatz zu ihrem furchteinflößenden Äußeren. «Sie verrichten die Drecksarbeit.»

Ich wandte meinen Blick zu ihr und sah etwas in ihren Augen aufblitzen. Eine Mischung aus Mitgefühl und Stärke.

Faelan nickte langsam und fuhr fort.

«Aber meine Brüder und Schwestern bekriegten sich nicht nur untereinander.» Seine Stimme wurde härter, seine Miene düsterer. «Wenn sie einen im Kampf getötet hatten, schlachteten sie auch dessen Familie ab. Mütter, Gefährten und selbst die Kinder.» Ein kalter Schauer lief mir über den Rücken bei seinen Worten. «Wir haben nicht alle die gleiche Mutter», sagte er mit einem Anflug von Bitterkeit. «Mein Vater wechselte gerne die Frauen.»

«Wie grausam», hörte ich Beatrice neben mir murmeln, ihre Stimme kaum mehr als ein Hauch. Ihre Worte schienen in der Luft zu hängen wie ein stilles Echo des Entsetzens. Die Geschichte von Faelans Vergangenheit malte ein Bild von erbarmungsloser Gewalt und blutigen Machtkämpfen. Eine Welt so fernab von allem menschlichen und doch so erschreckend nah an den dunkelsten Seiten unserer eigenen Natur.

«Ich konnte das nicht mehr mit ansehen und habe eingegriffen», begann Faelan, seine Stimme durchdrungen von einer Mischung aus Entschlossenheit und Abscheu. «Meine grausamsten Geschwister hatten mich nicht mal auf dem Schirm.» Er machte eine kurze Pause, als ob er die Erinnerungen erst sammeln müsste, bevor er sie aussprechen konnte. «Bis heute denke ich, dass manche im ersten Moment nicht mal wussten, dass ich auch ein Sohn des Alphas bin.»

Er blickte in die Ferne, als könne er die vergangenen Kämpfe am Horizont noch immer sehen. «Ich trat in offiziellen Rudelkämpfen gegen meine Geschwister an. Aber ich tötete keinen von ihnen.» Seine Augen fanden wieder die meinen, und ich sah darin einen Funken Menschlichkeit. Oder war es Mitleid? «Ich ließ jeden am Leben. Auch ihre Familien. Sie hatten die Wahl. Entweder sie verließen samt ihren Familien das Rudel, oder sie ordneten sich mir unter.»

Ein Hauch von Stolz schwang in seiner Stimme mit, als er fortfuhr. «Die wenigen Hungrigen taten dies sogar. Die Mehrheit meiner Geschwister hat jedoch das Rudel verlassen.»

Seine Worte waren schwer wie Steine und fielen in die Stille unserer Runde. «Diejenigen, die Familie hatten, haben sie mitgenommen. In Rumänien und anderen umliegenden Ländern haben sie neue Rudel gefunden oder gegründet.» Ein Schatten legte sich über sein Gesicht. «Von allen habe ich nichts mehr gehört, bis auf einen. Mein zwei Jahre älterer Bruder Cyran», sagte Faelan leise und seine Stimme trug eine Spur von Trauer. «Wir haben die gleiche Mutter.» Er hielt inne und schien für einen Moment verloren in der Vergangenheit. «Auch er hatte sich kaum in die damaligen Rudelkämpfe eingemischt. Er hatte versucht, mich zu schützen, und unterstützte mich in meinem Vorhaben, die Kämpfe niederzulegen.»

Als Faelan weitersprach, konnte ich spüren, wie sehr ihn diese Geschichte belastete.

«Als ich Alphawolf wurde, haben wir Seite an Seite versucht, das Rudel wieder zu einen.» Seine Hände ballten sich zu Fäusten. «Neue Mitglieder anzuwerben, weil wir nur noch so wenige waren.»

Doch dann änderte sich sein Tonfall. Er wurde dunkler.

«Aber ich war der Anführer.» Sein Blick senkte sich kurz zu Boden. «Er nahm es mir irgendwann übel, dass ich ihn nicht als offiziellen Betawolf ernannt habe.»

Faelans Augen blitzten auf vor einem inneren Konflikt.

«Ich konnte es einfach nicht», gestand er mit einer Stimme voller Zwiespalt. «Weil ich seinen Charakter kenne… Sein tiefstes Inneres ist dunkel und strebt nach eigener Macht.» Eine bittere Resignation schwang nun in seinen Worten mit. «Er hat sich schon immer bei jedem Einzelnen eingeschleimt», fuhr Faelan fort und stand abrupt auf. Das Stück Leinen rutschte von seinen Hüften, ohne dass es ihm etwas auszumachen schien.

Rasch wandte ich meinen Blick ab. Aus Respekt oder vielleicht auch aus Verlegenheit.

«Als ich Lyndra zu meiner Hand ernannt habe», sagte Faelan mit einer Stimme voller Nachdruck, während er durch den Raum ging, «hat er getobt.» Ich stand ebenfalls auf. Getrieben von einem unbewussten Bedürfnis nach Gleichstellung. Um nicht die Einzige zu sein, die saß.

«Ich musste ihn aus dem Rudel verbannen», endete Faelan schweren Herzens und blickte dabei in die Weite des Waldes hinaus. «Cyran fand in gewisser Weise ein neues Rudel», begann Faelan, seine Stimme war rau und angespannt. «Ich habe leider erst sehr spät davon erfahren.» Er presste die Zähne so fest aufeinander, dass das Knirschen im Raum widerhallte. Seine Hände ballten sich zu Fäusten, als würde er gegen einen unsichtbaren Feind kämpfen. «Sie verbündeten sich mit einer dunklen Gemeinschaft aus Nerul, Vampiren und

Hexen.» Die Worte kamen wie ein Giftstoß aus seinem Mund. «Ihre Sklaven sind Vampyris.»

Hinter mir hörte ich entsetztes Keuchen, die Luft schien sich mit Angst und Unwohlsein zu füllen.

«Sowas Ähnliches haben wir schon vermutet», sagte Razvan, seine Stimme war fest, doch ich konnte eine Spur von Besorgnis darin erkennen.

«Ihr wusstet von dieser Zusammenkunft?», fragte Lyndra aufgebracht. Ihre Wut manifestierte sich in scharfen schwarzen Krallen, die plötzlich aus ihren Fingerspitzen schossen. Unwillkürlich wich ich einige Schritte zurück, mein Herzschlag beschleunigte sich bei dem Anblick der drohenden Gefahr.

«Nicht direkt davon», mischte sich Narcis ein und stellte sich schützend vor mich, während er Lyndra warnend anfunkelte. Lyndra zog ihre Krallen langsam zurück, aber die Spannung blieb in der Luft hängen wie ein drohendes Gewitter.

«Was genau heißt das?», fragte Faelan und begann endlich damit, sich einzukleiden. Ein Seufzer der Erleichterung ging durch die Gruppe. Samantha murmelte ein kaum hörbares «Na endlich».

Faelan warf ihr einen belustigten Blick zu.

«Können wir dir und deinem Rudel vertrauen? Auf welcher Seite steht ihr?», bohrte Razvan nach und deutete auf den Rest der Werwölfe. Faelan maß ihn mit einem abschätzenden Blick. Es lag eine Schwere in der Luft, als er antwortete.

«Ihr könnt darauf vertrauen, dass wir euch nicht angreifen oder an die Gemeinschaft verraten.» Seine Stimme trug nun eine Würde und Ernsthaftigkeit in sich. «Einige von euch sind noch Jungvampire und Junghexen. Welpen, wie wir sie nennen.» Er richtete sich zu seiner vollen Größe auf. Eine imposante Gestalt voller Autorität. «Welpen müssen beschützt werden. Das ist unser oberstes Gebot.»

In seinen Worten lag ein Versprechen. Eine eiserne Verpflichtung zum Schutz der Schwachen, die tief in seinem Wesen verwurzelt zu sein schien. In diesem Augenblick wurde mir klar. Trotz aller Dunkelheit seiner Vergangenheit stand vor uns ein Alpha-Wolf mit einem unerschütterlichen Ehrenkodex.

«Aber nicht alle sind Jungvampire und Junghexen», warf Nechifor ein, seine Stimme durchdrungen von einer gewissen Schärfe, die sofort die Aufmerksamkeit auf ihn lenkte.

«Nein, da hast du Recht. Einige von euch sind sogar sehr alt», entgegnete Faelan leise, doch in seiner Stimme lag eine unterschwellige Spannung. Seine Augen verengten sich zu schmalen Schlitzen, als er Nechifor einen misstrauischen Blick zuwarf. Der Angesprochene hielt dem Blick stand unerschütterlich und ruhig. Verwirrt verzog ich das Gesicht. Noch immer konnte ich Nechifor absolut nicht einschätzen. Was waren das noch gleich für Legenden über einen Nechifor? Mein Geist raste, während ich versuchte, die Puzzleteile zusammenzusetzen.

«Wir wissen nicht, was für ein Ziel diese Zusammenkunft hat. Aber wir haben jemanden, der kann Dinge sehen. Und dieser Jemand konnte diese Zusammenkunft sehen», erklärte Razvan und zog damit Faelans Aufmerksamkeit wieder auf sich.

Aus dem Augenwinkel beobachtete ich, wie sich Nechifor und Oana leise unterhielten.

«Jemand sieht Dinge?», fragte Lyndra mit hochgezogenen Augenbrauen und einem skeptischen Zug um den Mund. Ihr Blick schoss zu den drei Hexen und Nechifor. Es war logisch, dass sie zuerst an die magischen Mitglieder unseres Trupps dachten. Ich war dankbar dafür, dass Razvan meinen Namen nicht erwähnte. Das zeigte allerdings auch deutlich, dass sie dem Wolfsrudel nicht komplett vertrauten. Sie ließen uns nur wissen, dass sie uns nicht verraten würden. Aber nur weil wir Junghexen und Jungvampire an Bord hatten.

«Vier Vertreter der mächtigsten Rassen haben sich zusammengetan. Nerul, Vampire, Hexen und Werwölfe. Und wir wissen nicht warum? Was haben sie vor?», sagte Mitch und trat neben mich.

Seine Nähe gab mir ein Gefühl von Sicherheit inmitten der Unsicherheit. Faelan zuckte mit den Schultern. Eine Geste der Unwissenheit oder vielleicht auch des Desinteresses? Doch ich konnte sehen, dass hinter seiner stoischen Fassade sein Verstand arbeitete. Schnell und scharf wie die Klingen eines erfahrenen Kriegers.

«Was habt ihr hier draußen eigentlich zu suchen? Solltet ihr nicht im warmen Schloss sitzen?», fragte Lyndra, ihre Stimme durchzogen von einem spöttischen Unterton, während sie demonstrativ die Hände in die Hüften stemmte. Ihr Blick war herausfordernd, als ob sie jeden von uns dazu auffordern würde, sich zu rechtfertigen. Faelan warf ihr einen warnenden Blick zu, der so scharf war wie ein Dolchstoß in der Dunkelheit. Seine Augen funkelten vor ungesagten Worten, und ich konnte spüren, wie die Luft zwischen ihnen knisterte. Narcis und Razvan nahmen das Wort und erzählten ihnen den Grund für unsere Anwesenheit und was wir am Tempel gesucht hatten. Währenddessen schweiften meine Gedanken ab zu Lucian. Wo mochte er jetzt sein? Ich warf einen Blick zu Mitch. Er schien meinen Blick zu spüren, denn er wandte seinen Kopf in meine Richtung. Fragend verzog ich mein Gesicht und formte mit den Lippen das Wort «Lucian», doch Mitch nickte mir kurz zu. Eine stumme Bestätigung unserer gemeinsamen Gedanken.

«Das bedeutet also, dieser alte Hexentempel ist eine Brutstätte für Vampyris und gleichzeitig die Hauptzentrale dieser Zusammenkunft?», fragte Faelan mit einer Grimasse des Abscheus. Razvan nickte zustimmend, seine Miene ernst und besorgt.

«Und ihr wolltet da bei Nacht einfach rein rennen? Habt ihr Todessehnsucht oder Ähnliches?», fragte Faelan und sah uns alle nacheinander an. Sein Blick bohrte sich in jeden von uns wie ein Ruf zur Vernunft. Ich musste zugeben, dass er nicht ganz Unrecht hatte. Was hatten wir uns dabei gedacht? Genau in dem Moment auf den Tempel zumarschieren, wenn es die beste Zeit für Vampyris ist? Ein kalter Schauer lief mir über den Rücken bei dem Gedanken an unser nahezu törichtes Unterfangen. Razvan wusste nichts darauf zu antworten. Schuldbewusst blickte er nach unten. Lyndra gab ein Schnauben von sich. Ein Laut voller Verachtung für unsere offensichtliche Unvorsichtigkeit.

«Zugegeben dachten wir zuallererst, ihr seid ausgebildete Soldaten des Ordens», fuhr Faelan fort und klopfte sich selbst auf seine makellos weißen Zähne, «bis wir die rohe Magie gesehen haben und wie klein manche Babyvampirzähne noch sind.»

Unwillkürlich strich ich mir mit meiner Zunge über meine Zähne. Babyvampirzähne? Ein Stich des Ärgers durchfuhr mich bei dem Gedanken daran, als unerfahren betrachtet zu werden.

Samantha schnaubte. Ein Geräusch halb belustigt, halb empört. Lyndra grinste sie spöttisch an. Wir standen vor einer Gruppe erfahrener Krieger, deren Leben geprägt war von Kampf und Überleben. Unsere Unerfahrenheit war für sie so offensichtlich wie das Mondlicht in der Dunkelheit der Nacht.

«Lyndra», sagte Faelan mit einer warnenden Schärfe in seiner Stimme, die keinen Widerspruch duldete. Sie wandte den Blick von Samantha ab, ihre Augen noch immer voller Spott.

«Jedenfalls müssen wir in diesen Tempel. Ihr habt sicher schon von den Sieben gehört. Die sind ebenfalls dort. Sie brauchen sie für das magische Hexenritual, um Vampyris menschlicher zu machen», offenbarte Nechifor mit einer Dringlichkeit in seiner Stimme, die jeden im Raum erstarren ließ. Ruckartig hob Faelan den Kopf, seine Augen blitzten auf, als würden sie ein gefährliches Geheimnis wittern. Auch Lyndra spannte sich sichtlich an. Ihre Muskeln zogen sich zusammen wie die Sehnen eines Bogens kurz vor dem Abschuss.

«Die Sieben sind nur eine Legende», entgegnete Lyndra trotzig, doch ihre Stimme verriet einen Hauch von Zweifel, der durch ihre sonst so feste Überzeugung schnitt.

«Nein, wir wurden vor einigen Jahren bei Vollmond geboren», erklärte Amalia ruhig und blickte dabei Iwa und Livia an. Ihre Worte schienen wie ein Funke zu wirken, der das Pulverfass der Anspannung entzündete. Misstrauisch wichen die beiden Wölfe einige Schritte zurück. Ihre Körperhaltung verriet eine Mischung aus Angst und Aggression.

«Was habt ihr?», fragte Beatrice ungläubig, ihre Augen weiteten sich vor Entsetzen über die plötzliche Wendung.

«Der Geschichte zur Folge wurde die Legende der Sieben mit dem Blut von sieben Werwölfen niedergeschrieben», flüsterte Iwa mit einer Stimme, die vor Ehrfurcht und Grauen bebte.

«Ihr wisst von dieser Geschichte und wagt es in unsere Nähe? Unsere Hilfe zu beanspruchen?», brüllte Faelan daraufhin. Seine Augen leuchteten unnatürlich gelb auf. Ein Zeichen seines Zorns und seiner animalischen Natur, die unter der Oberfläche lauerte. Lyndra knurrte tief aus ihrer Kehle heraus und stellte sich an seine Seite. Eine Einheit im Angesicht des drohenden Konflikts. Meine Gruppe ging instinktiv in Verteidigungsposition. Jeder Muskel war angespannt, bereit für das Unbekannte. Hektisch sah ich mich um und erkannte zu meinem Entsetzen, dass auch die anderen Wölfe in Angriffsposition waren. Einige hatten sich bereits verwandelt. Ihre Gestalten waren monströs und mächtig. Ich dachte, das würde nur bei Vollmond passieren? Meine Gruppe war völlig wehrlos. Niemand hatte Waffen bei sich, bis auf Narcis, der sein Schwert mit einem klirrenden Geräusch zog. Eilig rückten wir zusammen, Rücken an Rücken standen wir da. Eine kleine Insel inmitten eines tobenden Meeres aus Zähnen und Klauen.

«Niemand von uns will euch etwas tun. Die Mädchen können nichts dafür, was vor langer Zeit geschehen ist», rief Razvan aufgebracht, seine Stimme durchdrungen von einer dringlichen Beschwichtigung. Ich zitterte vor Angst, spürte die Kälte der Furcht in meinen Adern, als die Wölfe näher kamen. Einige auf zwei Beinen, andere auf vier Pfoten, eine bedrohliche Mischung aus Mensch und Tier. Ich warf einen Blick zu Lyndra und beobachtete mit einem Gefühl des Entsetzens, wie sich ihr Körper zu verändern begann. Es war ein subtiler Prozess, der sich zunächst kaum bemerkbar machte: Ein Zittern hier, eine unwillkürliche Bewegung dort. Doch dann wurde es offensichtlicher. Ihre Statur wuchs, ihr Körper verzerrte sich in einer grotesken Choreografie des Wandels. Ihre Glieder streckten sich auf unnatürliche Weise, verlängerten sich mit einem Geräusch von knackenden Knochen und reißenden Sehnen. Die Hände und Füße deformierten sich zu massiven Pfoten mit scharfen Krallen. Ihr Haar schien ein Eigenleben zu entwickeln. Es verdickte sich und breitete sich über ihren Körper aus, bis sie von einem dichten hellbraunen Fell bedeckt war. Die Haut darunter verschwand unter dem neuen Pelzkleid, das jede menschliche Eigenschaft verbarg. Ihr Kiefer streckte sich nach vorne zu einer Schnauze voller gefährlicher Zähne. Die Nase wurde dunkel und breitete sich aus wie die eines Raubtiers. Ihre Ohren zogen sich nach oben an den Kopf und spitzten sich zu spitzen Lauschern. Währenddessen veränderten ihre Augen ihre Form und Farbe. Sie wurden größer und reflektierten das Sonnenlicht in einem erschreckenden Glanz. Mit jedem Moment wurde die Frau weniger erkennbar und mehr Bestie. Ein tiefes Grollen entwich ihrer Kehle, ein Laut zwischen Schmerz und Kraftentfaltung. Ich stand da, unfähig mich zu bewegen oder wegzublicken. Gefangen im Bann dieser furchteinflößenden Verwandlung.

«Ganz ruhig bleiben», zischte uns Mitch zu, seine Stimme ein leises Echo der Ruhe inmitten des Chaos. Verschiedene Emotionen zeichneten sich auf Faelans Gesicht ab. Der Zorn auf die Sieben mischte sich mit Bedauern und Angst. Lyndra trat vor ihn und versperrte mir die Sicht auf ihn. Zwei weitere Wölfe traten an ihre Seite. Eine Frontlinie bereit zum Kampf. Eine junge Frau in menschlicher Form redete schnell auf Faelan ein. Ihre Worte waren fließend und eindringlich in einer Sprache, die ich nicht verstand. Trotz ihrer kleinen zierlichen Statur wich sie nicht vor Lyndra zurück; sie packte Faelan am Arm und schüttelte ihn leicht. Seine Augen hörten auf zu leuchten und er blickte sie an. Sein Blick wandelte sich von wildem Gelb zu warmem Braun.

«Lyndra, halt dich zurück», rief er mit einer Autorität in seiner Stimme, die keinen Raum für Widerspruch ließ. Lyndra knurrte frustriert. Ein Laut voller widerwilliger Unterwerfung.

«Zieht euch alle zurück», rief Faelan nun deutlich lauter. Seine Stimme hallte wie ein Befehl durch den Wald. Die Wölfe legten die Ohren an. Manche ließen sich nieder, manche blieben stehen. Eine Mischung aus Gehorsam und Verwirrung lag in der Luft. Die Wölfe in menschlicher Form blickten sich verständnislos an. Fragen standen ihnen ins Gesicht geschrieben. Faelan trat vor Lyndra und sie wich ergeben zurück. Ihre Gestalt schrumpfte wieder zur menschlichen Form zusammen, während sie an der jungen Frau vorbei stampfte. Diese warf ihr einen ausdruckslosen Blick hinterher. Ein stilles Zeugnis ihrer eigenen Stärke. Meine Gruppe schien langsam zu entspannen. Unsere Muskeln lockerten sich vorsichtig aus der Verteidigungshaltung heraus. Doch das Misstrauen blieb wie ein bitterer Nachgeschmack in unseren Mündern zurück.

«Bitte entschuldigt das Chaos», begann Faelan, seine Stimme durchzogen von einer Mischung aus Reue und Erleichterung. «Wir sind normalerweise nicht so feindselig. Aber die Sieben haben uns völlig überrascht.» Er machte eine Pause, sein Blick schweifte über unsere Gesichter, als suche er nach Anzeichen von Verständnis. «Wir dachten tatsächlich, dass sie nur eine Legende sind. Und somit auch der Teil mit unseren Vorfahren», fügte er hinzu, seine Worte waren ein Eingeständnis seiner eigenen Verwirrung und des Schocks. «Ihr habt Glück, dass Elaine euch mag und euch vertraut», sagte er und nickte in Richtung der jungen Frau, die noch immer einige Meter entfernt stand. Ihr Blick war fest auf uns gerichtet, als würde sie jedes Detail unseres Daseins abwägen. Vorsichtig trat sie näher, ihre Schritte bedacht und leise. Als sie direkt neben Faelan stand, wurde mir klar, dass sie deutlich jünger sein musste als ich.

«Das ist meine erstgeborene Tochter, Elaine», stellte Faelan sie uns vor. Sie lächelte schüchtern, ein Lächeln, das trotz ihrer offensichtlichen Stärke eine gewisse Zurückhaltung verriet. Ihre dunklen Haare waren lang und üppig. Sie fielen in natürlichen Wellen über ihre Schultern und rahmten ihr Gesicht ein. Die Farbe war so tief und satt, dass sie fast schwarz wirkte, doch bei genauerem Hinsehen offenbarte sich ein Schimmer von dunklem kastanienbraun oder Mahagoni. Besonders wenn das Licht darauf fiel. Die Augen des Mädchens waren von einem dunkelgrünen Ton. Tiefgründig und durchdringend. Über ihrem rechten Auge zeichnete sich eine lange Narbe ab. Sie verlief schräg über ihre Stirn und endete knapp oberhalb ihrer Wange. Die Narbe war glatt und etwas heller als ihre sonst makellose Haut. Sie war mir bisher nicht aufgefallen. Meine Aufmerksamkeit war vollkommen von Faelan und Lyndra in Anspruch genommen worden. Letztere war nun nirgendwo zu sehen.

«Meine Tochter will, dass diese Kriege enden», fuhr Faelan fort. «Die Intrigen und das Töten sollen ein Ende haben.» Seine Worte trugen die Hoffnung auf Frieden in sich. Eine Hoffnung, die Elaine mit jedem Zoll ihres Wesens zu verkörpern schien. «Daher werden wir euch helfen, in den Hexentempel zu gelangen und eure Freunde zu befreien.»

«Wir danken euch aufrichtig», sagte Razvan mit einer Stimme voller Dankbarkeit und Respekt.

«Aber was ist mit deiner rechten Hand? Sie scheint nicht davon begeistert zu sein», bemerkte ich vorsichtig. Faelan winkte ab. Eine Geste der Autorität und Selbstsicherheit.

«Sie ist mein Problem», erklärte er bestimmt. «Ich bin ihr Alpha. Sie hat auf mich zu hören.» Sein Blick wurde härter, entschlossener. «Macht euch um sie keine Sorgen.»

In diesem Moment spürten wir alle die Kraft seiner Präsenz. Eines Alphas, der bereit war, für den Frieden einzustehen und seine eigene Ordnung durchzusetzen. Elaine stand an seiner Seite wie ein Symbol der kommenden Veränderung. Eine Brücke zwischen den alten Legenden und einer neuen Zukunft ohne Blutvergießen.

KAPITEL 24

Die Werwölfe beobachteten uns immer noch mit einem tief verwurzelten Misstrauen, während wir versuchten, etwas zu essen. Ihre Blicke waren durchdringend und wachsam, besonders Nechifor und die drei Hexen wurden von ihnen aufmerksam gemustert. Die Sonne hatte ihren Zenit bereits überschritten, als wir uns schließlich auf den Weg machten. Die Werwölfe hatten sich in menschlicher Gestalt unter uns gemischt, ihre Augen funkelten wachsam und ihre Sinne waren geschärft wie nie zuvor. Elaine ging an meiner Seite, ihr Blick schweifte immer wieder über die Gruppe, als würde sie jedes Flüstern des Windes, jede Regung im Unterholz auf Anzeichen von Unruhe oder Gefahr absuchen.

«Wir sollten in einer Stunde dort sein», murmelte Faelan, der vorneweg marschierte. Seine Stimme war ruhig, doch ich konnte eine unterschwellige Anspannung darin hören. Ein leises Beben, das verriet, dass auch er nicht unberührt von der drohenden Gefahr war. Der Gedanke an das, was uns im Tempel erwarten könnte, ließ auch mein Herz schneller schlagen. Die Bäume um uns herum schienen dichter zu werden, je näher wir unserem Ziel kamen. Das Licht fiel nur noch spärlich durch das Blätterdach und tauchte alles in ein grünliches Dämmerlicht. Eine Welt zwischen Tag und Nacht. Plötzlich hielt Faelan inne und hob die Hand zum Zeichen des Haltens. Alle erstarrten sofort. Selbst die Luft schien für einen Moment den Atem anzuhalten.

«Was ist los?», flüsterte Razvan mit einer Stimme, die kaum mehr als ein Hauch war. Faelan lauschte in die Stille hinein und schnupperte dann tief. Seine Nase zuckte bei jedem Atemzug.

«Etwas stimmt nicht», sagte er leise und seine Worte trugen das Gewicht eines drohenden Unheils. «Es riecht nach Tod.»

Bevor jemand etwas erwidern konnte, brach aus dem Unterholz ein heiseres Keuchen hervor. Ein Laut voller Verzweiflung und Schmerz. Ein einzelner Vampyris stolperte auf die Lichtung. Seine Haut fahl wie der Mond und mit Wunden übersät, aus denen dunkles Blut sickerte wie Öl aus einem zerbrochenen Gefäß.

«Ein Überlebender», murmelte Narcis und zog sein Schwert mit einem Klang herausfordernder Entschlossenheit. Der Vampyris fiel zu Boden und krallte sich mit letzter Kraft ins Gras. Seine Finger gruben sich in die Erde, als suchten sie Halt in dieser Welt des Schreckens. Seine Augen waren weit aufgerissen vor Angst und Schmerz.

«Sie... sie sind überall», keuchte er mit schwacher Stimme. Jeder Atemzug ein Kampf gegen das unausweichliche Ende. Überraschtes Keuchen ging durch die Menge. Es war ein Laut kollektiver Furcht vor dem Unbekannten, dass nun direkt vor unseren Augen lag.

«Seit wann sprechen die Biester?», rief einer der Wölfe alarmiert aus, seine Stimme durchzogen von Unglauben und Argwohn.

«Lucian hatte einen Vampyris-Kommandanten an seiner Seite. Er war bei klarem Verstand», erklärte Iwa mit einer Ruhe, die ihre innerliche Anspannung kaum verbergen konnte. «Sie brauchen Jungvampirblut und die Sieben dazu. Sie verwandeln einzelne besonders starke Vampyris, um sie besser zu kontrollieren und Einfluss auf sie zu nehmen.» Ihre Augen suchten die unseren, als wolle sie in unseren Blicken Antworten finden. «Aber wir wissen nicht, wofür sie diese Wesen benötigen.»

Fragend sah ich Mitch an, meine Augen bohrten sich in seine, suchend nach der Wahrheit, die er verbarg.

«Du weißt doch etwas», flüsterte ich ihm zu, meine Stimme ein leises Zischen voller Misstrauen. «Vielleicht ist es endlich an der Zeit mit der Sprache rauszurücken. Du kennst Lucian. Du hast uns hintergangen und weißt mehr, als du zugeben willst.»

«Ich habe dich nicht hintergangen. Vertrau mir», flüsterte er zurück, doch seine Worte waren wie Nebel. Schwer zu fassen und noch schwerer zu glauben.

«Lucian ist nicht der Feind», fügte er hinzu, doch seine Versicherung prallte an mir ab wie Regentropfen an einem Fenster.

«Wie kann ich dir vertrauen? Ich kenne dich nicht und du hast eine Verbindung zum Feind», entgegnete ich mit einer Stimme so kalt und leer wie das Nichts zwischen den Sternen. «Er wollte mich töten und ich sehe ihn in meinen Träumen.»

«Weil ich nicht der Feind bin», sprach plötzlich jemand ganz dicht neben mir. Eine Stimme so unerwartet und nah, dass ich zusammenzuckte. Erschrocken wich ich zurück und starrte direkt in zwei leuchtend hellblaue Augen. Augen so eisig wie ein arktischer Ozean.

«Lucian», keuchte ich heraus, mein Herz schlug wild gegen meine Brust wie ein gefangener Vogel gegen seinen Käfig. Sofort sprangen Razvan und Narcis neben mich und zogen ihre Waffen. Ihre Körperhaltungen straff vor Kampfbereitschaft. Mitch blieb bewegungslos neben ihm stehen und warf ihm einen verärgerten Blick zu. Ein stummer Vorwurf in seinem Gesicht geschrieben.

«Du hättest dir echt keinen passenderen Zeitpunkt aussuchen können», sagte Mitch sarkastisch und verdrehte dabei die Augen.

«Ein Nerul hat in unserer sowieso schon seltsamen Formation tatsächlich noch gefehlt», erwiderte Faelan ebenso sarkastisch. Seine Stimme trug einen bitteren Unterton des Spotts. «Dann haben wir ja unsere eigene Zusammenkunft.»

«Ich bin definitiv nicht freiwillig hier. Glaub mir, kleines Wölfchen», erwiderte Lucian mit einer Stimme so kalt wie Frost auf einem Winterblatt. Seine eisblauen Augen fixierten Faelan unverwandt. Faelan knurrte dunkel. Ein Laut tief aus seiner Kehle, der drohend durch die Luft vibrierte.

«Benimm dich, wenn das hier klappen soll», zischte Mitch ihm zu. Sein Zischen war eine Warnung. Scharf wie eine Klinge im Mondlicht.

Narcis› Stimme durchbrach die beklemmende Stille mit der Schärfe eines gezogenen Schwertes. «Was geht hier vor sich?» Seine Worte waren hart und kalt, während sein Blick Lucian traf. Ein Blick, der so voller Hass war, dass er fast greifbar schien. Lucian stand da, unerschütterlich wie eine alte Ruine, die den Stürmen der Zeit widersteht.

«Ihr könnt nicht einfach in den Tempel rein», entgegnete Lucian mit einer Stimme, die so emotionslos klang wie das Echo aus einem leeren Grab. Er deutete auf das tote gewandelte Exemplar zu unseren Füßen. «Er wird bewacht von Vampyris, die bereits gewandelt wurden. Sie können sich bei Sonnenlicht bewegen, wie ihr seht.»

Seine Geste war beiläufig, doch seine Augen verrieten eine tiefe Müdigkeit.

«Ich habe ihn gejagt», fuhr er fort, seine Worte waren flach und ohne Regung, als ob er über etwas Belangloses spräche. «Sein Durst war trotz allem zu groß und er wollte sich an den Menschen vergehen, die hier in der Nähe leben.» Die Ausdruckslosigkeit seiner Miene konnte nicht ganz verbergen, dass hinter dieser Fassade ein Sturm tobte. Beatrice Stimme bebte.

«Ihr braucht das Blut von Jungvampiren. Wie viele von den vermissten Kindern sind noch am Leben?»

Ihre Worte waren getränkt mit Angst und Sorge. Ihre Augen suchten verzweifelt nach einem Hoffnungsschimmer in Lucians Antlitz. Doch Lucian wich ihrem Blick aus und fixierte stattdessen den leblosen Körper zu seinen Füßen. «Ich bin vor einer Weile bereits abgehauen», begann er langsam zu erzählen, als müsste er die Worte aus einem tiefen Brunnen seiner Seele schöpfen. «Es wurde mir einfach zu krank.» Sein Geständnis schwang mit einer Dosis Ekel und Abscheu für das Treiben seiner Artgenossen. «Ich war mit den Anführern nicht immer einer Meinung», sagte er leiser, fast so als würde er ein Geheimnis preisgeben. «Als sie das bemerkten, wollten sie mich hinrichten.» Ein Hauch eines Lächelns umspielte seine Lippen. Es war kein fröhliches Lächeln, sondern eines voller Sarkasmus und Bitterkeit. «Mein Blut ist ebenfalls sehr kostbar.»

«Warum?», stammelte ich heraus, meine eigene Verwirrung spiegelte sich in meiner Stimme wider. Ich fühlte mich wie ein Spielball in einem Spiel, dessen Regeln ich nicht kannte. Warum wurde Jagd auf mich gemacht?

«Das ist jetzt nicht wichtig», schnitt Lucian mir barsch das Wort ab. Seine Augen bohrten sich fest in meine. Sie waren wie zwei dunkle Abgründe, die keine Fragen zuließen. «Wichtiger ist, dass ihr nur mit meiner Hilfe in den Tempel kommt.»

«Ich vertraue dir nicht», brachte Razvan hervor; seine Zähne knirschten vor unterdrückter Wut und Misstrauen.

«Mitch vertraut mir», entgegnete Lucian trocken und sein Blick glitt kurz zu Mitch herüber. Ein flüchtiger Austausch von Bündnissen und alten Loyalitäten. «Und ihr vertraut Mitch», fügte er hinzu, als wäre es eine unumstößliche Tatsache. Meine Stimme war kaum mehr als ein Flüstern, als ich die Worte aussprach, die schwer auf meinem Herzen lasteten.

«Ihm vertrauen wir mittlerweile auch nicht mehr.» Mitchs Augen trafen meine, und in ihnen lag eine stumme Entschuldigung, ein schuldbewusstes Eingeständnis seiner Fehler.

«Ich verspreche dir, du erhältst deine Antworten, sobald die Zeit dafür ist. Aber jetzt haben wir diese Zeit nicht», sagte Mitch mit einer Dringlichkeit in der Stimme, die seine Hände zu einem Gebet faltete. Seine Worte sollten beruhigen, doch sie hinterließen nur ein Echo der Ungewissheit. Aus dem Augenwinkel bemerkte ich die Hexen, wie sie sich fest an den Händen hielten. Eine Kette aus Magie und Solidarität.

«Sie sagen die Wahrheit, Liana. Wir können es fühlen», sprach Iwa mit einer Stimme so klar und rein wie das Wasser eines Bergsees. Ihre Worte waren ein Balsam für meine zerrissene Seele. Faelan seufzte genervt und seine Miene verhärtete sich zu einer Maske des Misstrauens.

«Haben wir eine andere Wahl? Ich vertraue nie einem Nerul. Es ist zu viel passiert in den Jahrhunderten.» Er drehte sich ab, um seine Strategie mit den anderen Werwölfen zu besprechen. «Ich lasse zur Sicherheit einige meiner Wölfe hier und gehe selbst in den Tempel.»

«Ich gehe auch rein», sagte ich sofort, entschlossen und ohne einen Hauch von Zögern in meiner Stimme. Razvan öffnete protestierend den Mund, doch ich hob beschwichtigend die Hand. «Verbiete es mir nicht», warnte ich ihn mit einem Blick, der keinen Widerspruch duldete.

Razvan seufzte ergeben. Ein Laut voller Sorge und Resignation.

«Amalia bleibt hier. Livia und ich gehen mit rein», meldete sich Iwa zu Wort, ihre Entschlossenheit war unerschütterlich.

«Das halte ich für keine gute Idee», wandte Oana ein, ihre Stirn in Sorgenfalten gelegt. «Für das Ritual benötigen sie euch drei. Wenn nur eine von euch ihnen in die Hände fällt, sind die Rituale umso mächtiger.»

Nechifor trat vor und seine Präsenz strahlte Ruhe aus wie das sanfte Leuchten eines Sterns am Nachthimmel.

«Ich bleibe hier und versuche, alles von außen im Blick zu behalten.» Er setzte sich mit Iwa auf den Boden. Ihre Hände fanden zueinander und bildeten eine Brücke zwischen ihren Kräften. «Iwas Magie ist durch die Ahnenlinie ähnlich mit meiner. Wir können uns verbinden.» Er sprach von Lichtkugeln und Verbindungen. Magische Konzepte, die weit über mein Verständnis hinausgingen. Wir nickten alle. Manche zögerlich, andere mit fester Überzeugung, auch wenn mir der Gedanke missfiel, ohne Nechifor, einen so mächtigen Hexer, in den Tempel zu gehen. Narcis Gesichtsausdruck war ernst und entschlossen. Razvan wirkte angespannt. Lucian gab nichts preis. Oana schien nachdenklich. Lorin blickte starr vor sich hin. Mitchs Augen suchten noch immer nach Vergebung. Die anderen würden hierbleiben und sich um den Tempel verteilen. Von den Werwölfen würden außer Faelan noch sechs weitere Wölfe uns begleiten. Lyndra sowie Elaine blieben draußen. Zwei starke Frauen, deren Präsenz, selbst im Freien spürbar sein würde. Unsere Schritte waren kaum mehr als ein Flüstern auf dem alten Steinboden, während wir uns vorsichtig dem Tempel näherten. Die Luft war durchdrungen von einer Kälte, die sich wie feuchte Tücher um unsere Glieder legte, und ein unheimliches Kribbeln kroch mir über den Rücken. Faelan gab uns stumme Befehle. Seine Handzeichen waren klar und präzise. Jedes Knirschen unter unseren Füßen schien eine Ewigkeit nachzuhallen, als ob die Wände selbst lauschten und jedes Geräusch verschluckten. Die steinernen Mauern des Tempels ragten wie stumme Riesen vor uns auf, überwuchert von Moos und Efeu. Stille Zeugen einer Zeit, die längst zu Staub zerfallen war. Selbst ich konnte die alte Magie spüren, die diesen Ort durchdrang. Neben Iwa tanzte eine leuchtende Kugel in der Luft. Ein sanftes Glühen im Dämmerlicht. Es war Nechifors Kraft. Sie hatte sich mit ihm verbunden und seine Magie leitete sie nun.

«Es muss irgendwo hier eine Geheimtür geben», flüsterte Iwa konzentriert. Ihre Augen glitten über Pergamentrollen und studierten die Symbole an der Wand mit der Akribie einer Gelehrten.

«Die alten Schriften sprechen von einem verborgenen Zugang zum Untergrund.»

Livia stand regungslos vor einer anderen Wandfläche, ihre Lippen bewegten sich. Die Suche nach dem verborgenen Eingang dehnte sich aus wie ein endloser Fluch. Wir hatten uns entlang der kalten Mauern verteilt, unsere Hände strichen über den rauen Stein, tasteten jede Ritze ab in der Hoffnung auf eine Unregelmäßigkeit oder einen versteckten Mechanismus. Doch auch nach einer Stunde intensiver Suche blieb der Zugang zum Untergrund ein Geheimnis. Verborgen und verschlossen wie das Herz eines Verräters.

«Es muss hier irgendwo sein», murmelte Razvan frustriert und ließ seine Handfläche gegen die Wand fallen. Ein dumpfer Laut in der Stille des Tempels.

«Ich glaube, der Ort ist so gut beschützt, dass Beschwörungen nichts bringen werden», sagte Iwa leise zu Livia. Ihre Stimme trug einen Hauch von Resignation in sich, doch dann flackerte etwas in ihren Augen auf. Ein Funke von Entschlossenheit.

«Aber wir können es gemeinsam versuchen.»

Mit diesen Worten traten sie näher zusammen und begannen ihre Kräfte zu bündeln. Ihre Hände berührten sich leicht und ihre Stimmen vereinten sich zu einem Chor aus alter Magie und neuem Willen. Wir alle hielten inne und beobachteten das

Ritual mit angehaltenem Atem. Bereit darauf zu warten, dass das Geheimnis des Tempels sich uns offenbarte. Ihre Hände tanzten durch die Luft, zeichneten komplexe Muster, als würden sie unsichtbare Fäden zu einem Gewebe aus reiner Magie verknüpfen. Die Lichtkugel, ein schwebendes Juwel zwischen Iwa und Livia, pulsierte im Takt ihrer Beschwörungen. Wir alle standen wie gebannt da, unsere Blicke fixiert auf das zarte Leuchten, das ihre Silhouetten in einen Schleier aus Hoffnung hüllte. Doch trotz der Intensität ihrer Bemühungen und der rohen Kraft ihrer Zauber schien der Tempel selbst eine unerschütterliche Festung gegen ihre Magie zu sein. Das Licht erlosch so plötzlich, wie es erschienen war. Ohne eine Spur zu hinterlassen, ohne einen Hinweis auf den verborgenen Weg zu geben.

«Verdammt», fluchte Iwa und ihre Stirn legte sich in Falten der Frustration. «Es ist, als würde der Tempel selbst unsere Magie verschlingen.»

Livia wirkte erschöpft. Ihre Kräfte waren sichtlich angezapft, doch in ihren Augen loderte ein Feuer unverminderter Entschlossenheit.

«Wir dürfen nicht aufgeben», sagte sie mit einer Stimme, die vor Willenskraft bebte. «Es muss einen Weg geben.»

Faelan trat an meine Seite und seine Augen ruhten nachdenklich auf den Hexen. «Dieser Ort ist alt», murmelte er so leise, dass es fast vom

Wind verweht wurde. «Vielleicht älter als jede Magie, die wir kennen.»

Narcis löste sich von der Wand und trat mit einer Miene voller Konzentration vor.

«Wir müssen systematischer vorgehen», schlug er vor und seine Worte klangen wie ein Kommando zurück ins Gefecht. «Lasst uns jeden Millimeter dieser Mauern untersuchen.»

So setzten wir unsere Suche fort. Akribisch und beharrlich. Jeder Zentimeter wurde abgetastet, jeder Stein gedrückt und gezogen, doch nichts regte sich. Keine Geheimtür offenbarte sich uns. Die Zeit verging unerbittlich und mit ihr schwand auch ein Teil unserer Hoffnung. Als wir uns schließlich erschöpft in der Mitte des Vorplatzes zusammenfanden, lastete das Schweigen schwer auf unseren Schultern. Eine drückende Stille voller Enttäuschung.

«Es gibt keinen Sinn», sagte Razvan schließlich, seine Stimme getränkt mit einem Anflug von Resignation. «Wenn es hier einen Eingang gibt, dann will er nicht gefunden werden.»

Aber Aufgeben lag nicht in unserer Natur. Es war keine Option für uns. Nicht jetzt, wo so viel auf dem Spiel stand.

«Ich weigere mich, zu glauben, dass dies das Ende ist», erklärte ich entschieden und mein Blick traf jeden meiner Gefährten. Eine stumme Herausforderung an ihre Müdigkeit und Verzweiflung. «Wir müssen weitermachen. Für unsere Freunde.»

Einige nickten stumm. Ein Zeichen stiller Zustimmung trotz ihrer Erschöpfung. Andere sahen mich mit müden Augen an. Augen voller Fragen und Zweifel. Doch ich konnte sehen, dass mein Entschluss sie erreicht hatte.

«Oder wir sind doch an dem falschen Ort», warf Razvan ein, seine Stimme durchdrungen von Zweifel und Frustration. Sein scharfer Blick bohrte sich in Lucian. Lucian schüttelte entschieden den Kopf, seine Augen brannten mit einer Gewissheit, die nicht erschüttert werden konnte.

«Ich weiß, dass es der richtige Ort ist. Ich kann es in meinen Knochen spüren.» Er machte eine kurze Pause, sein Blick wanderte über die verwitterten Steine des Tempels. «Aber als ich hier ankam, haben die Hexen mir all meine Sinne genommen. Vorher war der Tempel unsichtbar. Verborgen hinter einem Schleier aus Magie. Irgendetwas muss schief gelaufen sein», fügte er hinzu und seine Worte waren getränkt mit der Bitterkeit des Versagens. Die Schatten des Abends begannen sich wie dunkle Tücher über den Tempel zu legen, und mit jedem Moment wurde das Licht schwächer, bis nur noch ein fahles Dämmerlicht die Szenerie erhellte. Die Dunkelheit kroch langsam über den Boden und hüllte die alten Steine in ein undurchdringliches Schwarz. Als würde sie unsere letzte Hoffnung verschlingen. Trotz unserer gemeinsamen Anstrengungen und der Entschlossenheit, die uns angetrieben hatte, blieb der Eingang zum Untergrund des Tempels ein Geheimnis. So unerreichbar wie ein Stern am nächtlichen Himmel.

«Wir müssen aufhören», sagte Faelan schließlich, seine Stimme ruhig aber bestimmt. Sein Blick zum Himmel verriet Sorge. Das tiefe Indigo kündigte eine Nacht voller Gefahren an. «Die Nacht ist nicht unser Verbündeter an diesem Ort.»

Razvan nickte zustimmend, obwohl jeder Muskel seines Gesichts gegen die Enttäuschung anzukämpfen schien.

«Wir können im Dunkeln nichts ausrichten», stimmte er zu. «Es ist zu gefährlich.»

Mit schweren Herzen verließen wir den Tempel und traten wieder zu dem Rest unserer Gruppe, deren Silhouetten sich um den gigantischen uralten Bau positioniert hatten. Sie kamen eilig auf uns zu, ihre Gesichter gezeichnet von Sorge und Ungeduld.

«Was habt ihr gefunden?», fragte Beatrice sofort, ihre Stimme voller Erwartung und Angst zugleich.

«Rein gar nichts», entfuhr es Razvan mit einer aufgebrachten Schärfe in seiner Stimme. «Ich werde Samuel nie finden. Es ist aussichtslos.»

Seine Worte waren ein Sturm aus Verzweiflung und Wut, der sich in seinem Inneren zusammengebraut hatte. Mit einem Ausdruck tiefer Frustration ließ er sich an einen Baum sinken und starrte ins Leere. In seinen Augen spiegelte sich eine Hoffnungslosigkeit wider, die mir einen Stich ins Herz versetzte. Denn sie war die gleiche Hoffnungslosigkeit, die auch in den Augen von uns allen lauerte.

«Wir sollten von hier vorerst verschwinden und die letzten Sonnenstrahlen nutzen, bevor die Vampyris und anderen Geschöpfe der Dunkelheit erwachen», mahnte Narcis praktisch und half Razvan auf die Beine, als wolle er ihn physisch aus seiner Verzweiflung ziehen.

«Welche anderen Geschöpfe der Nacht?», fragte ich alarmiert und mein Blick huschte durch das dämmernde Unterholz, als könnte ich dort bereits ihre Schatten erkennen.

«Hast du in der Schule nicht aufgepasst?», zischte Samantha neben mir, ihre Nähe überraschend und unerwartet. Sie stand so nah, dass ich ihren Atem beinahe fühlen konnte. Sie, Jerzy und Awrey waren in den letzten Tagen auffallend still gewesen. Wie Schatten, die unsere Gruppe begleiteten. Nun musterte ich sie genauer und ein beklemmendes Gefühl breitete sich in meiner Brust aus. Ein schmerzhaftes Ziehen, das mich daran erinnerte, was wir verloren hatten. Durch die Ankunft der Neuankömmlinge und die neuen Hinweise auf Samuels Verbleib hatte ich unseren eigenen Verlust beiseitegeschoben. Ich hatte mir keinen Moment Zeit genommen, um mit ihnen über Bee und Ferenc zu sprechen. Ich blickte in die Augen von Jerzy, Awrey und Samantha und konnte tiefe Schatten darunter ausmachen. Sie waren völlig am Ende mit ihren Kräften. Sie wirkten ausgezehrt und hoffnungslos. Tränen trübten meine Sicht, als die Ereignisse der letzten Tage wie eine Flutwelle über mich hereinbrachen. Mir wurde zum ersten Mal richtig bewusst, dass ich meine beste Freundin in dieser Neuen Welt verloren hatte. Ein Verlust so tief und schneidend wie eine offene Wunde. Eltern hatten ihre Tochter verloren. Freunde hatten einen Teil ihres Herzens eingebüßt. Fast im selben Augenblick schossen Gedanken an meine menschlichen Eltern durch meinen Kopf. Liebevolle Menschen, die mich großgezogen hatten und kaltblütig von Lucian ermordet worden waren. Ein Schmerz durchfuhr mich bei dem Gedanken an sie. Es war ein Schmerz so scharf wie das Messer, das ihr Leben beendet hatte. Der Lucian, der nur einige Meter von mir entfernt stand und scherzhaft mit einer jungen Werwolffrau plauderte, während sie ihm Eisenfesseln anlegte. Etwas in meinem Innersten erwachte. Eine wilde, ungestüme Kraft, die mein Leben lang unterdrückt wurde. Mein Bluterbe. Ich spürte eine physische Veränderung. Mein Kiefer schob sich vorwärts, meine Zähne formten sich zu tödlichen Spitzen. Aus meinen Fingerspitzen schossen lange dunkle Klauen hervor, als wären sie die Manifestation meiner inneren Wut. Mit jedem Herzschlag wuchs mein Zorn und verdunkelte meinen Verstand. Die Welt um mich herum verschwamm zu einem roten Nebel aus Wut und Rache. Lucian drehte sich um und sein Gesichtsausdruck wechselte von Amüsement zu blankem Entsetzen. In seinen eisblauen Augen sah ich mein Spiegelbild. Eine Bestie, entfesselt und gefährlich. Meine Augen glühten nicht blutrot wie bei anderen Vampiren. Sie waren eisblau, durchdringend und kalt wie der tiefste Winter. Ohne einen weiteren Gedanken stürzte ich mich auf ihn. Meine Bewegungen waren von übernatürlicher Schnelligkeit angetrieben. Jede Faser meines seins, schrie nach Vergeltung. Und Blut. Ich konnte es in Lucians Adern rauschen hören, den süßen Duft seiner Angst riechen. Es gab kein Zurück mehr. Es gab nur noch die Bestie in mir und das brennende Verlangen nach Gerechtigkeit für das Unrecht, das meinen Eltern angetan worden war. In dem Moment, als eine Stimme durch die Stille schnitt, erstarrte ich mitten in meiner rasenden Attacke. Meine Hand, die sich bereits zu einem vernichtenden Schlag gegen Lucian erhoben hatte, blieb in der Luft hängen. Gefangen in einem unsichtbaren Griff. Langsam wandte ich meinen Kopf in Richtung der Stimme und mein Herz hämmerte wild gegen meine Brustwand. Die Welt kam wieder in den Fokus. Die roten Nebelschwaden lichteten sich ein wenig und ich erkannte die Silhouette einer Person am Rand meines Sichtfeldes.

«Genau so, wollte ich dich immer haben,» hallte die Stimme erneut über die Lichtung, und obwohl ich keine bewussten Erinnerungen an diesen Klang hatte, löste er etwas in mir aus. Es war ein Echo aus einer längst vergessenen Zeit, ein Gefühl des Alten und Vertrauten, das tief in meinem Inneren verborgen lag und nun an die Oberfläche drängte. Da stand er, am Eingang des Tempels, eine Silhouette gezeichnet gegen das flackernde Licht der Fackeln, die an Halterungen an der Wand befestigt waren. Sein Gesicht blieb im Dunkeln verborgen, doch seine Präsenz allein ließ mein Herz wild gegen meine Brustwand schlagen. Als würde es versuchen, zu entkommen oder mich vor einer unsichtbaren Gefahr zu warnen. Die Wut, die mich noch Sekunden zuvor wie ein Sturm erfüllt hatte, verblasste schlagartig. Sie wurde ersetzt durch ein Gewirr aus Verwirrung und Furcht. Ich schluckte schwer und kämpfte darum, meine Gedanken zu ordnen, während sich mein Atem beschleunigte. Der Mann trat ins Licht und ich konnte nicht anders, als zu starren. Er war groß gewachsen und wirkte durch seinen langen schwarzen Mantel noch imposanter. Eine Gestalt, die Autorität und Macht ausstrahlte. Seine kurzen blonden Haare leuchteten fast gespenstisch im flackernden Schein der Fackellichter, die hinter ihm an der Wand hingen. Aber es war sein Gesicht, das mich in seinen Bann zog und mich fesselt. Es war vernarbt. Seine linke Iris funkelte schwarz, kalt und berechnend. Mein Blick wanderte unweigerlich zu der schwarzen Augenklappe, die sein rechtes Auge verdeckte.

- Fortsetzung folgt -

Folge mir auf:

Pinterest: autorinboettcher

Instagram: l.boettcher.autorin

TikTok: autorin_leaboettcher

LovelyBooks: Autorin_LeaBoettcher

Danksagung

Liebe Alle,

ich möchte Euch von Herzen danken, dass Ihr auch den zweiten Teil meiner Buchreihe begleitet habt. Eure Unterstützung und Euer Interesse bedeuten mir sehr viel und motivieren mich, weiter in diese Welt einzutauchen und sie mit Euch zu teilen.

Ein besonderer Dank gilt meinem Partner, der geduldig all meinen Plänen und Erzählungen lauscht, auch wenn er oft keine Ahnung hat, wovon ich rede. Deine Geduld, Dein Verständnis und Deine unerschütterliche Unterstützung sind unbezahlbar.

In Liebe,

Lea

DAUGHTER OF DARKNESS
geht in die letzte Runde!

FRÜHJAHR 2025